imaginist

想象另一种可能

理
想
国
imaginist

大唐李白

将进酒。

张大春

广西师范大学出版社

·桂林·

变造化以窥天才

一

说李白，要先说一个李白的大粉丝。

苏东坡是个有趣的人，留下了许多趣话，其中有一则与考作文有关。流传至今近千年，可以说是家喻户晓了。

那是北宋仁宗嘉佑二年（1057）的事，苏轼应礼部试的文题是《刑赏忠厚之至论》，主考官欧阳修极赏识此作，以为脱尽五代宋初以来的"浮靡艰涩"的时风："读轼书不觉汗出，快哉！老夫当避，放此人出一头地。"然而，文章里提到的"当尧之时，皋陶为士。将杀人，皋陶曰'杀之'三，尧曰'宥之'三"是立论关键。如果皋陶与尧没有这一"杀"和"宥"的冲突，这篇文章以下关于"罪疑惟轻，功疑惟重。与其杀不辜，宁失不经"的论证就无从展开。可是，"三杀三宥"之说，主考欧阳修、同考梅圣俞都不记得在任何古书上曾经读过。稍晚的龚颐正在《芥隐笔记·杀之三宥之三》

里说起这个故事，是这样的："梅圣俞以问苏出何书。答曰：'想当然耳。'"

另一个传闻多兜了一个圈子，说苏轼当下答复："出《后汉书》。"这个版本的传闻还指出，欧、梅二公回家翻检《后汉书》，遍寻不着，再问了苏轼一回，苏才告以：是出自《后汉书·孔融传》。原来，史载：曹操攻屠邺城，灭袁绍，袁家妇女"多见侵略"，曹操的儿子曹丕就私纳袁熙之妻甄氏——也就是传闻中曹植《洛神赋》所影射的美人。在这个背景上，孔融乃与曹操投书，说："武王伐纣，以妲己赐周公。"曹操一时想不明白，便向孔融求教：事出何典？孔融对答道："以今度之，想当然耳。"周武王把妲己赏赐给周公是子虚乌有的玩笑，其讽谑之深，着实令人不堪已甚，也无怪乎孔融日后会为曹瞒所忌杀。

如果从武王伐纣算起——那是公元前1046年左右；到曹操打下邺城——那是公元204年；再到苏轼及进士第，那是公元1057年。到苏轼口中，"想当然耳"已经不是玩笑，而是运用操持、存乎一心的创造。在一种讲究引经据典、寻章摘句的国家考试现场，能够随立论之所需而畅意摘文者，两千年以来，非苏公而谁能为之主哉？这个"想当然耳"的四字成语，我们今天还经常挂在嘴边，也透过这四个字，原本上下两千多年、各领风骚、毫不相干的历史人物却像是"晤言一室之内"了。

二

苏东坡不只在国家考试中弄玄虚，也在李白身上动手脚。

有一次，他张挂了一轴大字墨书，悬于壁间，以示友朋，称之为《李白谪仙诗》。

诗是这样写的：

> 我居青空里，君隐黄埃中。声形不相吊，心事难形容。欲乘明月光，访君开素怀。天杯饮清露，展翼登蓬莱。佳人持玉尺，度君多少才。玉尺不可尽，君才无时休。对面一笑语，共蹑金鳌头。绛宫楼阙百千仞，霞衣谁与云烟浮。

这首诗的机巧在于题目，它既可以被理解为李白的《谪仙诗》，也可以说成是苏轼所撰的《李白谪仙诗》——这正是"想当然耳"的同一手段，坡翁惯弄狡狯如此。

而苏轼的这首诗又经后人之手，剪裁其中的几句，成为散碎不成片段的《上清宝鼎诗》：

> 我居青空表，君隐红埃中。佳人持玉尺，度君多少才。玉尺不可尽，君才无时休。

以上两诗并皆辗转被误会为李白原作了。殊不知苏轼延伸并刻画李白日后周折于穷达之间，冰火在抱，依违两难，不得不寄情于游仙的咏叹，实非原初句意。至于《上清宝鼎诗》徒然附会了李白与上清派道者的往来背景，然而实实不知所云，无怪乎王琦编《李太白全集》时注之以："疑其出自乩仙之笔，否则好事者为之欤？"王琦毕竟是个明眼人，至少他没有上苏东坡《李白谪仙诗》的当，也揣摩得出《上清宝鼎诗》字句底下参差的韵味、零落的格调和卑浅的情怀。是诗仙还是乩仙？一目了然。

苏轼假托李白之作的时候，可能没有注意到后世考证者眼尖留意的一个细节：在李白那个时代，由于高脚的桌椅尚未出现，书家作字，持版为之，上下纸幅，多为尺许宽窄；要不，便直接题壁。还没有人会把一首诗写成擘窠大字，张挂在墙上。从这一点来看，或可见其伪造不外就是想乱真、想比肩前贤。而乱真比肩也者，则是一种专注于追步古人的游戏。

三

假托古语和伪作古诗的动机尽管不同，对古文本横插一手，意味着苏轼并没有抱着"上供食余冷猪肉"的心情作文章，他是把自身的处境和心境融入历史的洪流之中，无彼无此，无往无今，这反而显示了体现文化的敬惜之意。

我们根据李白的自述也会发现，除了赋诗、炼丹、饮酒、求仙、谋官以及放言高论之外，大约终其一生，他还有许多时间是用在大量的文字摹写上。与李白相去不过年的段成式在他那本著名的笔记之作《酉阳杂俎·卷十二·语资》上说："李白前后三拟《文选》，不如意辄焚之。惟留《恨》、《别》赋。"这就相当清楚地解释了李白能够自出机杼、别作高咏，并不是天纵英才而已。

根据李白自己的描述，从五岁开始他就能"诵六甲"（大约是推算六十甲子、学习书计之事），"十岁观百家"，也在呈给宰相张镐的诗里说自己"十五观奇书，作赋凌相如"。以一个没有资格出身入仕的贱商之子而言，这些练习当然不是为了应考，而是游戏。对于士子来说，雕章琢句可能是深重而漫长的折磨；对于李白来说，则是从小陪伴成长的游戏。

没有实用的目的，却带来极高的锻炼效率。今本《文选》共收一百三十家诗文，三十七类七百多篇作品，即使仅通拟一遍，也是极为旷日费时而无实利可图之事。李白年幼的时候既不可能有博一功名的非分之想，而能一而再再而三地摹拟数量如此庞大的旧章，怕也只有萧统的《文选序》本身可以为之复按。

萧统在记录了所选收的诸般体类之后，打了个譬喻，说："譬陶匏异器，并为入耳之娱；黼黻不同，俱为悦目之玩。作者之致，盖云备矣。"拿乐器和服装这种赏悦视听之物来作类比，显示《文选》一编，本质上是一个审美的对象，而绝非"恒久之至道，不刊之弘教"（《文心雕龙·宗经》）所描述的那种东西。

换言之，从幼年李白、少年李白以迄于他相当自负的一段岁月："常横经籍书，制作不倦，迄于今三十春矣。"——说这话的时候李白已经三十出头了——我们有理由相信：这一与生活内容不可须臾而离的审美活动一直伴随着李白。也就是说：无论是游历、干谒、任官、放归、隐居、求仙甚至在学剑的期间，李白始终维持着那样的写作习惯。有些时候，我们还能够从作品的内在去印证这游戏的性质。正因为纸砚笔墨不辍手，反复操作的熟练，以及对于单一性质摹写至尽之熟练的耐烦，便交织出李白修辞纵横变化的气象。

我对"天才"一词仅有一个定义，就是恒常耐得单调练习之大能——有时这"耐得"并不如看在旁人眼中那般痛苦，这恐怕才是让非天才之芸芸众生最感懊恼之事。

四

今存太白集卷一就收了他的好几篇赋作，多少都流露出拟作的痕迹。除了摹拟江淹的《恨赋》、《别赋》，就作者人格与性情研究而言可能更重要的《大鹏遇希有鸟赋》，则是摹拟贾谊的《鵩鸟赋》。此外，《大猎赋》、《明堂赋》之取径于《子虚》、《上林》、《羽猎》、《甘泉》、《三都》、《两京》等作也十分明显。

即使是在诗句里面，后人也随处可以辨认出李白大量运用经、史及诸子百家语的习惯。"用事"、"借喻"当然不是李白所专，但李白之卓尔不群者，还有他糅杂俗语和典语的特色——这一点，则堪称千古独步。

如名篇《战城南》有"洗兵条支海上波"之句，"洗兵"出《说苑》："风霁而乘以大雨……散宜生又谏曰：'此其妖欤？'武王曰：'非也，天洒（按：洒，洗也）兵也。'"出句雅健如此，紧接着对以落句"放马天山雪中草"又浅白直质，一无依傍，而自然雄浑。其下"万里长征战，三军尽衰老"直陈所见，略不假雕饰，其后更巨力调度，以八言之句扭曲节奏——"匈奴以杀戮为耕作"，且化用王褒《四子讲德论》的典故于不知不觉之间；王褒的原文是："匈奴，百蛮之最强者也，其来邦则弓矢鞍马，播种则捍弦掌拊，收秋则奔狐驰兔，获刈则颠倒殪仆。"在注解这一句的时候，《李太白全集》的编者王琦忍不住赞叹道："而锻炼之妙，更觉精彩不侔。"更妙的是接下来的落句竟然又多出来一个字，成为九言——"古来惟见白骨黄沙田"，如此自由调度，设非天人，孰能致之？

大胆地糅杂古今雅俗，忽然扭转变异其格调，正是李白的风骨。这一定和他受教于赵蕤的纵横之术有关。纵横家操持万变之说，遍干诸侯，不拘一格，不泥一论，不定一尊，不守一艺，总是能在成说成见即将完固之际，自疑其地步。这是李白的诗中有那么多"疑词"、"诘词"的根本原因。

根据近人陈香的搜剔耙梳，在将近千首的遗作中，李白"以诘词为主体的诗句计有七百四十三句之多。其间用'何'字的最多，达四百一十一句；用'安'字次之，有八十二句；用'谁'字又次之，有八十句；用'岂'字复次之，有五十三句；用'几'字复次之，有四十八句。此外，还有用'奚'字、'孰'字、'那'字、'胡'字、'焉'字、'讵'字、'乌'字、'若'字以及'宁'字的，合计起来，亦有六七十句。足证诘词在李白诗中所占的地位，非仅充斥庞杂，简直可谓洋洋大观，势若主流"。

　　陈香因之而立刻导入的结论是："诘词，的确是助长李白诗格陡高、旷放、飘逸、独步的最大原因之一。"可惜却没有进一步指出：这正与李白的纵横家养成教育，以及道家"功成弗居"、"绝圣去智"的思想本质有着千丝万缕的纠葛。

　　作诗这件事，除了能够张扬李白在俗世的名声，让他赢得一个商人几乎绝无可能在士大夫间猎取的尊重，同时也不断地透露李白内在深刻的不安。无论是沦隐或显达，也无论是任官或修道，更无论是立功或成仙，李白从来就没有停止过怀疑自己的天地究竟应该位置于何处。也就是说：李白的诗歌一直就是他抛向世界的困惑，他始终不知道自己的归属，纵使归属在眼前脚下，他也已经将视线和步履投向另一个未知的角落。

　　正是这份根植于性情和教养交相作用的质疑，使得他对于信守固执之德的儒家不免嗤之以鼻，要不就是嘲弄："大儒挥金槌，琢之诗礼间。"要不就是讪笑："我本楚狂人，凤歌笑孔丘。"要不就是斥责："儒生不及游侠人，白首下帷复何益。"其激进之处，甚至引焚书之李斯、鄙儒之叔孙通为知己。古往今来，似乎只有一个鲁仲连是令他永远不会失望的偶像。

五

李白对于自己恒常之不满，要从他的作品之中访求。

前文已经提及，李白那样孜孜矻矻地摹拟前代作家的名篇巨作，是没有实用价值的。对于他那个颇有资财的父亲李客而言，不吝开销，购书藏家，让这个不肯承袭商业的儿子聊作游戏，更不可能是为了谋取功名。操之为之而不居，绝对与鲁仲连的风标身段有关。

《古风之十》："齐有倜傥生，鲁连特高妙。"《古风之三十五》："鲁连及柱史（按：指老子），可以蹑清芬。"《感兴》："鲁连及夷齐，可以蹑清芬。"《留别鲁颂》："谁道泰山高？下却鲁连节。谁云秦军众，摧却鲁连舌。"《奔亡道中》："谈笑三军却，交游七贵疏。仍留一枝箭，未射鲁连书。"此意不胜枚举，却是在以下的两组诗句里，我们可以看到鲁仲连之所以受李白崇敬、追随的究竟——《留别王司马嵩》："鲁连卖谈笑，岂是顾千金？"以及《赠崔郎中宗之》："鲁连逃千金，珪组岂可酬？"

《史记·鲁仲连列传》载鲁仲连舌战新垣衍，让秦军退兵五十里，给予了强敌侵略之下的赵国一个喘息的机会。适逢魏公子信陵君用侯嬴之计，夺晋鄙之兵击秦，秦军遂解围而去。当时平原君想要封赏鲁仲连，《史记》描述其事如此：

> 鲁连辞让，使者三，终不肯受。平原君乃置酒，酒酣起前，以千金为鲁连寿。鲁连笑曰："所谓贵于天下之士者，为人排患释难，解纷乱而无取也。即有取者，商贾之事也，而连不忍为也。"遂辞平原君而去，终身不复见。

鲁仲连的"即有取者，商贾之事也，而连不忍为也"，恐怕是李白终身不能面对的创痛。他平生作诗，但凡涉及建功立业者，总有"若待功成拂衣去，武陵桃花笑杀人"（《当涂赵炎少府粉图山水歌》）、"事了拂衣去，深藏身与名"（《侠客行》）这样的句子，而其所欲深掩者，恰是鲁仲连绝不忍为的"商贾"——那是像烙印一般、任李白如何转身离去也不能摆脱的贱民身份。

六

生活在今天的人都知道李白在千古诗坛上不可撼动的地位；归之于禀赋，归之于勤勉，归之于磨砺，归之于际遇，似乎都有迹可循。然而这些兼包内外的因缘果证，仍须从李白一生总是"去去不回"的行踪上找寻解释，以便于我们思索——对于"教养一个不世出的天才"的狂想，人们不应回避一个李白不会道出的秘密：他显现于世界的一切成就，都是从在根柢上否认自己的身份开始的。

史料从诸多方面告诉我们：盛唐时代的商人借由种种经济活动，以输通财货而在民间拥有了巨大的影响力；可是商人的势力愈庞大，所承受于士族、朝堂和皇室的压迫与轻鄙，也愈加剧烈。李白以"不庙见婚"两娶宗室之女，以白身之姿三入长安，远家齐鲁，放迹幽燕，隐遁匡庐，浪游江淮，终其一生只是"举头望明月，低头思故乡"，曾无回头返乡之一步。这是一个既失落了机会、又登不上舞台的纵横家血泪斑斑的实践。天才之奋勉、天才之寂寞，天才之不为时人所知，天才之无用武之地，俱在于是。

一个街头艺人，一个酒馆狂生，一个以他那样的阶级不该拥有的写作能力而名闻遐迩的道者，一个曾经那样接近过权力核心而仍只被以"倡优之徒"对待的浪子，以及——到了生命的最后阶段——一个国人皆曰可杀的叛国者。他不是被教养出来的，他是与命运和环境冲决对抗而花了六十二年时间才诞生的。

在当涂那一湾浅水中饮月而死之前，李白应该有这样一篇作品：

月明看皎然，星帛微茫列。谪我入埃尘，回眸一望绝。和醪变成泥，经岁同霜雪。轩车复骏马，戴日下丹穴。精魄犹不息，涉江与君诀。万里下冰轮，波间纷纭说。海湖裂尔身，化浪逐生灭。碎玉万千声，共誓此心热。且蹈碧魂归，殷殷作惜别。

你若一字一句细细读来，会知道非但李白并不想成为天才，这世界若不欺人，也应该不会期待天才。

目 录

钟鼓馔玉不足贵，但愿长醉不愿醒。
古来圣贤皆寂寞，惟有饮者留其名。

——李白《将进酒》

一　一面红妆恼杀人

　　早在开元元年，宫中流传一事，谓大雨过后，檐前滴漏之水凝聚，将苑中壤土润开，天晴之后复曝晒了几昼夜，于是地表皲裂，一入夜，竟然从裂缝处冒出一片明光来。宿卫大臣细心勘查，详细记载其处，至晓奏闻。

　　皇帝最看不得宫中崇闹着光怪陆离之事，立刻下敕，就地掘凿，不料挖出一块五寸长、三寸宽、有如拍版一般的宝玉，其色且白且碧，上有古篆刻文，书"天下太平"四字。当下百僚称贺，都说是天赐祯祥，万民福祉。宝玉就此收进了内廷库，原本也就没了下文。可是皇帝不多时就想起这块玉来，经常询问随侍在侧的高力士："彼'天下太平'收妥未？"

　　高力士侍驾多年，固然明白圣人的心思，是想要看一看那宝玉的夜光容色，遂拣了个空闲的日子，眼见昏暮已临，夜暗渐升，他忽然像是开玩笑一般地问皇帝："圣驾绰有余暇，何不消磨着'天下太平'？"

　　皇帝高兴了，随即命备宸舆，直入内库——他确实老惦记着那块玉。宝玉当然还在库中，锦匣缎裹，深纳密藏，万无一失。令皇帝既惊讶、又开怀的，是他果然见识到"夜光"的情景。非但宝玉本身如星似电，灿烂光洁，纵令是封闭了锦匣，也能流泄出氤氲如烟云的暖暖之光，照亮内库一隅。可那光，又像有心自作主张，逐时移转，殷殷指点着西南角落；彼处是另一匣架，所藏之物稍宽大，皇帝不由自主地沿着光照缓步巡行而去，来到一匣之前，低头一看，不由得啧啧称奇，道："光明恰是光明使！若无宝玉指引，不意宫中尚有此物。"

第二匣中所庋藏的，是一方夜明枕。记载为南朝齐梁间天竺之僧的贡物，将此枕施设于堂中，即可光照一室，不假灯烛。然而皇帝之乐，瞬息而逝，他沉下脸，让高力士把夜明枕放回匣中，顺手将"天下太平"的宝玉笼在袖子里，似也忘了收回匣藏之处，就这么匆匆离去了。

高力士明白，夜明枕让皇帝不愉快的原因，是他想起了中宫——也就是不甚得君意的王皇后。鸾凤不谐，其来有自，一枚夜光枕从此在宫中引起了不少蜚短流常。宫人不时相告：圣人要为夜光枕寻一个新主人。彼一谣言，敷衍甚久；容或说者无心，听者有意，渐渐地，将谣言当真之人，也就化身变作了谣言中人。

开元天子封禅事毕，天下大定，两京以外，东起沧海，南至罗伏，西过葱岭，北极大漠，俨然万邦协和，兆民依止。人人盛称圣人功同造化，黎民百姓无分远近，却都关心起皇帝的私事来。

特别是开元十二年王皇后被废而死，中宫虚位，而后传言争出，说皇帝下恤小民瞻望国母之情，殷切未已，诏敕中贵人微服出巡，到各地征选美女，以实后宫之宠。奉命选女的仗马幡舆，已经出京就道了，不一定什么时候就会抵达——但是抵达何处？天下府郡州县所言不一，但凡是出谣言的地方，便是使节即将莅临的所在了。倒是各地争传的使节有名有姓，不作第二人想，乃是高力士。

王皇后废黜之前，宫中曾有武氏——也就是则天皇帝的侄孙女，前后生了二子一女，是为夏悼王、怀哀王与上仙公主；顾其封名可知，这三位儿女都不幸夭折了。

皇帝原本也有让武氏继立为皇后的打算，但是，御史潘好礼上疏，说了一番冠冕堂皇的大道理："伏愿陛下详察古今，鉴戒成败，慎择华族之女，必在礼义之家，称神祇之心，允亿兆之望。"此外，就是李唐皇室最在意的门第之辨了："且惠妃本是左右执巾帨者也，不当参立之数。《春秋》书宋人夏父之会，无以妾为夫人；齐桓公誓命于葵邱，亦曰无以妾为妻：此则夫子恐开窥竞之端，深明嫡庶之别。"这两段话直指武惠妃是"御女"的身份，根本不配为国母，这是最令惠妃切齿的一击。

不过，潘好礼说的是实在话，武氏两代干犯朝纲，祸乱伦常，惠妃子的堂叔武三思、武延秀恶名犹著，恐为天下人所憎恨。犹有甚者，太子李瑛为赵丽妃所生，一旦册立了惠妃，又复生子，则太子地位不能自安。大唐立国以来，每于储君嗣立之事，瞻顾难安，一听潘好礼这么说，李隆基便铁下了心肠，尽管惠妃日后仍育有盛王李琦、咸宜公主和太华公主，却始终不得受封为正宫。

天子物色专宠的谣言没有断过——特别是在距离京城极为遥远的南方。就在李白沿江而下、游历广陵的同时，到处都争传着中使选妃的大事。据闻：高力士在闽地莆田相中了一个医者江仲逊的女儿，小字采苹，年方十五。

此女姿容秀丽，性情温柔，一向淡妆素服，出拔俗艳；难得的是她自幼好攻书、能文字，九岁通《诗》，能诵《周南》、《召南》。还跟父亲说："我虽女子，期以此为志。"江仲逊于是给起了"采苹"的名字，就是从《召南》诗"于以采苹，南涧之滨"字句得来。这女儿十岁能作赋，稍稍寓目之文，即可心摹手追，辞旨宛然，意境清远。许多士子为了一睹芳容，常假意称病，登门求诊。医者济世活人，交接广众，无论怎么护藏女儿的形迹，都止不住道听途说，却越发挑起了好事者窥探渲染。高力士风闻而至，衔圣命征辟入宫，江仲逊虽然万般舍不得，也只好无奈依从。

高力士到了闽地，驻留不过一日，便载得美人而归，其间还有一个缘故。江采苹不仅工诗能文，还精通乐器，擅吹一支白玉笛。高力士尚未及门，就远远地听见一阵婉转悠扬的笛声，入耳惊心。

原来开元天子也吹笛子，随身一支玉笛，日夜不离身，无论思虑或议论国政，时时把玩。有一说形容得相当传神："坐朝之际，虑忽遗忘，故怀玉笛，时以手上下寻之，非不安也。"堪见皇帝每每上下其手，若有所失，即使出于无意，也非得执笛在手，不能神魂安顿。及至玉笛不离左右，皇帝更常分心把弄，虽然不至于当场吹奏起来，但是贴身近臣都看得出：皇帝一面议政，一面分心摸索着笛身孔窍，默识其声节——他是在作曲！

传说中高力士万里风尘，来到莆田乡里之间，乍睹伊人，身在梅树之下，容眸流盼，神姿清发，简直不可方物，便觉这一趟承命出宫，迢递万里，仿佛就是专为此女而来。

风闻顺理成章，江采苹日后受到圣人的专宠，且受封为妃子，这一番际遇，原本不见于史籍。可是天下争传许久，寖成掌故，更有为作《梅妃传》以附会者；实则《梅妃传》所述，可能只是众口渲染而成，并无本事。毕竟，在睿宗以前，后宫仅设贵、淑、德、贤四妃。玄宗践祚，册封董良娣为贵妃，杨良娣为淑妃，武良媛为贤妃。开元之后，玄宗又改四妃为惠、丽、华三妃。

王皇后既废，玄宗才特赐武氏为惠妃。开元二十五年武惠妃逝后，即使专宠那国色天香的杨玉环，也一直没有特殊妃号。直到天宝四年，始册封杨氏为贵妃。梅妃之名，可想而知，恐怕即是虚构；而附会在她身上的一切传奇，是经由数十年甚至更长久的宫闱想象、秘辛与佳话交织而成，"梅妃"二字可能根本就是千百无名宫人、众多哀婉故事的一个代称。

无可讳言，有些事物、有些情状、有些言谈，说不定还是从贵妃杨玉环身上夺来。不过，当时的杨玉环还不叫杨玉环，人呼小字，就叫"玉奴"。

高力士征秀选美的传闻固然无稽，还只有八岁的玉奴却听说过这许多的故事，只是无论如何也不可能逆料：日后哄传于世间、踵事增华的梅妃佳话，竟有些是她自己的经历。这种颠倒错乱，殆因二十八年之后的天宝之乱，杨玉环红颜祸国之名，狼藉已甚，传说遂扭折原貌，使梅妃成了一个被杨玉环侵凌恩宠、横夺雨露的弱质才女，就连杨玉环的妙语柔情，也转嫁给梅妃了。

杨玉奴，是开元七年生，诞于虢州阌（读音若文）乡宦家。先祖杨汪曾经担任隋之上柱国、吏部尚书，唐初为李氏所诛杀。父亲杨玄琰曾任蜀州司户，在开元十七年——也就是传言高力士出宫寻访美人之后两年——就因罪下狱而死。十岁的玉奴顿失所依，被送往洛阳，寄养在她的三叔杨玄璬家里。

杨玄璬时为河南府士曹参军，这个官职只有从七品，秩卑势微，在士大夫阵中，无论实权前景，皆无足观；甚至没有真正的职事可言，不过是食禄备位而已——昔年的诗人宋之问的弟弟宋之悌流落此职，受上官府州刺史屈侮，沦落到为其家妓、妾婢教习歌唱，所谓"日执笏立帘外，唱吟自如"者，亦有之。其沦落不堪，一至于此。

然而，杨玄璬尽管蹭蹬不济，却慨然肩负起抚孤恤寒的家族大任，将哥哥的儿子杨仲嗣、杨仲昌，以及玉奴和她的三个姐姐都接纳在家，除了供应衣食，还到处奔波，为仲嗣、仲昌营谋仕宦的机会。

杨家姊妹自幼即好闻宫中事，从蜀中移家河南府，宫廷即在密迩，年幼时闻听的种种奇谈，倏忽之间已不再缥缈、不再遥迢，而来到了眼前。她们的相貌都十分出众，也都相信：身为一个女子，如果能够明晓礼仪、通识文字，兼之熟谙音律，娴习歌舞，或许就有亲近显贵、宫廷的机会。

这不只是稚龄姊妹们童駭而奢远的想望，也是收养他们的三叔窃心自安的抱负。尤其是音容笑貌都极其出众的玉奴，尽管尚在稚龄，杨玄璬已然经常刻意提携安排，逞其骄人之色、迷人之姿，不时串访那些有声伎乐伶的贵盛之家，一面使之留心声曲，勤学歌舞；一面也让人口耳争传：杨氏有女，资赋非凡。诸如此类的交际拜谒，以曲以乐、载歌载舞，看来没有弄权干势的用心。广结缘会而大显声名，却不至于为任何人忌惮。

当然，近几代以来，家族大人的惨酷经历也时时在提醒着杨家的少女们：自己的身份有如悬丝缒器，只消杨玄璬惹上了担待不起的罪过，她们还是可以在一夕之间断碎沉沦，万劫毕至。至若为妾为婢，为奴为娼，而无以恢复，也寻常得很。

洛阳本是隋朝东京，唐初为秦王府所在；唐太宗即位，名洛阳宫。皇帝行在，即是朝廷，全等京师。到了唐高宗显庆二年，洛阳正式成为东都。自此，三省六部皆分衙于此。显庆年间之后，历经武氏当国，长达四十四年的岁月，直到李白出生的那一年为止，洛阳可以说已经取代了长安的地位。

就军事考量而言，洛阳虽然险固，河南毕竟是四战之地，于李唐王朝本非开国立基之处。只是缘于地理之便，多方引进河洛、山东之地的新人才、新门第，以压抑立朝以来关陇旧臣的声势，却恰合于武氏的私衷。借助纵横如阡陌的运河渠道，输运东南粮谷、供应中枢，洛中更有其便宜之利。然而，就如同天下庶民的闲言碎语，杨氏姊妹最津津乐道的，还是长安宫廷之中出现幽灵的故事，她们从小就听说：则天圣后昼夜为鬼物缠祟，寝食难安，终于决议再一次迁都。

李白谪仙降世、到杨玉奴出生的前一年，复经十八春秋，其间西京长安近畿各州连连发生洪水、干旱、地震和饥馑，动辄便使为数以十计的州郡尽为天灾所荼毒。无论是恢复地力、赈济灾荒，都显得无比艰巨。开元元年，李隆基初即位，就曾经考虑再一次迁都洛阳，却不料为太平公主之乱所阻挠。

到了开元五年，由于宰相姚崇一句"王者以四海为家"的鼓舞，皇帝终于依照先前擘划，行幸洛阳。在经过崤谷的时候，遇上道路崩塌，旅次险阻，二十四天之后才抵达东都，前后待了将近两年。从此以后的二十年里，朝廷东来西往将近十次，随驾定都成为常态。皇帝大约有一半的日子是在这座牡丹花城之中度过的。

迄于开元二十四年十月，圣驾返跸回长安，杨玉奴也跟着去了。一路锦茵软舆，赏雪观梅而行；彼岁之秋，她刚过十七岁，已经出嫁两年，是为玄宗皇帝第十八子、寿王李瑁的妃子。此后又经过将近十年，直到她受封为玄宗的贵妃，形同国母，仪仗步辇已远非昔日可以比攀；每每回首前尘往事，她却总不会忘记这第一趟西京之行。途中她曾问身边的十八皇子：

"长安牡丹，何似洛阳？"

"长安凄紧，花不繁密。"

玉奴尚在蜀中就听说，则天圣后在西京时，于腊月天设宴赏花，先在宫廷轩廊外以巨铛沸水，引蒸腾之气入殿，催促百花尽得春阳之暖。一夕群芳竞艳，姹紫嫣红，娇丽万端。唯独那牡丹不从慈命，迟迟未开。于是天后下诏，就像是斥逐那些个不能应命成事的僚属一般，将牡丹"贬去洛阳"。孰料，到了洛阳之后，数以千计的牡丹却像是重获生机，一株株开苞吐蕊，大放异彩，前后竟绽放了二十四天。

这还不算，洛阳当地之人盛称：天后随即知道牡丹有心违命，更不肯放过，急忙派遣中贵人赴东都，焦烧繁花木本。不意来年冬末春初，洛阳依旧牡丹满城，那些经过火焚之后的花朵，竟然开得比前一年还要鲜艳、还要壮丽了。

"宫中却也如此？"玉奴问的是花，所思所念所忧虑的，则是无从捉摸想象的殿宇宫室。

皇子笑着轻声答道："人如故，花常新。"

这话她记得了，然而，记得反倒是深哀。

十八皇子李瑁，本名李清，比玉奴还小一岁。李清年方五岁时就被封为寿王，入宫随驾，学习文字礼仪。这是为他日后进一步受封、任官，甚至掌握实质的权柄所作的准备。在谣传高力士出宫的那一年，七岁的李清正式拜谒兄长永王李璘，其仪容俊秀、举止端严、礼节有度，恰是一个皇室子弟所必须显现的风范，皇帝立刻下诏，让他遥领益州大都督，授剑南节度大使之衔。直到他娶了玉奴之后才更进一阶，于开元二十三年加开府仪同三司，改名李瑁。

这一年,他也只有十五岁。在当时的十八皇子眼中,无论是婚姻、地位、人生中的一切,都不会再有什么改变。

又过了大半年,到开元二十四年十月,朝廷返还长安,皇子、皇子妃一律随驾西幸。也就在那一番"人如故,花常新"笑语犹温之际,玉奴不期然拥有了生平的第一个秘密。

那是在御驾即将抵达西京之处,长安城外东南三十里,地名灞陵。这是两汉时代就赫赫知名的古地,东汉末年董卓、吕布以及王允相继败没,李傕、郭汜挟献帝以令诸侯,王粲避地荆州,便是由此渡河,留下了"南登灞陵岸,回首望长安"的著名诗句。时入盛唐,东西两京出入频繁,每次大政西还,到了灞陵,就算结束了八百里的行程。然而在此,必须检点三省六部九司员吏、职守、典册、文籍等,事属例行,如仪而已。人马却要休憩整顿,皇帝、后妃以及宰辅,还有三品以上大员自行指点的亲随,可以在羽林的扈从之下,先行进入万年县宫邸,余者还要在灞陵多停留一宿。而李瑁则为皇帝所亲点,留守灞陵,暂宿于驿所专为搭建的帐舍,以行监司整顿之事。这不是什么重要的差使,但是对李瑁来说,则有委以专责的用意。他兴奋而努力地担负起职分,亲自到各衙署的舆马帐围之处视事。

是夜星月隐伏,秋风不兴,在宫人侍奉下,玉奴正要安歇,不料忽然听见帐外角铁争鸣,那是宫人夜间有警、相互传唤的声音。角铁自远而近,相次鸣击,却不见一个宫人。不多时,便看见成行的灯火,迤逦渐近,揭帐而入的,的确是一批红袖碧鬟、粉妆翠饰的少女——她仔细辨认着她们的容颜,却怎么也认不清一个。

少女们挑灯而入,各依序列,随即进来的则是一乘软舆,舆前一女,竟然是尚仪局女官的服色。这女官来到玉奴面前,微微额首,并伸出一只晶莹洁白的手掌，朝空按了按，仿佛是示意玉奴安心无需多礼；再一回身，软舆前帘轻启，打从里面缓缓步下一位白裳白裙的丽人，不论俯仰转圜，浑身上下都泛着一环一环的七彩虹光。

女官觑准时机，低声对玉奴道："呼贵主即可。"

玉奴不疑有他，按叮嘱呼了称号。软舆上步下来的妃子朝四下望了望，再深深看了玉奴一眼，眼角微微一扬，红唇略展，笑了："汝，可是寿王妃？"

玉奴闻言，正要答话，回头看那女官，女官昂首肃立，不发一语。白衣丽人一双玲珑大眼仍紧紧盯着玉奴双瞳，不肯放过。兴许是迫于无奈，玉奴想起年幼时市井间听来的无数传奇，便胡思乱想着：呼为贵主，可是无论怎么看，这容仪风姿却像是名满海县、妇孺皆知的那位梅妃？

白衣丽人仿佛窥看得透玉奴的心思，仰面大笑不止，露出了一截白皙粉嫩的脖颈，笑罢了却又不置可否，继续问道："汝既为王妃，及身而富且贵，犹自可乎？"

一听这话，玉奴但觉奇诡无伦，这不是任何妃嫔应该置诸念中的一问。一朝由寄生女而为王子妃，还能有什么"不自可"的呢？遽尔出此一问，想必是身在另一重高不可及之处，睥睨着身份卑贱的人物，漫为捉摸出来的妄念罢？玉奴想着，不寒而栗，遂盈盈一拜，颤抖着答道："得奉箕帚于圣人之家，奴犹再生人；不敢自可，遑论不自可？"

白衣丽人闻言默然片刻，收敛了先前刻意促狭的神情，点了点头，忽然转身对那女官道："果尔，便迎妃子一行耶？"

女官才答应了一声"诺"，白衣丽人一只冰凉如脂玉的手已然捉住了玉奴的左腕，稍一使力，便将她拽上了软舆。奇的是，软舆不见其大，而两人置身其中，亦不觉其小。耳边厢但闻风声习习，不过几数息的辰光，但听帘外女官报了声："至矣！"

所到之处，居然是宫禁之中。

眼前是座一眼看不着东西边际的宏伟殿阁。前后三进，中间牵连着无数楼阁轩廊，三殿面阔九间，前殿深四架，中、后殿深五架。左右另有天桥，连接着两座卷檐翼亭，前殿正中榜书"麟德殿"三字。正当央，乃是两扇巍峨的巨大宫门，通敞向内，可见中殿之处有两层楼阁，后殿也是一样。白衣丽人微一抬手，指了指那在夜色中只是森然一片阒黑的楼阁轮廓，道："彼处是景云阁、障日阁，乃是圣人宴饮、歌乐、球戏之地。"

且说长安宫阙，分别以太极宫、大明宫、兴庆宫三大内为主要的格局。其中兴庆宫在外郭之东，原本是李隆基尚为东宫时的藩邸。太极宫则是前隋与初唐时期朝会与皇居的重镇，唯大明宫特别不同。隋文帝杨坚立国之后，有感于当时古长安城破败狭小，地势湫溢，于是便在古城东南方，浐河之西，沣河之东，寻了一块隆起之地，是为"龙首原"，另筑一城。此即尔后大明宫之基址，由于地势崇高，可以俯瞰整座长安城，高宗之后，渐渐成为皇帝理政机要之区。而麟德殿，就位于大明宫区之内。

天子宫城富丽堂皇，何啻百数十所，为什么独独来此？

"麟德殿大集鹡鸰之事，一时美谈，天下皆知，汝竟不晓乎？"白衣丽人微一皱眉。

玉奴的确听说过麟德殿之名，但是这里面的典故，不是她的出身所能与闻而尽道，一时被问住了，只能哑口无言。

那是在开元七年九月六日，有鹡鸰数以千计，忽然来集于麟德殿，全无离去之意。皇帝看着这群鸟儿弥天掩地，颉颃上下，啁啾争鸣，更不畏人持物驱赶，一连十多天，昏旦如此，却不明白是瑞应福兆，还是天示灾徵。此时近臣之中，有通儒术者以为：这是《诗·小雅·常棣》之义，当然可算得是祥瑞。

"脊令在原，兄弟急难。每有良朋，况也永叹。"这是《常棣》一诗的第三章，原文是以"脊令"——也就是鹡鸰鸟——起兴，这种鸟在草原之上，飞则嘈叫，行则摇尾，与侣伴彼此呼应，也因此而令诗人联想起兄弟之情：兄弟之间，如果有了急难，必定能够通声气、相照应。比较起来，一般在外所结交的朋友，怕也只能自叹弗如而已。

说起兄弟之间相聚相帮，正是皇帝引以为乐也引以为傲的事。与五兄弟"长枕大被"，同宿寝宫，共聚相欢的亲即之情，他一向津津乐道，于是立刻下诏词臣魏光乘撰写了一篇《鹡鸰颂》，皇帝还亲自援笔大书一长幅横卷，以资王公百僚瞻仰。既名之曰颂，充分显示皇帝的沾沾自喜："伊我轩宫，奇树青葱，蔼周庐兮。""连枝同荣，吐绿含英，曜春初兮。""行摇飞鸣，急难有情，情有余兮。""上之所教，下之所效，实在予兮。"

此情此景从九月初至岁暮，每月上旬皆可见，独独到了十二月朔日，非但原先的鹡鸰如期而来，尚有雏鸟、虹雉、白鹭、白鸠、鹦雀、锦鸡、山雉甚至鸢隼鹠鹰，居然一时毕集，盘桓数刻，遮穹宇、覆雕甍，声势庞然，一时蔚为奇观，宫中喧噪争睹，欢踊无及。然而皇帝的神情却异乎他人，竟悄然若有所失。在他看来，百禽咸至，应须是朝拜凤凰，然而这群鸟儿毕集于殿中不多久，竟然一举惊飞，迤往西南巴蜀方向而去，再也不回头了——它们似乎只是暂集于此，另有所事，不是来朝拜天子的。

直到开元九年秋，皇帝诏迎老道士司马承祯入内宫，亲受法篆。问起当年佛、道争胜，僧人慧乘大折道者李仲卿的题目，"人法地，地法天，天法道，道法自然"之本义，话锋一转，把一年多前九月以迄岁末的奇景说了一过，并垂询道："百鸟千禽来降麟德殿，略不栖止，倏忽而去，此象法乎自然耶？"

司马承祯应声答道："巴蜀古来号为寰宇奥区，代出异人，终将为天子羽翼，既有珍禽为媒，导其先路，天子晏然耳！"

老道士这么说，让皇帝安心不少。只不过，司马承祯并没有把话说完。他还从皇帝的描述中体会了奇特之象：显然，在开元七八年间的冬末春初，巴蜀之地有极不寻常的异人，将这一群朝天之禽召唤而去。他不希望天子雄猜，横生扰攘，而刻意隐瞒了这一节，只淡淡地道："圣人宣伦常之情，天下景从，四海清一。"

在说到"伦常"二字的时候，司马承祯别有所见，却不忍道破天机，只能深深凝望着皇帝，语气也特意加重了。

说起伦常，皇帝此时心念所系，还是兄弟扶持，磐石之固，推而广之，便是齐家治国、安定天下的那一套。其人生境界，不外书面教训，或是《鹡鸰颂》里那些"得在原之趣，昆季相乐"、"揄扬德业，褒赞成功"的空言。他已经三十六岁了，成为一个大帝国的元戎，既仗着几分算计，也不免有几分侥幸；但是，于情愁爱憎，多不过是予取求求，称心遂意而已；也还没有遇见他那独一无二的妃子。

引玉奴来到麟德殿前，这位白衣丽人忽然长袖一挥，兜身虹彩薰染飞散，整座大殿便灯火辉煌了起来——且还不只前殿，一眼望去，景云阁、障日阁，以及二三进正殿近旁、东西牵连的复道、亭台，几乎无处不透露出灿烂的明光，笼纱灯、明火仗，还有高高低低的玻璃宵檠，霎时间驱散了夜暗，同时也揭开了洪亮的乐声。分别来自四面八方的羯鼓、钟磬、笙笛、丝弦，一时俱扬，分明是无数歌曲、各作节奏，却有如群山万壑之深处，各自奔泻的淙淙溪水，因乘缘会，穿插汇流，共赴一片汪洋。其间有歌唱者、有吟啸者、有醉呼嚷闹者，更有隐约可闻的猿啼马嘶，从天涯海角传来，真可谓万籁齐鸣。

其间，尤其令玉奴惊讶的是，隐隐然有一款清脆玲珑的敲击之声，与诸乐全然不谐，甚至堪称凌乱无节，却又十分悦耳，其声时发时止，一发也只二三声。过了片刻，她才认清，那是一群藏身在花树丛中的宫娥，手牵彩丝，丝作长绳，绳端系着小铃，缚在枝梢，见有雀鸟飞来，宫娥便轻轻拉扯几下丝绳，铃声骤起，如人低语，把雀鸟惊开，便不至于伤了花朵。雀鸟扑着翅子飞去别处了，花丛里的宫娥则一片哗笑，仿佛摇着铃、惊了鸟，便是天地肩头一等乐事。

即使是在洛阳宫的这两年，玉奴也从未见识过如此华丽繁盛的场面。她感觉晕眩，像是天地万物就在刹那间俱已有，原本是身外之物情，一霎间都成了本我，竟至千钧万石，难以承担。她的眼眶中涌出了不可收拾的泪水，那不是悲痛或哀伤，却比她所经历过的悲痛与哀伤都要沉重。

"苟非当日咸宜公主出降，汝今日——或恐亦在牵丝宫人列中。"白衣丽人回眸道，"一面红妆，生死凄凉；可恼春风格调，宁不见秋霜？"

二　仙人浩歌望我来

白衣丽人这话，说得直白入里。置身于帝王之家，纵使只是一介宫人，却在漫不经心之间，以为自己拥有了一切繁华。

所谓"出降"，即是帝女出阁。两年前的七月，朝廷还在洛阳，皇帝将女儿咸宜公主下嫁卫尉卿杨洄。杨洄固是皇亲，乃中宗皇帝之女长宁公主与世家显宦杨慎交之子，身属弘农杨氏贵戚中最为显达的一支。而玉奴的三叔杨玄璬借同宗关系，夤缘攀交，以千匹精帛的代价，让寄养在家的玉奴成为咸宜公主的随驾嫔从之一，在婚礼期间——尤其是在请期、亲迎的两日之间——参与一连串的隆仪盛典。嫔从之数有八，人人粉妆玉饰，毕礼还家，这是常情。

只不过天数注定，人不自由。请期当日，参与婚礼的十八皇子一眼看上了嫔从之中容颜尤为出色的玉奴，忍不住多方探听，得知玉奴身世，随即奏明武惠妃：他也有成亲的意思了。武惠妃实则另有盘算。李清大排行十八，却是武惠妃在接连夭折二子一女之后幸存的儿子。武惠妃担忧事如旧例，孩子不能养活，便委由刚刚产子的宁王妃元氏代为哺饲，宁王夫妇福德宽厚，也就将十八郎字育成人了。

在武惠妃而言，这个孩子毕竟是亲生骨肉。十八郎生得面目韶秀，骨骼魁伟，怎么看都焕发着帝王之相，如果能取代皇太子李瑛，则母以子贵，随之而继位中宫，也是水到渠成的事。要将十八郎一举而推为储君，便不能不仰仗中朝大臣。可是，自武、韦乃至太平公主以降，天子防范内外，严禁中宫与外廷通款，哪怕是言语泄漏，都要受到极大的谴责——当年泄漏废后之议而遭杖刑流死的宠臣姜皎，就是最鲜明惨酷的例子。

欲得朝臣奥援，却又不能明目张胆地交游结纳，遑论密迩过从、商略权柄。可是，即将与自己女儿咸宜公主成亲的杨洄这一家又别有地位。弘农杨氏，堪称枝披叶纷，蔚为大族，无论在京在郡，有职有任者堪称不计其数。武惠妃眼睛一亮，她眼中所看到的不是丽人，而是姓氏；而杨氏这一家，亦犹如苍茫大海之中，朝武惠妃漂来的一枝浮木。杨氏故旧沿溯，门第高华，这一门亲结下来，并不失格，而杨氏女的养父杨玄璬官职不高，于武惠妃却是佳处：有这么一个并非宰辅大臣的人物居间往来，谊属亲伦之好，也较不易引人耳目。

于是武惠妃也匆忙禀奏，要为十八郎娶妇。她有十成的把握，皇帝难以拒绝。这是因为在咸宜公主出降以前，为了食封多寡，曾经起过一桩不大不小的纠纷，让皇帝略失颜面，却也显示他偏宠咸宜公主的特殊情感。

大唐旧制：皇亲封户本有定额，亲王食封八百户，也有到一千户的；公主三百户，长公主六百户。到了高宗朝，武后所生的沛、英、豫三王及太平公主就不一般了，他们的食封户口累有增加，逾于常制。太平公主从原本已经逾制的一千二百户增加到三千户。神龙初年，相王李旦和太平公主的食封甚至到了五千户。这种聚敛以竞相豪侈的格局，去初唐之简约，简直不可以道里计。

皇帝并非见不及此，就在诛除太平公主之后，还作过一番整顿，重为张置、立律：皇妹食封不能逾千户，皇女食封不能逾五百户，每家给以三丁为限；甚至还约束了驸马，皆除三品员外官，而不任以职事。当时近臣中也有以为公主邑入太少，已经到了不能"具办车服"的地步，这当然言过其实，皇帝还下过口谕斥责："百姓租赋，非我所有。战士出死力，赏不过束帛；女子何功，而享多户邪？"接着，皇帝还补充了一句："此即是劝谕公主们明白俭啬之道耳！"

可是到了一心宠爱的咸宜公主议婚之际，皇帝忘记了他的家教，急着要给一份丰厚的妆奁，忽然间下了一道诏命，为公主增加食封至千户。然而皇帝还有二十多个只有一半食封的女儿，皆哗然鸣不平。圣人的成命既不能收回，群情又非安抚不可，只好将诸公主的食封都调增为千户了。

武惠妃冷眼旁观，深知皇帝对咸宜的宠爱恰可以为十八郎铺张些许地步，一听说儿子看上的女子与咸宜许嫁的夫婿杨洄是族亲，便迫不及待地提出了自己的主张：何不让咸宜公主和十八郎的亲事连属举行？

这样做，委屈的是十八郎，他只有极匆促的时间完成纳采、问名、纳吉、纳征等六礼，期使亲迎大礼得以相衔遂行，然而十八郎毫不在意；他心念紫回，只是娶得杨家之女而已。此时，正当满宫满朝汹汹议论着公主加封、有失俭德，有人甚至慷慨陈词，说起数十年前的开耀元年，同样也是七月，高宗与武氏为太平公主主持婚礼的事。

彼时太平公主正得天颜厚宠，所嫁的驸马薛绍出身河东大族，父亲也是驸马，母亲更是太宗与长孙皇后的亲生女儿、高宗之姊城阳公主，可谓贵盛之尤。薛绍和太平公主的婚礼假万年县衙署为婚馆，衙门太窄，容不下轮画朱芽、金漆雉羽的翟车，万年县令不敢干犯公主的威仪，索性捣毁衙署墙垣，好让翟车通行。迎送新人的行伍如肠之回，蜿蜒于京师坊道之间，自昏暮时分起，从兴安门设燎站，远相连属，以供应人车持爝仗照明。由于队伍过于庞大，行道两旁栽植的樾树都被熏灼得焦枯了。

故事如此，一旦与眼前的婚仪相比附，传进天子耳中，除了再一次念及太平公主而不免忿忿之外，更不能有所谏阻。倒是武惠妃的说法令皇帝开心了，她说："合二婚都为一婚，足见天子俭德！"

玉奴和十八郎的姻缘维持了整整五年，也就在抵达长安之后的第三年，小夫妻被生生拆散。不到那时节，她根本不会知道：自己之所以骤尔出嫁、飞上高枝，其实还隐藏着武惠妃的意志与斡旋。然而在初抵帝京的这一晚，白衣丽人的话却蒙昧模糊地提醒了她：从天而降的富贵，必然有所渊源；而天降富贵临身，却也未必即为所有。

"偕汝来观，但教汝识得：天子之家，乐兮无极，唯安其分耳。"

白衣丽人冷冷地道。说时一旋身，连同先前的女官、宫娥，并眼前一片灿烂光景，声歌舞乐、鼓角筝笛、花树灯火还有楼榭殿阁，一并没了形影。她悠悠醒转，复绵绵昏倦，既不知梦境的际涯，又不知现实的边界，辗转良久，满眼迷茫，才察觉一身还在灞陵驿栈的帐围之中，秋气暴寒，直向层层的锦幕织毡中沁入。她猛可揭开榻前罗帏，只一皱面青衣的老妇护持着三尺短檠。缭绕着她的，是飘飘之烟，照亮着她的，是荧荧之火。

玉奴转眸四顾，不由得喊了声："那——梅妃呢？"

老妇原本打着瞌睡，状似对先前玉奴那一趟御风之游懵然无知，听玉奴这么一说，若有所觉，道："宫中向无号梅妃者。"

"是一白衣丽人，周身彩虹侍驾……"说着，玉奴也觉得情状诡异不伦，随即住了口。

老妇皱了皱眉，蓦地醒了，摇晃着头颅，暗自沉吟着："不该，不该。"

远远地，西面传来了鸣报乙夜的析鼓。与洛阳宫嘹亮而显得簇新的鼓声大异其趣，长安的更鼓凝重而沉厚，每一击都像是穿透了阒暗的天地，又将那无止无尽的夜黑压得更深一些。玉奴等待着老妇说下去，有什么不该的？是那白衣丽人不该来，还是她不该见那白衣丽人？可那老妇不再言语，又瞌睡了起来。就在析鼓的余音杳然消逝的时候，十八郎的人马回来了。她听见金铁碰撞之声。听见人马喧啼之声，听见一面面不知几丈高阔的遮天大纛，在半空中肆意吸卷、排击着夜风之声。

这阵仗来得急遽，老妇为之一惊，拍打着自己的脸颊，一面匆匆向外迎去，疾行数步，又蹍了回来，倾身近前，叮咛道："妃子得见上仙公主之事，万勿与人言！"说罢，更摇头不已。她紧紧握住灯檠，一面使劲朝外努嘴，似乎更有意不教甫自帐衙巡行归来的十八郎知道些什么。

玉奴固性执拗，小有龃龉疑惑，总不肯轻易放过，便追身上前，一把伸手攫住那老妇肘臂，强问道："上仙公主如何？"

那是二十年多前夭折的公主，宫中殿外，关于她的传言也颇有一些。据说：开元初，上仙公主诞生之时，武惠妃丝毫不觉分娩之苦，公主更不啼哭，临蓐异香满室，在褓褥中极为秀美，皇帝越看越是怜爱。孰料不到几个时辰，新生之女即无疾而终，一笑冥逝。皇帝痛惜不已，为举丧，停灵于掖庭之时，宫人纷纷来报：就在公主的灵座周围，既有薰风送暖不歇，也有七彩虹云、团圆环绕，但不知该如何解释。

皇帝在朝廷上多方谘求，希望能为公主的夭折作一个不失体面的解释。是时，恰有出身曲江的右拾遗张九龄上奏，以为公主灵位的异象，是所谓"祥风瑞虹"，恰可以为"公主乃是神仙下凡"之证。此说让原本就深信神仙方术之道的皇帝得着了平静，不过，更多光怪陆离之事，却由此而伏下了根苗。

皇帝难以逆料的，是这一度下凡、淹留只片刻的神仙公主，自此不时出现在宫闱之中。每当皇帝宠幸所御，心有系属，或者是掖庭得荐新人，寄获宠眷，上仙公主便翩然而来；来时总会避过圣驾，或邀那御女往苑囿赏花，或携之共赴宜春院看内人教习歌舞，或至骊山温泉所在之地游观竟日。虽然芳踪所过，每不相同，可是这贵主交代的，总是那么几句话：

"偕汝来观，但教汝识得：天子之家，乐兮无极，唯安其分耳。"

后宫故事，老妇知之甚详，却一句也不肯泄漏，只喃喃呐呐地道："不该！不该！"

不该什么呢？

玉奴问不出个所以然来。

老妇心头的疑惑却更为深重：上仙公主是从来不会在皇子妃面前出现的，她从来所示相者，都是皇帝的女人。

三　剪竹扫天花

　　花朝寂寂渐凉春，痴算多情几步尘。天女重来本无计，犹遗嗔笑枉沾身。

《花朝寂寂》这一首诗无题目，所用天女散花之典十分平易，说的是维摩诘与弟子传授经法，天女将花篮中的鲜花洒向凡间，弟子身上便沾满了鲜花，可是诸菩萨在座者，天花随触即落，不沾附于身。诗的作者是安陆故相许圉师的孙女许宛。读来平常，个中确有宛转不尽的意思寓焉。欲明究竟，不能不先说"天女"。

此事出自《维摩诘经·观众生品》。明明是说天花之落与不落，确有分别；但舍利弗的解释却另出机杼。当天女问舍利弗，何以有些花落、有些花不落的时候，以舍利弗所见，则天女之问已然落入"分别相"之思。所以，舍利弗答复"何故去花"之问是这么说的："此华（花）不如法，是以去之。"将这段话再进一步解释，是谓："若于佛法出家，有所分别，为不如法；若无所分别，是则如法。观诸菩萨华不着者，已断一切分别想故。"花不沾身，是一个譬喻，即谓：在佛法中，尚存有分别心的，乃是"不如法"；不存分别心的，才是"如法"。

不过，这只是舍利弗与天女对话的发轫而已。许宛持此以为诗句，别有作意。"天女重来本无计，犹遗嗔笑枉沾身"一联，有表、里两义。从字面看，天女原本无意投身人间，一旦重来，不免还是沾染了世俗的嗔笑。往深处看，就不能不往散花故事的后文之中琢磨。

典故里的天女，借由舍利弗的论断："结习未尽，华（花）着身耳！结习尽者，华（花）不着也。"经过几轮迂回试探，直到天女迫使舍利弗说出一句："解脱者无所言说，故吾于是不知所云。"这是"不知所云"四字出处，却与后世之俚言俗意不同，舍利弗是在解释：得了道的人言语道断，心行处灭，无话可讲，于是才说"佛说不可说"。

可是，难道说"结习未尽"与"结习已尽"就不是出于分别心的判断了吗？天女继续追问"解脱"的奥旨，所问极是犀利："言说文字，皆解脱相。所以者何？解脱者，不内、不外，不在两间；文字亦不内不外，不在两间。是故，舍利弗！无离文字说解脱也。所以者何？一切诸法是解脱相。"

此问大哉！说穿了，天女就是反诘那舍利弗：不立语言文字，就算解脱了吗？以传法证道的常态而言，语言文字就像是助人过渡的桥梁或舟船，尽管过河拆桥、舍舟登岸，不还是要借助于语言文字，才能解脱吗？"佛说不可说"不过是一种让人不拘泥于语文、不执著于字句的说法，持此以回避论理，只见其无，不见其有；徒作空论，反增妄想，已然落入了偏倚之见。

舍利弗一时不能作答，索性变换话题，将"立文字"与"解脱"之辩扭转为"实践"与"解脱"之辩。他道："不复以离淫、怒、痴为解脱乎？"

离淫、离怒、离痴是出家人修行之大旨，这一句反问，似乎是指责天女：若说"解脱"这境界无离文字，而"一切诸法是解脱相"，那么，尽从文字求解脱则可，不用出家也能成佛吗？

天女所答更妙："佛为增上慢人，说离淫、怒、痴，为解脱耳；若无增上慢者，佛说淫怒痴性，即是解脱。"

佛门俱舍论有七慢之说：通说谓己胜于人者，皆称为"慢"。其中第五为"增上慢"，指"未证得圣道而谓已证得者"。这话深刻地质疑了面前的舍利弗——这位身为释迦牟尼前辈而在列为弟子的修行者——并且将论理的层次再推进一层：如果把淫、怒、痴视为人性内在"增上慢"之心的外显、表象，真正透过践履修行所解脱的，应该是内在而更幽微的"增上慢"心；若是本来没有"增上慢"心的,则佛所立的语言文字,便是直指淫、怒、痴的本质(性),这也不能不说是某种形式的解脱。换言之:若要透彻理解淫、怒、痴之性,仍旧非立文字不可,这也就不是持戒修行的实践而已,仍然可以说是一种不离于语言文字的解脱之道了。

这一场辩论终于结束,舍利弗弃甲曳兵而服善,仍勉强发感叹之词,不意又露出了论辩上的破绽:"善哉,善哉!天女!汝何所得?以何为证?辩乃如是!"

天女持论并未稍懈,临了还是当头给了舍利弗一棒喝,道:"我无得无证,故辩如。所以者何?若有得有证者,即于佛法为增上慢。"

论道以机锋过人,的确常令耳聪目明之士感觉痛快。许宛很能赏味这痛快,可是她熟读《维摩诘经》,并不只是为处处进发激扬的辩智所吸引,而是因为"天女"的本性。

《维摩诘经·观众生品》叙述到此,一直没有形容过天女的本相,舍利弗却忽发一问:"汝何以不转女身?"

这本是令许宛困惑的一问。此问可以从完全相反的两面作解,其一是:"汝何以常保此女相,而不转为男子之身?"也可以解为:"汝何以常保此男相,而不转为女子之身?"

其惊人之处,在于读经者会赫然警觉:前此所述"天女"二字,竟为读经者毫不怀疑其为女身之人。然而,"天女"便一定是女身吗?这时,天女的答复也出人意表:

"我从(入维摩诘室)十二年来,求女人相,了不可得,当何所转?"

这话,既可以解释为:"我的确是女身,但是十二年来,仍求而不解女相。"更可以解释为："我的确是男身，但是十二年来，仍求而不解女相。"天女即使看似回答了舍利弗的询问，仍未坦言其本性究竟是男是女。这样故作暧昧，正是不要人从"相"上分辨男女。从而，天女接着反问："譬如幻师化作幻女，若有人问何以不转女身？是人为'正问'不？"——这是一个合宜的问题吗？

舍利弗的答复是："不也。幻无定相，当何所转？"

天女立刻以子之矛、攻子之盾，道："一切诸法亦复如是，无有定相。云何乃问不转女身？"

天女不但毫不假词色，步步逼问，还施展神通，将舍利弗变成了天女自己的模样，而天女本身则变化成舍利弗，并且报以先前对方的疑问："何以不转女身？"

舍利弗当即以天女之相而答复道："我今不知所转而变为女身。"

天女从容不迫地答道："如果舍利弗能转此女身变成男身，那么一切女人亦应当能转成男身。如果舍利弗本不是女人，而示现是女身，那么一切女人亦本不是女人而示现是女身。所以佛说，一切诸法不是男也不是女。"

回顾许宛《花朝寂寂》这首诗，作于开元十五年春，之所以有感而吟成，应该是在另一出自崔涤之手的七律抄递到府之后。崔涤的信札先在许宛的父亲许自正手上勾留了几日，才让她过目。其字句如此：

　　琴心偶感识长卿，缓节清商近有情。脱略鹔裘呼浊酒，消淹蚕篆作幽鸣。萧墙看冷双红豆，病雨听深一紫荆。滴落风流谁拾得，晓开新碧漫皋藕。

司马相如与卓文君旧事世人熟知，言在古而意在今，当是指有一才士，或将于来日登门，不免有琴挑之行，颇可留意云云。只是当下无人能会得：诗中所说的"鹔裘"，正是司马承祯派遣门下行走道者赍往金陵、相赠于李白的一领紫绮裘。

接到崔涤的诗信，似乎是得着了为许宛议婚的暗许。于是在接下来的几天之中，许氏、崔氏和郝氏三家各为东道，相互走串商量，往来相当紧密。无论如何，这是必要的礼节；仍是为了许宛之前两次不了了之的议婚，却都关乎各家的体面。

即此不能不从安州郝氏说起。

安州郝氏，世出公卿宰辅，郝处俊一支，最为显贵。昔年郝处俊二娶龙氏、彭氏之女，共生五子，诸子各传一经，号称"郝氏五经"。日后除四子朝瑞一支仍然勉承朝廷事功之外，大多沉迹下僚，无籍籍名者多矣。

郝处俊长子郝北叟丧子象猷，不得已，由当涂丹阳郝氏的少年郝知礼承祧入籍安州之家。有人以为那一次议婚原本逾越了伦常——虽说郝知礼为旁郡别宗之子，但若细究起身份来，毕竟要算是许宛的晚辈。不过，另有一说，言之者凿凿，却说是郝处俊的墓葬出了纰漏。

传闻郝处俊丧葬事完毕，有一书生过其墓，长叹一口气，道："葬压龙角，其棺必斫。"日后其孙郝象贤，坐大逆不道之罪，果然被武氏毁坏了郝处俊的坟茔，劈露棺椁，焚烧尸骨，惨烈不言可喻。但是人们发现：郝处俊发根侵入脑骨，皮毛托附骸髅，无不啧啧称奇，数说这真是贵相之人。

彼时郝家有老仆，趁人惊视皮毛髑髅的异象之际，却从斫开的棺木之中拣出了一囊物事。

据说在高宗咸亨末年，有胡僧卢伽阿逸多者，受诏炮制长年药，药配成了，高宗皇帝正欲吞服，郝处俊却出言拦阻，说："天生寿数于人，修短有命，未闻万乘之主，轻服蕃夷之药。"

接着，郝处俊还举了一桩情况相仿佛的近事为例。那是在贞观末年，太宗令婆罗门僧那罗迩娑寐依其本国旧方合成长生药。胡人的确像是有些诡秘的门道，四处征求灵草秘石，历年而成。太宗服食之后，既无异状，也无别效，未几且就顿然衰老将死。弥留之际，御前名医束手，竟不知道该如何诊治调理。彼时朝议汹汹，不免归罪于胡僧，要将那罗迩娑寐加以显戮；又担心这么一来，反而彰显了天朝大国英明圣人的愚闇，授人以话柄，贻笑于异族，那就连治理夷狄的政务都不好办了。郝处俊语重心长地奏道："龟镜若是，惟陛下深察。"

高宗皇帝果然接纳了他的意见，可是却将卢伽阿逸多给炮制的长生药送给了郝处俊，笑道："卿若不豫，或不吝当试此。"郝处俊为人行事光风霁月，坦荡无私，当然没有吃那胡药。然而，药毕竟是圣人钦赐之物，随身合葬，终究表示不忘皇恩。

开元六年郝知礼暴卒于街头之后，有人惋惜不已地说起：却怎不曾一试那囊胡僧药呢？若是及时喂服了，说不定还就挽回了郝知礼的一条性命。传言四散，枝叶纷披，久而久之，已经不辨首尾，人人只道郝氏秘藏家传，有长生药一帖。而这一门上上下下几十口人，既不应承，也不辟谣，似乎还真是守着这么一囊药，或是待价而沽么？

三年之后，就是二度来议婚的崔氏之子崔詠了。

先天二年，李隆基铲除太平公主，崔詠的伯父崔湜被宫人所譖，控以毒害皇帝的重罪，蒙赐死，自经于荆州擲甲驿。崔詠的父亲崔液则惧祸及己，举家分路逃亡，一时间父子离散，不知所终。

崔液，字润甫，乳名海子，状元出身，诗文婉丽缠绵，可是胆识极浅小。一旦被祸，惶惧尤深，只身寄居于郢州的友人胡履虚之家，连名字都另起了。稍后闻道朝廷两度大赦——第二次赦诏公告天下时，还一并改了年号，是为开元一朝，万象更新，和气可掬——崔液这才小心翼翼恢复旧名，并暗地里打听失散的家人下落，却迟迟不敢回京。

就这么蹉跎到开元五年二月，天子驾幸东都，三赦天下，崔液才决意返回朝廷。可是人算不如天算，他畏首畏尾、默观静待多年，不意却在最后一程路途之中，心血暴溢，突然过世。其子崔詠服丧期满，竟无家业可继，在族亲的催促之下，便就郢州、安州、荆州等地到处游历，遍干戚友。好容易经郝氏撮合，大力扬说，称道当年崔仁师以一篇宽刑之文，影响广远，早有厚泽大恩于许氏，是以许自然射猎杀人一案，并未波及许自正一门，这何尝不是福根早种的吉兆呢？

总而言之，算是牵丝攀藤地说成了和许宛的亲事。孰料就在行"雁奠"之礼的当下，那鸿雁奋翮一击，竟然啄瞎了崔詠一目。对于家道颓唐不振的崔氏而言，真可谓雪上加霜了。

自及笄之年初议婚约起，两番姻缘破毁，计已近十载，风雨人言，不可说不折磨。许宛度日平淡，读经作诗，逐渐从那"男有分、女有归"的古训之中解脱出来——她只道自己为示现女身，而未必便是一女子。如此说来，"天女重来本无计，犹遗嗔笑枉沾身"这一联诗意的内在，原来是要更彻底地将自己从"女身"之中得到解脱。

这根柢的透悟，使得许宛从生活的许多方面洗除了女子的面貌。经年累月下来，微小的变化逐渐显著起来。她去珠饰、却绫纱，将过往成套的锦绣半臂衫、对襟窄袖襦、泥金帔巾、云头缎鞋等一一分赠了仆妇——甚至还辞退了几个贴身侍奉的婢鬟。不只此也，许宛还为自己独居的闺房命名为"蘅斋"，取意于汉代古诗《新树兰蕙葩》，其诗云："新树兰蕙葩，杂用杜蘅草。终朝采其华，日暮不盈抱。采之欲遗谁？所思在远道。馨香易销歇，繁华会枯槁。怅望何所言？临风送怀抱。"蘅即杜蘅，这种香草难得一见，终日采其花，至暮所得不足盈抱，则其孤寂寥落可知。

郝知礼暴卒是在开元六年，不菁年，三千余里之外的河南道来了一僧，年约三十有余，遍身尘垢，满面风霜，一头披肩的长发，披覆着劳顿憔悴的容颜。然而郝氏门中长者，无不惊愕异常：熟视此僧面目，竟然与三十年前以大逆之罪遭支解之刑的郝象贤一模一样。

僧自呼为"尘吼多"——亦即俗称的"头陀"；说是来自莱州掖县晏平仲故里。这地理一经道出，郝家族亲更是人人喜泪盈眶了。平仲故里为彭氏聚居之地，而彭氏，恰为郝处俊再娶之妻的郡望——当年郝象贤被祸，其妻也身遭显戮，但是襁褓中有一幼儿，为郝象贤庶母的家人携去藏匿。由于这婴孩出生尚未弥月，还来不及报录"公验"，取得身籍，偏逢大难临身，就此而成了"逋逃人"，又名"浮逃人"。像这样的野人，勉借度牒，寄身僧院，想来也是隐姓埋名的不二门径。

尘吼多面上不露哀乐，开门见山表明心意，他是为了那一囊药而来的，所说的话简要而冷清："侍中故物，发冢而得，乃是天意，必有悲愿未完，须以此物舍人。"

家人延之入府，尘吼多只是不为所动；仆妇们开门奉茶舍饭，亦不饮食。郝家中门以内有一株数百年的银杏，根干粗可数十围，繁枝出墙，叶荫满地，他便取树荫下站定，日夜禅定，双掌合什，两目深瞑，再问他任何言语，俱不作答；更不理会过往人等指点喧笑；仿佛打定了主意，囊药不到手，便不离去。

如此僵持了月余，直到有一天，崔詠来拜，他才微微睁启一目，略视其出入，叹了一口气，还是没有片言只语。两年以后，由三姓族长安排的亲事粗成眉目，未料纳采之时，崔詠被大雁啄瞎，尘吼多早就不知流浪到何方去也。坊巷间却争传起他当时那看似颇有意味的顾视与喟叹——莫非郝处俊那一囊随葬埋没、复发冢而重见天日的长生药果然有些未完的功效？

恰似时序更迭，不失节度，崔詠眇其一目过后不到一年，人也瘫废了。那是开元十年的春天，尘吼多又神不知、鬼不觉地回到安陆，还是那一番索讨长生药的言语，依旧银杏荫里，依旧住姿禅定，不应尘嚣。

郝家人越以其人其情为蹊跷，便越不敢搭理，只能盼想他来来又去而已。事为许宛得知，忽一日拂晓乘舆而至，就在树荫下与尘吼多攀谈起来。

"头陀来意如药何？"

尘吼多仍旧紧闭双眼，答道："取以施人。"

"便知此药真延命耶？"

"然。"

"今有崔氏子惊疯瘫废，可以此药瘳救乎？"

尘吼多微一颔首，道："敢不尽力？"

"奴便为头陀取之。"

许宛言出而诸践，随即报门而入，只辨一理：彼长生药真伪不明，于侍中郝处俊一世之令名实乃有损；若这药根本不能延人性命，则当年苦谏圣人勿用，就确实是有卓识的；反而言之，若这药真能使人长生，则侍中宁全其死事而不服食，也是大节楷模。总之，知其然甚乃知其所以然，总比墨守一囊，任由里谣造作、众议纷传来得好。谈论不移时，许宛便说服了郝氏族人，将那一囊药发付了门外的尘吼多。

这一裹皮藏多年的胡僧药囊原本不加缝纫，全由细密的折叠缩扎而成。无论是当年在宫廷之中，甚或是日后重发于地下，都不曾开启过。此番到了尘吼多手上，临街当空一抖擞，黄绫八开，里头是九粒径可二寸的乌珠蜡丸，满持双捧，登时异香喷薄，洋溢百数十丈。

尘吼多原只凑近蜡丸嗅闻、辨看，口中喃喃，像是在述诵着那丸药的材质成色。接着，却在众人惊呼声中，捏碎了其中一枚的蜡裹，指沾泥瓤，以舌尖试其味。这还不算了事，尘吼多更有惊人之举，忽而一仰脸，便把那剥落了蜡封的丸药塞进口里，挫牙叩齿咀嚼起来——嚼了片刻，吐出渣滓略事观看；复嚼之，再吐之，如是者三。三过而后，吐出来的渣滓就不成模样了，尘吼多浑不措意，随手抛掷而已。

就这么一丸嚼罢、再嚼试一丸，嚼到只剩下一枚了，黄绫重新包裹，举手过额，捧付许宛的舆伕，尘吼多道："崔氏子得此可以瘳减矣。"

许宛一展眉，笑了，道："头陀得其方耶？"

尘吼多放声大笑，掉臂迈步而去，一面扬声道："小娘真大菩萨愿行！此方非等闲业；三十年后，能活千万生民之命！"

就在长街转角之处，尘吼多留下了在安陆的最后一瞥身影。他双掌合什，远远地回头对许宛一揖及地，再昂身而立之时，朝东方天际顺手一指。许宛顺他指尖看去，此日天象真个不寻常：日高近三竿，可是较低处的天壤之间，还有一弯薄如云烟的新月和一枚启明星——俗呼太白金星的便是。

四　采药穷山川

尘吼多并没有白饶这一味药，他每嚼一丸，便反复以色性香味勘验出炮制的原料、分量，乃至捣、磨、煎、熬之合入程式，一一诵过，了无私藏，而许宛也慧心默识，仔细记下了。

三四载春秋倏忽而逝，正逢司马承祯、丹丘子与崔涤一行人才罢衡山踏察之旅，便赴安陆，原本只是上清天师开法坛，申玄论道。此时，许自正已自泽州刺史致仕归林，将三位远客延邀至家，杂谈世事之余，偶涉医理，不免也说起了崔涤那瘫废的侄儿崔詠，居然为神药疗愈，一丸既下，非但瞽目复明，人也能够勉强行坐，虽然不能如常人一般自理生计，总算拾回了半条性命。

许宛的婚事屡遭磨难，其间因果，盘根错节，更似有说不明白的天意作梗，殆无可以绾解之术，无端闹得满城风雨，却犹如一个荒诞的笑柄。也就在这个关头，司马承祯漫口一句"齐大非偶"，又引出了"天火同人"的卦象，明白教训："同人于宗，吝道也。"——这里的意思就说得很明白了：应该与"不同之人"结其盟约、订其交谊、成其姻眷。

极为罕见地，老道君还多说了几句，以为许宛所合婚的对象，应该是一个"飞雁在天，不受缴"之人。与能"观天知时"、"时不至，不行；时既至，不凝"的大雁一般，该是多么特立独行的一个人？老道君看来甚至心有所属，怀以定见，再三嘱咐："此人或将访安州来，有某玉霄峰白云宫所付信物在身，触机留意，睹物即晓，毋当过虑。"

许自正不能拒绝司马承祯作伐为媒的美意，却不知该如何向女儿开口，毕竟心灰意冷的许宛了无成就婚嫁之意。贸然提及，深恐话不投机，应对冷峭，对老天师一番殷勤热切之意，反倒不好交代，便顺着神方妙药，说起许宛近年设丹房炼药的事，未料却引起了众人的兴味。许自正唤女儿来见，许宛净颜素服，拜识贵客，老天师、丹丘子和崔涤都不曾想到，她开口所及，竟然是尘吼多随口解诵的那一味药方：

"上启天师一问：世传大还丹无数，或自西域来，为胡僧所得，有未？"

"七十二草总有灵，"司马承祯初尚不以为意，漫口应付道，"然十年学仙术，灵物少知音；本草家举世多有，各随天缘，得机而入妙者，自有所得，故礼失未必不能求诸野。"

"今有胤丹、萱草根、女贞实、龙葵子、青木香各二十四分，干蒲桃二十八分，菰首二十分，寄生实、苦参各十八分，杜苦根十二分，白瓜子十分，莲子三十二分——此十二味合治，但知合之成丸，'服食以酒，不以水'，却如何是法？"

司马承祯闻言，双瞳一亮，略一思索，说道："服食必以酒，不以水，此例实不多见，应是'颐神保命丹'也；本朝高宗皇帝在时，传闻有之。宜令童子添酥油捣之、筛之如膏可成。"话说到这里，老天师又连忙摇了摇手，歪着脑袋想了半晌，才道："不！尚有余事——若当春令，需酌以樱桃实汁和丸；若非此时，需以大麻子汁煎细面糊以团之。汝小娘，此方从何处得来？"

许宛且不答他，脸上泛着喜不自胜的晕红，迳自起身，盈盈一拜，随即倒步退身，一出厅堂便急急奔入后院。睹此不言可喻：这匆匆一去，不外就是回她的丹房治药了。

仅此一瞥，令司马承祯既讶然，又复肃然，登时对许自正道："大道与仙同，须向草中功。此言不虚；然此亦胡僧之药划地自限者耳——彼殊方之人，未可以语大道，所谓'金石能飞走，灵草自相通'。令媛若有修持真仙之想，还应致志于金砂、铅汞才是。"

司马承祯所言，也是王远知、潘师正以降的上清派逐渐形成的一种看法。固然采药饵食，炼养滋身，是从上清派陶弘景以来的大宗学说，根深柢固，历二百年不移。可是，这位梁武帝万分尊敬的"山中宰相"在句曲山所从事者，就是修炼外丹。以炉鼎烧炼矿物类药物，目的就是要炼制出使人长生不死的仙丹。其秉信之理，直接承袭自晋代的葛洪："不得金丹，但服草木之药及修小术者，可以延年迟死耳，不得仙也。"

其论理之大旨，在于寻得性质常住不坏之物，如黄金、如丹砂者，并在丹炉中具体而微地重现其道。也就是依火候烧炼，借助于药力，使彼等金石能在一鼎炉之小宇宙中，逆返天地生成原初之"道"，而人也就借着服食而得道，夺此造化之功。也因为能将万物返于宇宙生成之初，故称之为"还丹"。还初得道，功同造化，术士即此而坚信：肉身也就因证道而不朽了——尽管无数道者和信徒因服食丹药而中毒身死，人们总以为这只是取法之不当而已。

许宛与尘吼多仅一面之缘，却大大为其"三十年后，能活千万生民之命"一语所撼，似乎也就为自己这不祥之身，觅着了一桩功德事业。除了将黄绫中所余一丸交付崔咏之外，从太白伴月的那一日起，便潜心于炼药之术。然而，看在司马承祯眼中，草木之物，与人同朽，无论治病如何神效，究竟还不能企及长生或神仙的门径。

许自正叹了口气，许宛两度许嫁未遂的旧事，让他抑郁疲惫至极，甚至恍惚觉得这女儿已经不是女儿了："文皇帝在时，天下争传成弼之事，足以为士庶之辈戒。况成仙证道，俱是奢心妄想；只今小女耽于丹药之术，唯恐受殃更烈！"

凡人谁不慕仙、羡仙？说来也十分奇突，大唐开国未几，朝堂特为遵礼道家，不消说是以老聃为标榜，用意还是提振皇家氏族门第的号召。可是却又不断自深宫之中传出道术之阴冷萧森的一面，令人心生畏忌、恐怖。许自正的"受殃更烈"之说，正显现了当世人对道术之无常深刻的恐惧——所谓"天下争传"的成弼故事，又是另一种丹药。

相传于隋末天下纷乱之际，有一无名道者于太白山练丹砂，秘合大还丹，居然得道。这道者身旁随侍一子，名唤成弼，从学十多年，却没有得其传授。一日，成弼得到音信，他的双亲过世了，不能不暂为辞别。临行之时，道者给了成弼十粒金丹，并谓："一丹可化十斤赤铜，足以办丧事。"赤铜，就是黄金。

凭此金办妥丧葬之事，成弼再回到太白山来，就有了不一样的念头——他要求道者再多给一些丹药，可这道者说什么也不肯给了。成弼仗恃膂力，持白刃以胁之，道者只一味顽抗，成弼砍断了他的双手，不给；复断其双足，仍不给。看这道者颜色不变，神气不衰；成弼大怒，索性一刀砍下了他的头颅，扒开鲜血淋漓的衣物，才发现道者肘后膏肓之处，藏一赤囊，锋刃所破，竟然是满满的一囊丹。成弼转嗔为喜，抱着丹囊下山，忽然听见道者在身后呼叫："汝终将如某矣！"

　　道者如何死而能言？姑且不论。且说成弼得了丹，多变黄金，成为一邑之富家，反而为邻人首告，必欲诬之以不法，直到他承认自己身怀数千丹，有变铜为金之能。这事非同小可，立刻惊动了唐太宗，招之入京，日夕以丹化铜，前前后后果然变成了好几万斤的黄金；成弼得授五品之官，而天下之"大唐金"多矣。

　　丹药有尽而贪念无穷。终于有一天，仙丹用罄，铜积盈庭，成弼再也施不出手段，而皇帝还不能置信，命武士砍断了他的双手，成弼自然不能有所为；复断其双足，仍不能有所为。最后砍下了他的头颅，成弼竟如彼无名道者所预言的下场，而"大唐金"毕竟从此而绝。

　　这个在当时家喻户晓的传闻对皇室未必有利，它反映出太宗嗜利又残杀的个性。然而当朝者似乎不在乎张扬已故皇帝之威刑，却有意暗示：尽管道者凭空生造数万斤黄金以充实内府，不可谓没有大功于国。不过，原无实术而欺君之人，终究会受天罚而身首异处。这里面所含藏的教训其实是：方士们用药草炼成丹药，铅铁为金，死汞为银，名为"黄白之术"，或恐含藏着杀身致祸的底蕴。

"使君之言，恕某不能苟同。"丹丘子护教卫道之情溢于言表，抢忙道，"黄白之术，源远流长，是为万物相通变化之迹，而不在启人贪念。"

许自正久历官常，熟习世态，自己的家族也在数十年间饱经起落炎凉。他早早地归隐，与其说不耐案牍劳形，毋宁是惯看人情贪鄙，不免忧谗畏讥，这时听丹丘子放言高论，颇不惬意，止不住摇着头，笑道："某本凡夫俗子，看世人求显达，而后逐财利，富贵皆入手矣，复苦其不能久长，乃慕长生——说来不过一'贪'字，也无足深论矣。"

"黄白之术，恰是徽人以不贪！"丹丘子正色道，"使君试想，设若道果丰硕，遍地黄白如粪土尘沙，孰令贪之？"

道者论万物之变，实欲证万物之通。魏伯阳《参同契》创金丹大药之论，主三变之说，就以为"金液还丹入口，使人长生"，尔后到晋代葛洪更推阐其学，不只是说："夫变化之术，何所不为？"甚至还强调："变化者，乃天地之自然，何嫌金银之不可以异物作乎？"

这样的变通，原本就有齐一万物的思想隐含其间。道者尝试由万物之间随机变化而流通的性质，泯除俗世区别贵贱高下的等差之心。那么，金银若能以铜铅砂石随手造作，则人又何必贪求、掠取金银呢？

在这个推论的基础之上，葛洪更进一步，相信万物变通之无止不尽，也就推衍出人生依循物理的长生之论："夫陶冶造化，莫灵于人，故达其浅者，则能役用万物；得其深者，则能长生久视。知上药之延年，故服其药物以求仙。"他多方引证古方术之书，借《玉牒经》说："天下悠悠，皆可长生也。"借《铜柱经》说："丹砂（即汞砂）可为金，河车（即铅）可为银，立则可成，成则为真,子得其道,可以仙身。"甚至还借来历不明的《龟甲文》说:"我命在我不在天,还丹成金亿万年。"

最后,立论于《抱朴子·金丹》,葛洪如此写道:"夫金丹之为物,烧之愈久,变化愈妙。黄金入火,百炼不消;埋之,毕天不朽。服此二物,炼人身体,故能令人不老不死。此盖假求于外物以自坚固。"

如果能体会道者通体全面的居心,便可知唐初以来那成弼故事,实则另有一层教训。惨戮于刀下的无名术士之所以不肯将丹术传授给成弼,正是他看透此子之贪,而在头颅落地之后尚能呼号言语,则反而暗示这道者并没有真正死去。其前知之能与不死之身,正是一体的两面。

尽管戒慎恐惧之心犹未尽除,许自正一时无可再争之理,只好轻轻道了声:"诺。"

"令嫒从草木药入手,怀救人之德,抱济世之心,真难能可贵矣!"丹丘子像是早就觑妥了时机,当下话锋一转,回头向崔涤笑道,"九郎,方才还说要向使君讨一桩执柯作伐之事,何不坦坦道之?"

"某侄福薄,不能攀琼枝,某亦不免耿耿。"崔涤整了整衣襟,敛容再拜,道,"然而,道君既以'天火同人'、'雁候阴阳'二义开示,使君但勿忘所谓'既以天下为贵,乃能不滞于一处',直是良缘可期。"

面对的,是一位连皇帝都深深倚仗的国师,许自正自然不能不信服其言。然而许宛已经年过二十五,蹉跎无地,不论如何形容良缘终将从天而降,都让这忧心忡忡的父亲益觉惶恐;更何况"天火"那一卦，明明说的是"同人于野"，则彼人若非出身雅尚的高门士族，如何托付得？反过来说：真若是一前列贵姓的子弟，又怎么能够看上他这已经日夕没落的门户呢？

"天师心目通透，识见迢遥，某岂敢见疑？"许自正还是满面愁容地转向丹丘子，低声问道，"汝道此人'合在楚山里'，莫非，莫非——莫非亦是采药之士乎？"

李白从来不是采药人，然而许自正一句不经意的猜测，却说中了。千里之外的李白果然在开元十五年冬初抵广陵之时，不得已而采了药。

自出蜀以来，无论到任何关戍、津渡之处，李白都是以行商身份，交验"过所"——也就是往来本籍以外州县所必须开具的凭证；先是匆匆楚山之游，由江陵而云梦、而庐山、而金陵，一路行方自在，踪迹自由，尽管走马看花，挥霍赀财而已，向无贸易商贩之实务，也不会有人追究。然而自金陵而广陵，情景便大为不同。

隋代以吴郡为扬州，为隋炀帝殒身之地，治所远在金陵。大唐高祖武德末年，也就是李白抵达此间的整整一百年前，扬州治所移置广陵，扬州遂逐渐有了气象一新的格局。其城南北十五里一百一十步，东西七里十三步，有"江淮之间，广陵大镇，富甲天下"之誉。

此地位在古吴运河邗沟与大江交会处，经过有隋一代的拓凿与疏通，万石江帆可以直放入淮。非但因地力富厚而饶有农渔之利，百年间仅以水行运输、南北转通之便，粮草盐铁等物料无不聚散于此，不过数十寒暑，扬州就成为仅次于长安、洛阳的大邑，俨然有王气隐隐。

除了通都大邑一向不可或缺的工艺事业——如冶金、造纸、纺织、服饰、珠宝之外，这个"新富饶而暴繁荣"的城市还有一项从前代以来就师徒相承、精益求精、转渐发达的特产物业，就是磨治铜镜，为他处所无。

　　坊市间为人所熟知的，有大明镜、江心镜、齐月镜之目，名传遐迩，而所费不赀；寻常径可尺许的一面铜镜，常索价至五、七千钱，而贩者仍面有靳吝不舍之色。其中最为卓著的，号曰照妖镜。相传此镜："横径八寸，鼻作麒麟蹲伏之象。绕鼻列四方，龟龙凤虎，依方陈布。四方外又设八卦，卦外置十二辰位而具畜焉。辰畜之外，又置二十四字，周绕轮廓。文体似隶，点画无缺，而非字书所有也。"根据古来道者的解说，这种镜子，非供仕女梳妆之用，而是能让修行千年的妖鬼现形。若能令那些已经修炼得人形的妖物睹此，随即便可收入镜中，役使为奴，以为己用；而能够操持、运用这种铜镜的，纵使不是王天下之主，也是辅弼王天下者的公卿。

　　武周以降，天下通货日益不足，而扬州地方磨镜之业却愈发昌盛，有名"方丈镜"者，其幅员之巨可知。镜面愈大，工艺愈精，原本是逞业师之能，以广招徕，可是尽一地之利，大量搜聚黄铜，相形之下，官方铸钱之用便日益紧促。

　　当年苏颋因穷治盗铸铜钱而大困江淮地区百姓，终于引发民怨，被削除了相权，贬官为益州大都督府长史，实则也可以说是他深谋远虑，看出了这铜镜之业所消磨的，乃是大唐的钱货。而地方上毫无顾忌地铸镜、磨镜，根本是地方之人横夺天下之财，以窘郡国之利的阴谋。

　　从另一方面看，苏颋所忧虑的事，实则早已发生。就在武氏当国的光宅元年，开国大臣英国公徐世勣之孙徐敬业、徐敬猷合唐之奇、杜求仁、骆宾王等人起兵谋反，所根据之地，便是扬州。当地父老传闻：徐氏一军初起，广为号召，造作流言，称有照妖镜三面，每镜径可一丈八尺，将扶之长驱入京，直取武氏，摄其狐妖面目，以为天下之观。

不料徐敬业采信所属薛璋"转战江南，先取膏腴之地，以实军需"的方略，终因战线纷乱，首尾受敌，功败垂成。照妖镜则有说被王师主帅李孝逸以烈火焚熔净尽的，也有说为副帅魏元忠所得而沉于大江的。总之，这一场乱局前后不过支持了五十天，一切灰飞烟灭。老百姓只道巨镜沦失，殊为可憾——那可是数十百万的铜钱之母啊！

作为大唐运输动脉之运河交通中心，甚至是通往东西洋的港口城市，扬州非但仍然是枢纽之区，乱后依旧繁华如昔。不过，嗣后当局天子以及历任宰相都不免提心吊胆；广陵之地富，而民气益骄，非可以等闲视之。正由此一缘故，在当地勘验往来士民、商贾的"公验"，较诸于江陵、金陵，甚至两京等地，就严格了许多。

唐代承袭隋代的律法，凡"敕舍客无公验者，坐及刺史、县令"，由株连所及之尊，可见行游在外，原本就十分严明。唐人"公验"，泛指由官府发给、有官吏签署和钤印之许可。自凡国人离乡，不论籍隶士农工商僧道优倡，都先得向本县呈牒，请发公验。

县厅不能自主，还须上报于州官。两处审核，具备名籍，所审覆的文案,谓之"牒"。也由于"游必有方"，故牒上非仅注明来处，也要注明去处，以及外出原因、人数、身份、奴婢来源、牲畜毛色等等，皆须照实登录；及至路经各地水路关津，另行一一加卷记载，并押关防，这种用于行旅的文书，专称为"过所"。

大唐立国之后，在朝廷主掌"过所"的，是刑部，地方上则由都督府或州发给，由各地户曹参军主之。贞观十四年平高昌，置西州，设安西都护府，其后，中外关津制度也普及于中原各地，凡过水旱码头，皆须以"过所"为凭——意即请过某所，另具牒申请，由官府审查之后判给。由于这个过程是逐级禀之于公，是以有些时候，称"过所"，也就是指"公验"了。

"经过关津州府诸色人等，并须于司门请给公验，令所在辨认，方可放过。"只是律令文字，由于徐敬业之反所引起的潜在不安，扬州之地对于"公验"的勘合，可以说是出奇地挑剔。

就地方吏治而言，严正法度原本不是恶事。稍早，皇帝为了整顿江南渐渐倚富而骄的民风，忽然想起一人，便下诏使之出任扬州大都督府长史。

这人名叫李朝隐，睿宗皇帝时曾经当过长安令，在任时有太监阎兴贵到衙请托人事，当场被李朝隐押了出去。尔后任河南尹，有"政甚清廉，豪强敛迹"之声，李隆基的太子舅赵常奴欺压百姓，也被李朝隐捉在朝堂上杖刑羞辱。凡此种种，令开元天子觉得大有可为，可是李朝隐的母亲刚刚过世，必须弃职守丧，这事官常规范，不能擅违。皇帝和他拗了一整年，终于夺情起复，派往广陵。

李朝隐凡事依法论律，不假人情，果然扬州民情就此顺服下来。然而，朝中源乾曜、崔隐甫与李林甫等与中书令张说势成水火，相持不下，皇帝索性并两造而去之，很快又将李朝隐迁转回京，代崔隐甫为御史大夫。

任用严正之人，戢弭浇薄之风，本来就是帝王用术之大要。只是李朝隐之严刑，却使扬州士吏之风转出一种暧昧的面貌。执事的僚吏但须拘于律令，未必不能借端成势，自作主张。尤其是在"公验"审核这件事上，应对往来客商，不免按律刁钻。

李白和丹砂初下广陵渡头，笼仗厚重，花马高骏，在过往诸客之间，自是非比寻常，十分惹人注目。而丹砂却是何等伶俐？朝四下纷纷投来的睥睨目光打量，几个穿着军卫服饰的汉子在人丛中推挤排挞，一经过目而犹疑其身份者，便挥杖驱赶到一旁，不许入关。非徒如此，不时还传来嘈嘈切切之语，说起广陵城中又添病死之鬼，昏暮之后，鬼物四出讨药，烦冤祟闹云云。

丹砂心头一紧，忽然感觉周身缭绕着一股惶恐、肃杀之气——他和李白先前虑不及此，实属大谬。倘或直把广陵当金陵，兀自趋前呈请公验，关上盘查下来，主仆二人顶着商民身份，却没有往来贸贩之物，也没有接应出入的商家，说不得会让人一顿杆杖，驱逐而出。

正情急四顾无着，丹砂转眼瞥见五花马颈环边悬垂的笼箧——里头有一口李白随身不离的衲袋布囊——忽然间便有了想法，随即低声对李白道："李郎！我等不即呈签过所。"

话才说完，以掌遮阳，朝远处眺了眺，随即拉起马头，反向而去，直往荒僻处走。李白不明究竟，只能跟随呼喊，不料却惹得早就围在身边的一群丐者哄然而起，也学着李白声气，怪腔怪调地叫唤："丹砂！丹砂！"

原只三五人，偏让这么一唤，立时聚拢了十多个来，看得出为首之人是一褐麻破袍的秃顶老者，抢步近身，对李白道："郎君不过关？"

李白还来不及回话，群丐却像是得着了知会，齐声发喊："不过关？"

这一声有如惊雷，四下原本熙来攘往的路客也纷纷回过头，人人都给无端挑起了兴味，直往李白身上打量。此际，原本在前方快步急行的丹砂也只得停下脚，暗道一声："不好。"再回头时，麻袍老者已经横身挡在李白面前，却转脸朝群丐道："郎君不过关，便同尔狗鼠辈的乞索儿作耍！"说着，摊掌朝天，这就是讨取钱物了。

这些丐者久惯市井，饱览行人，即使不知李白来历出身，也看得出这后生虽然衣衫体面，却没有仕宦子弟的势态。观其容色稚嫩白皙，会须是初出江湖，未娴世事，更何况乍临关津，忽然掉臂反向而去，或许正是这后生心有忌惮，畏惧关上刁难。这就予丐者以可乘之机，于是呼啸蜂拥，看李白如何发遣。

丹砂不肯即刻入关，确实有着当初意想不到的顾忌。这也是他下了船，耳闻喧呶争吵，不觉为之一怵，试想：过所上明明注载着行商主奴，一人来自蜀中，一人来自金陵，两人笼仗确乎不少，可是一旦查验，看来都是"不售之物"——若更说是买商，则当关小吏只消随口一问：来广陵何所贸鬻？他主仆二人便答不上腔了。

可是一波未平，一波又起，眼见身边的丐者愈聚愈多，已然不是乞讨，却颇现出几分逼勒讹索的意思，丹砂也不看头脸，抡起手中的竹策，只一阵挥打，打得有人哀嚎、有人怒斥，也有人趋身上前，眼看就要回手。李白却不为所惊，任由那麻袍老者扯住了自己的衣襟，也不挣扎，却眉开目朗地望着众人，像是看着多么新鲜有趣的景况，口中尽道："丹砂！莫打人。"嘴角竟然微微漾出一丝天真好奇的笑意。

丹砂却不敢轻易其事，他知道群丐这是有意滋扰，若不以威势吓之，彼等绝不善罢甘休；他自然也就不肯住手。这厢打得起劲，索性回鞭抽了那五花马后腿一记——这一击更不得了，马儿无端喫打，登时气性喷涌，龇起两排长牙，抖擞一颈长鬃，前蹄翻抬，应声踢倒了好几人。前边的倏忽栽倒，后首的也撑立不住，跟着摔跌扑滚，匍匐满地。一时之间，嘶吼之声震天戛响，已经有那不耐嘈噪的人起哄喊道："瞎驴生闹事介！便倩官司来拽去！"

就在这纷扰闹乱之中，马踏尘扬，起而复落，黄埃乍散，原本烟雾迷茫处缓缓摇晃过来一庞然巨物，远观不清，却把众人都看傻了，一个个嚇声不语，目瞪口呆——原以为那是几十个堆叠上天、径可三五尺的大瓜，待迫近了再一看，才发现来者是一老媪，只不过头顶、肩膊、背脊上扛着的不是瓜，是不知为数多少的筌筐，巨大无匹，俱是细篾编成。丹砂看在眼里，心头忽然有了主意，猛可喊了声："赵老媪果耳来哉！"

说时，丹砂不免恶狠狠地扫视了地上连滚带爬的群丐一眼，手头鞭策指拨，像是还要挥打的神态——然而他毕竟没有再出手，一个箭步窜出，到那老媪身边站定，低头附耳说了几句，老媪闻言咧嘴而笑。丹砂兜回鞭头，复指李白，又说了些什么，老媪笑得更开怀了，连连点头，回身便走，像是引路的一般。丹砂更不迟疑，扭身牵了马，朝李白喊道："李郎来也！桃花山赵媪到了，便随她去。"

李白甩开大步上前，犹自满心狐疑，低声问道："汝于此间却有东道？"

丹砂埋首疾步，一意向前，低声答道："未有。"

"则这'赵媪'又是——？"

"某亦初来，岂知她姓甚？广陵万户之城，总有赵姓之家。"丹砂的声音压得更低了，"奴在家时便姓赵。"

"只今随她底处去？"

"买箩。"

"作么用？"

丹砂也不答话，低眉俯脸往身后斜斜一晒，群丐果然并未就此罢休，滚地而起、拍灰赶尘，又三步抢两步地簇拥着那麻袍老者跟了上来，口中还不时挑衅地吆喝着："郎君，不过关？"

丹砂猛回身操开李白，指鞭站定，扬声道："金陵李十二郎有大好差遣发付，汝等乞索奴，若得啖狗屎的气力，便来担待！"

麻袍老者一听这话，实出意外，不免迟疑，随道："作么生？"

"采药。"丹砂将鞭策朝李白横去，笑道，"一丁一日十文，这是李郎慷爽，只今汝等乞索奴积德走运，方始觅得！"

丹砂之言，也令李白吃惊，但是随即猛省：这家僮聪慧过人，真个不枉龚霸怜爱。想这广陵与先前的江陵、金陵果然不同，乃是万商云集之地，行牒在身，号曰商旅，万一关上盘查严密，问起贸易往来之物究竟是什么，非但笼仗中没有，就连嘴中也道不出，岂不大惹嫌疑？然而"采药"二字前所未闻，果然没有听错么？

不只李白糊涂，就连麻袍老者也犹豫了起来。他是丐，而广陵丐者有二，一曰世袭，二曰流落。世袭者成群结伙，在城市逐渐依京师规模兴筑坊里之前，是以街道为畛域；群伍各有所属，彼此无犯。这一种丐，在城中只许乞索，不能帮佣代役，不禁与僧道之流周旋。另一种流落之丐，则各自谋生，多有至大户人家或农圃商店暂为佣作，或是替丁代役，换取微酬者。这一类的人，平素不与僧人、道士往来。两种丐者各拥天地，一般不相杂厕。

李白撞上的这一群，乃是前者，呼之采药，的确犯了忌讳。然而，丹砂提出的酬资前所未见：十文钱，在富贵人家看来不值几何，可是在贱民眼中却非同小可。近年来江淮间物资丰沛、通货不足，盗铸流行，即使以非官铸的私钱买卖，十文钱也可以换一斗米，那可是好几天的口粮。麻袍老者有些心动，却仍旧格于世袭丐者的行规，面上流露出踟蹰不安的神情，看了身边众人一眼。倒是有人闷闷地道了声："总然是城外使力，不在城里。"

另一个则道："却不知采么花么草是药也！"

丹砂闻言笑了，回身又指了指仍自背负着箩筐、踽踽前行的老妪，像是有条不紊清点什么似的数道："一箩黄连、一箩重楼、一箩木巨胜、一箩麦门冬、一箩地黄、一箩茯苓——看是再添一箩松脂、柏脂，不晓若何可用？"

李白更觉诧异了，低声道："汝亦能知草木药？"

丹砂白了他一眼，随手持鞭向五花马颈环边的小笼箧拍了拍，也不答话，继续对群丐呼喊："若是采得珍奇上药，李郎不吝赏财，另有嘉赏。"

丐者面面相觑，喁喁私议，油然生了兴致。李白看一眼那小笼箧，也明白了：丹砂显然替他整束过行李，里面是当年赴锦城和峨眉行前，月娘亲手缝制的一个布囊。这一趟出蜀，赵蕤依样交代了——囊中百衲袋数十口，都是记名的草药。

五　便睹广陵涛

晋室东渡以还，道教在江东发展出独特的地位。这一情势，诚然和句曲山的地理有关。句曲山，即是茅山，与广陵隔江相对。

其山峰脉绵延，贯穿了句容、金坛、溧水、溧阳四县。也正由于主峰在句容县境，故又名句曲山。道教上清派自魏华存以下，一传杨羲，再传许谧（穆）、三传许翙，以及尔后的著名道者许黄民、许迈等，非仅多同宗，也都是句容地方的乡亲。上清派九传至"山中宰相"陶弘景为宗师而格局大开，这山，还就是句曲山。

句容之山之所以成为灵宝福地，还有历代不乏奇诡人物的原因，至少不能忽略的是广陵"圣母飞天"以及"董幼鞭水"的传说。

相传于汉末时，广陵有一女子，遭嫁夫家杜氏，却在婚后追随道士刘纲学仙。杜氏不通道，总怨怪妻子不守伦常。而这女子的确有为，时常施药治病，救人于急难，受惠最多者，便是城中群丐。有时为了行医，忽然间便离家出走，数日不归。杜氏怒告官司，控以妖奸之罪，官司受理，才把她逮捕系狱，谁知过不多时，便见这女子从狱窗之中破飞而去，转眼间高入云中，再也看不见踪影——仅仅在窗台上留下了一双绣鞋。此后广陵人便以"圣母"呼之，远近乡里还给这无名无姓的女子立了庙，敬称圣母，长久奉祀。

董幼与圣母同里，而晚了将近两百年。据说他自幼丧父，体弱多病，实在别无所长，只好依道门，事洒扫，原本佣作而已；不料追随师长勤修勉成，居然在四十一岁上遇到真仙，某夜下凡入室，授以水行不溺之道。那真仙临去时交付给董幼一支马鞭，从此鞭水而行，如履平地。据传董幼在这一番奇遇之后不多久，便辞别了母亲和两个兄长，沿江鞭水而上，西登峨眉山，为他送行的，正是广陵丐者。他对这一群乞儿的留别之言是："汝等与某，盖皆世世传道业者矣！"

此二说，可以道尽广陵甚至扬州一带道士与丐者渊源之密切。丹砂随龚霸修行，交接宾客，见闻多矣，遂也约略得知个中原委。

也就是前些日尚在金陵时，他听这老主家问起孟浩然：为什么汲汲然欲下广陵？孟浩然的答复很不寻常："维扬有不识之友十人，错过此会，便难再见。"

"诚当如此。"龚霸当时点了点头，叹口气，道，"某亦久闻此十友，当见则见，某却不能耽延夫子前程。"

原来"维扬十友"还是广陵的一群奇人。他们累世经商，家道素封，多少也读书能文。由于商贾不能人仕，诸人皆无分进取，也就一向不作功名之图。可是这十个人有志一同，都慷慨豪越，颇具倾囊济世的襟怀。

每年除了新正建寅以及端阳建午之月，十友都会醵资一会，轮番为东道主。开始之时，不过是以酒食为娱，酣醉足饱而已。久之，其中有几个爱慕道术的，便常常将宴会之地，设在隔江的茅山，由于地利之便，也常会邀约在山中清修的道士，彼此谈玄论理，亦别是一种趣味。

或许是经由道者劝说，或许是受到言辩的启迪，不过几年，十友商议出一桩德业。那就是每月聚食，都另邀一寒士入席，午时开宴，子夜方散，其间昼夜六时，十友分别与这寒士接语交谈，察言观色，宴罢则各出所有，作为程仪，或助之安顿家室，或资以赴京就考，而从不求任何回报。

由于十友一向不以身家示人，尽管在宴席上彼此不得不相呼，也只是"我友"如何如何，决不传姓名。至于邀约何人，则委之于广陵群丐，也就是靠这般日日在街头行乞的人远近留心，通风报信，让江东许多无助的读书人有了出头的机会。维扬十友与寒士之约是相当明确的："挥手一别，不期再见。道法天心，周流自现。"非但不可答报，亦不可传扬。十友都能从"道体周流不居"的信仰中体认：一旦行善，即成就了流转于人世间的道——而这道，不必借助于答报或显扬而复返于己身；恰由于不返于己身，也才能够润泽广远。当然，行走于民间道术之士不是没有利己之说，以迎合俗人俗愿；他们总是宣称：若能将道体多方流转，也有助于修持者在多年积行聚德之后，得以白日升仙。

维扬十友连绵从事了不知多少年、资助了不知多少读书人的妙道，唯于孟浩然一首语焉不详的《广陵别薛八》中隐约揣摩：

> 士有不得志，栖栖吴楚间。广陵相遇罢，彭蠡泛舟还。櫂出江中树，波连海上山。风帆明日远，何处更追攀。

薛八为十友中人乎？是为孟浩然绍介十友的丐者乎？薛八大约也不愿意透露。不过，维扬十友的义行人间罕见，人们捕风捉影，居然转出了另一怪谈。

据说有一次仍是在江南句曲山麓设帐开筵，群丐纷然而至，争说此日原本应邀而来的寒士无福消受豪宴馈赆，才登船便暴死了。十友犹惋惜不已之际，黄泥路上贸贸然来一麻衣人，须发戟张，肩上伫立着一头鹦鹉，远远地喊："酒食逼人，岂仅供士子醉饱耶？"

十友打量他一阵，都道是流落之丐，继之一想，这席间之物本来就是供养天下人饮馔，哪里有什么分别等差？随即招呼入席。这人也不辞让，据案大嚼，一人尽三五人之量，还喝了好几斗酒，才打着嗝儿对众人道："来而不往，岂能成礼？闻道维扬十友从不受赆，亦忒不近人情——某野人，勉力为之，亦足供一会。望诸公深会道体流行之德，容某答此一饭之恩。"

这话说得面面俱圆，丝丝入扣，直钻进了慕道之人的心眼里。十友又怜他体貌羸弱，而情意恳恳，不好拂逆，便订了三日之后一约，约在广陵东塘郊外。至期，十友皆至。但见草莽之中，有一破屋，可两三间，墙垣倾颓，篷顶破漏，已呈半欹半倒之势。走近了再一看，平日为十友奔走的那些个世袭之丐也有不少已经各据一席，蓬发破衣，形状秽陋，或踞或坐。

见十友也来了，群丐纷纷起身行礼，拱立待命。这东道主人还吆喝着丐者前后扫除、重设营席。就这么一折腾，一两个时辰很快地过去了，室内看来也添了三分焕然一新的颜色，十友都不免有些饿了，主人仍慢条斯理地张罗丐者捧呈酰盐酱豉，摆布匕箸簋盘。好半天，才端出来一方五尺长、三尺宽的巨案，案上围着一圈油布帡幪，不时还打从里头朝外冒着蒸烟，仿佛混揉着千百种药草、佐料的气息，汩汩而出，果真是异香扑鼻。十友饥肠辘辘，适不可忍，那主人一掀帡幪，横陈于案上的，竟是一个约莫十来岁的儿童，头、脸、躯干、四肢俱全；通体已自因蒸透而发肥了，耳目手足，竟多烂熟而脱落。主人自持一双长箸，指点着对十友道："大佳肴膳，且勿辞让——请！"

十友之中，有的目瞪口呆，有的惊恐呕吐，有的忿恚避席，没有一个敢吃的。这主人也不再让，大口咀嚼，滋滋有声。一面吃，一面还支使群丐就席，丐者面面相觑了片刻，也就俯身伏脸，载割载食。不多辰光，那蒸儿童便皮骨不存了。

"此肴——实是千岁人参，颇难得。某求之多年，今日原欲与诸友分之，聊报延遇之恩，要知食此者……"主人顿了顿，环视一眼席间群丐，笑道，"便得白日升天，身为上仙。汝等乞索奴有何德？有何能？有何术业？居然致此。"

话还没说完，那些嘴角还在咬嚼着的丐者竟然在转眼间化身成青童玉女之辈，一个一个缓慢起身，不由自主地打从破篷败顶中朝天空飞去，下一刻，便皆消失了形影。主人——以及他肩头的鹦鹉——也逐渐化入蒸烟，留下了一段听来并不像告别的话语：

"道体无常如此，诸友还行善否？"

维扬十友当下吃惊不小，白日升仙，历历眼前，这化身为丐的仙人所指点的倒也明白，便宜了一群无功无德的鄙野之人也没什么，充其量归之于幽冥有数，或许他们有累世的阴骘罢了。可是空中还传来了这么一阵话语：

"更何况尔等尽将些穷措大、田舍奴送将门第中去，任渠'瘦骨彷徨知制诰，白头迁转校书郎'而已。此辈挟书抱策，吃苦受气，而后泛酸化腐，又何善之有？"

维扬十友始料未及，真仙下凡，非但不苟同他们接济寒士的所作所为，反而对寒士冷嘲热讽。在这满目荒芜的旷野之中，置身倾圮的破屋之下，他们还真能感受到"此辈挟书抱策，吃苦受气，而后泛酸化腐"的处境。不过，他们终究没有透悟那文曲星张夜叉的深意：有些人——甚至可以说绝大多数的人——在功名的诱引、利禄的驱使之下，逞其所能、尽其所有，抢入士大夫之流，却也仅是一生一世、随波沉浮而已。

"或则，"其中一人道，"真仙赐教，另有用意。诸君试想：尽教我广陵物阜民丰，商贾盈城，交易繁华，往来绵密，然毕竟是弹丸之地。我友若欲接济天下四方士人，会须广为搜求才是。"

此说一出，众人兴致又来了，登时有人附和："广陵之涛，达济江海。吴越一隅，岂能尽天下英才？某等何不多情旅次达人为耳目，趁云帆利便，西趋荆楚，北赴梁宋，东通齐鲁，阅人既遍，或即不使野有遗贤，则道体流行，殊无窒碍了。"

"可不？"众人一阵喧笑，又都打起了精神，转瞬间抛开了未能成仙的小小遗憾，从荒烟蔓草中高视阔步，朝东塘扬长而去。

日后孟浩然以鹿门诗隐之盛名，汲汲然应邀到广陵一游，从而得着了维扬十友的资助，接着便整装入西京赴试，便是这一层因缘使然。

至于李白，却在追随着孟浩然的脚步来到广陵之后，不期而然与维扬十友也缔结了交谊。生涯到此，他忽然发现：该如何有为于天下，还能让李客所交代的那一笔不能见人的财富，终于有了一个体面的下落。

事缘采药而起。

丹砂在广陵渡头卖弄狡黠，暂时化解一场纷扰，还招募群丐帮闲，跟着卖笋老媪，避开市集上盈千成百的黎庶人等，一意往荒中迈步。直走出里许之遥，老媪猛回头问了一句："此前八十里尽荒，小郎欲往何处去？"

这话把丹砂也问傻了。原来这狡童先前同她往来交谈，全系诡谎，不只赵媪不姓赵，近地也没有什么桃花山，他低头附耳所言，就是把老媪身上的笋全数买下了，许她往空旷无人处行走，以便交割。老媪见李白衣衫柔软整洁，马匹行李贵盛，便不疑有他。直走得她口焦唇燥，腿软脚麻，才歇下一身背负，任那十多个大笋满地乱滚，遂哀乞丹砂："还就此地交割了罢？"

"便只一事相求，"丹砂就怕让身后群丐窥出端倪，还是压低了声，问道，"尝听人言广陵贸易天下草木药材，邻处可有几处丘山，便供某等采摭些许？"

老媪闻言，骨碌碌转动着两只灰浊浊的眼珠子，四下张望片刻，指着西边远处一约莫五六尺高的砾石岗子，道："彼处高，却也不生寸草。小郎觅甚山？须向江南句容、金坛县地去耶。"

老媪高声朗语，没提防他人，群丐都听见了。只那麻袍老者突然心领神会，跨步上前，放声笑道："死狗奴！以某丐食人可欺耶？说什么黄连、重楼，说什么茯苓、松脂，广陵方圆百数十里之内，安知有此等物？分明是逃关贼徒，假托贸贩，待某持将去见县主，也教汝死狗奴喫几鞭王法。"

李白抢前一步，横身拦在丹砂面前，赔笑道："奴仆年少，气性麄急，直是焦躁失检，请翁宽谅了。"

麻袍老者益觉得理，不肯饶人，回手一招，群丐蜂拥而前，将李白主仆连人带马，团团围住，间有一丐，撒开腿往回跑——不消说，便是报官去了。偏他跑出一二十步时，犹自风驰电掣一般，再奔远些便蹊跷了，但见草鞋着地，起土扬尘，偏偏一寸不得向前，连跨十多步，只在原地刨磨，地面登时陷了寸许，他却仿佛身不由己，竟然停不下脚来。这丐既惊且惧，口中已然吐不出字句，只能癫狂呼喊而已。

麻袍老者固亦不明所由，或以为李白主仆通晓邪术，更不敢大意欺前，脚下不由自主地向后退却，便在此刻，听见身后江水之下不知何许深处，传来一声吼：

"太白！还记前约否？"

此时四野无风，可是百数十丈开外的江水却扬起了一堵墙似的排浪，前浪才倒，后浪又兴，一连十数起，浪墙一一倾扑而落，水底钻出一丈夫来。此人形躯近丈，深目隆准，穿着一身及踝的紫袍，袍身却滴水不沾。他手中握着绿玉杖，头上戴着小金冠，肩膊上扛着一头似熊非熊、似黑非黑的怪物。

李白不觉跨步向前，叉手为礼，笑道："岂能不记？龙君说过：'汝与某道义未尽，向后，容于有潮汐浪涛处一会！'"

来者正是钱塘龙君。

龙君踏浪而来，却不忙与李白叙旧，迳自大步向前，像座山似的欺近麻袍老者，道："有约即践，六合至理。汝既鸠集诸乞儿，来助吾友太白采药，复去见县主何为来哉？"

"彼非贸药商贾，此地亦无草木——"麻袍老者说着，回转身朝四下一指划，手却在半空之中停了下来；尽此时他放眼所及之处，原本童秃一片的砾石大地，长满了高矮不齐的野树杂花，草叶绵密，横无际涯，有的翠碧蒙茸，有的枝干槎枒，明明不是一时一地之物，居然都在这秋尽冬寒的季节，一时俱发，其姹紫嫣红，有如春阳开泰，光天化日之下，还传来阵阵气息繁复的异香。

"太白可记否？前度初会，汝曾云：一回花落一回新，"钱塘龙君开怀地笑了，复朝那老妪先前所谓的八十里尽荒之地一指，对李白道："此荒实不荒，日月征驰，亦将遍地楼影花光矣！"

李白顺势望去，众人亦随之惊叹连声，原来就在钱塘龙君手指之处、数武之外，赫然现了一座庭院，院西南脚矗立着七重宝塔，金顶尖耸入云，每重四角飞檐翘翼，下悬圆白皎洁的火珠，径可尺余，象二十八宿之光，在日头遍照之下，毫不逊色。这塔，与近旁低矮的室宇高低相去甚远，然而雕梁绣栱，丹楹玉墀则一。在塔和亭台楼阁之间，则是名目不胜指认的各种巨木，前列梓，后列楸；左右参天而立的，则是正飘落着色泽深黄浅黄、焦枯万变之叶的梧桐；蜿蜒于塔前小径两侧者，又是华盖交错伸展的柚木。

群丐原本还满地摭拾着竹笋，此刻浑然忘我，麻袍老者咄咄怪道："彼非城中西灵塔耶？奈何在此？"

"尔辈且自采药，不日即或成就一桩功德。"钱塘龙君举杖复一指丹砂，"汝小童既能辨识草木药材，便在此料理整治，某与汝家主人去去即回。"说着，转身牵起李白的衣袖，直望西灵塔而去。

六　西忆故人不可见

西灵塔是一座不寻常的塔，数百年传说，"此塔有翩，每有灾异，即飞行"。

后人思之，不得不感慨：这与广陵的处境有关。三国时魏、吴割裂广陵县，魏置淮阴县，到了西晋之时，割淮阴之东，为临淮国；及至东晋，又于广陵郡置青州。此后代有更迭，治丝愈棼，南朝刘宋改南兖州，北齐改称东广州，继而呼江阳郡、吴州不一。直到隋开皇年间才废广陵，改吴州为扬州，置总管府。

然而天下虽然一统，纷乱未有了时。当局每兴望治之心，必先为易地名。即使大唐李渊定鼎之后，人心疲敝，无论民风淳薄，朝廷对于各地总还是那一套，借着不断翻新复古的指称命名，宣示所有；每隔三数年便改州复郡、改郡复州，真无了局。这是扬州、广陵、江都不时互称的根柢。而西灵塔似通人情政事，每每皇帝下诏敕改制之前十日，塔身便微微晃动，塔檐上的火珠也随之旋转不停。

根据地方载记，高祖武德三年、七年、九年，分别现此异象，"塔动，移时不止，檐珠圜转如疾风五緉，观者盈千，皆震怖号呼，及止，复相庆无他故"。其中的"五緉"，就是用重量约合五两的鸡毛捆缚成束，状若雀鸰，悬之高杆，以为风标——当疾风不止的时候，这五緉随之飞速旋转，大约也就是火珠受震的情状。每当塔动之后的十天，的确都有改称、改名的皇命下达。

遇到了更严重的变革甚至灾祸，西灵塔还往往拔地腾空，倏忽移走，有时甚至出现在百里之外。天后永昌二年九月，武则天变唐为周，改元天授，之前十天，此塔夜半遁形不见，直至黎明时分，才有人看见塔身端严正直立于江南句曲山的半山腰上，人众不敢接近，只能远眺膜拜，塔飞去山曲，亦无别样，历一日而返。

二十年后的七月下旬，发生了唐隆之变。早在七月十五日晡时，此塔又于一瞬间不见，众人这一次乖觉了，纷纷过江而南，一时拥挤杂沓，渡头为之塌坏。果不其然，西灵塔又出现在句曲山巅。是夜每当浮云荡开，火珠光明熠耀，数十百里外皆清晰可见。到了第二天黄昏时分，西灵塔还是不负众望，又回到了原处。

十天之后的晡时，李隆基微服入禁苑，率刘幽求、钟绍京、葛福顺、李仙凫等，自玄武门发北门军将士，诛除韦后一党，彼时，天星散落如雨。

日后每逢邦畿大故，这一异象便层出不穷。直到李白殁后八十年，唐武宗会昌二年，淮南有一诗人，姓刘名遁、字隐之，乘船前往明州游历，在舱中偶感困倦，打了个盹儿，忽然眼离错觉，以为身在海上。再一转眼，看见万顷碧涛之中，有一座七级浮屠并舟前行。而在那塔的第三层上，凭栏站着一个他相识的僧人——正是长年在西灵塔旁结庐而居的高僧怀信。怀信遥遥呼之，道："贫道暂送此塔过东海，即还。"一觉醒来，也就忘了。

又过了几天，刘隐之回到扬州，乘兴往寺中拜访怀信。怀信还问他："犹记海上相见时否？"隐之这才想起那梦境，海上舟帆波浪，历历如绘。一时之间，诗人与僧人也就平添了几句家常闲话而已。殊不料再过了几天，居然天降一火，焚塔成灰，万般木石并金箔玉瓦也就在片刻之间，付诸灰烬。《独异志》记录当时景观，有此十字："方圆数里之内，白雨如泻。"而塔旁的草堂却一无所损。只不过原先在草堂中禅定的怀信从此失去了下落。

　　这一年，怀信整整一百岁。草堂中留有一雨伞、一锡杖、一袈裟、一铜钵和一纸偈。偈语云："金佛离三界，玉毫迷十方。"这是与传统沙门之教很不一样的看法。《妙法莲华经》谓：佛放眉间白毫相光，能通达万有，使"东方万八千世界，靡不周遍——下至阿鼻地狱，上至阿迦咤天；于此世界，尽见彼土六趣众生"。可是怀信的偈子却与此说成逆反之论，意思仿佛是说：佛，即将遗弃这个世界，其眉间白毫相光也不再遍照三界。唐武宗之灭佛毁寺、驱逐僧尼，恰其时也。彼时，已是李白初登西灵塔之后一百一十六年。

　　李白随钱塘龙君登临西灵塔时，所赋之诗为《秋日登扬州西灵塔》：

　　　　宝塔凌苍苍，登攀览四荒。顶高元气合，标出海云长。万象分空界，三天接画梁。水摇金刹影，日动火珠光。鸟拂琼帘度，霞连绣栱张。目随征路断，心逐去帆扬。露浴梧楸白，霜催橘柚黄。玉毫如可见，于此照迷方。

　　这是一首五言排律，格调森严，除了第一句三平落脚之外，余皆谨守平仄和对仗的章法。李白刻意遵循"时调"之作总有缘故，一般多为干谒公卿而用之，不得不端正矩范，一方面显示自己行文亦可不离绳墨，一方面也借由斟酌精严而衬托出作者尊重、礼敬的态度。

此作虽然严谨，却与干谒无关，他是写给钱塘龙君的。全诗除了"目随征路断，心逐去帆扬"一联略涉经历，却也没有太多的感慨，其余诸句，更纯属景色的铺陈，几乎句句用在眼前所见之塔，并无个人感怀、抱负或情志，在华丽中蕴含着典雅的气氛。只不过第四、五、六、七诸联一气八句，纯用一种句式，欠缺词理变化，于是显得语境沉滞拖沓，甚至颇引勉为铺张之感。直到结句时，为了不使全诗沦为空洞的观览，乃凿入《妙法莲华经》的典语，看来也是对钱塘龙君神通妙道的一声褒赞。

钱塘龙君引李白一步一步登塔，直上七级，凭栏南眺是大江，看了半晌，沿着窄廊踅至西面，俯首略瞰，丹砂正捧着布囊衲袋，一面辨识着袋中草药，一面指点群丐向周遭花树丛中攀折砍伐。

"此僮神完气清，根骨灵慧，比之先前那酒虫，须是大好道侣！"龙君像是同李白说、又像是同他背上那怪物说，引得怪物不住地点头，连声低吼。

"龙君去后不多日，指南便病故了。"李白心中敬重这龙君，颇不欲任他说些蹧践吴指南的话语，神色先自肃然起来。

但是龙君却仿佛借着题目，立刻扬声道："汝天资秀异，识见却恁浅俗——宁不知道体所在，周流不拘，忽而为草芥，忽而为木石，忽而为虫豸，忽而为禽鱼，忽而为男女，忽而为粪土。生死不过是小隔别耳！汝既是天星入凡，岂能滞此琐屑之情？"

"凡身一事无成,固无奈难舍,只是痴而已。"

这个"痴"字——李白在旅次之间寻思已久,实非泛泛之语——它原本是丁零奴从李白略能记事起、就随口把来笑骂他的一个字。也许不是多么严重的斥责,却总透露着丁零奴对年幼的李白所着迷之物、所执拗之事的一种轻蔑。彼时,但凡李白有念念不忘而叨叨不绝者,丁零奴别无长言,便以轻轻一声"痴"为之按语。

李白原本不解,也无从求解。日后,直到他在锦官城大通寺听维那僧道海说《毗奈耶破僧事》,竟是一则"猕猴捉月"的本生故事,才约略通晓:痴之所状,便指心有所专,余事皆无名,仿佛故事里成群结队、惊惶哀感、急着想救拔那井底之月的猕猴。痴,即是心念所系,导致知见无明,甚且因而赔上了性命,却也无从追悔的顽耿之性。

尽教他日夜征尘,随时与江山人物忽遇忽离,恰似《古诗·驱车上东门》所谓:"人生忽如寄。"一旦落脚广陵,就闻听人言:东去不几程,便是沧海。如此则看似已经来到天之一涯,可是犹觉世间茫茫,难着根脚;既不堪回眸来处,又不知放眼去处。那些有如浮云与飘萍一般相会随即相别的人,却总在他吟咏诗句的时候,亭亭然而来——他们或行或坐,或语或默。有时,李白还真不能辨识眼前所见者,究竟是心相或物相,是实景或幻景。久之成习,不得不坦然以对,他也就不再悉心分别:孰为昔?孰为今?何者属实?何者为妄?总而言之,诗句其来,犹如难以割舍的人;想念之人,尽付横空不去的诗句。非待一吟罢了,诸象不灭;诸象既灭,他的人生也只剩下了字句。

"百情无碍,一痴害人!"龙君又回头同那怪物碎念,可是所说的话,却像是刻意给李白听的,"莫道只某放汝不下,孰料此子肩背上所负之物，其沉重犹过汝；他却好随那江流溷沌翻滚，就势而下，直出东海去也！"

龙君三言两语，字字句句刺着李白痛处。

出蜀以来，他一步错过三峡、一步乖隔九江，一步又一步逐风尘而彷徨，反而宁可彷徨。他不但偏违了原先的目的，也辜负了李客的嘱命。尤其是携将数十万钱的赀财，究其情实而言，反而更像是背负着李客亏欠于人世的一笔债务。他既不知该向谁清还，也不知该如何涮雪这钱所沾染的耻辱。漫无行方也漫无止境地游荡，似乎是唯一的救药。

而他每过一处，每遇一人，每经一事，每吟一诗，都借助于陌生之感而觉得自己宛然一新，暂时忘却了、也摆脱了自己的过往；那是李客与他父子二人相生而成的巨大亏欠。这一切，的确像龙君肩头所扛负的莫名之物一般——甚至连暴死于洞庭湖滨的吴指南——也浑似在他的背上，真个挥之不去。

这时，李白凝眸睇视着七级浮屠之下、那些个忙着采药的丐者，第一次道出了对于吴指南念念不能释怀的遗憾："某至此方悟得：指南之死，实以某杀之！"

"噫！"龙君一时听不明白，问道，"宁非病故耶？"

"昔年某出游锦城、峨眉，某师赵征君曾诫某：'见病人，须防失业。'某竟忘之，日后行脚所及，不忍见人病苦，随手处置，遂博医名。"

"不能忍人之苦，是痴无疑！"龙君放声大笑，肩头的怪物也跟着狺狺作声。

李白的容色却益发沉穆，继续说道："客岁东行，某师复谆谆致意，仍以'见病人，须防失业'诲某——当是此语，令指南闻之，始终挂怀，乃不从某诊治，亦不受药石；此非某杀之而何也？"

"'见病人，须防失业'是何语？不解。"

"师以功名相期，若旦夕以医道知名，即入匠业，恐于士行有防。"

"高人知机，高人知机！然知机又复奈何！汝便是一痴人，聊堪自苦而已——"龙君大摇其头，笑得更阖不拢嘴，道，"至于那酒虫，也是痴；彼合该当死，竟与汝何干？"

"毕竟幽冥异路，生者遐思无极。"李白苦笑道，"洞庭萧寺那僧，龙君亦见过，彼还道：指南死后，会当化作丈六金身之佛，足见野人亦堪成就大修行，岂便以酒虫呼之？"

"既知一死而成万化之机，此即道体周流之证。汝先前如何语某？尚记否？"说到此处，龙君将起绿玉杖，拍打着栏杆，扯开喉咙，吟道："'毋宁捐所缱绻兮，临八表而夕惕'！此太上忘情之至道也，不幸而先为汝一枝好笔写出，汝却行不得！"

犹如"以子之矛，攻子之盾"，这是将李白焚告钱塘龙君释怨止争的句子，把来调弄李白执迷不悟的自责；令他尴尬，却不能不若有所悟。他，究竟能不能像赵蕤一般——至少看来无视于那些浮荡于尘世间的生老病死之苦？或者至少也仿效那丁零奴模样，一任东西漂泊、去来自如，似乎全无牵挂。

往更深一层去剖看，这话也恰恰揭露了李白对前世今生的悬念纠葛。倘或自己真如父母一向所言，是太白星所谪，则凡身所遭遇的一切，都不得不视之为应得的惩罚；则口头笔下的超脱与豁达，恐怕也只是虚言梦呓而已。如此一来，谪下凡来的天星，又何须枉费力气，追求忘情之道呢？龙君嘲笑他不能忘情，倒像是在提醒他：不必借此逃避——谪仙之天刑，端在于有情罢了。

"龙君乃是神明，神明无所不能，忘情有何难哉？"

"非也！非也！太白星君此言大谬不然了。"龙君接着道，"尽教吾辈形容百变，驰骤万端，有时移山倒海，有时摧枯拉朽，术力深矣，威吓大矣，操纵夥矣；然——恰是无所不能，故宜有所不为；可为而不为，此即神明难处。某今来会汝，偏即为道此故。"

"更请龙君明示。"

"人世亦总有难易两途，君欲任其易者，抑或任其难者，皆自由，却不可痴迷莫晓，但须辨其可为与不可为，而后为之。"

"如何是难？"

"生者难为情，有情难为死。"

"如何又是易？"

"遗苍生以怨怼！"

"啊！那是——"李白没有说下去，那是他自己的句子，仍出于《云梦赋》的第四章，他劝诫钱塘龙君以苍生为念，不要为了与泾河龙君的私怨而使黎民受灾，原文是："私抱枨触而难安兮，岂遗苍生以怨怼？"龙君削去了领句的一个"岂"字，意思正好相反；说直白了，就是：如果要走的是一条坦易平顺之途，就不要时刻以天下苍生为念。

"念中有一人，即受一人之苦；念中有千万人，即受千万人之苦。"龙君道，"汝赋神仙之资，又慕神仙之道，然汝师之言，慎勿轻易；否则恐将为病所累。"

"病？"

"病！广陵而后，爱憎怨尤、穷愁挫辱，一应俱至，无时或已；是皆始于一病。"龙君又将绿玉杖朝塔下群丐挥了挥，道，"病既来，固有药以待之。星君且自问：若不能忍人之病，而略施妙手，然则，拯一人于疾苦而不足，拯千万人于疾苦则足乎？此为难哉？此为易哉？"

七　宝镜挂秋水

大唐武德元年，李渊受禅代隋。贞观元年，分天下为十道，分别是：关内、河南、河东、河北、山南、陇右、淮南、江南、剑南、岭南。至十四年定簿，凡州府三百六十，县一千五百五十七。另有开边所纳羁縻州郡，尚不在此数。

太宗时期，疫病扰民，无时无之，其具载于史传者，前后有六次，不可谓不频繁。尤以贞观十年关内、河东大疫，流行范围最广，举国之地，半为病死扰。此后百姓衣食渐足，每有疫情，多不过三五州，少不出一二州，有时即使并非一地，也多遥遥相隔，各发于关内道、河东道、淮南道、江南道或山南道中，幸而未曾流行。

高宗、武氏时，仅楚州与京师传出过一两次疫病，皆由夏月暴雨引致。大雨连月，洪溢随之，不只河水泛滥冲突，长安、万年京畿重地都能淹得水深四尺，随即整个关中一带麦苗涝损，饥馑已不可免。然而天不悔祸，雨后成旱，旱后成蝗，非但粮食断绝，连下种的秧苗都留不住了。接连两年成荒，自不免人祸相仍，"京师人相食，寇盗纵横"，自陕至洛，死者不可胜纪，相枕于路。

虽然中宗、睿宗而后，直到开元天子即位，大体而言，举国三百六十州，风调雨顺，衣食稍足，疫病看似忽然绝迹。日后杜甫有七古一首，题曰《忆昔》，开篇八句如此，道尽开元全盛时期物阜民丰的景观："忆昔开元全盛日，小邑犹藏万家室。稻米流脂粟米白，公私仓廪俱丰实。九州道路无豺虎，远行不劳吉日出。齐纨鲁缟车班班，男耕女桑不相失。"然而，这样的景象却不包括开元十四与十五这两年。

这是两个被官史隐藏得相当深密的"病年"。

先是，实际管领扬州政务的长史李朝隐复入为大理卿，未几，便调来了兵部侍郎王易从接任。这王易从原本是个出了名的神童，八岁上能作诗，十五岁就精通坟典，十八岁遍涉历代史籍，十九游太学，二十升甲科，任官史于亳城县尉，之后丁父忧逾于常制，长达六年。他和先前的李朝隐十分相似，有"直颜正色，莫避权宠"之誉。

皇帝亲自简选他出掌扬州实政，就是要利用他这种积极任事的风骨。却不料他上任不多久，就因染患了瘟疫而过世，年方花甲。在许国公苏颋为他所写的《王公神道碑》中有这么几句："以东南封圻，淮海般杂，虽陆摄水标，填于委输，而风果气锐，惩以剽轻，巨镇何有？翳公则赖。"短短三十二字，把帝国输转之繁剧、扬州形势之重要，以及王易从当责不让的贡献都刻画得相当明白了。

然而，连封疆大吏都能死于这一场瘟疫，可见病势传染之猛烈。

开元十四年，源出于洛阳西北的瀍水原本就流经洛阳城东，复流入洛水。但是在这一年秋七月间，只因为一场连下了六天的雨，瀍水忽然暴涨入漕沟，将邻近各州原本以租运供应往来的船只数百艘一举漂没。由于事发突然，船中皆有行旅客商负贩，竟然在片刻之间，全数灭顶，死者盈千，腐尸随水沉浮，无处无之，这便是疫病的根源。

孰料就从这一个月起，神鬼失望，黎庶瘭顇，立刻接二连三地天示灾儆——相邻于荆、楚之区，十五州大旱并霜害，五十州传出水灾，北以河南、河北为最烈，南以苏州、同州、常州、福州为最显。有传闻谓某村家宅庐舍，随流水漂流数百里，屋中老小俱在，围坐似共谈笑饮食，及至发门户而细睹之，才看清楚：屋中人都已经是浮肿如猪一般的饿殍了。

也就在这一年秋天，润州从东北角上吹起一阵连日连夜的大风，这风来势诡怪，卷带海潮，直入内地，还兜了个大圈子，直扫江都、六合、海陵、高邮四县，这已经是扬州旧领之地了，风过涛来，田井土水为之夹硷，有些地方庄稼不能再生，有些地方的人喝了那邪水，又闹起了疫病。

第二年——也就是开元十五年——六十三州发大水，十七州闹干旱，总计八十州扰攘不安，这已经是天下四分之一的州郡之数了，更何况成灾多占膏腴之区。朝报声称"转江、淮之南租米百万石以赈给之"，但是江淮之地，其实也拿不出足数的粮食，扬州也就是在这个时节传出了疫情，道路积骨相支撑，枕藉数十里。

恰在举朝无措之际，刚为王易从写完那篇《神道碑》的许国公、礼部尚书苏颋忽然病死在家里。死前他曾经毫无头绪地问家人："扬州是何方？"家人一阵忙乱，好容易找来阴阳生定了方位，苏颋竟朝着扬州扑身便拜，行了大礼。家人想是当年苏颋的父亲苏瓌曾经在扬州担任过大都督府长史，而这时苏颋衰病昏瞶，约莫是想起过世的父亲，亦未可知。孰料他拜起之后，居然对家人道："久误此君前程，不能不愧！"说罢，就一命呜呼了。无论如何，苏颋也不应该说自己误了父亲的前程；而若猜测"此君"指的是王易从，也是说不通的——毕竟苏颋不但为王易从执笔定千古之论；讲究年纪，他比王易从还小了三岁。

皇帝也听说了苏颋临终的怪事，一时筹划不出禳灾之计，却想起自己的第二十一子，名叫李沐——这沐，有膏沐、化沐的美意，表示圣人王道，雨露普施，是个吉兆，遂更封李沐为扬州大都督，循例遥领，不必到任。

至于接替王易从之任的新长史究竟是谁，朝中一直没有定论，王易从生前私募的许多僚属小吏，却不是中朝命官，必须离职回籍，中有一人，乃是许自正的外甥杜谋。

王易从临终之前留有遗命，棺椁须运回咸阳洪渎原安葬，水陆兼程，要走三千多里地，洵非简易。此事也由于疾家病户连绵发作的缘故，耽搁了将近一年。到开元十五年秋冬之际，广陵城各地出现了"投井药"，算是有了转机。

据闻，有一小童，手提竹篮，日夜在城中各里巷中穿东行西，凡有井水之处，便出入呼喊邻人，发付篮中囊药，说的是："此药体性明白，无庸疑虑，乃是大黄十五株，白朮十八株，桔梗、蜀椒亦各十五株，桂心十八株，乌头六株，菝葜十二株——以上七味，皆领过上清道明法誓咀，祖师授灵。今拿绛袋盛装，以每月逢三、六、九日日中悬沉入井，令触井泥；次日平晓出药，置酒中煎，至鱼眼沸三过，于东向户中饮之；饮量多少，凡取自在；唯服药之日，禁绝谷肉蔬果之食。一人饮，一家无疫；一家饮，一里无疫。药酒饮后三朝，还滓复投井中，能仍作一岁饮，可保累世无病。"

这小童看上去骨肉顽健，肤色白润，音声嘹亮清爽，和城里一般受病男女迥然不同。人道：毕竟有病无医，回天乏术；而这药有方有据，一旦服食了，就算没有疗效，至不济也害不了人，索性都依言试服。令人惊奇的是，满城疫情，居然就此缓和下来——只是药囊中所贮之物颇不起眼；有人好事，拆开来觑看，但见其药仿青泥，流出如髓，虽然香气浓郁，可是一经风，药效就不灵了。这也吻合了古来多少道术之说：无论再怎么高明的灵丹妙药，一旦广为俗人揭露，则寖失其神。

无论如何，匠役之力、百工之业，也就在匝月之间逐渐恢复，王易从的灵榇车马才勉强齐备成行。杜谋扈送灵榇离开广陵之后，还追随了一程，直至荆州才罢。上江水行数日无恙，就在路过江陵，即将分途的前夕，杜谋感于王易从知遇之情，这一夕过后，则真成永诀，便在车辕前焚香设祭，朗语告奠，守夜读书。

时过三更，杜谋微感困倦昏沉，才一瞑眼，却听见灵柩之中传来了窃窃私语之声，语势甚微弱，然而字句却清晰可辨。

某甲道："从棺去西京三千里，路途颠簸，穷数百里之途，长驱数日，不见一生人，委实无甚佳处，真不欲往。"

某乙接道："总胜似在广陵饮那太白药、误尔性命的好。"

某甲又怨气道："道途间关，苟不得憔悴枯槁之人，略进滋补，汝与某也无生理。"

某乙像是刻意压低了声，道："若不然，另有一途——某听彼读书郎方才焚香祝告，自道欲返安州，安州去此不远，何不随此子而去耶？"

某甲依然唉声叹气，道："千金难买一前知！固不当从汝所言……"

底下的话，说得愈发嗫嚅窸窣，便再也听不清了。可是杜谋困倦稍去，心底却敞亮了——厩中四壁萧然，十丈方圆之内空旷无人，棺材里躺着的是王易从的尸身，还有谁能说话呢？从言语内容推按，分明是两个祟人的疫鬼。他们所谓的"太白药"，杜谋也约略听人说起过，想来便是那来历不明的投井药了；这一份药，的确在广陵成就了不小的功德。

然而，杜谋听得分明：疫鬼随人，不可小觑。

古来坊巷传闻，大凡疠疫之气初起时，势力甚弱，须贴壁挪移，不能破空飞走。所以常人只要不贴壁而立，便不至于罹病。不过，时日既久而鬼聚寖多，群集势大，根据有些能透视阴阳两界者所形容，疫鬼滋繁既盛，就能牵连肢体，成破空之态。到那时，传染尤烈，若无灵药，就很难遏阻了。

杜谋继而一思忖：今番解职回乡，已经相当落魄了，身边又紧紧跟着两个疫鬼，看来很难摆脱。然而彼暗我明，首尾难辨，万一在居家之处，借身乘隙而起，岂不要为祸于乡人？情急念转，倒让杜谋想到了一个主意：既然疫鬼声称在广陵受害于太白药，可见先前传闻那小童篮中之物，实则是有名目的；只可惜自己行色匆匆，不记得单方详细。那么为今之计，也只有买嘱江陵口岸商牒，看有无沿江下行、赴广陵而又将回程于安州者，一往一返，携回药方，如此一来，就算疫鬼日后真要作祟，也还有个抵挡。

只不过杜谋万万没有料到的是：他所请托的带信商贾，正是维扬十友之一。根据安州许家的传述，此人为"广陵薛商"。他一向所从事者，乃是长年为扬州大都督府筹措京贡之物，每个月十友之会罢宴之后，随即启程，往来于扬、滁、常、润、和、宣、歙之间——这七州，都是扬州大都督府治下。自隋代以来，京贡渐渐成为当地大事，人们争相进珍献奇，期望能在圣人面前邀一宠顾，则扬州之名，便可以比肩两京了。

尤其磨镜一业，借北山铜矿之富，取材不虞匮乏，自隋炀帝时起，便经三五巧匠之手，成就了绝世的工艺。这种镜有银、有铜，镜面都打造得极薄，质地讲究的是轻而坚，镜面光滑，返影如生。史载：唐中宗曾经下诏，令扬州造方丈镜，四面铸铜为桂树，金花银叶，皇帝每骑马自照，人马并在镜中，皇帝还打趣着说："天无二日，地有二君。"实则话中有话，说的，似乎是他在高宗弘道元年以及武后神龙元年两度即位为天子，中间相去二十春秋，天下一度沦于武氏之手。

不知从何时起，咸以当年五月五日端阳节一日间铸就的镜为无上神品。其法，须于前一日夜半，初过子时，就将冶炉设于江船之上，桨楫如飞，航行到扬子江心而铸，需要反复冶炼百次。其镜径九寸，以象九州；镜背雕琢盘龙，长三尺四寸五分，号曰"江心镜"、"水心镜"，这是上品之极。铸就之后，须以十天的程期——也就是五月十五当天——飞驰递京，呈贡圣人以为礼。

与此同时进京供应一般市商贩售的，还有千百之数，虽然不如贡品那样精美，也都晶莹耀目，他方绝不能及。这些铜镜有的尺寸巨大，有的装饰华丽。除了铜镜，还有铜盘、铜盂、铜屏风之类，不只为两京达官贵人所喜，也经常为外国的使者搜求而去，成为东洋西域诸邦非常重视的宝物。较李白稍晚的诗人韦应物有《感镜》一首，俱道其美：

铸镜广陵市，菱花匣中发。凤昔尝许人，镜成人已没。如冰结圆器，类璧无丝发。形影终不临，清光殊不歇。一感平生言，松枝树秋月。

开元十五、十六这两年京贡扬州之镜，引起了另一番前所未有的议论。贡物入宫，皇帝招来许多大臣近侍闲谈，不拘常礼，为的就是欣赏那摄物逼真、光灿夺目的扬州镜。众口交说，提及了五月端午制镜的旧俗。皇帝随口出俚语，漫不经心地道："朕生日亦自端午。"

当下群臣自然恭恭敬敬地应了声："圣人千秋万岁。"

是时每月五日皆称端午，皇帝是八月端午生辰，距当下还有将近三个月。这时，圣眷新隆的御史中丞李林甫忽然想到个逢迎的话题，顺口奏答："天子万寿，百姓之福，臣请以八月端午为'千秋节'，容九州同贺天子万年。"

为皇帝寿诞创立一节日，亘古以来所未曾有，而皇帝所称意者，还真在于此。皇帝深深睇了睇李林甫，眉开眼笑地问："以此劳天下郡县，合宜否？"

"镜之为物，本是一敬意。"李林甫惯于寻章摘句，巧弄文字，当下指着那面扬州镜，道，"圣人以天地为父母，此节恰足示臣民以敬天法地之思，乃是邦国大事。"

一说到敬，反而提醒了皇帝，司马承祯曾经谆谆言及："天子示人以敬，便是'无为'。"也想起了由于这老道士的进言而下令国师一行主持新修的"大衍历"——这不正是天机巧合吗？皇帝不再理会李林甫，转脸问高力士："燕国公何在？"

那是前一年才因为源乾曜、崔隐甫和李林甫的排挤而入罪贬职的张说。张说罢去中书令，经过一番鞫审折辱，终究保留了右相的头衔，人在集贤院供职，专修国史。高力士应声回奏了张说下落，皇帝兴味扬扬道："此事不可急就，非待燕国公大手笔不能为。"

皇帝所考虑的，的确是千秋万代之事；他不要让后人妄加议论，说他做天子，任意以一己生辰为国家庆诞。然而这样一桩既要满足皇帝的虚荣、又要切合国家之大体的事，李林甫的雕虫小技尚不能有为，必须要张说来撰文，才得安稳。

张说《上大衍历序》中，还有这样的几句："谨以开元十六年八月端午赤光照室之夜，皇雄成纪之辰，当一元之出符，献万寿之新历。伏望藏之书殿，录之纪言，掌之太史，颁于司历。制曰：'可'。"其中。"赤光照室之夜"六字，原本写的是"紫微当庭之夕"，却为皇帝亲手改动，有了更加亲切鲜活而毕现神灵感应的意象。皇帝当时手持铜镜，偶来灵感，相当得意。

经由张说的文采诠注，则这一天便不只是皇帝的生日，还是新修"大衍历"的庄重之期。换言之：大唐帝国千秋万载的纪岁准则颁布之日，宜乎普天同敬。

皇帝不会记得、史官也不必记得，这原本是李林甫的提议。在深刻的意义上，同敬，铜镜——会须是出于李隆基一人孤心自明，普照天下的卓见。而且，为了杜悠悠之口，还特意推迟了一年，直到开元十七年八月端午，"上以降诞日宴百僚于花萼楼下，百僚表请以每年八月五日为千秋节。"这一番群臣联袂上表，恳请圣人下诏的做作，载诸史册，则曰："天下诸州咸令宴乐，休假三日。"开千古帝诞之先河。皇帝始终记得扬州铜镜之启迪，十多年后的天宝元年，他割江都、六合、高邮三县之地，置千秋县，算是对扬州的一份报答。

早在开元十五年夏天，为皇帝庆寿之议，已经蜚声数千里，扬州万商百姓无不殚精竭虑，多方设思，务求为帝诞之期，能贡一新奇之物，出人意表，赢得圣眷。这是广陵堪堪要同东西两京一较长短的大好时机。

维扬十友大多从事这筹措京贡之业，从备办物产到制作器皿、南北运输，一应俱全。此事固属本行，多年来得心应手。广陵薛商也和其他在道的行商一样，代人交递商牒，并不是为了蝇头小利，而交际所需，目的还是广结善缘。这一度听说是安州许家差遣，应声把解送药方的事揽了下来；其中还有另一层缘故——那就是制镜与铸钱的瓜葛。

开皇十年，隋文帝曾下诏令晋王杨广在扬州设置五处炼炉，铸造五铢钱，一方面当然是看中了此间古来制作铜器的手艺，另一方面也是因为扬州位于四方水利运输的中心。这个官炉造钱的背景，使得扬州吏民士绅都又有一种自知之明：天下通货，尽在维扬。

大唐武德四年，五铢钱尽废，百姓所有之钱，各归家户，全数登录收缴，复别铸一种钱，名曰"开元通宝"——虽然与日后玄宗皇帝的年号相同，但是这钱的发行、使用则早了将近九十多年。

"开元通宝"发行之初，曾经号令天下：严禁地方与个人私铸，违者论死。原是稳定民生之大本，毋庸置疑。可是到了高宗皇帝中叶以后，天下物产丰隆，却微露通货不足之兆，尤以江、淮供输频繁之区为然。官炉所在，行之数十年，擅于铸钱之家，多世袭其职，以利匠艺传授。也由于这个缘故，能够掌握锻铸技术者，近百年而寖多。

百多年来，东南郡邑，无不通水，由于运河的不断开凿，江淮地区水线纵横，湖泊棋布，蜀麻吴盐自古输贩无碍，万石行舟，堪称来去如风。而扬州、荆州一水相牵，略无隔阂。对于许家家藏无以数计的铜钱，扬州铸钱业者早就有所耳闻，觊觎已久。这也跟当时两京贵官插手帮衬私铸的风习有关。

自从宋璟、苏颋以及为政刻削、被怨深毒的萧隐之禁止盗铸雷厉风行，接连因庶商小民的喧腾物议遭黜官、罢职之后，朝廷仔细推究，也发现了一个盘根错节的难处，由于铜钱供应不上贸易所需，人人囤积货币，不敢购物，导致物价低落。如此一来，市面冷清，百工益发萧索。京中颁布诏敕，也只能敦促加铸官钱，并悬令禁止买卖铜、锡，以及制造铜器。实则官产之钱，自有定量，就算加工打造，于迫切需要繁荣的市况来说，也只是杯水车薪而已。

官铸通宝有定额，扬州、润州、宣州、鄂州以及蔚州等地各有十炉，每炉一年以三十上下的人力，费铜两万一千二百斤、锡五百斤，年产三千三百缗——也就是供应举国流通三百三十万文钱。连料带工，铸造千文一缗的成本是七百五十文，官署获利二百五十文，可以说是相当稳定的财源。然而，一旦另有私铸，情形便大大不同了。尤其是扬州一地，挟其制镜工艺之便，造起成色明明不足的私钱来，几可乱真。

私钱通称为"盗铸"，原本含铜不少，可是既然能够减料为之，有"偏炉钱"、"稜钱"、"时钱"等名目，但看各家掺和与摹拟手段，有时铸者获利，竟在五成上下。由于江、淮一带，天然水道与人工运河交织如网，到处都有河渠坤塘，常有人扮作渔父渡工模样，于拂晓之前鼓棹而行，来到水穷无人之处，便扯开小风炉，依样镕冶，打造不合乎定制的铜钱，一日数以千计。铸成了，即就舟边流水冷却，至傍晚过后，趁着暮色昏黑，关防疏略，再悄悄把钱埋藏在距离津渡稍远之地，或者是交由他船接驳。总之，私铸之钱，交易必需，百姓宁可睁一眼、闭一眼，故作不见其伪，务使能完遂买卖为要。

另一个说法，直指制作铜镜的工匠，他们才是盗铸的关键人物。

相传开元天子初即位时，广陵某匠制镜不慎，将大量的锡汁倾入铜中，没想到却令镜面匀净如银，雪亮无伦，从此铜镜的制造出现了更急遽的变化，其纹饰、花样愈发精美，从葡萄纹、瑞兽纹、龙虎纹、狻猊纹、嘉禾纹而增益为各种花鸟风情、人物故事等。其鎏金错银、镶螺附彩，不一而足。此一期间锡汁大量运用，使得合金比例改变，而依然能维持大尺幅镜面的强韧之性，需要细密体察炉温之变化。铸钱又何尝不是如此？当铜料普遍不敷所需，又得维持私铸利润的时候，制镜匠人的工艺便颇可借用了。

倚铜山而造钱，固是官家之事。但是国家供应货币不足，民间只能借盗铸疏通有无，这勾当本来犯律，官府却不敢穷治，因为一旦严刑禁止，物价必然削落而买卖冷淡，百业也将随之萧条。盗铸无时或已，这就给了扬州行商另一门生意，他们经常往来邻近州郡，千方百计接近累世为官的门第之家——特别是逐渐在仕途上没落、可是家赀殷富的豪门。这种曾经不止一代出过名公巨卿的人家，为防子弟不肖，难以继承士行，或则厚积钱帛，或则广置田亩，为的就是日后还能凭财货谋生取官。阿堵物不蚀不朽，较诸缎匹、粟米而言，传之子孙无碍，时人皆专称门第中人这种愈聚愈多的铜钱为"万年青"。

此时此世，即使是一个操守清正、风骨嶙峋的九品小官，每年还能领有五十多石的禄米、一百二十石的职田粟粮、十八缗年俸以及为数至少四五十石的力课补贴，薪水之资，可以说十分丰腴。至若官职愈高、俸禄愈多，积蓄自然极为可观。个中还有关隘之处：大小官僚的四种收入多以米粮为计，当然不能尽入口腹，其中绝大部分是得换成铜钱的。而署衙出入，皆为官铸之钱，成色无虞。

于是，长袖善舞如维扬十友这样的人物，便得以周旋其间，上下施手。他们将门第中人的上好铜钱假贸易之名，迻运到扬州，名为购物，实则辗转输于匠人之手，伺机镕化，更为合金，转铸出成色较差的铜钱，可是数量却由于掺合了较多的锡、铅、铁等金属而暴多，有以官钱一枚而可私造炉钱七至八枚者，复以较原数多二至三成的盗铸私钱迻回来处之贵家；贵家再以之搜奇藏珍、兴屋构宇，孰敢不从？至于如何能让真铜之量仅及于官钱的十之二三，却能在新铸出炉的一段时间之内不异于官钱，就全靠铜镜匠人的手艺了。

这广陵薛商一听杜谋来自安州许氏，知道这一门自许绍以降，历代颇出职官，家藏铜钱甚夥，而许自正兄弟平生处事恭慎，他家的万年青一向深藏若虚。如果能借着代递商牒而与许家搭上交情，说不定还可以牵引出为数庞大的换钱交易。

八　百镒黄金空

许家的确藏了为数极多的铜钱，然而无涉于贪墨，却是从当年许自然射猎杀人之事衍来——其事不宣于外，仍与铜钱有关。

许氏原籍高阳，梁末徙于周，遂家安陆。许自正之祖、许圉师之父许绍，字嗣宗，少年时与高祖李渊为同学，大业末年征为夷陵郡通守。入唐未几，受封为硖州刺史、安陆郡公，而后又晋封谯国公。当是时，李渊对李靖极不放心，密令许绍杀之。然而许绍爱才，总为李靖缓颊求情，再三保得不死。

李靖终亦不负信用，在武德三年以八百精锐俘虏五千开州蛮族，确保夔州；接着在第二年秋，趁江水大涨、三峡险恶之际，迫军夷陵，包围江陵，逼使占据荆州、自立为梁王的隋代遗臣萧铣出降。李渊终于见识到许绍的胸次与眼光，大喜不能自胜，忍不住失声叫道："人云'使功不如使过'，果然！果然！"

此语流传数百年，源出两汉间。更始帝时，中朝遣使者巡行各州郡，号曰"督国"，此辈之人，往往借端仗势，穷治搜刮。东郡某太守为使者所摘发，即将问斩。当是时，身为郡学教授、兼职官署下掾的索卢放挺身而出，侃侃而言："太守受诛，诚不敢言，但恐天下惶惧，各生疑变。夫使功者不如使过，愿以身代太守之命。"索卢放的豪义之气打动了使者，非但未曾加诛，也放过了太守。"使功不如使过"之语，遂成为数百年治术典范。

许绍于天下有大功，却不料，就在次年（也就是武德五年）征伐萧铣的时候，竟于军旅中一病不起。李渊极伤心，一时不能自安，赏赐了大笔铜钱，据说"为数巨万"。巨万又呼大万，万万相乘，就是以亿计之数。安州人数代以来纷传：许绍的棺木是以十分巨大的四驾马车运回故乡来的，可是运载辎重的马车来而复去、去而复来，络绎不绝于途，装载之物究竟为何？没有人能窥见。但知进了许家的院落——有人说：那都是皇帝私下赏给的钱。

多年以后，时任奉辇直长、职司宫中车驾的许自然射猎杀人，实非意外。

先是他在一次私行出外游猎的时候，误犯人田。田主一怒之下，抗声斥责，意犹未尽，还遭动了家丁，持杖来伐。双方格斗了一阵，互有些小小不言的折损，各自收阵。许自然一纨绔子，视之犹如儿戏，原本还不曾动气，迳笑着抛下两句闲话："今日之游，其乐无极，毁汝禾苗若干，便依时价来奉辇局索去。"

不料那田主知道许自然的身家，竟回敬了几句难听的话："汝家家藏铜棺百口，满敛青钱，俱是汝阿翁身前收买，身后博回，怕是冥镪，某岂敢索用？"这话说得相当阴毒，却不是没有缘故。

也就是在许自然的祖父许绍病故之前未几，战阵方炽，当时萧铣在长江南岸有安蜀城，与硖州相对，次东有荆门城，都是形势险峻之地，而萧铣镇以重兵，天险人危，绝难力克。许绍攻破荆门之后，高祖大悦，非但下诏褒美，还许以便宜从事。彼时，许绍的士卒若有为敌所虏者，辄见杀害；而许绍若执敌为虏，却常常发付资给，悄悄遣纵，令其归乡。这是后来伐梁之役势如破竹的关键——史称："贼感其义，不复侵掠，阖境获安。"乃是基于此。所谓"身前收买"就是士族之人嘲谑许绍行收买民心的手段，有类商贾贿赂，这话听在许自然耳中，当然是极不受用的。

许自然闻言大怒，当下抽出箭囊中的一支鸣镝，觑准田主，应弦而发，贯胸而过。有一说这田主当场毙命；有一说他活下来，带箭进京，控告许圉师"侵陵百姓，作威作福"——无从抵赖，箭上还清清楚楚刻着许自然的名字。苦主也是世家之子，岂容怙恶轻纵？许圉师私心回护，想把事情掩盖下来，不意又为高宗宠臣、中书令李义府所告发，而为太子少师许敬宗所谗谤，以为："人臣如此，罪不容诛。"

当时这一场纠纷还引得高宗皇帝十分不快，君臣几近口角。许圉师不能接受"作威作福"的指控，遂反唇相稽："臣备位枢轴，以直道事陛下，不能悉允众心，故为人所攻讦。至于作威福者，或手握强兵，或身居重镇；臣以文吏，奉事圣明，唯知闭门自守，何敢作威福？"这一番话把皇帝激怒了，跺足斥道："汝恨无兵邪？"

尔后许圉师虽仅贬官虔州刺史、继转相州刺史，非但声誉不坠，地位崇隆，仍为天下士行榜样；但是许家也从此封荫日低，风光不再了。倒是士族的门面还撑持着，或以为还是许绍当年以一条老命挣来的家底，那些取之不尽、用之不竭的家藏铜钱使然。

　　受杜谋嘱托搜求药方的广陵薛商久历江湖，自忖：倘若传闻属实，尽就许氏一家所藏，假以适量的合金烧锻，以一化三、以一化五，当能供应坊市间日益紧缩的铜钱，不数月之内，还可成就数十万缗的厚利。忽一日，他施施然而来，登门求见使君，说是带来了杜谋所嘱托的"太白药"。

　　士商有别，等闲不相接问，这是惯例。然而杜谋先一步返回故里，提及广陵疫情，以及疫鬼随身一节，足见事态不容轻忽。待广陵薛商应命到访，许自正还是亲自见了来客。答问数过，但看此商不只识字能文，通书晓史，剧谈远近人世，可谓博学多闻；其人应对仪态、谈吐更十分得体。主客二人不觉移时而忘倦，说起荆扬间的民情市况来。许自正指着几案上的药方子，顺口问了声："太白药向所未闻，当有说？"

　　"固是市井传言，谓天星下凡，拯万民于疠疫；其言殆不可信，唯药效颇验。然——"薛商略一沉吟，脸上浮泛出一丝将信将疑的神情，接着道，"某夤缘而遇一蜀商，或疑即是彼人。"

　　那是在广陵城极其繁华之处的琼花楼。楼高六丈，团团八亭，耸入秋云，每亭之顶做五瓣花状，髹以白漆，八亭当央，复环抱一楼阁，其间复道相通，形制恰如琼花丛生之态。楼外有一无名小溪，不过丈许宽窄，溪水清浅，春不肥、秋不瘦，自北而南通入江滨；唯于晴昼月夜，闹得粼粼波光，看来亘古如斯，难得竟回入庭园，成一胜景。

琼花为江淮名物，外八朵、内一丛，呈九合之状，一般四五月收春时节众芳零悴，此花则大放异彩。通体外观，其大如盘，洁白似玉。又称"聚八仙"、"八仙闹"，此外，它还有一个与古史有关的异名，叫"八公好"。

昔年淮南王刘安帐下之儒，日夕钻研神仙秘法，其中领袖八人，各皆须眉皓素，名曰左吴、李尚、苏飞、田由、毛披、雷被、伍被、晋昌，此八人竟能炼金化丹，出入无间，时号八公。旧闻八公与刘安携手登山，埋金于地，肉身白日升天；而"八公好"看似八朵五瓣白花，簇拥着中间团团密密的一丛小花，所象者，就是八公与刘安升仙之姿。说也奇怪，此地自淮南鸡犬升天以来，琼花逢暖即开，不问春秋时序，这就更加深化了八公神话的影响力。

当地语音经久而讹变，"八公好"衍成了"白毫"之说，甚至还有"仙人白毫子"一词。无何风月场上，人人喜爱穿凿附会，渐渐地，就将"白毫子"与八公事迹相杂，视之为一个隐居的仙人了。

尽管是秋冬之际，琼花楼盛况亦不亚于四月春花盛开之时。过境广陵商帆云集，大多数匆匆往来的过客并不在意疫情，笙笛歌舞，冶游佳兴，似与黎庶之病苦全然无涉。倒是街头巷尾有童子投太白药入井、为人治病之事喧腾未几，这远近驰名的琼花楼上忽然来了一位豪客，口操蜀音，自称"五蠹人"，身边将携一童，银鞍骏马，意态昂扬，却不像一般寻芳之客，他是来找人的。

觅人行踪，总该言明姓氏里贯、年貌身家。可是这五蠹人什么都不说，只在琼花楼留下了一首诗，请乐工伶人"代觅能为者依谱上琴而歌"，还随手留下了五十贯钱作赏。五十贯断非小数目，兑大唐纯金可得十余两，酒席歌筵，这是前所未见的手笔，真堪称豪客而不名了。

这豪客言明一月为期，谱得合节入律者，向乐工处留下曲式，一旦能歌，五十贯钱可悉数卷去。琼花楼的报科头人把那些钱仔细掂量查看，不免吃了一惊——整整五十贯，俱是益州上炉所冶铸的官钱，一枚不假。

琼花楼悬赏五十贯求一曲，这事在酒亭歌馆之间很快就传扬开来，非图广陵一地，连江都、六合、扬子、高邮诸地之能歌擅乐者，无不跃跃欲试。接着，江南地方也传出了有意一博五万钱者间关而来，登门献艺——偏偏那豪客一去匝月，说准了再来之期，却不见踪影。有人说那豪客遯居在城中某逆旅内，连日不出，似乎也染上了时疫。琼花楼是有名声、守信誉的门巷，于悬一赏格征歌选乐之事，不敢擅自作主，只能守望这"五蠹人"之再来。

他亲笔写的那首诗看似平常，言志不外飞仙，道景颇近素写，杂用三、五、七言十六句，婉转递换四韵，并不恪守时调，而显示出一种活泼、佻达的情趣；其用语之奇突流荡，还间杂着魏晋古体的风味。然而，除了九十六字的诗句之外，他还行了一令——谱曲者必须依"瓜州调"而歌。

瓜州、瓜洲不同。瓜洲就在扬州治下，与对岸镇江西津渡齐名，为长江北渡运河之起点，瞰京口、接金陵、际沧海、襟大江，每岁有八方漕船数以百万计，地充南北扼要。史称："百州贸易迁涉之人，往还络绎，必停泊于是，其为南北之利。"

另一瓜州，则早在春秋时代就因生产蜜瓜而得名，大唐武德五年置县，治所在晋昌。此州位于大唐与吐蕃的边境，迢遥绝塞之区，堪称往来西域之咽喉。正当此年九月初秋吐蕃出奇兵袭扰瓜州，当先两员大将，分别是悉诺罗恭禄及烛龙莽布支，据说临阵之时，二人合乘一骑，风驰电掣之时，竟有三头六臂之态。

吐蕃一举拿下瓜州之后，活捉刺史田元献，还俘获了河西节度使王君的父亲王寿，接着便转攻玉门。初传边报，只说来者混杂两军战旗，一阵为吐蕃赞普所部，一阵为突骑施苏禄所部，两方兵马合而为一，将大唐安西城团团围住。不久之后，又有更令人惊悚的消息传来：烛龙莽布支故意纵放了一部分俘虏，让他们带话，刺激王君，说："将军常自以忠勇，今不一进战，奈何？"王君只是登陴西望，临风而哭，偏是不敢出兵。

五蠹人身在广陵，以眼前之瓜洲渡，命谱万里之外的瓜州调，十分耐人寻味。很多生长江淮之地，饫习六朝之音的乐工未必知晓那北地边塞歌调的来历。五蠹人自称："但知西域有瓜州调，某却不曾习得，愿散五万钱，一聆新声！"以此悬赏，看在知音者眼中，是有心寻访某人，而那人显然得受过边塞歌调的浸润。

留在琼花楼的诗文，是这样写的：

> 淮南小山白毫子，乃在淮南小山里。夜卧松下云，朝餐石中髓。小山连绵向江开，碧峰巉岩渌水回。余配白毫子，独酌流霞杯。拂花弄琴坐青苔，绿萝树下春风来。南窗萧飒松声起，凭崖一听清心耳。可得见，未得亲。八公携手五云去，空余桂树愁杀人。

五蠹人之号，显然出自韩非之《五蠹》篇。以"五蠹"自号，则是将韩非子心目中五种祸国乱政之人齐揽于一身。其一为泥古不化之儒，其二为仗剑行游之侠，其三为唯利是图之商，其四为逞口辩舌之纵横家，其五为怯战不敢言杀之懦夫，号为"患御者"；并称之为五蠹。

战国晚期，天下人口渐多，也浮出了一种异乎寻常的现象，大量涌现许多不能归于古代宗法制度羁縻、约束的人口。其中，游民托身于豪富之家，以避赋税、逃兵役；游士则驰骋于列国之间，凭凑泊之学、强矫之辩，向人君干千金之禄，而邀一时之功。韩非子认为这些人于富国强兵之道非徒无益，甚且有害，故称之为五蠹。

至于自号"五蠹人"者，的确就是李白。为了恪守临行时赵蕤"见病人，须防失业"的训勉，李白在施药救人这桩事上隐姓埋名，不求闻达，更在自己卑贱的身份上开了一个大玩笑——五蠹人这诨号，似乎微微透露出一份自嘲。

不解白毫子，便不解此作用意。千年以下，为太白著录诗集者亦不免牵强而附会。《古今注》即谓："淮南服食求仙，徧礼方士，遂与八公相携俱去，莫知所在。小山之徒思恋不已，乃作《淮南王》之曲焉。"在这一背景上，王琦对此诗开篇就有了误会，他申论道："上句之'淮南小山'，本《楚辞序》以赞美白毫子之才；下句之'淮南小山'则指白毫子隐居之地而言。白毫子，盖当时逸人。"此说望文生义，大谬不然。

淮南小山（以及大山），初见于王逸《楚辞章句·招隐士序》，云："昔淮南王安博雅好古，招怀天下俊伟之士。自八公之徒，咸慕其德而归其仁，各竭才智，著作篇章，分造辞赋，以类相从，故或称'小山'，或称'大山'。"这就是指刘安门下之客的文学集团。不过，在李白创作的意念里，此山彼山，人事天然，一语两兼。

实则全诗之眼，开篇已明，并没有多少扭曲繁复的寄托，说的只是一物：八公好——换言之，就是把"白毫"当作琼花的另称；白毫子歌，就是琼花歌。从全诗第五句"小山连绵向江开"的"开"字视之，一目了然，由于琼花覆盖绵密繁茂，淮南小山便像是一整朵巨大的白花——犹如九合一体的朵朵琼花——逞其全力，朝长江巨流扑腾绽放。李白在此诗中显示了新奇的手段，交叠起眼前之景、心头之意，以及物外之象，通合为一，泯除虚实彼此的分际。所以，前一句还说这小山为白毫子连绵包裹，下一句即接二连三状述"碧峰、巉岩、渌水"，霎时间剥除了花衣的披戴，恢复山水之故我，这便使白毫子之为物，有了瞬间变动、随时迁化的情味。

白毫子既不是神仙，也不是逸人，但是在仙境之中，此物与松下之云、石中之髓并列，不可或缺。尤其是"朝餐石中髓"之句，会心者不难将一今一古二事，合而为一作想。从当下看，满广陵城受太白药之惠的人，都知道那救命之物状似青泥，此为今朝眼前之事；至于古事，也是扬州当地句容先贤葛洪《神仙传》上流传广远的一段轶闻。

魏晋间，邯郸人王烈常采食黄精，炼服铅丹，寿二百三十八岁。其人容色少艾，登山如飞，曾步行入太行山，遇山崩，崖石断裂数百丈，当下"有青泥出如髓，取抟之，须臾成石，如热蜡之状，食之，味如粳米"。据说王烈曾经抟合了几丸泥髓，有如桃子般大，携回共嵇康玩赏，可是到了嵇康手上的时候，神药已坚硬如石；敲之击之，竟铛铛然出铜声。葛洪书上也提到，仙经所云：神山五百年一开，其中有髓，能够服食到的人，寿数得以与天地同齐。

《白毫子歌》所咏的既不是人，琼花所服食的也就不能拘泥在五百年一开之山所流出的青泥，而是一向隐伏、保藏于大地之中的石髓。这个比拟顺理成章，并不难解。真正需要寻思的，原来是这一味太白药方中加入了琼花之枝、叶及果,三者并收散热、解毒、消炎之效。那么,"余配白毫子,独酌流霞杯"就是在疫病中饮药的方式了。当时丹砂奉命到百姓家户各处分药,背诵了连篇服药的口诀,其中就有这样两句:"唯服药之日,禁绝谷肉蔬果之食。"此语,可证诸流霞杯。

此外,东汉王充《论衡·卷七·道虚》载有一则传奇之事,更证"流霞杯"是辟谷之道。所言为数百年前的河东蒲坂项曼都,其人好道学仙,离家出走,三年方归。家人问其经历,项曼都的说法却让人惊讶:

"我去时根本无所知觉,只道自己是卧睡着,却见有神仙数人,将我上天,离月只数里之遥,仍复向上攀飞不止。但见那月,上下幽冥,不知东西。我便居月之旁,其地寒冷极甚,凄怆可知。且夕觉得腹中饥饿了,仙人辄饮我以流霞一杯。每饮一杯,数月不饥。通亦不知去了多少年月,更不自意如何全济也。忽然间又感觉自己仍旧卧睡,一如先前,随即就离了天界,下凡回家来了。"

因为这一番际遇太不寻常,河东乡亲皆呼项曼都为"斥仙"。这个故事,李白从小不陌生,在他想来,项曼都与自己都是经仙界斥逐的人,恐怕还真得耗尽在世为人的百数十年光阴,才能一窥自己遭受斥逐的缘故。而无论如何,这样的人,尽管不能并世相处,比肩攀交,可是他们的命运、性格宜乎攸同。

较诸其他遭遇,李白更重视故事里的"流霞杯"——此三字在诗中固非泛泛妆点修饰之辞,更是近世以来上清派道者到处阐扬的一种法义,也是李白在江陵城天梁观亲自接闻于司马承祯者,彼时老道士所论讲的,正是辟谷之人饮水吸风的练气之法,由此渐进有功,终至于绝粒不饥,也就不为食欲所控制了。从这个理路上去看"余配白毫子，独酌流霞杯"十字，作者一方面暗示了太白药之本事，一方面也借由错杂交织的神仙故事，将自己对辟谷导引一派道者之推戴、对来去自如年寿绵永的神仙之企慕，都巧为化用了。

全诗结句在"八公携手五云去，空余桂树愁杀人"，转用的是淮南王刘安（一说为淮南小山集团）的诗句，诗题《招隐士》，其词有云："桂树丛生兮山之幽，偃蹇连蜷兮枝相缭。"以及"攀桂枝兮聊淹留，虎豹斗兮熊罴咆。"然而，桂树，不只是刘安升天途中令他攀牵不舍而稍事停留的树木，此树早在《说文》中已明注为"百药之长"，嵇康的侄孙嵇含著《南方草木状》即云："桂，出合浦。生必以高山之巅，冬夏常青，其类自为林，间无杂树。"

类以群分而有可同之群，固然是生物习性；转喻到人事上，类以群分却不能同其群，却成了桂树在此诗中寄托愁慨的原因。说《白毫子歌》表达了羡慕神仙之道，则过于肤浅。不如说李白所企羡的，更是淮南王刘安之成仙，并不孤独，他还有八公为其道侣，簇拥相持而去，若琼花然，这是何其欢愉的人生际涯？可是反观李白，却注定是一株不群之桂。原因无他：在商贾阵中，他没有道侣；在士人行中，他没有地位——只能眼睁睁地看着八公及淮南王直入云霄，此固结句之惆怅也。

九　冶游方及时

五蠹人再度来到琼花楼时已经失期逾匝月，身躯看似瘦了一圈，虽然逸兴高昂，面容仍不掩憔悴，身边小童服侍严谨，流露出加意照料的神色，看来染过一场病的传言不虚。这一天，维扬十友例行月会，招宴一个客游广陵的寒士，由于天候遽转严寒，野帐不敌风霜，才设席于琼花楼，所营酒馔之处，就在五蠹人的间壁，一屏之隔而已。

且说那寒士，另是一豪杰，姓高名适，字达夫，祖家沧州，行年二十七。此人门第出于渤海高氏，祖父高偘（即侃），为高宗时军将，曾经官至左监门卫大将军、平原郡开国公，赠左武卫大将军。高偘教子不以武事，故命名崇文，可是高崇文虽然荫封，官韶州长史，在内迁外转的仕宦生涯之中，庸碌无所建树，于开元七年五月间，病逝于广陵私宅。次年六月，年方弱冠的高适为父亲迁窆于洛阳平阴里积润村北原，与母亲渤海吴氏合葬。这一趟移灵迁葬，重修坟茔，是相当大的耗费，非但将高崇文毕生积蓄倾囊而尽，两代以来在广陵营置的房产也抛售给维扬十友之一。

广陵商贾群聚，人人争传其事，以为此子"痴愚无状"，可是也有人以为：孤哀子自以为事亲未谨，而令父母双亡，能够尽散家财，以营窀穸，也是大孝难得的节行。也就在大事合葬了双亲之后，高适远赴长安，试图干谒父祖旧交，盼能得一个出身入仕的机会。虽然高门大第的贵人们大多接待了他，也颇有些赆仪奉送，聊表抚恤之情。可是一旦说起安顿幕僚吏职，人人面有难色，都说："圣朝霈恩普施，遍及隅隙，唯须于功名中求一溉耳。"质言之，还是指点他读书应试。

尽管家传儒风，幼学经史，颇识章句；然而此时的高适家业荡尽，无枝可依，一贫丐而已。他已经遁离高尚的士族，果欲振作，也力有未逮。试想：如欲再谋仕禄，就不得不应考；如欲应考，就不得不读书。可是，此时的高适一无读书之处，二无可读之书，应考便成妄想。于是也有人指点东西，道：若不能折节读书，另有一途堪择，那就是赴边关、投军旅、计首功。高适随即北上蓟门——偏偏北边燕赵诸州，彼时晏然无征战；高适漫游了好几个月，尽人皆以故将之孙待之，多所礼遇，却没有任何一主帅能予大用；事实上也无可大用之事。

此后七年，这高适便在父母葬所的梁、宋一带混迹，于所操之业，不问贵贱，经常力田为农，勉务桑稼。他平生爱交友，有游侠之风，偶有余资，便不计挥霍，竟然流落到"饘粥不继，游方乞食，勉营口腹"的地步。人们还记得他，乃是因为他胁下一剑，为祖父高偘当年受封为平原郡开国公时的御赐之物，此剑金鞘玉格，宝石镶柄，价值连城。然而无论如何偃蹇困穷，那剑，始终随身。因此在乞讨时，常让他受嗤笑，有人讽他不能自谋功名，有人讥他辜负宝剑声价，当然也有人不时地挑唆他把剑卖了。

高适天生一副傲骨，自负器识不凡，功业可期；但是如何出身，却极其迫切，而不得不委曲求全。大约就在李白从金陵往广陵的时节，高适人在荆、襄间漫游，堪说是百无聊赖，不知何去何从，行旅间每每听人说起圣人寿诞刚过，扬州大邑巨贾有十友之称者，一向在此数州之地往来，筹措着来年京贡之礼。高适心念一动，暗自忖道：祖传御赐之剑，天下至宝，若能夤缘供奉入京，得天子一览，则皇室之宝，流落草野，毕竟非所乐见。更何况当局者原本就有不使岩穴之士失望的悬念，睹剑而思人，未必不能与以小小功名，以为日后着绯戴紫的基础。高适一念及此，觉得机不可失，遂乘船下江，来到广陵，借着探看父亲临终之邸为名目，实则还是想借由十友之力，作献剑之谋。

就在维扬十友与高适相见攀谈之际，竟然听见屏门之外，寻丈之遥，传来一阵筚篥，一阵羌笛，接着，还有一阵歌声。

淮南小山白毫子，乃在淮南小山里。夜卧松下云，朝餐石中髓。

只此四句，忽然间有人喝道："失度矣！"听得出来，喝叱者语带嬉笑，可是意态相当坚决，随即一声鞭尺落案，鼓笛中断，歌声也倏然而止。人声窸窣了片刻，再度鸣弦出声的，是一张琵琶，却只拉了个起调，又为先前那人斥住，道："此曲入耳欢快，与词义远矣。"紧随着，又是一声鞭尺落案，琵琶声也幽幽咽咽地停了。

第三人唱腔先行，唱罢两句，自己笑道："此词声字疏密间杂，抑扬无节，真不能合瓜州调。"只不过须臾光景，一连五七首曲，皆未终章，奏来竟全然不合那说话人的意思，然而间壁传来的笑谑之声，却愈发地喧哗了。

十友不耐嘈嚣，窃窃私语了一番，怨声连连，却无人敢起身相问讯。想那些能听宫辨角、引商刻羽之人，度曲识字，必属士流，管领风骚有余，若非白身，手中必定还掌握着大大小小的权柄。另一方面，身为贸贩者流，能够到琼花楼来一亲风雅，已经算得是叨窃忝据，岂敢声张？话虽如此，作东道的十友却没有一人料想得到，今日邀来的这寒士却大起好奇之心。

高适一介游侠，多年来放浪形骸，早就惯习了不为常礼拘束，我举止自我举止，我歌哭自我歌哭，听人孟浪噱笑，只道他有可观可喜之情，岂容错过？当下深深一顿首，向十友叉手环臂一揖，翻身离席，拉开屏门，急奔而出——可以说相当莽撞地闯入间壁，向内喊声："瓜州调，某识得！"

瓜州之战，九月启衅，王君始终怯懦不敢接敌，到了十月中，吐蕃悍将烛龙莽布支分兵另取南邻的常乐县。县令贾师顺是出身西北邻近边地的岐州地方人，为人耿介而剽悍。临敌无多智虑，但能坚守。他没有想到，瓜州很快地陷落了。悉诺罗恭禄接着移兵会攻常乐县，打了十多天，居然还是让贾师顺撑了下来。

据前线飞报传告入京，载于开元报状：吐蕃曾赍檄文，谓贾师顺："明府既不降，宜敛城中财相赠，吾等当退。"贾师顺让士卒们排成一列，在城堞女墙之间士脱去甲衣，于刺骨寒风之中赤裸相迎，贾师顺还站在极高之处，放声吼道："常乐别无长物，仅此微躯数千，虏来可取！"悉诺罗恭禄知道唐军无财，却还有死战之心，只得引去，把北邻的瓜州城夷毁殆尽。

这一场战乱，实则另有早先埋伏的枝节因果。

此前十多年的开元初叶，突厥可汗阿史那默啜发兵袭击铁勒九姓，大破拔曳固于独乐水，不料却被败阵之敌的散兵游勇颉质略、从柳林之中飞身一刀，砍下了头颅。默啜的头颅辗转为唐军力士侯矩送回了长安，而突厥迫夺铁勒之地的局面却已形成，故铁勒四部——回纥、契苾、思结与浑——从此穿越大漠，徙居甘州、凉州之间。

王君尚未发达之前，经常往来四部，受尽这些异族之辈的轻鄙，是以尔后当上了河西节度使，驻节凉州，常以酷法虐之。这种你来我往的衔怨已甚，不可缓解；而铁勒四部中熟悉唐人风情的，也有了机心深刻的法子，他们秘密派遣使者，直赴东都告冤。王君一旦得知内情，索性先发制人，急递驿奏，说是："四部难制，潜有叛计。"

玄宗见两造俱陈，是非难辨，只好饬令中使亲赴边关查察。而铁勒四部根本得不到面见使者的机会，受屈不能诉直，都给定了罪——回纥部的承宗，原封瀚海大都督，被流放到瀼州。契苾部的承明，原封贺兰都督，被流放到藤州。浑部的大德，被流放到吉州。思结部的归国，原封庐山都督，则被流放到更偏远的琼州。这样的流放，可谓极天地之南北，铁勒各部之于大唐之怨毒，是以愈结愈深。

　　正当开元十五年闰九月，吐蕃赞普与突骑施苏禄可汗共围安西城时，回纥部被流放到瀼州去的先主承宗有一族子，名叫护输，此人默观世变，乘势而起，纠合党众，口口声声要为承宗报仇。正当吐蕃遣使从小路联络突厥的时候，发现王君在一旅精锐骑兵的保护之下，驰往肃州巡逻，未几即还师，则是向甘州以南的巩笔驿而去。

　　护输得报，设下一支伏兵逆袭，与十多年前默啜遇害的情景相仿佛——护输帐下的勇士一举自林中跃出，夺了王君的旌节，反手用那旗枪刺杀军中判官宋贞，当即剖出心脏，指着王君道："始谋者是汝！"王君不得已，率左右数十人力战，自朝至暮，左右尽死。直到暮色沉暗之时，护输斩杀了王君，载着他的尸身奔赴吐蕃。当此时，驻扎在凉州的唐军为数不少，这一支部队平素纪律严明，堪称劲旅，一旦接敌，威慑可畏，很快便占了上风，不多时，便杀得护输弃尸而逃。

　　无论如何，王君骤然败死，极令关陇震骇。就在这一年十月，朝廷命朔方节度使萧嵩为河西节度使。萧嵩引刑部员外郎裴宽为判官，又收了王君帐下的判官牛仙客，共掌军政，复以建康军军使张守珪为瓜州刺史。此刻的瓜州城，仅断垣残壁耳。张守珪亲负土石、操版筑，修辑武备。就在将士相顾，戮力构工之间，忽然发现远处风烟大作，尘土飞扬——居然又是吐蕃的马队到了。城中吏卒，相顾失色，全然没了斗志。张守珪却道："彼众我寡，又疮痍之余，不可以矢刃相持，当以奇计取胜。"

张守珪的法子是在瓜州城残破的墙垣上置酒作乐。吐蕃兵众怀疑其中有诈，不敢强攻，逡巡片刻而退。未料张守珪居然别出奇兵，纵马挥戈，奋击长逐，大获全胜。瓜州得以保全，张守珪受到嘉赏，边关一时安和，各复旧业。十一月，朝廷改瓜州为都督府，以张守珪为都督。

可是未及一月，京中报状一连数纸，几番简略地提及此次胜绩，便有如鼓弄起一阵漫天卷地的大风。无论是东西两京抑或各州郡通都大邑，都有好事者纷纷议论：在残城之上置酒作乐，所饮者何？所歌者何？

就在高适来到广陵之前不多时，即使在荆州、襄州、安州各地的酒楼歌馆、妓家旗亭，还真有所谓瓜州调一曲流行。许多号称"搊弹家"的乐工争相制作，但是言人人殊，所谱之曲，杂用三言至七言不拘，与原本流传于南方的乐风大是不同。

在江南，六朝故地，城邑绵延，原本就是"歌酒家家花处处"的所在，酒筵馔宴之间的伴酒歌舞多只在士人、官吏相迎相送的场合出现，一向沿袭故制，没有太多的变化。所谓歌，也就是吻合五、七言整齐有秩的"著辞"，无论是乐工、伶人献演，或者是与会主宾自娱，渐渐形成了歌舞相和的传习，并且与饮酒的节奏相配合。

酒筵歌舞，原初时带有解脱于礼仪的用意，甚至连酣畅的醉态，也还是礼仪的一部分。无论独歌自舞、答歌对舞，或者轮歌迭舞，时日既久，踵事增华，歌舞之间的周旋相顾以及歌调本身的运用发明，日趋细腻。当时泛称此为"送酒"，送字多义，既表伴随，又表劝进，当然也有馈赠的意思。

送酒的"著辞"，五言一句，或七言一句，四句成一曲是最寻常的，因为这个长度，恰足令人满饮一杯。一般说来，多属"一曲送一杯"——也就是劝酒一杯，须歌一曲以送；罚酒一杯，也要有歌为送。更细腻的讲究，是在喝尽一杯酒的过程之中，正好唱完一曲。因此，"著辞"也成就了乐曲与歌词相互对应的关系，歌者咬字的旋律与夫乐工演奏的旋律，必须维持一致。

舞蹈有辞相属，是从魏晋以后才慢慢发生的，所以后世南宋史家郑樵根据《乐府诗集》所搜辑的曲目而在《通志·乐府总序》提出："自六代之舞，至于汉魏，并不著辞，舞之有辞，自晋始。"至于合曲之辞，则出现得更晚："琴之九操十二引，皆以音相授，并不著辞。琴之有辞，自梁始。"

从太宗贞观二年祖孝孙考奏雅乐、皇帝与御史大夫杜淹的一场激辩之后，大唐朝廷对于殊方异族的音乐一向采取兼容包举的态度，的确让大江以北的各地——尤其是两京地区——凡有歌管处，皆能时度新曲。以宫廷为核心的教坊到处征集乐工，广采天下四方之乐，最著名的一个曲子从高宗历经中宗、武周、睿宗，直到开元天子之时，都可谓"风靡寰区，无处不有"，那就是《回波乐》。

据载：北魏时的权臣尔朱荣曾与同僚联手踏地而歌《回波乐》，是关于这个曲子最早的著录。歌词早就亡佚了。这个曲调沿入大唐，而得以保存。现存的唐之作，率皆为六言——也就是六言一句，两句一节，或四句、或六句、或八句的格式。起句通用"回波尔时"四字。

诗人沈佺期得罪丢官，遇恩赦回，名义上拾回了官秩，却还没有复职，也是趁着皇帝举行内宴，群臣轮唱《回波乐》的机会，当场"撰词起舞"："回波尔时佺期，流向岭外生归。身名已蒙齿录，袍笏未复牙绯。"当下中宗就赏了绯鱼袋。

较沈佺期年辈略晚的崔日用也有雷同之举。仍是趁着皇帝设宴的机会，起舞而自歌，目的是求皇帝赏赐一个"修文馆学士"的头衔。崔日用所唱的就是《回波乐》，小有异者，唯起句没有"回波尔时"四字："东馆总是鸱鸢，南台自多杞梓。日用读书万卷，何忍不蒙学士。墨制帘下出来，微臣眼看喜死。"唱罢，惹得皇帝大笑，崔日用的学士头衔随即到手了。

《回波乐》最著名的一则掌故是御史大夫裴谈。裴谈崇佛而惧内，时人颇以为笑柄。当是时，中宫韦氏势焰方盛，颇有武后之风，中宗无可如何，徒呼负负而已。又有一次内宴，教坊中的优伶就拿裴谈的处境和皇帝的心情并作玩笑，也唱了一曲《回波乐》："回波尔时栲栳，怕妇也是大好。外边只有裴谈，内里无过李老。"（栲栳，编错柳条，做盛物之器，俗呼笆斗，此处借韵起兴而已）韦后听了，颇为踌躇满志，赏给这优伶大批的束帛。

从这些例子看来，《回波乐》已经大不同于南乐，除此曲之外，百年间尚有《倾杯乐》、《三台令》、《轮台歌》、《醉公子》、《酒胡子》、《醉浑脱》、《幽州歌》、《燕歌行》及各体《凉州词》等，不胜枚举。顾其题目便知，皆与唐时东、西、北边外各胡族密切不可分，《轮台歌》最为显例："燕子山里食散，莫贺盐声平回。共酌葡萄美酒，相抱聚道轮台。"其中，"燕子"指"燕支山"，"食散"是"食餐"，"莫贺"

为天山左近之地，"盐"就是音乐的单位词，犹如"曲"。整首歌的意思很简单，就是说：在燕支山野餐，听着莫贺曲在山间回响，畅饮葡萄美酒，亲切地谈着轮台。其辞旨浅白直露，却具有健朗开阔的情怀。这保留下来的曲词透露出一点：早在开元时代之前，泛称的西域胡乐已经广泛地传入中原，并且对当时的宫中教坊以至于民间歌馆产生了长远的影响。

太宗奖掖于前，高宗追步其后。能歌擅舞之伎遍及宫廷、军旅、诸王公贵人之门，将军宰相之邸，官有家有，公蓄私蓄，声歌一事，竟然差可与农桑耕织相提并论，堪称大炽于天下之业。几十年间，仅并时列名于太常寺、鼓吹署的乐人、音声人、舞伎之数，多时可以数万计。

开元二年，皇帝特别将燕乐（"燕"即"宴"，专指宴会饮馔时所用的音乐）之伎由太常寺独立而出，岜设内教坊，以与原本设置于两京的外教坊相对，各树一军。皇帝甚至亲任教席，指点那些学习声曲歌舞的秀异少儿，名之曰"梨园"，号之曰"子弟"；此举更是亘古所未见者。

而就燕乐演出的内容看来，绝大多数都是异族殊方乐舞。如传自西凉的《西凉乐》，引自天竺的《天竺乐》，来自高丽的《高丽乐》，顾名思义可知演奏、传唱、踏跳这些歌、乐及舞蹈，不只是娱乐，不免也有昭示大唐国势威权之意——其中又有融器乐、舞蹈、歌谣于一炉的"大曲"，如《凉州曲》、《甘州曲》、《剑器曲》、《柘枝曲》、《绿腰曲》者是。大曲中有一类更系名曰"法曲"，尤为庄严恢弘，如《霓裳羽衣曲》，皇帝自造谣诼，谓此曲为天子于睡梦中亲往月宫夺来，记其曲谱而传于太常。

瓜州调，则是这一类从边塞入中原的曲式之中最新的一支，日后也一度编入大曲之目。

高适不数日前才从上江处荆、襄旗亭听人唱此，耳边烂熟，于是声称"识得"此曲，这么轻率闯入，纵目而观，眼前为之一亮——满座二三十人，各拥吹弹乐器；外围半弧列六七乐工，各持排箫、胡笳，其相邻另是半弧，列坐四五人，各秉羌笛、竽、角之属。向内另是一长弧，也有十人上下，人人各据一席，面前矮几上置了琴、篪、铜鼓、阮咸和竖箜篌、卧箜篌。再往内，复有半圆一列，都四五人，面前也各有一小几，却无乐器，只铺陈着纸笔、墨砚、牙版等物，其间还有一人，面团圆、肤色黧黑，眼睑如核桃，身着淡青交领宽袖袍，头上戴黑色系颊牙簪小冠，胸前一环金银织丝绳挂着支精工细雕的竿篥，手里却捧着牙版衬纸，奋笔而书，小字如足甲，大字如核栗，也看不清所画是何山何道的符箓。

这一室人众，俱朝西拱坐，垓心东向而坐的，是一年约二十五六的清癯男子，着幞头长衫，右手持一鞭尺，轻轻地点颤着，昂首微笑，以对来者——他所凝视着的，显然是高适胁下的宝剑。这男子身旁侍立一童，这时不疾不徐、从容有节地问道："听来客口音，似是宋中，能识得瓜州调，足见游展万里——敢问大姓？"

这童子声如雏凤，清鸣柔宛，看来并没有驱逐闯入之客的意思——这当然也就显示了为主人者的态度。即此一屏之隔的十友，当下放了心，稍张些胆色，从屏扇的缝隙间窥看着那满室人众的动静。

高适报了姓名里贯，与那主人无多寒暄，直道："近日荆、襄诸楼馆，无处不歌瓜州调。某忆其曲，本是七言六句一章，章三叠，简易如此——"说到这里，他旋身按剑，手拊金鞘，看似以剑击掌，也像以掌击剑，琳琅之声，如碎浪拍石，作奏节之状，可是连打了几下，只能拼凑着哼唱了几个零碎的音，却连一句完整的歌也唱不出。那主人却听得开怀，撩起左臂衫袖，解下缚臂短匕，一拔、一合，应和着高适剑掌相迎的拍子，随即转眼向中列一击铜鼓者颔首示意，击鼓的当下明白，跟着轻轻擂起鼓槌。

高适一掌、一剑，未曾停歌，此时加入的鼓节却不期而然地敲醒了他的记忆，道："三叠首二句，自为一叠。"意思是说：每六句歌词的前二句是重复的，其情恰如《回波尔乐》第一句中的"回波尔时"四字。

"那便是——"主人追随着高适哼唱的零碎声调，串成一句完整的旋律，复稍变抑扬高下之势，补充了第二句，唱道，"淮南小山白毫子，乃在淮南小山里——"

此时羌笛、筝、角也按节加入，乐工相视、相听，彼此间并无片言只语，却仿佛能互通心念，尤其是那些双目皆瞽的瞽者，虽然偏额斜颈，侧耳谛听的模样古怪，可是一旦手中管弦起奏，声籁齐发，其壮阔闳丽，竟似有震筋撼骨、动摇梁柱的巨力。

当箫、鼓、阮咸、箜篌纷纷应和之时，那身着淡青袍子，头戴小冠的乐工也放下牙版，捧起胸前笙篁，一声逼出，似仙禽唳空，群鸟依回，将满目琳琅的乐器所发出的声音尽皆统御了。

高适此时豁然开朗。他讶异了，竟是这一群看似从未演奏过瓜州调的伶人，依循着天地间某一不知如何生成、又不知如何演嬗的法式，让他想起了此前在荆州或襄阳等地过耳即忘的歌调。紧随着一声接一声、一音接一音；音声相随，不绝如缕的第三句、第四句，乃至于五、六句，都像是高处岩壤间自然流溢而出、倾注而下的溪泉，涓滴不止——将就着曲式，那主人口中辞章也信腔而行，唱成：

> 松云夜卧朝餐石，白毫回峰巉岩碧。此花连绵向江开，流霞一杯余独酌。

其后的第二章、第三章，也同第一章一般，乘势奔流，天然不凿：

> 淮南小山白毫子，乃在淮南小山里。拂花弄琴坐青苔，绿罗春风树下来。南窗萧飒松声起，凭崖一听清心耳。

> 淮南小山白毫子，乃在淮南小山里。小山石髓可得见，江花流霞未得亲。八公携手五云去，空余桂树愁杀人。

曲子是众乐师依照音声之理推按而得，歌词是那主人自己剪裁修饰而成，可是五十缗的赏金却归了高适。报科头人不免带着些故示隆重其事的玩笑之意，打起小令旗绕室巡行，口中又像是呼喊、又像是吟唱，旗錾子上的小银钟铃银一阵脆响，随即侧间廊门大开，过道上两健仆并四小鬟簇簇拥拥扛抬着一木箱，来到高适面前，往返三过，开箱一看，满是簇新晶亮的铜钱。

高适睹此，与其说是欢忻，更多的反而是讶然。一时之间，拒纳两难，有些不知所措地拱手为礼，道："某尚不知主人高姓大名，合当请教。"

"某，少时略读五经，沾上些许腐儒气，此其一；及长喜言长短之术，又沾上了些许纵横气，此其二；出入闾阎之间，欲效侠行，故仗剑而游，看似个以武犯禁之徒，此其三；实则出身商籍，将本求利，也不多称份，堪称掷金如土，此其四；而某为人，尤不惬论战阵之术、杀伐之学，勉强称得上是个懦夫——"主人一一屈数着手指头，说到最后一句，正屈到小拇指上，索性攒成一拳，遂抱拳笑道，"平生略无可欺豪杰之志，故自号曰：'五蠹人'。"

高适毕竟读过几年书，对于韩非子"五蠹"之说原本不陌生，但是居然有以五蠹自号者，却甚为罕见，看这人虽自报为商，吐属却像个士行之子，遂不敢掉以轻心，道："君所作歌，慨然有神仙之思，其飘逸酣畅，不同于俗谣俚曲——然，虽得瓜州调之曲式，旨趣却与某所闻于荆州、襄州、安州之旗亭者大相径庭。"

五蠹人闻言不觉一怔，急道："然则，汝尚能记其词否？"

高适想了想，道："以某所闻，似是妓家自叙身世之语。"

五蠹人不觉倾身向前，一张原本苍白的脸上忽然间涌上了些微血色，双眸眈眈闪烁，鞭尺一挥，列席乐工再度击节促拍，奏起了先前那瓜州调的乐章。这首歌，一如先前五蠹人所作，恰由于声调不尽合于中原时律，听来便特别有一种迢递疏离的异域风味。

长安一辞十万里，魂梦长安谁家子。周郎宁忆吴中曲，此行吴中何时绿？江花东归逐春风，江波影稀看不足。

长安一辞十万里，魂梦长安谁家子。牙签漫几玉梳横，琵琶初听若有情。金犀注酒悬丝起，绵绵更衔长江水。

长安一辞十万里，魂梦长安谁家子。蜂黄褪尽春莫道，宁教烟花作主人？烟花无种不留意，我从吴曲顾君频。

这一首三叠之歌，载咏载叹，起手"十万里"天涯之远，说的好像是边关之人对于京畿的怀想。可是"周郎"二字一出，便可知另有事典，所运用者，乃是三国时代周瑜的故事。《三国志·吴志·周瑜传》谓："瑜少精意于音乐，虽三爵之后，其有阙误，瑜必知之，知之必顾。故时人谣曰：'曲有误，周郎顾。'"那么，随后的吴曲、江花都是寄托相思的人所自拟之境与情，而所思念的人却久居长安而不归。第二叠里的"牙签"、"玉梳"、"琵琶"和"金犀注酒"诸语，在在显示了相思之人是个颇工于诗文的声妓，注酒而悬丝，音谐悬思，而思念竟有长江之势，取法夸饰，而奇警真不可遏。至于第三叠，则娓娓诉其幽怨之所由生，乃是因为"蜂黄褪尽"，此处所用，为炼气之士在道经之中常说的："蝶交则粉褪，蜂交则黄褪。"以蝶与蜂交尾之后褪色为喻，自然也就表现了爱恋之情转趋淡薄的哀伤。

五蠹人听完一过，垂头长喟一声，良久才道："果然是她。"

这时，席间众人都还沉浸在歌调的余响之中，唯独那吹筚篥的青袍乐工侧过头，深深望了李白一眼，似有话，但是没说出口。

一〇　相思在何处

从屏门的罅隙间左右觑看，所见实在无多；尽广陵薛商所能记忆，拼凑着瞬目所及的情景，也只能略述肤廓。要之：有那么一个病容恢损而不掩神气朗秀的年轻人，纵酒放歌，凑泊乐章，出口成吟，字句略无参差，而每令听者絮然惊叹，仿佛听见了向所未闻的曼妙声曲。恐怕也是他，以一剂太白药救治了广陵无数生灵。

"然而，汝却谓其人面有病容？"许自正摩挲着几上的药方，他自有忧虑：能以仁术救人者，自己竟然染了病，其方可信乎？万一这能言善道的行商所带来的药单无效，而安州疫情鬼使风发，届时又该如何抑遏？

"使君光明堂第，贱商不敢隐瞒。"广陵薛商心眼通透，立刻看出了主家翁的疑虑，连连比划着夸张的手势，接道，"彼人看似清癯，是否染疫，某实不知，却是当晚为高氏子往来引见，匆匆一面，往来数觥，无多深谈。彼知某素为行商，有西溯江流之途，故委以札子，交送大匡山赵征君处收执，具述病体无误。"

"札子？"

薛商心思仔细，推测许自正所疑者，乃是札中所书之事，怎么会让一个交递商牒之人得知？于是抢忙道："某游商十方，踪迹百城，为人交递商牒，疏通音信，也是分内。委札是那蜀商当场抄录、一挥而就的，原本还要发付乐工伶人编唱，可惜满座大醉，不能成辞。"

说着，薛商还真取出一叠札子，翻检片刻，找着了一方布衲；一望而知，这布衲是顺手从旅者随身携用盛物的囊袋中撕扯下来的。衲中一纸，展幅两尺宽、一尺高，墨渖淋漓，字迹迤逦，有如醉中之人信笔挥洒而就。然而观其笔画，于努掠矴磔之处，毫厘端稳，不稍失锋怯力，甚至还透出些许娉婷妩媚之姿。开篇首二行即书题目——淮南卧病书怀寄蜀中赵征君蕤。本文如此：

吴会一浮云，飘如远行客。功业莫从就，岁光屡奔迫。良图俄弃捐，衰疾乃绵剧。古琴藏虚匣，长剑挂空壁。楚冠怀钟仪，越吟比庄舄。国门遥天外，乡路远山隔。朝忆相如台，夜梦子云宅。旅情初结缔，秋气方寂历。风入松下清，露出草间白。故人不可见，幽梦谁与适。寄书西飞鸿，赠尔慰离析。

诗末另有一行六个小字，较之于本文，显得匆促潦草："弟子李白拜启。"

许自正反复读了几遍，读到后来，不自觉地摇头晃脑，读罢舍不得放下，又捧起来看几眼，再看几眼，才轻轻收回衲中。看薛商收拾了那一叠商牒，却猛然将一张脸板了，斥道："不读这札子，某还信汝所言；既读了，其谁能信？一介蜀商，能作得出这般诗句？本朝立业以来，等闲不曾闻见！不曾闻见！"

仅看第一句，就不是行商之人所能操纵的手笔——"吴会"（指吴郡、会稽二地）、"浮云"这两个词，来自曹丕《杂诗》："西北有浮云，亭亭如车盖。惜哉时不遇，适与飘风会。吹我东南行，行行至吴会。"而其精约简要，倍过于子桓；如此颠倒字句而仍能巧用事典，更不觉繁复。唯"相如台"与"子云宅"不知何地，但是许自正原非白丁，可想而知：以司马相如与扬雄来为居室之地命名，则此人不论是不是商，断断乎可证为蜀中的子弟了。

紧接着的第二句"飘如远行客"是从《古诗十九首》而来，原句："青青陵上柏，磊磊涧中石。人生天地间，忽如远行客。"无疑这般起句，是为了将整首诗带入一个慕古、复古的情调，也就是"刻意不入时听"，这也可以从"古琴"、"长剑"的感慨复按得之。

许自正忽然想起来，多年前，的确有一个也是出身蜀中的诗家陈子昂。此人甚至明旗张帜地说：本朝诗歌，学步于南朝绮靡艳丽的多，所以在风骨和寄托上，都有着显著的欠缺，他从而发出了震慑时人的感叹："齐梁间诗，彩丽竞繁，而兴寄都绝，每以永叹。"那陈子昂在高宗崩殂之后，赴洛阳上书，倡议为大行皇帝起造陵墓，从而受知赏于武氏，拜为秘书省正字，官至右拾遗，一时显赫，震动京朝。

或许，形式上的反朴复古，也意味着让诗作包藏以更宏大的旨趣，这正是多年来蜀中文人风尚之所独标。许自正不免要想：此一出身举止都十分神秘的青年诗人，与题目中的赵征君，究竟是什么关系？他们所欲共事的良图，也像陈子昂那样，试将圣朝借由举试而奠定起来的诗风歌调故为鼎革吗？

从写作的笔力看来，这篇《卧病书怀》虽然不切合试帖诗的一般格式，但是句句声律铿锵，属对工稳完熟，浑然是大家矩范。以如此文字入场，当可轻易博倒天下举子。而不得不令人惊讶的是，这样一个作手，既精熟于医、乐匠作之流所业，又是个四处漫游的青年，怀抱着当世少见的思古怀旧之情，浪游于江东万商云集之地，感到光阴匆匆而逝，心情急迫，并因此而怀念故居，尽管也是人情之常——可是，下一句便不免令人诧异而狐疑了：良图俄弃捐——试问：一个商贾贱民，能和一个"征君"，能共有什么样的"良图"呢？更何况，诗中"楚冠怀钟仪，越吟比庄舄"，明明是寄喻着敌国对垒的情操。

这些蜀中豪杰，究竟要与谁为敌呢？

胸中存疑如此，不免是世家之人对于满天下商贾往来崛起，有些难以释怀的嫉忌，眼前远来之客就是此辈，倘或当面流露出这种忧心，反而是有失士族身份和尊严的事。许自正于是兜了个圈子，似是漫不经心地看了薛商一眼，露出带有轻嘲意味的笑容，道："商贾将本孳息，输利四方，近世独大有功于天下。我朝以来，宫廷盛称'民间'，这'民间'二字，十之八九，所指亦即是商贾。且看：汝居扬州，彼出益州，扬州、益州，乃大江之首尾，天下财货，半归此区；市集贸易，全操汝辈，毋怪乎学舌吟诵，还能作得出'楚冠怀钟仪，越吟比庄舄'此等壮语。"

"确然！庶民如草，须以士风引领东西，若不其然，贱民行谊，岂有归止？"广陵薛商当然听得出许自正话里的酸讥之意，然而，他近半生周旋官司衙署的修为也不白饶，面不改色地顺着主人的话颔首连连，道，"倒是这蜀商于散药、赋诗之余，还能仗义疏财，也是某平生仅见。"

"商贾之辈仗义疏财？"这引起了许自正的好奇之心。薛商口中的五蠹人不只是一独善其身，行旅天涯的负贩，他还显示出一种近年来随着帝国逐渐安定、富强而倏忽掩至的强大势力。

这种人，有的挟其巨资，求田问舍；也有的不惜重宝，贿赂公行。他们的行止，会令人想起汉代太史公笔下的朱家、郭解之流，看似一无所取于人，却可以尽世间散财市恩，倾囊解纷，施惠于无亲无故者，而竟不求答报。在另一方面，他们到处结交公卿，借买卖所得，通款上下；也让各级官吏们得以大事参与普遍关乎百姓生计的大宗交易，如借贷、铸钱、采铜、酿酒、榨油、车坊、碾磑甚至客舍邸店等，看来都是一本万利之业。

就在许自正末任泽州刺史的时候，还发现地方恶少之辈，原本放闲游荡得多，居然人人系名于军旅，平时不在营当值，犯事而得罪之后，则潜逃入军，令官署无由追捕；此事居间媒合其弊的，正是商贩之辈。许自正观微知著，不能不有所儆，看来商贾之势，已如风生云起，浪涛澎湃，日后要形成买官鬻爵的勾当，看来也是顺理成章。也就是看出了其中关节，他才下定决心辞官归里的。

薛商也觑得出主家翁睥睨贸贩之徒，情知若是一言不合，就会说成个僵局，那么，向后图他许家万年青为铜本铸偏炉钱的买卖就作不成了。想到这一层上，便益加谨慎于遣辞用句，不忘在褒扬人的话中，小心翼翼地埋伏好自吹自擂的言语："某维扬十友，发愿接济吴、楚寒士入京应举，殆有年矣，此乃四民相持互助之谊，原亦不足挂齿。倒是这远来的蜀商，与某十友萍水相逢，居然一诺百金，倾囊助义，事了拂衣而去，了无得色，此子真不可测！"

"汝等着意功名，也得具足慧眼，日后可知'永以为好也'，亦颇不枉言。"许自正冷冷地说——这话不免还是带着刺，用的是《诗经·卫风·木瓜》之语；原句："投我以木桃，报之以琼瑶。匪报也，永以为好也。"仿佛是说：于人寒微时，择隽才而助之，受助之人日后发达了，当须不减回报。

这却给了薛商一个据理反驳的机会，他且不为维扬十友辩驳，只替那蜀商说了几句："若非这一封书札之末，押记署名，这个五蠹人行走江湖，一向刻意隐埋姓字，怕也难以与人讨好。"

许自正一听这话，倒觉得在情入理。毕竟那蜀商隐姓埋名，的确没有张扬索报的意思。"一诺百金"，是汉初季布的故事，所谓"得黄金百斤，不如得季布一诺"。然古语终归是虚语，那五蠹人究竟拿出了多少家底，漫为寒士之资斧呢？正要问，薛商似已微察其意，叉开三根手指头，道："三十万钱，一掷三十万钱。"

李白在一夕之间，倾其随行所携，付予维扬十友——那是李客所交付的三十万钱——货真价实的八十两大唐金。

似乎是为首座上的五蠹人豪举所动摇，当夜，高适也喝得尽兴，趁醉大喊了一声"惭愧！"，随即解脱胁下之剑，向维扬十友道："某今日来意，本欲倩诸君代呈此剑，上干天子，聊念故家仕宦之孙，流落于江湖之外；或冀天恩未绝，圣人不弃，勉赐一职，为劾薄劳。不意教这五蠹人以言以行，醍醐灌顶，豁然解悟——"说到这里，他摇摇晃晃站起身，道，"至于这剑么，还是要归还于圣人，幸能择其忠烈果敢，贞固干济之士以赐之。某，便也做五蠹人去了！"

一个世家之子，沉隐失志，竟然以五蠹自诩，此事听在许自正耳中，不啻荒唐而已。他连连摇头，沉吟了半晌，才道："少年士子，乘酒兴、使意气，以挥霍自雄，某意亦不可取。不过，尔辈商贾，却能立志赒济四方寒微，使盛世毋遗瑗璧，野贤不自隐沦，已经难能而可贵了。"

"贱商忝居四民之末，勉劾微劳，利用厚生，疏通有无，此以江湖之波澜，聊映魏阙之辉光耳。"薛商几番言语试探下来，知道这主家翁自矜门第，傲岸不群，是个极难相通款的人物，真要冒冒失失央他拿出万年青来铸钱获利，怕不一声令下搊出宅去？于是只好耐住性子，徐徐说道，"那五蠹人与高氏子临别时说了一番话，却直说透吾辈肺腑。"

许自正没有立刻答腔，倒是抬了抬眼，示意他说下去。

原来高适不只执意留下家传御赐之剑，也不肯收拾那五万钱赏格，更不愿再谈接纳十友资助，入京应举。虽说当下大醉满饱，快意而行，不知到了几十、几百里外，举目无亲故，还就是为人帮使劳力，短役长徭，不知伊于胡底，也就是糊口维生而已。

李白于是笑道："仅教汝头顶明月、袖拢清风而去，也做不得五蠹之人。"

"安得如此？"一面问着，高适一面举起一大爵琼花楼自酿的郁金香，胡乱添注些蔗汁，洒了胡椒佐味，满饮之后，登时额头蒸汗淋漓如雨下，道："某不欲有为于此生，其谁奈某何？"

"五蠹非虚诞之说。其末流号'商工之民'，某仅以此道奉闻——"李白微笑道，"古云：走贩曰商，坐售曰贾。商贾之道，或走或坐，而无寸土之依，此其为天下蠹人之本也。往来天下者何？将本求利，积少成多而已。汝今不得名一钱，日后难免寄死人家，故汝不足以言商。"

高适的确不曾经商，也不通贸易之术，无可争辩，不得已点了点头。

"至于工，"李白接着道，"《庄子·徐无鬼》谓：'郢人垩慢其鼻端，若蝇翼，使匠石之，匠石运斤成风，听而之，尽垩而鼻不伤，郢人立不失容。'汝能为匠石否？汝能为郢人否？"

高适也笑了，摇头带摆手地说："不能、不能！"

"五蠹之四，号'患御者'，姑且容某亦以其道奉闻。"李白也举起杯盏，娓娓道来，"韩非子称'积于私门，尽货赂而用重人之谒，退汗马之劳'者是也，此等人宁赂私门贵盛以重宝，以免御驾临阵，受征伐之祸，然乎？"

高适又点了点头。

"汝向称汝北走蓟门，遍游燕赵，欲有所为于边事，奈何时罢征战，请缨无门；此好战之人，岂足以当彼'患御者'？"李白接着指了指刚从间壁移席而来的维扬十友，道，"彼辈是货赂盈门之人，亟欲款纳汝，赆仪在囊，车马就道，待汝笑纳而取功名，汝竟却之，又乌足当'患御者'耶？"

此言一出，连维扬十友都大笑不已，仿佛自己的身份忽然之间就被抬高了不止一等第。

李白谈锋方锐，岂能罢休？随即仰饮而尽，手势一挥，丹砂会意，膝行上前，复自大爵之中分斟出一盏郁金香呈上，听李白一发不可收拾地说下去："五蠹之首，曰儒生；五蠹之次，曰言谈之士。汝自谓少时曾略读书，及长，唯佃农耕稼耳。则汝既乏孔门应世之文，亦乏合纵连横之论；于儒家经术无所发明，于纵横长短更无警策。此二蠹，君当免矣！"

李白这么说，看似讥讽已甚，却隐隐然含藏着一种推许、嘉勉其不随流俗的趣味，高适也跟着众人一齐抚掌大乐，道："某，确乎不敢称儒，更不敢以言谈自高。"

"居五蠹之中，非'带剑者'而谁乎？"李白斜眼睨了睨那一柄给高适抛掷在席边的御赐宝剑，"将此剑归奉圣人之家，与汝则无干矣，汝今竟一蠹亦不能也！"

"如君所言，一蠹尚难及如此，而况五蠹乎？"

"怀其才，抱其学，肆其所乐，乐其所事，无所用于天下，亦不甚难。"李白道，同时欹身伏榻，拾起了那柄御赐宝剑，颠来倒去把玩片刻，又双手捧近高适面前，俨然以当年赵蕤为他授灯书时的语气道："汝甘为农，则农矣；汝甘为士，则士矣。为农，则以此为百亩之器；为士，则以此为百兵之君。还剑于天，古来无此君臣之礼；挂剑而去，则微憾于进退之道。某，实为汝惜哉！"

"挂剑而去"显然用的是延陵季札挂剑的典故，可是"微憾"之说，却令高适困惑，仍然一举大爵喝了，另只手将剑接了过来，道声："请教这'挂剑而去，则微憾于进退之道'。"

季札，春秋时吴公子，为吴泰伯十九世孙，吴王寿梦之第四子，封于延陵。广有贤名，寿梦本欲立为嗣君，季札亟以为不可而让。寿梦不得已，只好以长子诸樊摄政。及寿梦薨，诸樊依遗嘱让于季札，季札还是辞谢了，他引用的是昔日曹君不义，诸侯与曹国人欲立子臧，子臧却以不合于礼而逃位去国的例子。在当时坚守宗法制度的士君子眼中，子臧是"能守节义"的典范。季札抗命的论旨相当清晰："君义嗣，谁敢干君！有国，非吾节也。札虽不材，愿附于子臧之义。"

可是当时吴国国人仍旧坚持立季札为吴国君侯，季札索性抛家弃室，赴野而耕，连公子的身份也不要了。吴人无奈，只得立诸樊为王。诸樊得位十三年，死前仍有遗命，暂时授国予二弟余祭，试图以次第相传，终将至季札即位而止。

吴王余祭继立之后，使季札聘于鲁，最重要的工作似乎是"观乐"——也就是保存在鲁国的礼乐。其中包括周南、召南、邶风、鄘风、卫风、郑风、齐风、豳风、秦风……一直到大小雅及三颂；甚至还观赏了从有虞氏、夏禹氏、商汤氏以迄于周武王等历代相传而来的舞蹈。

季札逐一评析，不但知音辨声，还能够从乐风和曲式的表现，俱道各国风情、民俗、典章、法律的特色，并点评其民事之勤惰、文化之深浅、政情之良窳、德教之盛衰。这一段经历，可以视之为季札日后周游列国的资斧。他随即到齐国劝勉晏平仲，到郑国交好子产，到卫国结识了史䲡等六君子，到晋国甚至干说孙文子勿以耽溺于钟鼓之乐而废弃了国政，以及预言了多年之后三家分晋的命运。此一广泛参与列国政治实务的经历在在证明：季札之以让国闻名于世，并非一意遯逐隐退而已，他反而是经由摆脱一国国主之"节义"，进取更恢弘的志业。

季札初使于外，道经徐国，徐君对季札所配之剑情有独钟，而口不敢言。季札微知其意，但是身为上国使，不能不依礼佩剑，遂不得已而沮馁徐君之意。孰料待其远游归来，徐君已经薨逝了；季札于是解下那随身之剑，挂在徐君墓前的树上。随侍之人问他："徐君已死，尚谁予乎？"季札答道："不然，始吾心已与之，岂以死倍（悖）吾心哉？"

季札一生行迹之流传于后世者，多在"挂剑"一节，于此公平生漫游之宏图大业，若仅由信诺二字誉之，显然以偏概全。李白刻意以一剑为喻，却有意揭示其余——他甚至对季札还有全然不同的看法。

"某略读书，不识大体，姑且放言高论，聊贻士君子以一笑。"李白正襟危坐，扬声道，"季札至齐，所为何事？不外勉晏平仲归还封邑与政柄，所谓'无邑无政，乃免于难'，此其一。至郑，所为何事？不外告子产以执政者荒侈无度，将有祸难临之，此其二。至晋，所为何事？诚孙文子勿亲钟鼓之乐，所谓'辩而不德，必加于戮'，此其三。此三者毕竟只一事：以有易无、以无易有而已。此某本家祖老氏之道也。"

季札、老子或约并世之人，但是高适一向未曾闻知此论，不觉笑道："某孤陋，尚不知季札曾学于老聃。"

"道心唯一，无须相学而同。"李白根本不纠缠于实事之考求，仅此片言，打发了高适，接着却说，"季札以言以行，所事者，无非放手不做耳——其所得愈大，愈不以为己有，故博名愈高，养望愈厚，而人益信之。宁不忆彼于去晋前所说于叔向乎？"

高适一时不复记忆，摇了摇头，道："愿闻。"

叔向，名羊舌肸，晋国公族，为季札出使到晋国之时的大夫，一向以端直多能著称于列国之间。季札离开晋国之前，已经看出当时的国君亦犯"侈"病，而晋国国政日后不免要委之于韩、赵、魏三家大夫。他的临别赠语是："吾子勉之，君侈，而多良大夫，皆富，政将在三家。"这几句话，李白别有一解——

　　"儒生论史，咸以'良大夫'为论旨，殊不知三家分晋，其素行不良之事亦多过牛毛矣。以某观之，季札之言，应拈出彼一'富'字为论旨是也。"李白这才又举起丹砂为他浅斟五分的小酒盏，略一作饮势，环观众人，最后将视线落在外围的维扬十友身上，意味深长地说道，"季札道术，毋乃是千古第一大商，所仗之资，偏是一个让字，故能以无易有，以有易无。"

　　"然则——"高适擎起手中之剑，锋尖指天，笑道，"挂剑之义，又何预于商贾之道哉？"

　　"此即是'以有易无'！"李白这才举盏沾唇，从容不迫地说，"徐君小国之主，所见者未必宝，所宝者未必贵，其所欣慕，季札之名而已。季札以一不名之剑，而邀千载重诺尚义之名，这笔贸易，盈戾如何？"

　　高适为这一番强辩所折服，更被他的性情所感动，却仍心存疑惑：像这样一个词章佻达、思理矫健而神气清爽的人物，为什么看起来却与世间千万汲汲营营的士人逆路错身、甘于隐沦，而不惜破费、大张旗鼓、惊动周郡所事，竟然只是为了一曲瓜州调？

　　"既云商贾所事，将本求利，积少成多——"高适不禁追问，"汝征歌度曲，不吝重金，视黄白如无物，又是何贸易？"

　　李白一戟指，眼中带着笑意，反问："汝自道破家荡产，兴筑坟茔，归葬双亲，至无立锥之地，所为何来？"

"固人子之义也。"

"人子之义，固情之所衷；"李白双手一摊，比了个宽幅，道，"某亦自有一段相思。"

就在这一瞬间，筚篥声不期而然地轻轻扬起——这是很常见的，许多吹管伶人，于演奏终章之后，都会尽气息所及之量，吐一领调之长音，谓之"洗浊"。只不过这乐工更像是在呼应着"一段相思"之语，将这一声吹得婉转凄凉，虽只孤音独奏，声量微小，却出之以种种吞吐抖颤、断续疾徐的变化，而显得动情不已，勾人泫然。

李白终于留意此伶，叹道："汝诚会心人也。"

广陵薛商记忆中的这一位五蠹人，非徒一冲州撞府、抱布贸丝的蜀商而已，他是大唐盛世正在崭然渐露头角的一种新人。这种人与此前不知多少世代的市侩迥然有别，他们虽然去士族不啻霄壤，可是生于富裕之家，倚仗父祖辈的赀财庇荫，经由种种捐输献纳、甚至易籍更名，长年免于力役，称得上是养尊处优了。也由于商贾交游结络之所需，家门极重视礼仪教诲，多有亲近书卷、迎聘文儒，以成就子弟之见识，雅驯其谈吐，丰腴其问学者。时见此辈交接于士族，竟不知其为贱商之流。

许自正听这薛商款款而言，一俟说到季札的"以有易无，以无易有"之道，忍不住跌足大叹，道："这五蠹人真个知见非凡，堪称国士之资矣！不过——"

他的疑虑和高适一样：如果说季札还能够借由"一不名之剑，而邀千载重诺尚义之名"，那么这五蠹人一举而散掷三十万钱，发付维扬十友，去资助那向未结识、亦不知下落的寒士，究竟所为何来？

薛商这才引出自己要说的话来，他也拍拂着几案上的那一纸药方，道："凭方取药，炮熬济人，恰为医家本分。医家拟一方子，疗人疾病，复岂能家户访求，日月索报？尽教吾等商流，末学无文，多少也有淑世之心，略尽绵薄，所为，不过是聚敛四方之钱，成就十方之业，此无他，勉效士君子之德而已。然而此中功德，尚不止于资助寒微、入京应举而已——使君若有意于匡济天下，何妨聊着意于湖海之间、市廛之内，无处不有轻而易举之功德？"

接下来的话，就容易说了。薛商仍以那三十万钱为例，但是话题却偷换成三十万钱如何转手至广陵，旦夕之间即成六十万钱、八十万钱甚至百余万钱，而令江淮间处处吃紧的钱荒得以稍事纾解；这，何尝不也是福国利民的大事？

他刻意不提及坊间传闻许家有多少万年青，只是反复陈词：近世以来，天下物产丰阜，而铜山发垦不足，供钱量少，难以衡准贸易所需，人人靳其所有，不敢商购用物；长此以往，市易枯涩，货贱而不流，钱愈不出，家户抱守着不能衣、不能食、因为难以周转反而困穷无价的铜钱，任由百业萧条——广陵薛商的确有几分危言耸听，却言之成理，无懈可击。说来说去，用语渐重，乃有"此为本朝一大难，而前朝历代所未见"。

许自正原本对那难得一见、亦侠亦商的五蠹人已经充满了惊奇的敬意，也是在这个根柢之上，更佩服起眼前的薛商，但觉他也有一种广大而细腻的忧怀。许自正忽然有一种豁然开悟的感动：像这样的一个商贾，非春秋时代的弦高而何？他们既有士人的儒雅风流，也有农工之人的勤勉奋发，更因行脚眼界而多所经历闻见，虽区居四民之末，却有着比任何人都活络的心思，精敏的观想，以此而顾天下之计，谁曰不宜？许自正心动了。这是一种相当复杂的

112

情绪，他既觉得自己可以有所为于邦国，或许还能获大利于义举。

他再答话时，竟然口唇颤抖，声音沙哑，不免透露出跃跃欲试的亢奋："商事紧要，确乎须留意哉！"

一一　怆然低回而不能去

琼花楼的一番遇合，分别在三个人的生涯行脚上转出新的方向。广陵薛商得着了发垦安州许氏家财的商机，李白和高适则心事重重。

不能不说是李白开启了独特的想法，令高适终于能够看清：纵使想要终身隐沦于岩穴草莽，做一个无求无争的野人，也不那么容易，必须满怀放肆甚至嚣顽的志气；继而低眉一忖，自己既不能像面前这非儒非士、亦商亦侠的人物，具备狂傲的性情，更不甘心借世家流荡子孙的身份勉邀天恩、幸求利禄了。他重新捧起那柄御赐的宝剑，紧紧握住，抗手为礼，道："幸蒙五蠹人片言之教，启某蒙昧。敢请为赐歌诗数行，用申永以为好之谊乎？"

不待李白开口，一旁的丹砂似乎早就守候着这一刻了。他一面在砚台里顺手添注了些蔗汁，起劲地磨上墨，一面道："主人开口便有，且以新句化酒。"

李白病后酒量不宽，早已醉了五七分，只是豪兴牵引，岂肯罢休，一时不假思索，脱口道出了多日以来时刻在念的几句话："世事固有不必付之吟咏者矣！"

乍听来，这是相当明确的拒绝了，高适一时不解，还以为贸然索句，莽撞失礼，当下红了脸，正要致歉，却见丹砂咧开嘴笑了起来，还回头看了高适一眼，微微一点头，又转对李白道："得之矣？"

李白也爽快地笑答："得！"

丹砂这才对高适道："说是'固有不必'，实则'岂能不然'。"

那是数年前还在大匡山上攻书问学的时候，赵蕤入山采药，行方不明。忽一日，月娘在相如台廊下招呼李白用饭，李白信口占得："新晴山欲醉，漱影下窗纱。举袖露条脱，招我饭胡麻。"语带轻佻，不意惹恼了月娘，肃色斥道："世事固有不必付之吟咏者矣！"

此后，无论醉中病中，每当李白起念吟咏，就不由自主地冒出这一句，很难说是挥之不去的自责，抑或自嘲。说罢索笔拽纸，擎起手版，一面写，一面朗吟出声，是一首带有精巧对仗趣味、但是声调上则比律体自由、活泼多了的仄韵五古：

> 危冠标士行，长剑来宫钥。激昂出青云，扬眉吐然诺。王侯意气睨，贫贱裸期托。一掷急艰难，千金散灵药。相亲唯大道，长忆欢清酌。对酒推抱怀，骞鸿齐抢雀。鸾凤岂同群，风流自商略。孔明发畎亩，少君归嵩岳。天机付笑谈，谁更邀名爵？歧路迎辉光，朔云下日脚。宁复计晨昏，抗手为盟约。他乡易别离，缓节逐涕落。

乍逢初会，不及深交，李白却能以相当简练却不失细腻的手段，将高适的身家、性情、抱负、渴望以及郁结的怅惘说得面面俱到。破题首联，即转用了《庄子·盗跖》里的句子："使子路去其危冠，解其长剑，而受教于子。"在原典里，庄子借由天下巨寇盗跖的一连串质问，将孔子问得"再拜趋走，出门上车，执辔三失，目茫然无见，色若死灰，据轼低头，不能出气"。

这个"假庄劫孔"的思想背景是个关键，诗中并未现身的盗跖，正是五蠹的转喻，"危冠"、"长剑"二词看似以孔门贤者子路比高适，自根骨析之，李白还是流露出贬谪儒者的底意。可是，此处机巧层层，由于用"宫钥"指宫廷，指点出御赐宝剑的渊源，那么，至少从表面上略事遮掩了盗跖之嘲。

"青云"语出司马迁，如同"月"，为李白念念不能或忘的一个意象，用这个词，说的是高适脱离了士大夫的门第，却仍保有崇高的品行、格调。"然诺"不只是行游江湖，慨然践盟，亦指涉高适信守所应承于父亲的遗言，不惜倾家荡产，将灵柩归葬至宋中；这种礼序的实践，即使世间公卿，也未必能够，正是士人堪以睥睨王侯之地步。然而，具有相同襟怀的人，却应该深相结纳、互为寄托；由此也映带出李白散千金之方以救人，而深以为得意的侠行。

自"相亲"至"商略"，无疑是李白夸张而半出于假想的欢会光景，不过，"骞鸿"和"抢雀"却不免道出他仍十分在意自己出身微贱。骞鸿，为鸿之高飞，以喻高适有朝一日得以飞黄腾达的祝福；而与天边大雁相对的，则是能够抢跃扑跳、及于榆干枋枝而犹以为高的燕雀——这依然是《庄子·逍遥游》注文中再三转解的："故鹏鼓垂天之翼，托风气以逍遥；蜩张决起之翅，抢榆枋而自得。"一方面，可以说李白守齐物之论，以为鸿、雀之各适其性，不应该有什么差别；另一方面，也可以说李白还是以低下卑小的鹨雀自况，而抬举了被誉为鸿雁的高适。

歌行来到中段，形成了全诗意义上的高峰。李白延展开先前与高适对峙的局面，在"孔明发畎亩，少君归嵩岳"两句上，再一次形成了强大的张力。由于高适曾经躬耕多年，这对于一个士人来说，原本称不上是什么光彩之事，可是李白妙笔一提，将诸葛亮《前出师表》"臣本布衣，躬耕于南阳"之语稍转，高适便不是服役糊口的丁男，而成为隐居待时的贤者。

至于对句，要拈出一个能与诸葛亮相呼应的人物，并不容易。李白却毫不迟疑，一吟而下——"少君"姓李，无疑为李白借喻。葛洪《神仙传》所载，李少君是在汉武帝时行迹为时人所知，能具道某九十余岁老翁家祖琐事，至少岁在百余以上。据传李少君从安期先生传神丹飞雪之方，誓约口诀皆全——而安期先生已是秦始皇时代名满天下的神仙人物了。总之，以李少君与诸葛亮相颉颃，还隐隐然有以儒家拱卫高适、以道家解脱李白的况味。

这首诗以两人殷殷致意告别为结。日脚，是阳光透过云间缝隙而投射落地的金色微光。景语秀丽，看似酒后不辨晨昏，所以字面上难以分辨是朝霞或是夕霭。但考之于广陵薛商所描述的琼花楼之会，当以拂晓的景色较为接近实况。

就在天色将亮未亮的时候，正是李白那一句"他乡易别离"深深打动了高适，于吟诵终章之际，他当席匍匐良久，才缓缓对李白道：

"客岁某北游幽、燕，一心唯发达、报效二事，萦怀不能自休，比闻连路胡谣汉曲，堪说充耳不入，只今听主人按节成吟、依腔制曲，字句或悠扬、或宛转、或幽峭、或恢阔，某到此始味得诗三百篇十五国风情义，想来，实在汗颜！"

"汝平日不多吟？"

高适逞其醉意，仍复垂头匍匐，含糊地说："某才不及于分，学又不及于才。"

分，指的是自己身为士人的出身，"学不及才、才不及分"是相当严厉的自责了，但是高适说得恳切，一点不像是客套。

李白回头环视在席诸乐工、伶人及商贾，最后视线落在丹砂身上，笑道："某亦醉，偏不信才与学，更无分。"

丹砂则像是好容易等着了说话的机会，亢声冒出一句："主人作诗，但凭高兴。"

"高兴？"果然语出意外，非但众人面面相觑，连李白自己都显得吃惊。

"主人忘了。彼日于病中昏倦焦热，伏榻呓语时所说——"丹砂随即便模仿起李白的蜀中乡音以及病中浓浊的掩鼻腔，道，"'某写诗，皆不落题，据题写去行不远——岂能作高兴语？既不能作高兴语，何必有诗？'"

学舌学得相似，的确惹来满座欢噱。可是李白却于微笑中紧紧蹙起两道浓密的剑眉，不由自主地叹了一声："吾师乃于病中来见哉？某竟不复记忆！"

经丹砂这一提醒，李白才约莫起了印象。那是在逆旅中藁草写成《淮南卧病书怀寄蜀中赵征君蕤》一诗的当夜，这个黯淡的情景又回来了一次。与其说是梦，倒不如说是一段遥远飘零而散碎的记忆。所忆者，是李白初入大匡山时，赵蕤教他如何为所作之诗命题，当年他抗拒过，却又屈服了。但是在病榻之上，他早年未曾来得及抗辩的话脱口而出。正是丹砂学舌的那几句："岂能作高兴语？既不能作高兴语，何必有诗？"

高兴，是李白从东晋殷仲文《南州桓公九井作》诗中学来的语句："独有清秋日，能使高兴尽。"支道林《逍遥论》亦早一步用此语："至人乘天正而高兴，游无穷于放浪。"意思更显得通明而飘逸。

在李白看来，没有比这两个字更能表述他作诗的意趣。兴，忽然而来，杳然而去，与天地自然、与人物情感、与江山景致得到了不期而会的感通，而这种感通，更须是未曾为前人所道过；既然未曾为人所发，也就必不能据以为题。"高"字在此，便有廓清前人、超越往昔的境界——也就必须是在"独为我所有"的吟咏过程之中，逐字逐句才能"会"得的。

"高兴，高兴！妙解之极。此即边塞诸曲精妙所在！"

突如其来，内侧弧列一席之中，那面团圆、肤色黧黑，眼睑如核桃，身着宽袖袍，头戴牙簪小冠的乐工竟然插嘴道："尽一声字，便领行一腔，其余以次而出，尚未出，不知何音；既出，始得其调。如人在大漠荒原中，向日而行、迎风而行、逐云山烟景而行、率心怀意绪而行，不知伊于胡底！某度曲，亦爱此道；而这'高兴'二字，果然传神，幸承主人雅教！"

接着，他凝眸注视李白，举起系在胸前的筚篥，贴向唇边，喷出一音，随即敷衍成曲，看似全未依从任何谱式，然而李白却再熟悉不过——那是在金陵孙楚楼的布环宴上，合崔五、瞽叟，以及簪花、击鼓的两个小妓，四人连番轮唱、即席作成的一首《杨白花》歌，原来的歌词是：

> 凉风八九月，白露满空庭。秋声随曲赴高阁，伤心人在亭外亭。回鞭才指长安陌，身是长安花下客。谁似吴江一带水，携将明月梦魂里。

虽说此刻有曲无词，回想当日即席而成的景况，的确可证"一声字，领行一腔，其余以次而出，尚未出，不知何音；既出，始得其调"之论。不过，让李白更觉兴奋的是，这人熟谙此调，显然曾经与段七娘有过一番际会，或许能道其下落。

"此曲更从底处得闻？请教。"

"安州。"那乐工道，"主人今夕所作，意兴斑斓，与某之接闻于安州歌馆者极似，遂不揣浅陋而奏此，献丑了，唐突了。"

安州，那是云梦之北。李白暗忖：客岁由江陵而南，遍历洞庭数海，之后顺帆东下，恰错过了安州。至于安州何地、门庭如何、可是与瞽叟相伴……这厢满心疑惑，一时轮困纠结。他还没来得及问讯，那乐工似乎已经从歌调之中揣摩出其根本不可能得知的词句情味，笑道："怆然低回而不能去之音，着实逼人——这，可是主人那'一段相思'？"

李白想了想，答道："庶几近之，亦不尽然——敢问匠师高名大姓？"

"陇西董大，小字庭兰。"

此言一出，室中诸乐工伶人突然都挺直了身子，交头接耳、窃窃私语起来。那报科头人更面露惊诧之色，环臂叉手为礼，像是不知该向李白还是该向董大，说道："恕某眼拙、恕某眼拙！某只道撷弹家四方来集，共襄选曲之会，竟不知'沈祝天声'大匠亦在焉，格是失敬了。"

董庭兰自幼习琴，这原本是家学，数代以降，工伎相沿而已。但他因缘际会，遇上了一个叫陈怀古的参军。州郡参军无常职，杂司地方六曹庶务，这陈怀古一生精研琴曲，号称兼通当时天下知名的"沈家声"、"祝家声"。凤州刺史知其才大不可遏，倒是想出了个敛财的手段：为之觅访一宅僦租，日夜分批，收徒授琴。

董庭兰在孩提时代，便与凤州当地许多才具秀异的伶工同入陈怀古之门习琴，而独能出众。原因是：只有他，不只在弹拨提按的技巧上精益求精，往往还能够用别样的吹打乐器，摹拟琴声；复以琴具仿效笙笛竽角之属，转出别调。兴来时，更以胡笳奏琵琶曲，或以竽篥演琴曲，总之是摆脱故习，自出机杼，务以新奇变怪为能，却竟因此而博陈怀古之知赏，而尽得其真传。

琴声虽然古雅，但是大部分传世的曲谱都显得单调、沉重而肃穆，难以展现轻快、欢愉乃至意兴高昂的情趣。尤其是在陇右近边之地，各式各样的胡乐早已风行无伦，江湖弦管，风采繁复，琴曲遂逐渐式微。这样一个环境却为董庭兰带来了无限的机会。他十三岁离家出凤州，最初只在山南西道的梁州、利州、兴州等地游历，周旋歌馆，丐食而已。以一笙、一竽、一竽篥、一胡笳随身，浪游无定所。渐渐声名大了，还会有旁郡通都的茶肆酒家主人，不远数十百里之途，慕名而来，殷勤邀访，或以旬月为期，酬以巨资，号称"沈祝天声"。

在董庭兰而言，谋生是太容易的事了。他周游南北，闯荡关河，向不以聚敛财帛为务，却总想着要学尽世间声歌，兼协众音之美。故所过之处，必先求问："久闻贵处擪弹家夥矣，可夤缘一会否？"就算见不着心目中独树一帜的演奏者，也常对那些只能吹弹山歌村曲的乐工虚心前席，再三致问。故而高适一眼看见他执笔擎版，有如画符一般，那是他正在录写着当下所聆听的曲式。

李白虽不识董大，然此时的欢悦之情，溢于言表。他没有想到，仅此一夕歌酒之会，他竟然从两个素昧平生的陌生人口中拼凑出段七娘的行踪——虽然，他念兹在兹的人，不是段七娘；然而段七娘会须是解开他那一段相思的锁钥。他抬手抹去了嘴角的浊酒余沥，睁大双眼，伏身向前，小心翼翼地对董庭兰和高适低声问道：

"然则，二位都见过段七娘了？"

令李白意外的是，董庭兰与高适相互望了一眼，都摇了摇头。

一二　当年意气不肯倾

一个祖上内迁至洛阳落户的鲜卑女子，十一岁以姿容姣好被荐入宫，能倚声制字，翻作新腔，多演《幽州歌》、《燕歌行》及各体《凉州词》，而博得"搊弹家"之号。

未几，由于天子召集宫人，为边军纳絮结棉，制作冬衣，这鲜卑女子在夹衬中随手写寄相思之词。不料却被得着那件棉衣的戍卒所泄漏，为边将所告发，以为中宫矩范失检，几乎惹来杀身之祸。幸而皇帝另有深刻的机谋盘算，看似不以为罪，却把她嫁给了那个戍卒。

不多时，那戍卒糊里糊涂地战死，此女流落妓家，人称"制衣娘子"。开元中，制衣娘子心有所属，却一再为属意之人所误，于是布环脱籍，自拔以出风尘。时人只知她从金陵东门而出，所过之地，随遇而安，但凡来到一处旗亭妓家，或聊伫旬日，或淹留月余，总不为久长之计。

也就从年前秋日以来，淮南道的楚、滁、蕲、安各州，逐渐流传起一种号称"授衣调"的乐曲。多杂糅边塞野谣风调，吹弹之具更是新变百出，机巧奇突；一曲之内，某一吹弹之具，仅三五至十数声，易学而不必务求其工。另一方面，由于乐器多，此起彼落，相互补缀弥缝，听来百籁缤纷，或壮丽、或繁缛，耳不暇接；妓家一旦得之，常相互揣摩，寝成流行，咸谓迢出于此女。

当面向她请益的人愈多，知之而道之者亦众。传言此女年约二十六七，在行中堪称残花败柳了。然而她的行径，又有别于寻常假母之流，因为她一不施脂粉、二不养小娘、三不酬宾客、四不预筵席，除了隔帘弄艺，总不抛头露面。

世人只知她偕一瞽叟，行走于各州郡最繁华的酒楼歌馆之间，至则如客，即席授作歌曲，传习声腔。居停主人慕其技业，盼之不迭，爱敬如尊长，多赂以厚币。很快地，便成为民间妓家的师尊。

她的确是段七娘，却再也不以段七娘之名行世了。

民间妓家沿革，布环宴之后，不应再返门巷、重操旧业；设若不得已而为之，则会须褫脱旧名。于是，又由于"授衣调"之广为传衍，遂仍以"制衣娘子"为号。只是她万万不曾料到，当年在金陵伤心留别的两封信笺，一时都落入了范十三的手中，崔五和李白皆未及寓目。

而李白想再见此人，却是因为金陵之会，彼夕匆匆歌酒，直待他看出段七娘对崔五有一款不寻常的情意，筵席已经匆匆散去。彼时李白便满怀疑惑，始终未解——他想要知道：对于崔五，不是积累了多少年的牵挂、想念和期盼吗？为什么重逢一面，尚不及几许目迎肤触，哪怕是一番软语温言，或者啼泣悲歌，都是常情可度之事。然而，她却忽尔断念，绝尘而去。李白不得不翻想：倘若决绝如斯，才是用情深切的况味，那么，自己牵肠挂肚的心事，就未免显得浅薄而伧俗不堪了。

李白心上，果然也有那么一个人。尤其是在广陵这一场病中，教他神魂衰弛，兴念万端，昼夜不能释怀的，只是迢递千里之外，蒙昧窈窕的红颜。他不敢逼真作想，形影又挥拂不去；不敢追摹辨认，容色却迫近眉睫。那人，始终在他的诗句间徘徊，吟去写来，尽教水月疑幻，合是山月随身。尽管有时不过是作寻常景物描写，也忍不住随手刻画。

就在逆旅中卧病得梦，勉成《卧病书怀》一诗的那晚，李白但觉昏倦逾常，不能起坐，放身睡倒，不辨更漏，仍复辗转难以成眠，只能随口漫吟，不外颠来倒去的两句："夫君弄明月，灭影清淮里"、"夫君弄明月，灭影清淮里"……其情其景，仿佛昔日金陵江边孟浩然大醉之余、梦呓作诗而始终不能成篇的窘态。过了不知多久，连一旁短榻上的丹砂都忍不住了，往脸上拍了几巴掌催醒，道："李郎又成一首矣！是么诗？都此二句绕转耶？"

李白隐忍着不敢吐实，勉强乱以他语："想起襄阳孟夫子，似可成一诵。"

"便是龚爷呼为'庞德公'者，丹砂记得此人。"丹砂受龚霸嘱咐，李白但有诗篇，当即援笔录之，不能疏漏。遂翻身而起，剔亮灯火，支起几案，墨池中添注了些许清水，一面呵息连连地磨起墨来。这是无心而偶成，李白只好将就着，无奈而作，遂以孟浩然兴意，顺口成章如此：

尝闻庞德公，家住洞湖水。终身栖鹿门，不入襄阳市。夫君弄明月，灭影清淮里。高踪邈难追，可与古人比。清扬杳莫睹，白云空望美。待我辞人间，携手访松子。

"李郎无诗不有月，"丹砂皱着眉，想笑又不敢笑的模样，道，"有此一月，今夜一弄之，明夜复一弄之；总不厌倦，毕竟须是个心上之人。"

李白一惊，突然念起吴指南——丹砂与那吴指南原本两不相侔，又复天人永隔，可是寥寥数语，其洞察世态人情的慧见却如此神似；世间多少废书不观、弃笔不学的人，却尽能颖悟通透，一眼便识破了文墨间匿藏的轻浅痕迹？李白撑持着迷离摇荡的心思，把这首口占之作反复读了两遍，果然发现：那"夫君弄明月，灭影清淮里"除了一韵牵连之外，无论是情味、理趣，皆与上下文扞格不入，显得十分突兀——居然连丹砂都看出来了。

纵使在琼花楼的这一夜，亦复如是。众宾客醉后闲话间，广陵薛商说起溯江西行，或恐还有入蜀之计，李白灵机一动，托付他往绵州代递一牒，薛商也慨然允诺了。李白当下默忆前作，即席挥毫，誊写了那首《淮南卧病书怀寄蜀中赵征君蕤》。就在写罢"赠尔慰离析"的结句之时，丹砂忽而在一旁嗤嗤笑了起来，插嘴问道："主人吟诵，一向满怀是月，森凉透心；偏偏此首，半个月字也无。"

几句笑语闲言，原本无足经心，却让李白为之嗫口不能应答了。丹砂所指陈者，正是李白时时感到踧踖不安的：一个令他不能或忘、却也不敢念起的人。他只能不断地攀想：有朝一日，若能再见到那同样浪迹伤怀的段七娘，或许该向她细细追问一个究竟——这难道就是相思滋味？

月娘，又如何可以是他的相思之人呢？

此刻正当拂晓，琼花楼中各处都熄灭了灯烛，拆下了轩廊内外隔绝面向坊市的门板。霜风沁凉而带来了新鲜的气息，这是新的一天，报科头人早就唤遣内外仆役在门前列侍，有的引客到深堂静室安歇，有的则备齐车驾，送客出门。

维扬十友告辞之际，那广陵薛商词气谦卑而心意执拗地追问李白姓名。李白犹在沉醉之中，嬉谑之心大起，偏不肯说，一迳指着阴沉灰暗的天色，居然应声而吟得一首口号之作，不只应付了薛商纠缠，也借由"怀古"二字的一语双关，向董庭兰表达了相当的敬意——诗中用句，虽只寥寥一二语，可是人情洋溢，却让董庭兰铭感五内，时刻眷怀。

这一首诗经丹砂抄录而得以保存，多年以后，李白将生平诗作托付门人魏颢编订集卷，曾几度欲剔除之，盖以为随口放吟，却过于切合律体时调，缺少奇突新变的格调：

> 琼楼三百尺，托我近乡身。何必留名字？忽然惊世人。云浮山自远，鸥过意相亲。怀古传仙曲，来吟高处春。

就文义而观之，通首明白晓畅，破题两句，隐喻太白星入尘世，用的却是登楼回望、以天为乡的比兴，相当巧密。全诗仅用《列子·黄帝》篇中一典，谓：海上之人，有与鸥鸟相善而亲者。此人每旦之海上，与群鸥嬉游，鸟临其身，不下百数。忽一日，这人的父亲道："吾闻鸥鸟皆从汝游，汝取来，吾玩之。"明日复之海上，鸥鸟舞而不下也。

物类感通机心，这是很通俗的一则故事，李白用之，也是隐约暗示：当世之人相逢于江湖，不外相期以性情，相合以道义，相感以怀抱。至于何名何字，期往期来，实在无关乎兴会，皆属多余。这一点，广陵薛商倒是看得清楚，他深切地体会：能有这样的才分学养，五蠹人不但无意亲近商贾，其刻意疏远的程度，或恐尤甚于士大夫。

可是，身为士人的高适不期然结识了这号称"五蠹"的野人，虽不能知其姓字，内心的震慑感慨，也颇不寻常。

"闻君歌雅调，着我动归程。与君相交，才豁然明白了古人所言'内负宿心，外恧良朋'竟是何意——"高适的确也流露出难以为继的醉态，几乎是咬着舌头才能说话，话中尽多自惭与自责，"某空负士行之名，寄身于禾稼之业，勉能以租庸所务，聊报圣朝。然某识书不多，向学不力，纵使勉任其难，也作不出些子中式诗句；权且将就那瓜州调，答汝一歌罢！"

这首歌行，非徒自道高适早年落拓邯郸、荡检逾闲的经历，字句跋涉，还借由泛呼"邯郸子"的疏狂不羁、放浪形骸，对照出高适心目中的典范，应该是战国时代的平原君——就面前这么一位豪迈从容、慷慨飘逸的人物来说，不算夸张附会。

然而，就在三十年之后，一样是淮南广陵之地，李白居然成为高适的敌垒。彼时高适身后是帝国皇家的讨逆旌旗，李白则身陷乱臣贼子之列，狼奔鼠窜，犹不能逃其刑。阵前遥相观想，帆樯连云，烟尘蔽空，高适确乎想起这首旧作：当年初遇时的满心倾慕，尽在歌中"未知肝胆向谁是？令人却忆平原君"之句，其情今安在哉？

此歌后来便以《邯郸少年行》作题目，全然掩去了早年初会李白时的攀慕心痕。所用曲式，正是先前那《瓜州调》，凡两仄两平四换韵，若削去重复的领句"邯郸城南游侠子，自矜生长邯郸里"，全文与先前座中歌奏的"淮南小山白毫子"、"长安一辞千万里"声腔并无二致：

邯郸城南游侠子，自矜生长邯郸里。千场纵博家仍富，几度报仇身不死。宅中歌笑日纷纷，门外车马常如云。未知肝胆向谁是，令人却忆平原君！君不见即今交态薄，黄金用尽还疏索。以兹感叹辞旧游，更于时事无所求。且与少年饮美酒，往来射猎西山头。

大醉执手，欢会将终，高适、李白几乎是同时出口，问了对方一句："还故乡否？"

接着，两人略不迟疑，同时答了对方一句："还故乡有何用？"便再也忍不住纵声狂笑起来。

"还故乡有何用？此语大哉！"李白喃喃道，"昔年在蜀中时，某师为解史事，语及我朝高祖时督君谟诚王灵智向学，师徒二人所言，皆动人——"

唐高祖李渊左骁卫长史王灵智，年方弱冠，即身携巨资，不辞迢递，从大兴出潼关，至范阳，慕名追随年仅十八岁的剑术名家督君谟习艺。督氏之艺由春秋时代仉督氏家族而传，术有射、剑两门：一以矢取敌，一以剑敌矢，相互攻防。箭士、剑客两造有如矛盾相搏——射箭的一方，除了发挥"长兵之极者"，力求制敌于百步之外，一射不中，还要能再射、三射、四射。用剑的一方，则不但要能以剑捭削来势极猛的箭矢，还得以灵活跳跃的身形步法、快速欺敌，斩以锋刃。此艺熔长短兵于一炉，不可偏废。

不过，督君谟却时时提醒他这高徒：仉、督二氏原为一族，尽督氏之艺，未尽善也；若欲有所为于天下，还该到鲁地去寻访仉氏。王灵智日后依言来到鲁地，却始终没有寻着仉氏剑术的传人，倒是将督君谟所传之艺分别教给了裴氏、韩氏二徒。裴氏能射，韩氏能剑，亦不可兼善，却仍旧成了家学。

范阳传艺三年下来，督君谟倾尽所能而授之；就在王灵智即将返回大兴之前，督君谟问他：

"还故乡有何用？"

王灵智应声答道："陇右风光，豪杰满地，欲大用于天下。"

李白遥想王灵智开口道出那"陇右风光，豪杰满地"之语的时候，是如何地心雄万夫，不能自抑；他自己就是不时会流露出这种"高兴"的人。可是琼花楼一番话别，提及百年前的江山人物，也不尽然空口追慕而已——他接着拍了拍高适胁下的剑鼻，道："数年之前，尝于蜀中金堆驿遇一好汉，彼告某以鲁地裴氏、韩氏各得督君谟、王灵智一脉之艺。汝既以豪杰自诩，学书、学剑，各穷其途，亦不相违。"

同样是一柄剑，李白随口指点，却与高适原先的献剑之谋南辕北辙。细心想来，以本朝开国名将王灵智的志行相附会，既有期许之情，也有称道之意，的确令高适心生感动，道："君子于役，不知其期；汝与某萍水聚散，应有后会。"

话至此，李白向报科头人使了个眼色，当即指使仆役抬过那一筐五十贯铜钱，道："广陵道四通八达，但恨某足迹不能一时而俱至，便倩高兄代某遂此壮游耳！至于后会么——浪迹所过，歌曲相迎，无非酒旗飘摇之处罢？"

"主人、贵客，切莫说么'还故乡有何用'——"董庭兰大笑起身，说，"荡子销金之窟，却是某觅食之乡。"

说着，董庭兰已经举起胸前笙篥，即席吹了一曲，听来却不似管乐，但看他一阵疾行吞吐，一缕气息，吹得有如春风压境，万瓣飘零，入耳竟然像是十指齐发，勾拨着琴上之弦了。这曲子很短，没有翻奇求变的花腔，也没有曼衍周折的咏叹，一气喷出，想来便似空山百鸟，还散还合；浮云万里，乍阴乍晴。转瞬间一曲奏罢，董庭兰重新系了牙簪小冠，整了整宽袍交领，恭恭敬敬对李白作了一揖，道："有酒旗处，未必有此'授衣调'；循其声，人即在矣。"

一三　明朝广陵道

　　广陵旅次中的一场急病，为李白带来模糊而顽强的影响。在诵罢了那一首看是追想孟浩然的古风之余，他已经放尽气力，原以为自己就要死了。

　　于死之一事，李白所能想到的，便是洞庭湖边萧寺破榻上的吴指南。那时，吴指南神智迷离，通体肤色有如斑锈之金，一息既入，万念俱灰，双眼朝天一瞪，再不瞑目。李白自觉此身亦复如此；胸前汗湿透裳，这是脾胃失和之症；鼻头汗亦时时渗出，堪见肺气已然不足；两首诗折腾下来，背脊也汗出涔涔，这就不但是阴阳双虚，还兼有湿寒之兆了。至此，气息时而弛散、时而贲张，似已不能随心所欲。

　　他为自己诊脉，可是心头耳畔听得诊此脉象的，却是赵蕤的声音，仍是那一副玩世不恭、虚实难辨的语气："按律，积债不偿，科杖板二十耳，何足以过此？"

　　"积债不偿"所指，就是李白干没了兄弟的贾资，刻意挥霍。赵蕤的话语听来还是那样从容不迫，一如往昔，对万事万物，总透露着些许冷淡的讥嘲；这远在几千里之外的师尊，像是看透了李白的病势原本不甚严重，又像是随时要揭露李白视此病为天惩的惭恶心思。不多时，李白索性松开了数计脉搏的手指，跟自己斗起气来。他恨自己摆脱不了赵蕤的杂学业道，也摆脱不了他的片言微笑，纵使身行来到天涯海角，就仿佛还在他的襟袖之内。

却总是在埋藏深密的记忆角落里，还有月娘那句："世事固有不必付之吟咏者矣！"像是琼花楼畔淙淙而来、淙淙而去的溪水，带来清凉舒缓的抚慰。只那一句轻声细语，带着万般无奈，像是斥责，更像是感叹，却是赵蕤从来不曾与闻的话，李白视之为月娘对他吐露的私语。

当时孟浪，脱口而出的一首小诗，似乎冒犯了月娘。可是月娘一句简单的回应，反复浮沉于脏腑之间，三数年下来，却转生出别样的意思。她像是不断地在叮咛着李白：生平万端，看似萦系在怀而不能去、不能舍、不能须臾而离者，实则真不值一语道出。

就是这句话，让李白在广陵之后的行脚，有了意外的转折。

琼花楼前，李白与高适告别之言，并非等闲应对："浪迹所过，歌曲相迎，无非酒旗飘摇之处。"若说此刻的李白对于未来还有什么想望、还有什么抱负的话，已经不再是赵蕤在临别时那般瑰伟的期许了。细辨《卧病书怀》"功业莫从就，岁光屡奔迫。良图俄弃捐，衰疾乃绵剧"所谓的"功业"、"良图"——他从崔五、范十三、孟浩然、高适甚至龚霸的身上，已经看见一个又一个消磨隳颓的生命。

身为士行中人，一言以蔽之：都因为继承或背负了士人的"功业"、"良图"，而不能够遂其快意。这是他们看来如此亲近自己、喜爱自己，甚至羡慕自己的原因。每当这些人称道李白的才学、赞赏他的诗篇，或与他相期相约、日后在长安道上重逢共事云云，他反而觉得悲伤莫名。

长安，与江陵、金陵、广陵甚至另一个帝都洛阳全然不同。天下至大，无论他寄迹何处，都还许称得上是"高兴之游"，长安则不然。赴长安意味着他必须追随赵蕤的意念和算计——隐瞒自己的门第，猎取广大的声名，赢得任何一位穿绯着紫的大臣之赏识，一步而登青云。

然则，"浪迹所过，歌曲相迎"的确说的是实情实境，他眼看董庭兰逍遥无方，也深深受到段七娘行踪不定的鼓舞，所以"无非酒旗飘摇之处"，并非作贵胄公子销金浪游、驻马衔杯之观，却是他雕章琢句、觅食求宿之地。说得更明白些，李白即此明志：尽管日后还有机会相逢，我等也不再是侪流同道之人了。

只是，李白也记得，月娘掉臂而去、不知行方的那个晚上，她在月光下问他："昔年汝曾说过'并无大志取官'；还记得当时师娘如何答汝否？"

"记得的。"李白当下答道，"师娘训某：若无意取官，便结裹行李，辞山迳去，莫消复回。"

可月娘却把个"无"字偷换成"有"字，道："只今汝若有取官之意，便仍好结裹行李，辞山迳去，莫消复回。"

两般言语，取意不同，但是一以胁斥、一以勖勉，其告诫李白向学进取，则并无二致。唯令李白耿耿于怀、别有牵挂的，是留别的那几句："天涯行脚，举目所在，明月随人，岂有什么远行？"这话中意绪，难道不是依依相共、念兹在兹的情分吗？

正由于李白固执地相信，月娘于他，一定也有些情愫不可置疑，所谓"便仍好结裹行李,辞山迳去,莫消复回"的用意便更加曲折有致。当着赵蕤的面,她或许只能暗示李白:离开了大匡山,离开了子云宅和相如台,离开了赵蕤和他的长短之术,才称得上海阔天空——那么,欲得"明月随人",却在"天涯行脚"之处了。

"功业"、"良图"在长安,随人的明月却只能在别处。

这一会,毕竟曲终人散,李白望一眼冲北而去的高适,再望一眼向东徐行的董庭兰,最后低头凝视着那流经琼花楼畔向南蜿蜒而去的一带溪水,忽然对丹砂道:"彼夜某忆及孟夫子而起兴之诗,尚未落题。"

"尚未落得。"

"于今有之。"李白的眸子里反映着明亮的波光,道,"便题作'寄弄月溪吴山人'。"

"弄月溪何在?"

李白朝楼下的南流小溪一颔首:"此是也。"

"吴山人又是谁?"

"不是某人。"李白指了指高适和董庭兰的背影,道,"广陵吴地群山,皆可名之曰吴山,举凡行脚于吴地之人,俱是吴山人。"

"起句'庞德公'不是孟夫子么?"

"庞德公可以是高君、可以是董君,似也可以是李某。"李白笑道,"孟夫子亦来过。"

有了这个题目,原诗中的"夫君弄明月,灭影清淮里",便不再是结意松弛的病句,反而经由一条不着痕迹的小溪,串起了广陵道上多少不同心事的游历之人。李白立意不再去想长安,他要试着背离赵蕤那无所不在的形影;他的人生,在别处等待着。

尝闻庞德公，家住洞湖水。终身栖鹿门，不入襄阳市。夫君弄明月，灭影清淮里。高踪邈难追，可与古人比。清扬杳莫睹，白云空望美。待我辞人间，携手访松子。

一四　岂如东海妇

迢迢水出走长蛇，怀抱江村在野牙。一叶兰舟龙洞府，数间茅屋野人家。冬来纯绿松杉树，春到间红桃李花。山下青莲遗故址，时时常有白云遮。

世传《西瀼溪》诗为杜甫之作，其词雕琢鄙陋，实为魏牟记事之咏。按该诗小序所云："长史毛公感青莲意，入西瀼溪山，拂云而去，一洗尘垢。"千载以下，聚讼纷纭，主要的原因在于不明白"青莲"二字的意旨。

绵州有青莲乡，李白幼年寄籍之地。然而绵州长史毛韬早年因赃构陷僚属而遭无名女子踪迹逐迫之事，似乎隐然其间。关键在于青莲（清廉之性）常为白云所遮，于是，"拂云而去，一洗尘垢"才是解意之枢纽。

此事，与开元中叶经由妓家旗亭等地诗歌传播而愈发流行、巩固的几个古老故事有关。李白在这一阵潮流中至少写作了两首诗，一首是《东海有勇妇》，一首是《秦女休行》。两诗题下各有一行看似无关紧要的自注，却是指点后人如何看待李白重视此二诗的管钥。

《东海有勇妇》题下有一句话："代《关中有贞女》。"这"关中有贞女"五字还曾经被疑为笔误错写，《李太白全集》的编者王琦便以为："《关中有贞女》当是《关东有贤女》之讹。"此讹实非讹，而另有密意寓焉，容后再议。至于《秦女休行》题下小注则是这么写的："古词，魏朝协律都尉左延年所作，今拟之。"说明此作也同《东海有勇妇》一样，是有所本于古。背后，必有相近似于古之今事可咏。

考之于《宋书·音乐志》所载，汉代、魏代各有相传习的《鼙舞歌》五篇：属于汉代者包括《关东有贤女》、《章和二年中》、《乐久长》、《四方皇》、《殿前生桂树》。到了魏代陈思王曹植的手下，也有摹拟汉之《鼙舞歌》者——曹植题名《精微篇》的歌行，就是汉之《关东有贤女》。换言之，曹植以《精微篇》为名，以《关东有贤女》为音乐或主旨的格式，内容说的是关东地方一个为父报仇的勇烈女子苏来卿的故事，篇中还罗列了历史知名的救父之女，如缇萦、赵女娟等；此外，一开篇将哭夫破城的杞梁之妻也借来比附、品题，看似对性格刚烈、意志坚决的女子有一份强大的同情。文末，则对于赦免之皇恩浩荡作了一番题外的颂扬。

《精微篇》留下了两处令后人疑惑的记载。原诗第九、十两句本谓："关东有贤女，自字苏来卿。"可是在十三、十四句上又如此写："女休逢赦书，白刃几在颈。"休字或可作"不"解、或可作助词看，也许都不算误解；但是也令人怀疑，这女子是否名字又作"休"？或者，索性以"苏来卿"为一人，"女休"为另一人；苏来卿因报仇而"身没"——极可能是由于服辜而遭刑戮——女休却得到了"赦书"，可是如此一来，就不能解释其下"俱上列仙籍，去死独就生"究竟何所指了。

惟同样处身于魏代，任职协律都卫的左延年在他所作的歌行中便完全不提"苏来卿"这个名字，直写"秦氏有好女，自名为女休"。左延年将报仇女的行径刻画入微，也不似曹植之尽用五言，而间杂着使用三言、四言、六言、七言乃至于十一言之句，看起来参差错落，应该是为了更活泼地和歌入乐而作了极大的调整。不过，大体说来，比对《精微篇》和左延年的《秦女休行》可以看出：从《关东有贤女》衍伸而来的女报父仇故事，有一个清晰的脉络：一个执刀据矛的女子，亲手杀了仇家之后，自投官府认罪，几乎论罪问斩，却由于孝心感动当道，而在临刑前获得了赦免。

同一个题材到了西晋傅玄手中，又转生出新的枝节。报仇女既不是"苏来卿"，也不是"秦女休"，而成了东汉末年以忠烈见闻于当世的庞淯之母。复按于《后汉书·列女传》，庞淯之母姓赵名娥，赵娥的父亲为仇家所杀，而她的三个兄弟都染病而死，仇家自喜无所惧，却不料赵娥"阴怀感愤，乃潜备刀兵，常帷车以候仇家，十余年不能得"。两造最后还是在都亭不期而遇，赵娥终究报了大仇。

傅玄较曹植、左延年添加的内容还包括了官吏受感动的叹息："县令解印绶：'令我伤心不忍听！'刑部垂头塞耳：'令我吏举不能成！'"这应该还是从《后汉书·列女传》本文之中踵事增华而来——赵娥投案、"请就刑戮"之后，地方官（官名'禄福长'）尹嘉一时冲动，居然"解印绶，欲与俱亡"。倒是赵娥深明大义，不肯逃刑，还对那想要徇私纵放她的禄福长说："怨塞身死，妾之明分；结罪理狱，君之常理，何敢苟生以枉公法？"事后，赵娥毕竟在同情宗亲报仇的民意拥戴之下，得到了当局的赦免。于是，法理之外尚有更高贵的人情，则成为傅玄之作的主题。

具名的诗歌分别出自曹植、左延年、傅玄之手，而实践宗亲报仇的女子却也有苏来卿、秦女休、赵娥等三个名字；即使秦女休之名为左延年根据曹植的“女休”而杜撰，似乎也可以看出：女子遂行宗亲报仇是有一个难能可贵而备受揄扬的传统。曹植以诸女自况，借此宗亲报仇所展现的精诚，正是向兄长魏文帝求援，以逃脱身受监国者之危疑谗害。

到了李白手上，竟出之以两首拟古乐府，殆知李白对于烈妇报仇之事，应独有所钟。明胡震亨《李诗通》于《东海有勇妇》第五句“勇妇”之下注云：“勇妇者，似即白同时人。”已看出了端倪——这两首诗并不是一般的摹拟练习之作，而必有隐括时事、兼以深怀感触的内情。

前揭《李太白全集》编者王琦曾经指出：李白在诗题下自注的《关中有贞女》是一个错讹。王琦按诸《宋书·音乐志》之著录，以为这个注写错了，李白所拟的古歌行，应该就是《关东有贤女》。但是，若就李白及身所闻的烈妇报仇之事而言，把“关东”写成“关中”，“贤女”写成“贞女”，当属故意。因为不如此，就不能托以影射：李白之不同于先前曹植、左延年、傅玄等人之处，恰在于令他心悬念系者，不只是一桩为宗亲报仇的故事，而是另有切身可感的一个人。此女出身关中——秦女休的“秦”亦指关中。

到底是什么样一个女子？报了什么样的仇？李白在两首诗中欲隐欲扬、忽扬忽隐，甚至利用前人之作来穿插藏闪，使得有些动人的叙述被放大了，像是《东海有勇妇》里的：“白刃耀素雪，苍天感精诚。十步两躩跃，三呼一交兵。斩首掉国门，蹴踏五脏行。”《秦女休行》里的：“西门秦氏女，秀色如琼花。手挥白杨刀，清昼杀仇家。罗袖洒赤血，英声凌紫霞。"就是刻意突出的表象与动作细节。

然而，也有些身份关系却刻意模糊了。前人诸作中的苏来卿、秦女休和赵娥都是为父报仇，但是李白却在《东海有勇妇》里这样写："捐躯报夫仇，万死不顾生。"在《秦女休行》则是："婿为燕国王，身被诏狱加。"仿佛是为丈夫报仇。这个转折是李白的操纵变乱之法，两首诗都还保留了曹植诗中反复运用的典故。

《精微篇》写缇萦故事如此："太仓令有罪，远征当就拘。自悲居无男，祸至无与俱。缇萦痛父言，荷担西上书。盘桓北阙下，泣泪何涟如。乞得并姊弟，没身赎父躯。汉文感其义，肉刑法用除。"其事千古传扬，毋须赘述。

此外，曹植还大段叙述了赵女娟故事："简子南渡河，津吏废舟船。执法将加刑，女娟拥楫前。妾父闻君来，将涉不测渊。畏惧风波起，祷祝祭名川。备礼缋神祇，为君求福先。不胜醮祀诚，至令犯罚艰。君必欲加诛，乞使知罪譬。妾愿以身代，至诚感苍天。国君高其义，其父用赦原。"

这一则具载于《列女传·辩通传》的故事发生于春秋时代的赵国。赵简子欲南渡伐楚，与管理渡口的河津吏约定过河时间，可是届时河津吏却喝醉了，不能护送过河。赵简子怒欲杀之，河津吏的女儿"娟"则为父亲辩解，说河津吏之所以大醉，乃是在向九江、三淮水神供祭祈祷时喝了巫祝杯中的残酒所致，酒以成礼，不得不然。如果一定要杀之谢罪，赵女娟请求以身代父而受刑。赵简子道："非汝之罪也！"赵女娟的辩辞是："妾恐其身之不知痛，而心不知罪也。若不知罪杀之，是杀不辜也。愿醒而杀之，使知其罪。"这一段辩议打动了赵简子，终于赦免了河津吏。事后，复因赵女娟在渡河途中数度与赵简子不卑不亢的对话，深得赏识，赵简子伐楚归国之后，"乃纳币于父母，而立以为夫人"。

李白在他的拟作《东海有勇妇》中写下"津妾一棹歌，脱父于严刑"的句子之际，应该没有忘记他的老师也姓赵，而赵蕤之所以能够娶回月娘，正是当年在环天观听她以通明达辩之才，对众论旨，演故讲经，舌灿莲花，大胜邻寺高僧之故。其间固不免有巧合，然而李白埋藏的用意也至此而稍稍暴露：那为宗亲报仇的勇烈妇人，正是月娘。

这里面隐藏了她守候十八年的一个秘密；也因为这个秘密，李白故意在《东海有勇妇》里把"苏来卿"错写成"苏子卿"。

苏子卿，苏武，西汉武帝天汉元年奉使匈奴被囚，于昭帝始元六年才获释回到长安，其间羁留异乡一十九载。若以月娘的父亲被冤而死，直到她押逼毛韬弃官出走的时日计，也恰恰是十九年。所以"何惭苏子卿"并非"苏来卿"的错写，以一"子"字易一"来"字，根本是影射那隐忍十九年岁月的冤痛。

其下"捐躯报夫仇"就更见刻意——若是苏来卿，早在曹植诗中已然说得很清楚：她是"壮年报父仇，身没垂功名"。而月娘明明也是为父报仇，李白却必须为之隐讳，既写"何惭苏子卿"，又作"捐躯报夫仇"，甚至在《秦女休行》里还写成了"婿为燕国王"，看来都是故作云岭烟嶂之语。由此反而可知：在现实中，为父亲报仇的月娘，并没有获得像秦女休或者庞娥那样的宽贷，甚至还可能像苏来卿，遭到官府的追捕。这也是李白借由诗歌试图打动或伸张的一点：他多么想要看到有一位拥有无上权柄的赦免者出现。

李白《东海有勇妇》是这么写的：

梁山感杞妻，恸哭为之倾。金石忽暂开，都由激深情。东海有勇妇，何惭苏子卿。学剑越处子，超腾若流星。捐躯报夫仇，万死不顾生。白刃耀素雪，苍天感精诚。十步两躩跃，三呼一交兵。斩首掉国门，蹴踏五脏行。豁此伉俪愤，粲然大义明。北海李使君，飞章奏天庭。舍罪警风俗，流芳播沧瀛。名在列女籍，竹帛已光荣。淳于免诏狱，汉主为缇萦。津妾一棹歌，脱父于严刑。十子若不肖，不如一女英。豫让斩空衣，有心竟无成。要离杀庆忌，壮夫所素轻。妻子亦何辜？焚之买虚声。岂如东海妇，立事独扬名。

其《秦女休行》则是这么写的：

西门秦氏女，秀色如琼花。手挥白杨刀，轻昼杀仇家。罗袖洒赤血，英声凌紫霞。直上西山去，关吏相邀遮。婿为燕国王，身被诏狱加。犯刑若履虎，不畏落爪牙。素颈未及断，摧眉卧泥沙。金鸡忽放赦，大辟得宽赊。何惭聂政姐，万古共惊嗟。

二诗所咏是同一回事，然除了挥刃、报仇、遇赦大体相仿佛，两作一铺张、一骏快，格调绝不相似。比较言之，《秦女休行》更着意于报仇事件的刻画；而《东海有勇妇》则是将报仇女子放在史传故事之烈妇、孝女和刺客三种角色之间交织对比。在这错综复杂的影射之中，原先在傅玄诗里那"解印绶，欲与俱亡"的福禄长尹嘉，竟然神奇巧合地印证了现实——不远千里跋涉，追随在月娘身后的，可不就是悔罪弃官、但求赎死的绵州长史毛韬吗？

一五　杀气赫长虹

彼时月娘一身劲装，头裹青绿绣花巾，覆缚一头长发，盘髻之上压了顶宽檐风帽，一袭绛红衫，以锦带结束，下曳黑、金双色条纹裤裙，囊橐在肩，俨然一远行胡女。她快步在前，像是领路，却无行方。毛韬则随行于后，相去一箭之遥——他是为了践死而来，却不知月娘要带他往何处赴死。

启程之际尚不到二更，黯淡的星月之下，毛韬只能勉强辨认，他们走在群山杂木之间，行脚一路向东。仇家女一语不发，似乎并无急于下手之意，直走到前路天色微明，毛韬才大胆问了一声："敢问，何处是某死所？"

月娘停下步伐，却不回头，只道："任长史自择。"

毛韬环顾着四下的翁茸山林，沉吟了好半晌，才叹息着道："惜生，实不忍死。"

"不死则复行。"月娘说时，继续迈步向前，此后再无一言半语。

毛韬只道这仇家女将心报复，不外求其速死，却不意月娘也有不忍之心，虽然利刃藏身，却只能步步迁延。两人一前一后，行到有溪涧处，即汲水解渴；林野间蔬果丛生，便摘采了充饥。月娘守定一念，纵令杀手难施，就这么一路走向天涯海角，终有教这毛韬不堪困顿劳苦之一日，就算走死了这恶人，也算了却了多年悬望。

如此日夜无稍停歇，迤走了不知多少时日，直走得两人容色憔悴，足底破泡渗血。途中毛韬百念横生，回想起这大半生宦途营营，治事苟苟，徒然借邀名爵、广肆征敛，今朝求田问舍，明朝聚宝藏珍；到头来还是良心一点不能断离，一念悔过，踏上了这不知伊于胡底的征程。说这是一条死路，其间万般辛苦的，却堪堪在于不甘一死而活得了无尽头。

月娘又何尝不是千回万转，思虑层生。她暗自思忖，这仇家若作逃脱之计，她大可以挥刀而决之；但凡行经绝岭峭壁，也想着逼那毛韬自去跳落，自己不至于沾血污身。然而这些俱是颠倒妄想，凡于念头中摆布，总难以在手脚间施为。想着、走着，不免一再落泪而已。

更不知走到第几日上，崎岖蜿蜒的山路走尽，眼前是一片粗砾田亩，土表平整，却蔓生着齐短的野草，看来先前有人耕垦过，旋又废弃了。一片平芜，在冬日艳阳之下了无遮蔽，只里许之外，尘路旁似有一无枝无叶的枯木。再走得稍稍近些，才看清那不是什么枯木，而是一个遍体灰土、双掌合什的僧人。

正当月娘行经面前之时，那僧人忽然开了口："女檀那，别来浑一纪矣！"

十二年为一纪，月娘心念电转，登时想起，那是她随赵蕤入大匡山的一年。按诸往事，也正是她辞别王衡阳、离开环天观的时候。这僧——

她停下脚步，打量着这满面风埃、形貌枯槁的中年僧人，忽然记起来了。

此僧正是当时在环天观隔邻寺中升座讲法的和尚。那时两棚对峙，各演佛、道之词理。是她色相惊人、口舌便给，一时占了上风，将那僧逼退，引得盈千庶民过客重围聆睹，而赵蕤恰巧是观者中的一人。

月娘还一合什为答礼，慢声道："和尚别来无恙。"

僧人阖上眼，继续说道："贫道万里不辞，专程入蜀，且为女檀那解忧，以报昔年厚贶。"

明明是一场强词夺理的论辩，她大振谈锋，逼得这上寺来的演法之师铩羽而回，怎么说来却像是她奉赠了对方一份大礼呢？此言一出，月娘更如坠云雾，瞥一眼那伫足于百步之外、不停喘息的毛韬，似仍无遁走之意，算是放了心，才回头答道："恕不能解和尚法意。"

那僧微微一哂，道："彼时所辩，女檀那尚能回忆否？"

"岁月奄忽，声闻缥缈，不能复记。"

"当是时，贫道所演者为佛祖'不问有言，不问无言'之义。未料女檀那升座数语，尽摧某论，因此曳尾于途，仓皇遁走，从此箝口结舌、括囊拱默，不敢务虚谈机辩矣——这，全仰仗女檀那成全。"

"不问有言，不问无言"是从南朝以降、关于佛法言传的一个十分知名的典故。相传有一外道，闻见深广，辩理精微，一日登门求见释迦牟尼佛，开口八字，皆歧义纷解之语，看来是想要挑之以繁复的辩难："不问有言，不问无言。"

倘若深究其言，必然堕入迷障，因为这两句话根本没有完整的意思。佛只要答其一端，便注定偏失了另一端。而当时佛却一语不发，默然良久。那外道守候了半天，忽然领悟，赶紧礼赞道："善哉！善哉！世尊有如是大慈大悲，开我迷云，令我得入。"外道离去之后，阿难问佛祖："外道以何所证而言得入？"佛祖道："如世间良马，见鞭影而行。"

这一则公案还有底细。那外道显然熟知：佛祖曾经打过一个譬喻，以世间良马骎马之分，来比拟人悟性之高下。所谓：马分五等，第一等见鞭影即驯，第二等受鞭打才得驯，第三等受锥刺才能驯，第四等须穿透皮肉才肯驯，第五等则益甚，非俟利锥透骨入髓而不知驯。

佛祖之不以辩语夹缠机锋，正是逆反那外道之理而行，让外道成了"见鞭影即驯"而神悟的良驹；此即令外道自行感悟的关键，于是他才会说："大慈大悲，开我迷云，令我得入。"所谓的"不可说"，并不是指那外道原先的质疑——不问有言，不问无言——有什么深奥的道理，而是佛祖不与他执论争胜、字斟句酌，也就是无在彼在此之见，无因是因非之别，纯以一心空之法，让外道体悟而感服。

可是当年的月娘乃初生之犊，受命登坛，演说道义，全无顾忌。她一见僧人说马，随即振臂高鸣檀板，一阵抢白，说的也是马，劈头一声问，锐利无匹："天下有良马耶？天下本无良马！"

这是彻底推翻了僧人的譬喻，所论所辩，出自道术之士经常引用的《列子》。在《列子·说符》篇中，即有此语："天下之马者，若灭若没，若亡若失。"原本说的是世间之好马，未必能从筋骨容貌的皮相上赏识得出。然而，月娘则强词夺理，用这话来破题，引得听者十分好奇，不由得不听下去。月娘当下略不迟疑，扬声辩道："一见鞭影而驯，岂骑猪哉？"

唐代俗语，嗤鄙某人遇事惊惶失着，屎尿齐流，有"骑猪"一词，盖取"夹豕走"之意，而"豕"、"屎"谐音，"夹屎"可知狼狈，固为笑谈。月娘却板起脸，故作肃容，三击檀板，声震彩棚，展开了她的雄辩，以强劲的反诘直捣对方的论旨：

"放蹄于野，望尘莫及，安能谓此良马？若谓天下良马，必为御者所用。是耶？非耶？"话说了没几句，观者扑涌如潮，人人跟着发哄，抢声呼应，此起彼落。

先说天下没有良马，再说良马之良，原本出于御马者的评断，这都是方便以下将辩论导向御者与马两相为用，强调：马之良，实非马之良，而是马的性质符合了御者之所需。这又是《列子·汤问》里所谓："推于御也，齐辑乎辔衔之际，而急缓乎唇吻之和，正度乎胸臆之中，而执节乎掌握之间。内得于中心，而外合于马志，是故能进退履绳而旋曲中规矩，取道致远而气力有余。"也就是说：堪称良马，是御者耗其神智精力，悉心打造而就。

在原本的譬喻中，列子以为："良弓之子，必先为箕；良冶之子，必先为裘。"仿佛出色的制弓之匠，会先训练其子学作簸箕，以培养弯曲木竹之能；优秀的冶金之匠，会先训练其子制作皮裘，以熟练接补镕合之法。这样说来，良马之良，不由其本性，而在御者与马之间的熟悉、契合。所谓："得之于衔，应之于辔；得之于辔，应之于手；得之于手，应之于心。"至于最高境界的马，令御者"不以目视，不以策驱；心闲体正，六辔不乱，而二十四蹄所投无差"。尤其是最后这一喻：六匹马二十四蹄奔驰就道，回旋进退，莫不中节，简直是神乎其技了，可是又岂能说是这六匹马的本性都纯然一致呢？

扭曲了对手的论旨还不算，月娘接着从《列子》转入《庄子·马蹄》。马的本性，不就是食草饮水，高兴了就交颈而摩挲，愤怒了就背立而踢踏。一旦加之以衡轭，齐之以月题，非但不足以造就马的良知良能，反而戕贼其天放之性。

在讲论时，月娘手中檀板或疾或缓，载扬载沉，颠填起落；时而有如马蹄，时而有如车驾。说到了野马逸驰，则脆响连天，如破埃尘；说到了驾夫鞭挞，则捶击当身，如裂皮肉。听者惊愕痴狂，

144

仿佛自己就是那跋霜履雪、龁草迎风的马，简直不能不举足而跳、竖鬣而奔。末了，月娘将檀板奋力一收，促拍乍停，环顾众人一过，但看她环髻堆云，凤钗横玉，霓裳霞衣，牙簪瑶佩，可不是一副清格仙骨、柔姿冰莹的模样，可是口吐谈辩，结论咄咄逼人：

"试问：如何可以是良马？岂其鞭影未至，神魂丧沮，浑然忘其任行任止、呼鸟呼风之大本，却令佛祖屈折智辩以匡天下之形、高悬慈悲以媚黎庶之心？这——堪堪是马之非性，而伯乐之罪也。"

道旁僧人将十二年前的旧事约略道过，月娘听罢，苦苦一笑，道："一纪飘忽，和尚仍欲了此清谈么？"

"清谈何似果行？"僧人道，"贫道有大惑不得解，欲向女檀那尊前求教。"

这僧来得突兀，月娘未遑细忖其来意，只能颔首示意他说下去，孰料他转脸向毛韬道："万物群生，草木遂长；汝亦步亦趋，求一死所，却不忍死，岂不苦哉？"

一语道破心事，毛韬如霹雳当头，不觉浑身颤抖起来，加之以长途跋涉，昼夜不歇，忽然间支身不住，双膝遽软，豁浪一扑，磕倒在灰石砾土之中。

僧人的话锋接着又转向月娘："女檀那从王衡阳游，七载毕其术业，何事不可为？且报宗亲之仇，大义也；奈不一旦而遂之？"

月娘何尝料想得到，一个和尚居然会鼓励她杀人？难道这就是所谓报答"厚贶"而崇程来为她解忧的吗？不过，听他这么一说，顿时气血翻腾，多日以来在心田周转的杀念，就像是揭帘启牖，放进一室明光，遍照隅隙，不使纤毫匿藏。她腰间的确短刃横斜，匕柄在握，说动手，也就弹指之间而已。

"然则，"僧人仍文风不动，沉声道，"此去四方荒蛮，行脚需十余日，才许得见人迹、市集，则彼死身如何施设？便携之耶？瘗之耶？抑或曝之耶？携之不法，瘗之不便，或恐唯有曝之。我道有论：人之既死，七日受生，善者入天人、阿修罗与人间道，恶者入畜生、恶鬼、地狱道。却别有一种人，非善非恶、有善有恶，信鬼好巫，贪吝鄙淫，生时好财货，死后恋躯体，此即我道之《瑜伽师地论》所谓'中有'，或曰'中阴身'——曝于野处，死不转生，魂魄散此天地之间，亦不免作祟害人。啊！女檀那，何若让贫道演一故事，便就这僻野之地，先行超渡此子，是后弃尸野处，亦不碍其转生。"

僧人说到这里，也不待月娘首肯，迳自招袖一拂，说也奇怪，那毛韬的身躯便好似一片败叶般，远远地被卷到了僧人袈裟角下。

"当年贫道一论未毕，更从此始。"僧人像是早已在胸中备就了薰草成篇，登时开讲，还是从马说起，"我朝裴宪公保惜狮子骢事，天下风闻久矣，贫道便以此事拈出一论便了。"

隋文帝定鼎天下，大宛国来献宝马。长鬃委地，神骏非凡，号"狮子骢"，性情猛悍，意气矫捷。置之于帝殿天闲，竟然没有一个圉人能够驯服，更不消说为之铺架鞍鞯了。文皇敕诏悬赏，随即有郎将裴仁基请命而来。但见这郎将挽袍攘袖，去狮子骢十多步开外，一纵身，跃上马背，只手攫执马的右耳，另只手抠住马的左眼，狮子骢一时颤栗不敢动，于是降服。日后朝发西京，暮至东洛，如御风神行，当世无可匹者。

裴仁基得了宝马，从此战功彪炳，于张掖大败吐谷浑、靺鞨，复从炀帝征高丽，升任光禄大夫。到了大业十三年，由于分兵支应洛口仓城一役失期，论军律理当问罪，裴仁基明知失期之过，在于军中伕役饱受苛虐，心怀怅憾，索性斩杀监军御史萧怀静，据虎牢关，率其部曲降了瓦岗寨的李密，也从此"无君无父，以攘天下之柄"。就在十日之内，攻进洛阳，焚毁天津桥，大掠而去。

中原无主，若依裴仁基韬光养晦、拥兵待时之计，李密所部一支劲旅或仍可与王世充、李世民争雄。奈何瓦岗寨诸将如单雄信等急功冒进，浮躁发兵，直欲于旦夕之间摘取王世充的首级，岂料洛阳城虽然是四战之地，很难坚守，但王世充部器械精良，又是忧惧奋励之师，举凡守备整顿，兢兢业业，严严整整，不敢丝毫轻率。瓦岗军初接敌即大溃，裴仁基与其号称"万人敌"的儿子裴行俨双双被俘。

此役，使得瓦岗寨的势力飞灰湮灭。战机错失，在于裴氏父子强兵攻打西城之时，裴仁基本想趁一阵西风松缰拍马，一跃冲霄，直上城头，斩关而入，令王世充的城防将士措手不及。这勾当于宝马狮子骢原来也不是什么难事；孰料西风自阵后催来，裴仁基夹马前奔，狮子骢忽然四蹄僵直，自行煞住了奔跹的势头，回过头来，用力嗅闻着身后吹来的西风，仿佛那风中带来了远方西域丰草美泉之地无限的消息。而裴仁基则一时收不住势头，蹭跌落地，随行在后的裴行俨乱了方寸，滚鞍落马来救，慌急间未遑细顾，父子俩都教城上搭下来的无数挠钩网绳给擒了去。

狮子骢则飞扬四蹄，西向狂奔，从此踪迹销匿，京洛之间，无人知其下落。当时传言：裴仁基一丧其忠悃于隋室，误投李密帐下，已为失计；眼见又将为王世充二度招降，名马亦所不齿。而太宗皇帝一向奖掖骑射，得天下后独对此马念念不已，下敕诸州郡县，绘影图形，十方求索。皇天果不负苦心人，多年之后，居然被同州刺史宇文士及在朝邑访得。是时，狮子骢已然流落商农镇户，肩背上套了靠架，为主人拉碾磑、磨面粉。传说中神骏的模样已然不可复辨，鬃尾焦秃，皮肉穿穴，齿口也因长年嚼食粗粝的秣草而磨损殆尽，看得宇文士及都忍不住放声啼泣起来。

唐太宗终究是以前所未见的待遇收留了这匹传闻中千载无双的老耄宝马，甚至由于老马牙口衰颓，还请御医制方，专以桑白皮、麦门冬、紫苏，添加姜、枣引提，再和上钟乳粉调制而成的钟乳喂养。皇帝以此马作种，日后还繁殖了五匹小驹，皆号称千里足。

僧人所说的裴宪公，乃是裴仁基的幼子裴行俭。

洛阳城决战，裴仁基与行俨一阵受俘，是这一对父子生涯的转机。王世充爱惜降才，不但封赏裴仁基，还招裴行俨为婿。然而裴仁基心念故主，一迳谋划着推戴皇室杨家的后人再掌江山，那便唯有挥戈咫尺之间，血流五步之内，袭刺王世充一途而已了。孰料事机为王世充手下的老将张童仁所获，随即出首告发，王世充立刻夷灭了裴氏父子三族。能逃此一劫而仅以身免的，就是裴行俭，彼时他尚未出世，母亲则远在绛州闻喜的裴氏祖家。

玄宗时宰相张说奉命撰写的《裴公神道碑》是这么说的："考仁基，隋左光禄大夫，以阴图王充，仗义旧主，遭时不利，玉折名扬。圣唐龙兴，旌淑励节，赠原州都督，命谥曰忠，盖《春秋》之褒也。"王世充改称王充，是为了避李世民的讳；而所谓"仗义旧主"，是指原本裴仁基想要拥立的越王杨侗。裴仁基两度变节，仍能受到忠义的褒扬，可见李唐皇室对于关陇士族之笼络，堪称苦心孤诣。

实则不只是封赠，裴行俭打从一出生，就受到独特的礼遇和照拂，少儿时，便受委进入刚刚成立没有几年的弘文馆读书，这是唐朝廷专为培育治国之才的学院。裴行俭随后明经中式，当下任为左屯卫仓曹参军、长安县令。即使参与了阻挠高宗册立武氏为后的密谋，也不多得罪，微加贬谪而已。此后他当将帅、为书家、任尚书，位极人臣，竟无波折，多少与家室、祖荫有关。据说，也是由于太宗皇帝之全心倚赖。

贞观中叶某日，太宗心血来潮，忽然召入当时还在弘文馆读书的裴行俭，由中贵人逐行引入天闲。一行人走到御马圈前，那中贵人指着一匹毛皮虽已失去光泽，且可见伤痂遍体，然而依旧神采焕发的老马，道："此即狮子骢，乃尊府仇雠，若非此物，老尚书与长将军亦不至于受困屈志，以至殒身。圣人颇感于此，敕某来献一物。"那中贵人一面说着，一面示意从人捧出来一副笼箧，开盖视之，乃是一索、一锤、一匕。不消细说，这是天恩独眷，鼓励他亲自下手报仇。

好容易满江湖觅访得回的宝马，竟付之于一竖子骤尔结果，太宗皇帝用心如何，着实难测。然而裴行俭手抚锤索，将短匕从笼中取出来看了一眼，又放回去，随问那中贵人道："圣人垂训诲否？"

皇帝的确有话吩咐过的，中贵人稍稍退了两步，一垂头、一低腰，进出八个字来——意谓所言全出皇命，并无半字虚冒："不驯有用，不驯无用。"

裴行俭应声答道："此西方圣教'不问有言，不问无言'之义！圣人所着意者，非马也，人也。"

唐太宗的话，转生自彼外道挑战佛祖的"不问有言，不问无言"，这可能是皇帝对此八字有独到的体会。如果用"不驯有用，不驯无用"八字反推，则外道原先的用意就分为两般境地，其一是"不待问而立言"，则所"言"不受"问"的规范、牢笼，此即真言；相反地，也可以把"问"看做是"言"的来历、根源，那么，但凡出现了"言"，都意味着它是由某一隐藏着的"问"所推导而成的。

将"问"改成"驯"，再将"言"改成"用"，这不是授命而决行那么简单的一件事，杀此狮子骢否，也不是报仇一意而已。皇帝的意思似乎是要让裴行俭思索：宝马有其不受驯养的天性，为此马秀异不群之处；可是正因如此，这马却在紧要关头，不能为人所用。这样的马，该留在人世间吗？

说是让裴行俭报仇，可是深深玩味皇帝的话，他却体会出另一层用意。皇帝是要他凭心衡量：一匹悖逆驯养理法的畜生，可能为人带来不测之祸，则杀之为宜？抑不杀之为宜？报宗亲之仇，是堂皇天赐的名目，当年若非此畜阵前失足，父兄不至于误陷敌垒、甚至为了不降志辱身而谋刺王世充，以至于殒命。可是裴行俭所想的却更深刻：在不及远虑的当下，奉旨报仇，会不会只是一个顺从以取悦皇帝的借口？他的仇雠之念，也只是为帝恩所驯的一段幻念呢？于是他做了让中贵人大惑不解的事——把盛着凶器的笼箧掩上盖，倒退一大步，深揖及地，道："请中贵人上复圣人：臣某不驯，不能奉旨。"

中贵人将此情此景转达皇帝，皇帝微微一笑，说了句不相干的话，可是后世咸信，话说的虽然是马，意旨却在人："狮子骢果尔有种！"

这风尘仆仆的僧人说完这段百年前的国史轶闻，念诵了一段冗长的经呗，天色已经转为阴沉，暮云四合，霞霓十色，瞬息万变。他转脸对月娘道："此贼之性，向未驯于礼乐律法，贪鄙嗔杀，莫不俱足，合当绞之、锤之、割裂之；不为过！"

月娘缓缓抽出腰间的刀，银牙咬挫，浑身颤抖；然而她勉强站定身形，鼓足筋力，试着将刀尖向毛韬的后背心猛可一递，刚递到脊下膏肓柔软的皮肉，赫然又抵了回来，刀尖上的气力乍地卸了个地火风水四大皆空。

在这越发阒暗的昼夜之交，唯独她两眼晶莹剔透，满是坚决的泪光，可第二刀也情同于前，刀尖才迫近脊梁，又仿佛被一股不知来处的千钧之力弹回。这一刻，月娘索性挥刀过顶，以泰山其颓的态势往下劈了，锋刃却只削落了幞头，依然未着发肤。月娘知道，自己是再也杀不了这仇家的了。

临事而不忍为之，十九年怀冤含愤，居然枉付霜露烟云，她一时恼恨，也来不及往天地间号诉，只能压着声哭。耳边却听那僧人道：

"鞭影着来，此子死矣！"

一六　月行却与人相随

毛韬确然是那样跪着死了。他遍体无伤，却心胆俱裂，说是被月娘那不忍切肤的三刀给活活吓死的，也不为过。总之，一副尸身便趺坐于驿道旁的落木丛草之中。几个时辰以后，被东西两驿间的逻卒发见，复耽延及翌日拂晓，才招来了乡中专事殡葬的仵作验看，直以行路人饥寒凌迫，恶疾暴发了事。

可是好事者不乏其人，仵作里有一勘舆人，一向好弄道术，偏偏是他一口咬定：尸身近旁尘埃中有削落幞头一顶，发丝一绺，刀痕俐落明白；而死者胸臆间瘀血如掌，堪见脏腑碎裂；统而言之，岂非有人力与焉？

如此一来，更多的好事之人从而纷纷想起：尸身出现的前半夜，东行驿路上确然有劲装胡女的形迹——彼女头裹绣花巾，髻扣宽檐帽，身着绛红衫……由此而生出的蓼蓼，如风带雨行，不多时便沿江而下，纷传诸郡。喧腾最烈的，便是女子侠行报仇的说法。不多时，谣诼也传到了李白耳中——他不得不为之惊心：那所谓"胡女"的装束，他朝朝暮暮思之念之，当然熟悉得很。

至于路边这僧人，则出于另一段因缘。此人祖上为李唐皇室，受封为琅琊王，曾与越王共谋起兵反武后，满门为武氏诛杀殆尽，唯一子在襁褓间为乳母持窜而苟全。这孩子八岁的时候，乳母委之于岐州，任令生灭，夤缘遇一僧，奇其样貌，乃为之落发，令出家。此子日后长成，戒行具足，成为长安青龙寺的住持，法号仪光。

仪光禅师与裴行俭的侄孙裴宽有长达数十年的情谊，之所以不辞千里间关，迢递入蜀，也是裴宽一封来信所提醒。会有这么一封信，却是由于另一名高僧一行的缘故。

裴宽一向为神僧一行所私淑，为在家弟子。这号称国师的神僧近年间奉皇命修大衍历，天文地象，万理分陈。诸稿齐备，只待细校再勘、以为定抄之际，一行本人忽然在本年九月间圆寂了。当是时，裴宽为河南尹，坐府于洛阳。由于生小笃信佛法，与一行的师父普寂禅师也有方外交。某夕，裴宽到普寂受诏管领香火的敬爱寺拜访，普寂面色出奇凝重，道："贫道恰有细务，暂无暇，使君自择处稍憩。"

裴宽熟门熟路，不以为意，随兴拣了一间闲室，入内趺坐小歇。

不料斜眼一瞥，竟然从两三扇错落开启的纸屏门间，透见了令他终身难忘的景象。先是那普寂禅师，亲自洒水持帚，清洗着大殿，并捧执香火入炉，貌极恭谨。是后巍然端坐，瞑目喃喃，像是在默诵着经卷。不多时，殿外传来敲门声，有小沙弥童音缭绕，连缀不迭："天师一行和尚到了！天师一行和尚到了！"

此公明明人在长安修订历法，然而眼前数武之外，这甩开大步迈上殿来的，可不就是他本人吗？一行僧是岁年寿四十五、腊数二十四，看上去却额颊皱褶，颜面枯缩，浑似八九旬行将就木之翁，世人都说这是他博览强记，洽详坟典，与闻天机过甚之故。

但见他来到普寂面前，先行过尊师三拜之礼，复因身为国师、而受了普寂的迎拜之礼。往还已毕，一行倾身上前，普寂则俯首帖耳，凝神谛听。一语既毕，相互颔首；复语其次，再相互颔首，如此再三再四。普寂只有一言应答："是。"其间，还回头往裴宽憩身之处望了一眼。

一行交代完几番话语之后，绕过普寂，向内走下台阶，进了南屋，反手关上门。普寂这时才缓声吩咐众家弟子："放钟。一行和尚灭度了！"验诸后事，一行的肉身并不在南屋之中，可是一身袈裟，却有如蝉蜕的躯壳一般，头向北方，脚向南方，齐整平坦地铺在榻上，仿佛人形。据闻，一行真身是在长安云居寺灭度的，皇帝哀痛不已，先敕有司以五十万钱为起造金刚宝塔一座，此举亦大唐开国以来所未曾有。

个中关节，尤在于一行圆寂之前化魂千里而来，直赴洛下敬爱寺，究竟在他师傅普寂耳边说了些什么？据日后笔记家传闻，国师一共嘱咐了五件事，其中第四桩，似乎是因裴宽就在密迩之地，临时起意,而顺便交代了与裴宽日后遭际有关的几句教训。第五桩,乃是从裴宽身上又接引而出,遂涉及长安青龙寺住持仪光和尚。一行僧是这么说的:

"因缘合和,莫可相失,师便去同府尹说:彼有一方外友,交甚笃,斯人在长安青龙寺领香火,有十二年前所结宿缘未完,会须逐驿道入巴东,任意而行,必有所遇;则知我佛所言'世间良马,见鞭影而行',洵非诳言妄语也!彼法慧通明者,自能了计。"

仪光除了出身皇族,所遇亦甚奇,民间传闻:他曾经拒纳岐州刺史李彧之女,却又不忍以僧佛道理之辩,拂逆对方一片善爱之情,索性持刀自宫,断绝大欲。足见其人性情瑰奇,节行伟烈,向道之志,万古弥坚。而在八岁上为他落发的和尚,亦非泛泛之辈,彼僧法号明达。

明达法师来历蒙昧,中土鲜有人知,只道他经常从潼关之下的阌乡出入,师事一僧,法号万回——据说万回僧也是天上菩萨犯戒,谪下凡间,有前知之能;而这未卜先验、观微知著的能耐,就由万回而明达,复由明达而仪光,一脉传了下来。

旧说:某过客,专程来拜万回,谓:"某欲进京省谒双亲,不知亲安否?"万回给了那人一根竹杖,待彼抵达京师之时,父母亲都过世了。原来杖者,服丧之相;授之以杖,显系预告丁忧之事,堪见其术不谬。但此事却在《纪闻录》中误系于万回的徒弟明达名下。

明达年少时初随万回游京,曾经指着受封恒国公、官拜麟台监的权臣张易之新造的宅第说:"将作!将作!"当时人皆不解其意,后来张易之事败、受诛,宅第充公为将作监的官署,人们才不得不服其神明。可是这一段经历，却又被《谭宾录》、《两京记》等书误记为万回的故事。

至于另一桩异行，则是将仪光所言，错录到明达名下。《纪闻录》又云："（明）达又常当寺门北望，言曰：'此川中兵马何多？'又长叹曰：'此中触处，总是军队。'"日后天宝之乱，哥舒翰拥兵潼关，坚守未几，却由于不能忍事，大军决城而出，结果一败涂地，死伤狼藉。方圆数十里间，枯骨堆埋数尺。而这几句早就逆料而验的话，实出于仪光，而非明达。

仪光此番入蜀，原本另有访旧的目的。十二年前蜀中那一趟云游，曾与峨眉山清凉寺潸和尚结识。当时潸和尚告以：初从大通寺道海僧人处学了一曲《风入松》，勤操勉拂，夙夜不辍。然而无论多么恬适的心情、宁静的光景，弹来总是"风自风、松自松，两不相干"。嗣后返山，《风入松》的曲调却常萦怀系心，不可或忘。每苦丈室无琴，只能"空挥烟霭，聊忆宫商"。

可是多少岁月过去，即使手边无琴具，潸和尚冥思弄曲，似乎颇有进境。两三年前，道海僧曾经发付一客、一奴携古琴"绿绮"过清凉寺，又让这潸和尚"畅意捻拨，渐识天籁"。

依《谭宾录》所载，潸和尚晚年已经能"窥音声相感、吹万应答之理"；有时听旁的僧人敲击木鱼，还会说："此击，声从槌来；此击，声从鱼来。"其精审细辨如此。当裴宽将一行的遗言转告仪光时，仪光颔首答道："此贫道合当入蜀之期，便听琴去者！"

至于那"不驯有用，不驯无用"的故事，究竟是说给月娘听的，还是说给毛韬听的，似乎也一如木鱼敲击，难以分辨究竟是槌声，抑或是鱼声。总之，仪光诵罢经呗，算是在生死刹那之间超渡了毛韬。他随即杖锡西奔，日夜兼程，又过了一个多月，终于来到清凉寺。一见面，潜和尚当下唤来那个名叫务本的琴奴，吩咐道："累汝居此濒三载，今日可携琴返矣。"

接着，潜和尚便为仪光奏了一曲《风入松》。弹罢，乃道："某初抱琴习此曲一月，即归。是后空忆声韵而弄之，每以左手为风，右手为松，三年而不得；改以右手为风，左手为松，又三年，复不得。前承道海借'绿绮'来，更三年，渐觉风非风、松非松，指非指、琴非琴——不意竟得之矣！行将就木之年，始知心、物两端，宁非如此？一念强为区别，不如百载昼夜，时刻聆听木鱼。"

"和尚穷一纪之力，悟至道于一曲，当说幸甚！"仪光皱了皱眉头，他此行途中已有感应，潜和尚时日不多，此夕或即是两人最后的一晤。

潜和尚看来却相当坦易，连说起一桩忧心之事，都还面带微笑："今某腊尽，犹恨老恚而话多，未能及于无生法忍，曾经误了一人。"

"无生法忍"之忍，认也、任也。除了俗习字面的承当、耐受之外，尚有以正见正觉而认知、深识的意思。有此识力，乃能"无生"——不分众生与众生之异，也不别众生与一己之异；即使是度众生，亦能不见众生；相对说来，也就祛除了诸般我执。菩萨在未成佛之前，证得"无生法忍"，于是认得智慧，圆悟透彻。这是潜和尚当下体认，漫对来客说教，虽然是一片谆谆之心，日后思来，或许于那少年未必恰切。此时的潜和尚但觉片言之教，贻误于人，似乎又严重了，不免令仪光好奇起来，道："如何是误？"

潜和尚左手兜缠袍袖，右手平伸一掌，从琴额之岳山以迄于琴尾之龙龈，横抚一过。虽然掌心去弦三寸有余，然催气而行，琴上平素就应指起落的乐音这时竟油然而作，声不甚高，好似沉吟。

但闻潞和尚趁声而道："彼少年，自云'心不平静'，贫道告知以：心不静，更不说——此即大误人！"

"何以见得？"

"人尽说：言为心之画，情为言之本。贫道则谓：心为言之具，言为情之本。情动则不静，情既动，复勉之以无言，固无情矣！"潞和尚又将琴上悬空三寸的右掌逆向朝琴首拂了一过，这时，不着拈指而自鸣的绿绮琴像是受了驯服、能通弹者的心意，继续沉吟出声，仍是那一曲《风入松》。潞和尚则接着说道："汝昔年所断，一器而已；彼少年子若乃奉贫道当日之说，则情根不免斫伤矣。"

潞和尚所举以为例者，看似一微不足道的经历，可是仪光却别有体会——他隐约察觉，潞和尚是要借着那"言为心画，情为言本"和"心为言具，言为情本"二语，开启一番针锋相对的辩论。

这是南朝萧梁以下、楞伽宗大兴以来，一个新兴的辩旨——心为何物？武氏当国晚期，有一名僧，年九十余，法号神秀，曾于久视元年为武氏遣使迎至洛阳，复入长安内道场，深受崇敬，弟子普寂、义福等阐扬宗风，时号"两京法主，三帝门师"。神秀示众偈虽寥寥数语，却风行天下："一切佛法，自心本有；将心外求，舍父逃走。"自中宗、睿宗两朝以来，无论世俗方外，凡有士大夫群聚器谈之处，多有讲论"心之为物，如何是本"者；这种谈辩，也为日后禅法南北二宗之争开了先河。而以"心法"为核心的争议，自有其渊源。

整整两百年前，菩提达摩一袭棉布袈裟自中天竺东来，随商旅、乘海船，至广州复抵金陵，传求那跋陀罗《楞伽经》之法，以佛国高僧法驾之尊，面谒梁武帝萧衍，一番晤谈，却不欢而散。其事具载于《五灯会元》：

> 帝问曰："朕即位以来，造寺、写经、度僧，不可胜纪，有何功德？"祖曰："并无功德。"帝曰："何以无功德？"祖曰："此但人天小果，有漏之因，如影随形，虽有非实。"帝曰："如何是真功德？"祖曰："净智妙圆，体自空寂，如是功德，不以世求。"帝又问："如何是圣谛第一义？"祖曰："廓然无圣。"帝曰："对朕者谁？"祖曰："不识。"帝不领悟。祖知机不契，是月十九日，潜回江北。

达摩所谓的"人天小果，有漏之因"，是取譬借喻，指萧衍自以为完备的功德实则有如漏杓，不能累积；复如形影，不成实体。萧衍接二连三的追问，都是徒务名相，不究本然，与达摩所欲开示的空寂圆融、绝圣去智等无相诸法，根本是圆凿方枘，相去甚远。达摩因此一苇渡江，至河南嵩山少林寺的山洞中面壁九年，相传即此"壁观"之法，舍伪归真、无自无他，日夕默然，时称"壁观婆罗门"。而后以袈裟为信物，再传二祖慧可、三祖僧璨、四祖道信、五祖弘忍、六祖惠能，代代楞伽师衣钵相沿；至于惠能，便开启了后世称为禅宗的法门。

近事，则须从五祖弘忍说起。

弘忍为四祖道信在破头山中偶遇之栽松道人投胎，生于李白降生前整百年，七岁上遇见四祖道信，道信一眼看出，这童子就是当年曾向他觅法的山中故友，遂宣称：此人"二十年后，必大作佛事"。弘忍以此而入破头山道场，六年后披剃。由于道信有意栽培，弘忍苦修三十余年，在永徽三年——也就是弘忍五十岁上，道信付法传衣，由弘忍继承此宗法席，日后还在破头山之东的冯茂山另辟道场，额曰"东山寺"。

东山法门显然与弘忍沉毅静默的性格气质有关。《传法宝记》谓："昼则混迹驱使，夜则坐摄至晓，未尝懈倦，精至累年。"这种劳其筋骨、力任杂役的实践更与《楞伽师资记》中所称"缄口于是非之场，融心于色空之境"是一致的。无论行住坐卧，身口意念，皆是道场佛事，而此一缄默，又旁通于道家的"清静"、"去欲"、"无言"，故云："盖静乱之无二，乃语默之恒一。"

《宗镜录·卷九十七》引这五祖弘忍语："欲知法要，心是十二部经之根本。"而心与佛法的传承有关，乃是渐变而来。二祖慧可的传法偈子是这么说的："本来缘有地，因地种华生。本来无有种，华亦不能生。"三祖僧璨的法偈则更进一步："华种虽因地，从地种华生。若无人下种，华地尽无生。"犹是将农事为传法之喻，到了四祖道信，开始将心做地，而云："理尽归心，心既清净，净即本性，内外唯一心，是智慧相。"再到五祖弘忍，则云："但守一心。即心真如门。一切法行。不出自心。唯心自知。心无形色。诸祖只是以心传心。达者印可。更无别法。"

也就是在这百年间，佛、道两家各自发明、互相渗透，多攻心法。关键在于"口说玄理，默授与人"，而佛法存言一旦融合了道家的修辞论理，便益发容易在士大夫群中宣扬传播。一时之间，虚静、语默、坐忘、无言……成了时兴的话柄，即使不修行、不观想、不辨理、不穷经，一样侃侃谈得。

袭法衣而主宗派之后十度春秋，时当龙朔元年，弘忍已经是花甲一僧，也有寻觅法嗣的意思，便命门人各呈一偈，以验功果。当时上座弟子神秀呈一偈，曰："身是菩提树，心如明镜台，时时勤拂拭，莫使惹尘埃。"另一弟子惠能亦呈一偈，曰："菩提本无树，明镜亦非台，本来无一物，何处惹尘埃。"

　　传闻：弘忍读此二偈，高下立判，即招惠能入室，趁夜为宣讲《金刚经》大旨，至"应无所住而生其心"处，惠能豁然开悟，弘忍遂将达摩初祖的袈裟密传惠能，示为传人，命他连夜南归。《神会语录》所载，则其间不止一日："忍大师就碓上密说直了见性。于夜间潜唤入房，三日三夜共语。"这是师徒之间的私传密授，内容若何，应无外人得知。据推测，应答所及，乃是"佛性"究竟。然而惠能随即夜下九江南行，其缘故一直众说纷纭。有以为弘忍授意，为免宗派继承之争，故命惠能连夜遁走，这是没有根据的。

　　按诸实事情理，弘忍曾经以打趣之语称惠能"獦獠"——这是说惠能出身为猎取生灵为食的野人——值此传灯之夕，竟遣惠能远赴岭南故乡，或恐另有用意。早先，弘忍的玩笑是这么说的："汝是岭南人，又是獦獠，若为堪作佛？"惠能的回答则是："人即有南北，佛性即无南北；獦獠身与和尚不同，佛性有何差别？"这一问一答，开出了两条门径。其一，指向弘忍发付惠能出走的动机，明明是要让能通岭南殊方之言的惠能回到故里去宣教。其二，则指向了佛性是否存在于一切人身，当然也包括了后来的禅宗以诸佛菩萨与凡人狗子同具本性的议论。

　　五祖弘忍入灭，门下神秀一支声势广大，脉络深密，到了久视元年，武氏尚且迎禅师入京，跪拜相迎——当时的惠能仍无籍籍之名。武氏欲以神秀为国师，神秀还亲口上奏：传承衣钵者，乃是师弟惠能。当时神秀的弟子以惠能"不识字"而欲加嘲谤，神秀却为惠能辩护："他得无师之智，深悟上乘，吾不如也。且吾师五祖，亲传衣法，岂徒然哉！吾恨不能远去亲近，虚受国恩。汝等诸人，毋滞于此，可往曹溪参决。"至于惠能，对于神秀所传法有异于己，也颇能相容，而有这样的描述："法本一宗，人有南北，法即一种，见有迟疾；何名顿渐？法无顿渐，人有利钝，故名顿渐。"

总之，在惠能与神秀两人身上，传法袈裟之归属以及修行法门之差异，原本无涉于宗派之区别、传承之真伪。六祖究竟是谁？似乎也是"菩提本无树，明镜亦非台"的问题。

惠能赴岭南三十七年，多在曹溪宝林寺弘法，后世称为南宗。相对地，在京洛之间的神秀，则被人呼为北宗。其间——也就是李白一家自西域潜返蜀中的神龙元年——武后曾派内侍薛简往韶州曹溪召惠能入京，惠能借辞年迈风疾，又已久匿林下，拒不应命。

虽然朝廷尊重惠能之意，并赐赠袈裟及五百疋生绢，以为供养，可是南宗不来亲即，北宗却因此而日益受到皇室的提倡，以及士大夫的攀附。而惠能所传南宗之法，要一直到开元二十年前后，多次由惠能的弟子神会召开无遮大会，展开滑台之辩，力主袈裟为正宗信物，更主顿悟之法优于渐悟之法，曹溪之学才重新受到世人青睐。而在三五年之后展开的那多场辩论之中，神会的对手之一，就是神秀的高徒，已经年迈的敬爱寺高僧普寂。

这是开元十五年秋，敬爱寺普寂从他的徒弟一行和尚处得法语五则，一行随即灭度示寂。其中第五则，是让裴宽转令仪光入蜀，完其缘法。第四则，是告以裴宽十六字偈语："四维之倾，将在安陆；

彼时出家，却添官禄。"其事将验诸天宝年间，安史乱前，裴宽因之而逃过了一场死难。

第三则，乃是关于普寂日后应对惠能弟子神会召开无遮大会时所提出的辩难，俾一立论的窾窍；一行的遗言如此："日月之行，与人相随；袈裟法意，须臾不离。"这话可以从两面看，一面是说：无论人行迹何在，日月总当空明照，犹如袈裟在身；另一面则是说：菩提达摩袈裟乃是传法信物，宗派所在，犹如当空日月，不容不从。而所谓袈裟，是惠能受于弘忍、携往岭南之物，乃菩提达摩所遗。日后牵动了禅宗南北二宗、顿渐二法的千古之争，这，都在一行对普寂交代的另外两则遗言之中。

彼时，一行与普寂互礼已毕，相对趺坐安身，一行复倾身向前，道："奉师上座一偈。"

"愿闻。"

"逢会不会，默守吉祥。道远不远，传止兴唐。"

此中"会"字两意，"远"字亦两意，皆须于三数年后方能验之。第一个会字指的是神秀、惠能两宗的弟子神会；第一个远字指的则是一名来自山东地区的著名说法僧崇远。普寂和神会在日后的滑台之会上唇枪舌剑，往复陈词，掀起禅宗南北两派之争。而崇远也以此与普寂卷入了更绵密的是非因果。普寂终于在开元二十七年、以八十八岁高龄坐化于长安兴唐寺，灭度前口中喃喃数语，即是一行所赠的第二偈：

"言渐其功，心顿其果。参于造化，是以无我。"

若说前一偈预示了滑台之会的情景，那么这第二偈，则揭示了一行自己宏观宇宙的心地；当然也就反衬出开元中叶以后，"为法嗣嫡传之争而邀招于方外清净之地"的帝国权柄，已经完全迷堕于凡事有我的境界。

　　一行在灭度之前分魂东入洛京，对于普寂殷殷相嘱，显见意有所寄，他不希望师尊普寂日后介入无谓的辩难。尤其是在"南顿"、"北渐"这一俗说纷纭、而于修持无实益的争辩，所以才会有"言渐其功，心顿其果"的平议，他用意殷切，是在指出：诸般关于佛法的思索，都是经由语言日积月累形成，一旦有所开悟，总是顿；也一定是渐修而成的结果。这一番话，居然与惠能所谓"法无顿渐，人有利钝，故名顿渐"、"法即无顿渐，迷悟有迟疾"不谋而合。只可惜普寂一意专务于禅宗授受号召，不能舍离嫡传名位，日后还是不免与神会展开了一场权力的争斗。

　　至于远在峨眉山清凉寺的潜和尚，面对不辞迢递而来的老友仪光，只能留下令人一时费解的遗言："贫道资质鲁钝，不知诳语误人几何，幸汝缘法，祈为正谬。"

　　"师何所寻觅？"

　　"绵州李十二白。"

　　"何所垂训？"

　　"只说贫道也不平静。"

一七　濯缨掬清泚

　　日后尘缘聚散，暂且休话。经历了金陵、广陵两处交游，眼看着一个又一个才情洋溢、可是情志鄙琐的士子苦其所爱、爱其所苦，魂梦拘牵、念兹在兹者，只那不知根柢何着的科考；这是李白无从想象的煎熬。与大匡山上赵蕤纵论天下之事，谓取官如探囊而得物的豪慨，何其不同？然而此时，赵蕤的面目已经模糊了，他口中多少议论，把历代的帝王将相、文士骚人俱说成是筵前之客、案头之友；与眼前这群大抵不算得意的士子相较思之，那夜课灯书中听来云淡风轻的霸图良策，竟然透露出一种欺诳的况味。

李白带着些许拗性，反而决意要远离这一切。

没有人知道他溯江而上，原本有个什么去处。日后，也只能从小童丹砂抄录的诗卷次第辨认。有一首《安州应城玉女汤作》，是离开广陵之后最早的手笔：

> 神女殁幽境，汤池流大川。阴阳结炎炭，造化开灵泉。地底烁朱火，沙旁歊素烟。沸珠跃明月，皎镜涵空天。气浮兰芳满，色涨桃花然。精览万殊入，潜行七泽连。愈疾功莫尚，变盈道乃全。濯缨掬清泚，晞发弄潺湲。散下楚王国，分浇宋玉田。可以奉巡幸，奈何隔穷偏。独随朝宗水，赴海输微涓。

这是一首不尽然贴合近体格律的五言排律，从八句以下，失黏折腰之处四见；但大体而言，每联之内，李白依旧遵循着严整的声调句式，出之以工整的对仗，与时调之绾合，堪说是凿痕历历。用这种看似与他所乐为与擅为的奔放之笔差异极大的手段，是有讽刺之意的——毕竟，经由每一场科考而琢磨出来的，用语华丽璀璨、铿锵琳琅的排律，本是大唐帝国文教的核心，情怀的征候。而李白的讽意，就要从诗中"散下楚王国，分浇宋玉田"说起。

楚襄王大集语言侍从之臣，命各为《大言赋》以竞，宋玉所作最佳，得了封赏。楚王又命为《小言赋》，许云梦之田以赐佳作。

大夫景差、唐勒各出机杼，说什么蚊翼蚤鳞、虮胫虱肝，无所不极。轮到宋玉，则不只是穷状摹形，还进一步拈出"小"的论旨："无内之中，微物潜生，比之无象，言之无名。蒙蒙灭景，昧昧遗形。超于大虚之域，出于未兆之庭。"乃直接向景差、唐勒提出了挑战："二子之言磊磊皆不小，何如此之为精？"楚王仍以为善，于是将云梦之田赐给了宋玉。

李白用这个典故，乃在于称小不称大，并且以小自况，用以对比那些胸怀大志、眼瞻远图的士大夫，从玉女汤的神话展开。安州东北八十里的应城古有传闻：当地惠泽有温泉，其汤滚热，每到冬月，几里之外的行人就能够遥望白气，浮蒸如雾。有时蒸腾之势略减，束烟堕垂，又成车轮双辕之形，上下交映，状若绮绢。人说：古时不知何年何月，曾有玉女乘车而来，自投此泉。直到今日，还不时有人会撞见那女子，生的是姿仪光丽，往来倏忽。一代又一代的野老都不忍说这女子一死而为鬼，反而说她是女仙，看上了这福泽宝池，用沸煎之水，炼大还之丹。

"阴阳结炎炭，造化开灵泉"，即借用贾谊《鵩鸟赋》"天地为炉兮，造化为工。阴阳为炭兮，万物为铜"之境，展开了这个神话。任人皆知温泉能疗百病，李白巧为组织，将炼丹之象，复转贷于炮药之象，也就可以用来作为他在广陵施药驱疫的一个暗喻——似此做意，非徒庸夫俗子自伐其淑世救人的功果而已，深入言之，也是赵蕤再三叮嘱他"见病人，须防失业"的一个逆转、一声顶撞。于是，"愈疾功莫尚，变盈道乃全。濯缨掬清泚，晞发弄潺湲"四句一分为二，前两句看似说的是玉女温泉有疗疾之功，实则隐指医药之术，虽为一般士大夫所不齿，却可以是大道周流上下、普惠万民的明证。

后两句是一般人熟极而流的典语，有的出自《楚辞》："沧浪之水清兮，可以濯吾缨。""与汝沐兮咸池，晞汝发兮阳之阿。"此外，"清泚"又结合了谢朓《始出尚书省》"趋事辞宫阙。载笔陪旄棨。邑里向疏芜。寒流自清泚"的诗句，明明都是一片远离官场、避开争竞的心思，其寄托再清楚不过：李白宁可沉沦于黎庶小民之间，其言也小，其事也小，其志也小！

当其时也，大唐天子巡幸骊山，以温泉洗浴为娱的消息不时可以见诸京师里雕版印制、分发九州关驿的杂报，天下争传，尽人皆知。李白出蜀之后，知见益广，岂能不闻？以此之故，才会有文末那几句用语相当微妙而傲岸的结论：身为小之又小、小小而几至于不可名状的一滴水，我李白还能够为圣人做些什么吗？或可以当皇帝巡幸出宫时，以这滴水只身奉为汤沐浴？可是转念一想，又只能徒呼奈何！奈何呀奈何，帝王在长安，微涓在安州，殊相乖隔，诚欲有所报效，恐怕我这一滴小水，也只能追随着千百江川，像朝拜汪洋大海一般奔赴碧波万顷而已。

《书经·禹贡》有谓："江汉朝宗于海。"说的是百川以海为宗。《周礼·大宗伯》也说："春见曰朝，夏见曰宗。"海大而江小，小水滴更是小中之小，以小就大，是假借自然之态而为人事立言，这是很深刻的嘲弄。但是，后世之注李白诗者，却普遍从正面立论，以郁结悲慨为高，遂堕庸俗腐朽。王琦《李太白全集》引萧士赟按语便如此说："寄兴谓士不幸居于僻远之乡，虽抱王佐之才，而无由自达。身在江湖，心存魏阙而已，悲夫！"

实则，李白在写《安州应城玉女汤作》之时，了无悲慨，他独能体会得宋玉《小言赋》中的快意，若非于不久之后遁入一桩突如其来的婚姻，这快意尚不知伊于胡底。

一八　挥鞭直就胡姬饮

这匹身色棕红的健马，碧鬃乌蹄、额白体肥，风神澹然。衔辔鞍鞯拂拭得锃亮，彩缋皮绦的缰绳新换过，系在旗亭门前石柱上。由于这马的仪态神骏罕见，路过之人，少不得多觑几眼。

晌午才过，打从西城门外逶迤进两行辎重，舆人骡伕十多口，前后懒懒散散地赶着大小行装，当央还簇拥着半盖小车。劳役之人个个神情萎靡，像是经历了千里跋涉，都已劳顿不堪了。却在打从旗亭前掩过之际，半盖之下钻出一张精神焕发的老脸来。但看此人肤色黝黝、垂须鬖鬖，顶上无帽，却像是穿了一身蓝不蓝、绿不绿的官袍。识者会心，应该知道：少说是个有职有衔的官人，至于品流，大约在六七品间，无足称道。这人忽然面露惊喜地喊了一声："白鼻騧！"随即叫舆人停车，一个鹞子翻身，匆匆来到这马儿近前，抬手往额前那一绺短短的白毛上顺手一抚，又前后将马儿仔仔细细打量了一圈，便迈步冲旗亭内走去。

这人名叫李衍，日后仕宦得意，内迁而高升，由于名字与上官同，也为了摆脱先前曾任杂佐小吏的出身，于是复改名为"李贲"。贲字取意于《易》之无咎无忧，其自诩可知。

李衍年少时，追随从事商旅的长兄从安西入中原。虽然精通算术，能在片刻之间理就百千账大数稽核，在营商人眼中，不啻天纵之才。可惜他不肯将生涯尽付与些抱布贸丝的勾当，倒颇倾心于士大夫衣冠，于是一入中原便与长兄分了家产，脱却商籍，自谋一"流外官"的生计。

167

流外入流，当在隋、唐之间逐渐形成，大唐武德年间已渐有规模，亦不知确切起于何时。但称为"流外铨"、"小选"、"小铨"；而流内九品以外的职官，俗呼"小吏"。如令史、书令史、亭长、掌固、典事、谒者、楷书手等等，自中央以至于地方，皆须此类原本无权无柄，但使有职有俸的胥吏。这一类的吏员，有的经办文书、有的跑腿佐杂，也有的具备些树艺医卜的专才。

自高宗、武氏以降，官僚集团迅速膨胀，天下官署所任用之诸般胥吏，计达三十五万人，其中，身在九流三十阶以内的职事官，却只有一万八千人上下。可知真正维系官署职事庶务的，都是这批人。

胥吏无品流，在官、民之间。倘或时风残刻，律法荡弛，自然也不乏贪鄙侵凌、奸猾盘剥的行径。原本为了防弊，也有鼓舞胥吏进入流内、成为清要之官的设计，一方面以前程二字嘉许其自尊自重，为国为民；一方面也得以就官僚体制之常态，予以监督控管，遂有流外入流之制。

史载掌故："凡择流外职有三：一曰书、二曰计、三曰时务。""三事中，有一优长，则在叙限。"就是以书法、会计与通晓邦国或郡县时政之所需，以力行称职为选，"其工书、工计者，虽时务非长，亦在叙限，三事皆下，则无取焉。"李衍便是这么个流外入流的出身——他自幼娴熟数计，又苦练书体经年，楷法优美，加之以出身商贾，有着同龄人所欠缺的圆融练达，应对进退之间，显着精明干练，堪称上上之选，很快就取得了胥吏任用资格。对于一个原也无甚出息的小吏而言，这是幸，也是不幸。

自其幸者而观之，流外入流的制度设计，使得不须经由科考而任事者能够崭露头角的机会放宽。自其不幸者而言之，胥吏、小吏既本无功名在身，官职升荐实则有限——于中朝，不过起居郎、尚书诸司员外郎、城门郎、通事舍人，尽管有文学之才，或可至秘书郎、著作佐郎而立顶；于郡县，不过下州司马、上县县令而已。

李衍最初也没有料到自己还能有多么显达的地位。倒是在开元六年初，以佐杂之身，干了一件令上司越州都督大为赞赏的事。

越州古有会稽郡，以钱塘江为界分为吴与会稽二郡。山阴一向是会稽郡首县，南渡时，大批的中原士族也就充实了此间人口。武氏垂拱二年，山阴、会稽同城分理州治，为"郭下县"。李隆基即位，越州已有十万家户，城居之民十五万，所谓"川泽沃衍，有海陆之饶，珍异所聚，故商贾并凑"。地位可谓繁昌。正当此时，孙逖《送裴参军充大税使序》有云："会稽郡者，海之西镇，国之东门，都会蓄育，膏肆兼倍，故女有余布，而农有余粟。"而"云帆转辽海"所成就的，便不止于"粳稻来东吴"。越州还有绝佳的青瓷器皿，随着南北水运之拓展，甚至可经海路输往朝鲜、日本。此地发达，堪比拟长安、洛阳了："铜盐材竹之货殖，舟车包篚之委输，固已被四方而盈二都矣。"

开元初，两京繁盛，物产丰溢，但是不过几年之间，铜产不敷所需，通货渐露不足之象，而盗铸寖多，江淮诸州郡首当其冲。当是时，宋璟与苏颋秉政，每着力于开拓交易，充分供应良钱，以及严禁恶钱。在开拓交易上，相公们的主张是请出太府钱二万缗，在京师设置南北市集，以平价良钱购买百姓"不售之物"——即使是原本够不成买卖的破箕烂担，也以公帑买来充实官用，如此一来，成色佳美的良钱便广为流通了。这在两京繁华之地，颇见成效。李衍心思敏捷巧密，依样在他所任事的山阴推展起来。

然而，顾名思义，所谓"不售之物"，即使充入官署，未必得以有用。刁顽之甚者，便将烧制过剩、囤积于家的青瓷茈来官署换良钱，李衍因之每为百姓讥笑，说他买得的瓶钵百数十计，"宁不作遣之作兵卫、列厅前、治盗贼乎？"久而久之，凭借着经营买卖的直觉，他看清楚这一套强行贸易是行不通的。

　　官铸良钱不足，朝廷又严禁以私铸弥缝，人人一钱在手，靳吝不能出，各行各市，交易愈发清淡；而世间之钱，也就看似一日少过一日了。李衍出身安西，与当地肇造四镇之一碎叶城的粟特人过从甚密——粟特人原本就是西域最善经商的一个部族，他们往来东西何止万里？其间夷狄诸部，没有不知道他们经营买卖，货贩往返，也都知道他们随身携行，必有价值不菲的财物，作为营生本利。可是却很少听说粟特商人遭遇劫掠，因为他们有的踪迹无常、神出鬼没；也有的执戟横戈、结群恃武，每于外人不可测度之时，强兵过境。

　　最令觊觎者徒呼负负的，是一旦掌握甚或控制了粟特人的商队，起手搜刮，所得竟往往是些不值钱的粗食破布，全无价值。时过境迁，才又自远方闻知：当时放过的商队，实则暗藏了若干雄富的珍宝。这还不足为奇，有时碛砾风埃之间，驼马行伍百数十辈，旌旄列张，使人不敢轻犯，事后才赫然省得：原来那些驼马背上骑乘之人，根本不是勇士，而是从中原边区拐掳来的唐人女妇——而这些女妇的身价，常过于珍珠玛瑙。

　　一般说来，粟特人从中原购得丝绸，转输之于西域；再从西域携赶畜牧牲口、挟藏美玉奇石，入关互市。有谓粟特人双眉之间有另一只隐眼，能分辨璒宝珠玉的真伪——其中当然也不乏巧诈。除此之外，由于商旅程途艰险，道阻且长，尽管机变百出，善谋多智，粟特人仍未必安心负载大批金银钱币，便常将应该收取的账款，交易来数量极为庞大的绢帛，再以绢帛贷予需要周转的汉家商贾，甚至"京师衣冠子弟"。如此，一笔钱财两般获利取息，而粟特商人只消在袖里怀中，保此书契，虽千万里一去来，也不愁遭遇什么不测。

借贷于人，许以日后归还，不徒牟取高利而已，这般以信诺为资产，令手边无钱之人，假未来之资，以为当下之用，还真是李衍早年在碎叶城时就从粟特行商处学来的手段。遂于山阴当地，走访大小商户，访得诸般日用货物川流起迄，劝说彼此普立信用。其法，就是在交易当下，不必举以通用的钱、帛，但凡立下书契即可，三数月甚或一年半载为期，"且无抬举之费"——也就是彼此都不收取利息。这本是通用钱、帛供应不足的权宜之计，故可稍稍缓解黎庶下民无钱可使的窘境，一旦货畅其流，衣食常用之财无虞取纳，就不至于铤而走险，仰赖盗铸。

此法行之有年，不只山阴，邻近皆属越州的会稽、诸暨、余姚等县，多起而效之，遂使市面繁盛，尤过于平昔。越州都督府长史会剌史据衔上报，褒举李衍贞固干济，勤劬多能，居然还真让这流外入流的胥吏出掌一县，任在嘉兴。

然而，水能载舟，亦能覆舟。

到了开元八年初春正月，门下侍中宋璟、中书侍郎同平章事苏颋会衔奏派监察御史萧隐之下江淮，穷治恶钱。萧隐之用法严苛急躁，括搜入罪者极众，整治得怨嗟盈路，皇帝为了表示亲接民心，断然斥逐了萧隐之，就连宋璟和苏颋也因之而降爵去职。实施了整整两年的钱禁大开，恶钱再度充盈各地。

其间御史台风闻奏事，波及李衍，奏报中提到：嘉兴县令李衍，小吏出身，薄有微功，入流执事，却佐助萧隐之"括理私铸，助长怨情"。随即中朝敕下，李衍贬斥到长沙。究其渊源，实有不可为外人道者，原来还是京师中那些随时领取高额俸禄的达官贵人，一向在暗中倾私家良钱，供应盗铸者镕锡夹铅，倍增其量，这样的生意又岂容外人插手破坏呢？

这小吏出身的李衍，在朝中全无奥援，很快地就被朝廷淡忘，只是他在长沙依旧大舞经营之袖，居然透过当年在越州地疏通有无的手段，做成了一番不小的功业。

原来长沙自初唐以降，旧有彩瓷产出。在城南五十里铜官镇到石渚湖一带，其地依傍湘江，交通利便。主产之物，多作家户中罐、壶、瓶、钵实用，釉色有青、有黄、有白，风韵只是朴实，略无供人赏玩之趣。

李衍初不在意，偶于任中闲暇，微服四访，来到一村落，发现窑坊方圆数里，窑前各堆叠大缸、酒瓮，数以百计，有如兵卫列阵，行伍森然，极是壮观。然皆非贩售到寻常人家、作为器用之物，乃是各窑坊为显扬手段、夸示匠艺而刻意烧制的。今日东坊若稍擅胜场，明日西坊就要倾力悉心，必欲出其右而后已。瓷器愈烧愈大，也就愈不堪实用了。

然而景象壮丽，触动了李衍的心绪，却无论如何不能参悟其底细。直到有一日，他与衙中僚属闲话，说到先前在越州为发放良钱寇买民间"不售之物"、而为百姓噱嘲的往事，忽然间心眼顿开，举掌拍髀，道："某得之矣！"

是在这一刻，那"不售之物"四字让李衍发现：就连多余的青瓷，都可以是商品。当初越州的老百姓说得不是很鲜活吗？那么些根本不能入手为用的青瓷，"宁不作遣之作兵卫、列厅前、治盗贼乎？"易碎的瓷器形体高大壮美，岂真能治盗贼，但是若有巧手匠心，制成鸟兽人物之形，启人美观，这不又是一桩生意？

李衍一念通透，将越州、长沙两地瓷窑作一联想，越州匠艺文理精细，足可以为后者攻错之师。于是，他立刻派人远赴山阴，请来烧瓷作手，为铜官当地匠作传授彩绘装饰的技法。其妙处，是在青釉、白釉之下，先于胚上彩绘，点染各种云形饰纹，加之以贴花、刻花、堆花的装饰。不多时，匠人们甚至开始以文字作装饰，所书者，包括诗词、铭语、佛经等不一而足。这就让日用器皿有了别样的风情，成就无所用而用的商机。制成的瓷器，佳美不可方物，甚至令人不忍盛装浆水，有如奇玩珍玉，船载而出，贩售远方，从湘江起航，入洞庭湖，或溯江入巴蜀、上长安，或顺流出海，远销异域。

时移事转，迁长沙两任县令，居然让青瓷大开生面，李衍重博干练之名。但是，若要在群官之中再争上游，可就难于登天了，因为"小吏"二字，如影随形，无从摆落，清要大员们当然都舍不得让这样的人物出头。

无论如何，堪称斐然的政绩历历在目，朝廷不能视而不见，又不甘即为升转。吏部郎官磋商了半天，还只有一套老办法：把人召进京师，找一勉可居留之地安顿了，尽以前任官职禄养，供应其日常起居，察其言、观其行，过一段节衣缩食、且不知如何了局的日子。要是熬忍不住而又有人肯为之干谒说项，便寻那紧、望以下等级的偏远县份，再放出去历练一任、两任，这一生仕宦之志，也就磨损得差不多了；无论再怎么长袖善舞，也往往因为年长体衰，而隳颓其志。

此正值开元十六年春二月，尚书右丞相张说"罢政事，专文史之任"，虽说免去相职，却另有朝旨，敕兼集贤院学士；朝廷每有大事，皇帝常派遣中使到集贤院访问。国之大柄，似在悬疑摆荡之间，中外人事，像是浮尘，只能随风闻上下。处境如此，李衍从长沙卸任，回京待职，就更没有着落了。此行携家带眷来到安州，虽说还存着一丝力争上游的希望，而内心犹不免忐忑。官场惯见，那等不及出身、困顿于守选、落得个痴狂老病的比比皆是，所以这一路之上，李衍朝思夜想的，就是如何先安顿了妻小。

历任外官既久，有些人情世故的枝微节末，李衍会直觉留意。像是到了接近安州的驿所，即使毋须歇脚伫留，他还是会缓停行步，让从人理一理囊橐。自己则勉强戴上那顶紧紧箍着头皮、令人不甚舒适的纱帽，到栈中寄挂商牒之处趋看几眼。

一般而言，近城驿所多设此。通壁二三丈宽、等身高下，张挂布帐，以常见姓氏为隔别，同姓者合为一衲，别姓者又合为一衲，供往来商牒暂时寄放所携行而欲交递的书信。商贾代人投送信牒，毕竟不是本分必然，有些行色匆忙的商贾匆促登程，常有不及入城寻访收信之人的情状。受人之托，总不能误人之事，于是就借驿栈方便之地，暂为置放。南来北往有识得收信人的，也会顺口知会，就说："君家有尺书在驿壁。"

驿壁，就是指那一方布帐。李衍去看几眼，也就知道此间李氏可有族人否。而安州的确没有令他失望，同姓异名之人，分居不同里集，留名于壁者，竟然有七八个人之多，这足以显示：安州地方还有许多李氏宗亲，若要攀上些远近关系，则一二可信用者，尚可委付家眷。

不但如此，进得城来，一眼乍见旗亭前石柱上系着的那匹五花马的时候，李衍不免又一心惊，还略带疑惑地自言自语道："会是他？"

肺腑翻腾，心血激荡——他想到的是李客，一入中原便答应和他分了家的长兄。当时举族从安西迁徙入关，迎风沙、越石碛，不辞万里之遥而来的群马之中，唯独此物独标神骏，可是再一寻思，这马可不已有二十余年的寿命？安能健旺如此？

前后二十二三年暌隔，李白对这个小叔已经全无印象了。可是看那一张皱纹密布的风颜霜面，还不时有些只在自家人脸上钻眉透睫而出的谐笑性情，却在转瞬间带来了熟悉的感觉。李衍开口的两句笑谈几乎就让李白认定：来者，真是远方的家人。

那两句话，说的是门外的五花马："不意白鼻騧尚留得命在，尚未燏了？"

这是安西地域粟特人的习俗。交易入手的牛羊驼马，一旦老去，不能应差遣，便征价卖了。但是依家而生养的牲口，如已不能承劳役，就得供养至老死，或放野处任其自灭，或与人一般，行天葬。也有的主人与牲口特别亲近，甚或操刀而杀之，篝火燏其头，分食亲族。

"白鼻騧确是燏了——门前那一匹，是其种嗣。"

李衍原本一句玩笑，未料却勾来一丝怅然。不觉心念流转，登时算出分家至今，果真二十二年又七月有余日，则眼前的少年，还真不能呼唤名字呢。

李白宿醒未解，衣衫上遍是层层如波纹花印的新旧酒痕，摇摇晃晃从旗亭后的复道深处走来——昨夜，一如过去数不清的百数十个连昼之夜，他和小童丹砂都宿在彼处，陪伴他们的，是一榻、一几、一灯、一砚，还有几十样薄暮之后才会显露精神的乐器。

旗亭主人愿意容留酒客暂歇长宿，原本并不罕见。倒是此客颇有些不寻常之处。初来之日，不多三言五语，能与众客寒暄，如亲旧世谊；即使是片刻之间，周旋应对，竟使宾主款洽。他一身白衣，却有穿朱着碧的官人们远远不及的贵盛之貌。所过之处，还带来了传闻中只有两京地方才有的风俗——也就是在呼酒命歌之际，随声看赏，不问敷余之数。他还能即时即事，就眼前所见所闻，随声度曲，信口作歌，其词雅俗兼致，文情两收，歌姬们悦爱殊胜。尤其是当"绵州李十二白"的名声倏乎传扬遐迩之际，更有令人惊讶且艳羡的传说捕风捉影，为之备注：听说那"制衣娘子"与此子亦有旧！

段七娘居安州久矣，她立过规矩，向不见人，终未破例。可是每当这李十二白在某酒楼、旗亭为歌姬制作新词，隔日辰巳之间，无分晴雨，制衣娘子便已遣人来授曲式，并殷殷叮嘱：务必带得李十二郎回话。而居间递送文词曲稿者，据说就是那十二郎贴身使唤的小童。

旗亭偶遇，叔侄随缘漫谈，各自述说了多年来本家景况，虽然话题凌乱，问答参差，却还十分亲切和悦。李白看得出这小叔虽然音容和蔼，意态闲雅，毕竟身着碧衣，与当年在大匡山上见识过的李顒等一行官人仍旧十分仿佛，举手投足之间，透露出一阵阵含藏不住的威严。

李衍初见子侄，除了惊喜，更多的却是惋惜。以一个在士族间扑风滚土二十余年、好容易流外入流而博一明府之职的人眼中，商贾本是四民之末，固已无足深论，于今溷迹歌馆，不问前程，堕落孰甚？

难以免俗地，他想知道李白究竟还有没有上进之心？试探地问了几句家常，总不得要领。自顾笑道："汝父澹宕之人，东西万里，一身如叶，汝应须也不惯作羁身之图？"李白随即也体会了李衍的心意，索性直白不讳，笑道："季父久历官所，任怀清要；某自惭猥贱，难充下陈，不若放心肉食，自甘鄙事。"

乍听起来，是十分谦退的话，但是末了两句，还真是说中了近世以来士大夫不忍向人明白道出的委屈。"肉食鄙事"混用两则旧典，其一，是《左传·庄公十年》上曹刿所言："肉食者鄙，未能远谋。"其二，语出《论语·子罕》的夫子自道："吾少也贱，故多能鄙事。"这两句话，各有来历以及用意：在曹刿，是看不起当局食俸禄却拿不出谋略来的卿士大夫；在孔子，则是强调白身庶民能够锻炼粗贱工艺之事。可是为李白操之纵之，意思完全不同了，他表面上谦抑有加，骨子里说的却是士大夫们不能放怀享受生活中美好的事物——比方说：吃肉。

唐承隋制，京城及州官立寺之所，每年正月、五月、九月，从初八到十五，"凡是有生之类，皆不得杀"。是为"三长斋"。每月之内，复兼取佛、道两教的仪节事典，而有十斋日，亦不得杀生，违者重惩。这一类的法令严行于官守、疏责于小民。李白举重若轻，嚎谈功名如此，让李衍不免有些啼笑皆非，却也讶赏他能如此便捷地搬弄辞锋，横生妙趣，抢忙接道："此地李氏宗族极夥，汝后生初至，可一一拜识否？"

"未。"李白无可隐瞒，道，"至此匝月，转瞬间事，总以次日将行，或当日即行；不意留连，而竟留连。"

李衍一皱眉，道："行客天涯，每至都邑乡里，必访亲故，此天下人之礼，无分士庶。汝父七泽五湖间人，日夜征途，以逆旅为家，岂未诲汝乎？"

李白丝毫不以聆训为忤，脸上的笑容粲然如故，道："某初出江湖，闯走关驿，奉家父之名，纵使果为访亲道故，人亦不以为然。"

　　话说到此，朝屋角上握手肃立的丹砂点了点头，双掌前后交错一摊，比了个展卷而观的手势，丹砂当下会了意，转身朝内奔去。不多时，捧出来不知多少轴纸卷。有的阔约尺许，粗可合掌一围，有的窄不过五七寸有余，捆扎成一束，一束之中又不知凡几。李白却狠狠摇着头，直道："非也，非也。"双掌又比了个翻书的手势，丹砂才忙不迭去了又来，这一回拿对了：是一大叠分别笺以州郡府县之名的契券。

　　李衍生小在粟特人商旅之中打滚，一眼看出那些契券行款，无一不是借据，也就明白了李白话里的意思。想那李客，长年游走江湖，地无分大小、路不愁远近，只要是买卖，无不尽力周旋。行道生计，尽管有现钱可资运用时，也不易随身携带，经常得托请都督府给予便换，在甲地押纳钱帛领取文书，到乙地凭文书兑换钱帛，这是常理常情。

　　有些时候，买卖主另有要务，或者是不意间撞上些个水火风雷的尴尬，不能如期到地亲为出纳，往往仿效那些千里间关、奔波往来于中原和西域的粟特行商，将契券周转至他方他人，辗转融通，而不急于兑现，而使货流商务畅通无碍，也缓和了支应双方甚至多方的资财困境。

　　进一步设想：李白携带着为数如此庞大的契券随身，这本来就是行商术业相传、使能自立的手段，或许就是父亲为儿子备办的一笔盘川。无论如何，当李白说出"奉家父之名，纵使果为访亲道故，人亦不以为然"，就是另一番世故之见了——试想：多年来李客辗转行商，获利无数，与各地宗亲之间，或亦不免有交易债务。行囊里尽是可以索求于人的凭据，又怎么能够坦然登门，而不启人忧疑呢？

"汝倒是宅心宽厚，阿兄岂不知汝？"李衍不由得颔首笑道，"他发付了这许多文书，而汝果不以之兑钱，竟为无用之物了。"

李白闻言，略一思忖，举手指向丹砂先前捧出来的纸轴："某生计所系，尽在此中。千里程途，挥鞭来去，歌酒不歇，岂复他图？"

他指的是诗歌，李衍稍后才逐渐明白：这是一门前所未见的事业，在雅俗之间、在士庶之间、在酒食乐舞之间。当世公卿，但视此为辞章堕落末流，无关宏旨，浑不以为意；但是在大帝国三百二十八府州，一千五百七十三县邑，随时随处新设繁孳的酒楼、歌馆、旗亭、妓家，却开门广纳，使之不再是士大夫们兴寄身世感慨或者赞颂圣朝辉光的雅驯之物。李衍将要一卷一卷地展开这个侄儿的作品，他会赫然想起几年前初谪长沙时在铜官镇所目睹的景象：矗立于窑坊门前、有如兵卫列阵的巨大瓷瓮——那些不售之物。

不售之物，终有可售之机。

一九 会桃李之芳园

李衍不急于赶路，因为他知道：京中吏部那些个官人也不急于安顿他的前程。他在安州待了下来，就住在驿所之中，瞬逾旬日。因为看起来，此间的确是安顿家小的一个好所在。以迁转之间待职县令的身份派人查访，十分利便，很快就得着回音，李氏在当地的亲族果然不少；也有经商的，也有作牙人交际九流的，也有担任过

179

多年胥吏，在地方上小有头脸的，也有初入仕途、风标焕发，看似颇孚仕绅之望的。其中一人，年方弱冠，名字与当朝一大老相同，曰"令问"。

先是，大唐开国之初有名将李靖，系出陇西丹阳一房，佐高祖为行军总管、抚慰大使，收岭南近百州之地，领百万之民，复大败吐谷浑，封卫国公，堪说是位极人臣了。李靖有同母弟名李客师，与秦叔宝、程咬金、尉迟敬德同列，颇树战功，劳绩勋猷，不减乃兄，累封至丹阳郡公。大约是在唐高宗永徽初年，才因年老致仕。

李客师厌征而好猎，近百岁无疾而终，死前不多时，犹能跨烈马、挽强弓。他在京师昆明池南建筑了一所别业，醉心于骑射，昼夜相从。京中人传言：自长安城区而外，西至灃水，一鸟一兽都识得此翁，每当他亲自出猎，漫天鸟鹊追飞噪鸣，山林间的小兽也纷纷出头窜走，有如随扈，人逐以"鸟客"、"兽师"的诨号呼之，而李客师也不以为忤。他是在总章年间一瞑而逝的，入睡前交代家人：子孙袭荫，百代不绝，莫与人争官爵，但于邻近名山大泽之处，圈地买山，广造园林，以花树为名，收引飞禽走兽。直到他的孙辈，都还谨遵这一遗命——他们在长沙筑杏园，在庐山筑栗园，在安州筑桃花园。李客师的孙子，就叫李令问。

开元天子当年还是临淄王的时候，便与李令问相当熟稔。李隆基即位，李令问以协赞有功，迁殿中少监。开元元年，还襄佐诛杀窦怀贞，因而封为宋国公，实封五百户。恩遇非比寻常，然而他始终没有忘了祖父的教训：若要官守绵长，就不能与人争功斗业。于是明明是个宽肥软弱的体格，却也仿效其祖，时时以游猎自娱，无论骑在多么威风的骏马之上，都显得沉重累赘，惹人讥讪不已。

李令问锦衣玉食而不干时务，外人视之，厚奉养，侈饮食而已。

此时去武氏当国未远，朝廷重臣仍沿袭着嗜啖肉食之人的风气，有人便劝谏李令问："君宜少（稍）蔬食示人，毋为忌者笑。"李令问却说："此畜豢，天所以养人，与蔬果何异？安用妄分别邪？"

也就是大半年之前，吐蕃袭扰瓜州，转攻玉门。河西节度使王君与铁勒四部在皇帝面前互诉恩怨，王君占得地利，先发制人，指控："四部难制，潜有叛计。"铁勒四部无从申辩，诬服定罪，其中回纥部原封瀚海大都督的承宗，被流放到瀼州。承宗的族子，名叫护输，乘势纠合党众，斩杀了王君，载着他的尸身奔赴吐蕃。虽然护输随即败战弃尸而逃，然而唐廷丧师，颜面尽扫，非穷究深责不可，辗转攀牵，居然发现承宗一族有女与李令问的儿子结上了一门亲事。

李令问当下被贬，至抚州任别驾，原本是从三品的中朝大员，一落而至于从五品的外州随官，李令问岂能不恼羞愤懑？到任不久，便一病不起。多年以来一路跟从李令问的一个歌姬，号明珠，或恐忧心主家翁殁后自己无所托身，就在抚州邸中自缢殉主，此事相当罕见，当地耆绅还列之于地方志中，视为节烈。

考究事实，李令问与西北边关纠绞盘错的政务、战局一点瓜葛也没有，骤尔被逐，实远出于中外之望。李衍当然也风闻久矣，却不敢置信，及至安州，他才从李氏宗亲的谈议间听说了另一桩大事。原来李令问在安州当地所兴筑的桃花园或许也保不住了。

桃花园占地不大，方圆数十亩，其间野生桃树数千本，错落自然，疏密有致。春来花枝齐放，殷红淡绯，壮美之极。此地还有一溪如带，蜿蜒自西北来，潺湲三折，复向东北而去，李令问承庭训买此山川，当然不是为了行猎，而另有他日后归隐林下的盘算。就在铁勒四部被控阴谋造反，而吐蕃赞普与突骑施苏禄可汗共围安西城时，有感于边事变乱频仍，他还有一首感时之诗，题为《秋赋桃园有怀》，与此园有关。诗是这样写的：

穷秋驱雁伴行吟，一任幽蹊自在阴。塞鼓纷纭犹似昨，芳枝零落到如今。骑羊志意归云梦，射虎声名托野心。欲赴桃源无别语，差留闲墨付萧森。

首联描写时序，正是王君与铁勒四部相互攻讦起衅之际。"幽蹊"不消分说，自然寓有"桃李不言，下自成蹊"的意思，这蹊径，指的无非是桃花园。"塞鼓、芳枝"一联，分别侧写了本家祖上出身边关，以战功建勋业的来历，以及李令问不能光大家族名爵的些许叹息或惭愧。

"骑羊"二字，显然还是从刘向《列仙传》记载周成王时羌人葛由刻木作羊、并乘木羊入西蜀绥山的故事而来。因为追随葛由登山的王公贵人皆不复还，后人便以"骑羊"为得道成仙的代词——这就表示李令问确实有一份亲近道术、欣羡神仙的情怀。以下"射虎"二字，按诸李令问之祖李客师毕生射猎的事迹，也可以窥见李令问所归心适志者，不在积极进取；其中"野心"二字，指的是闲散恬淡的性情，犹如《宋书·王僧达传》所载："尔时敕亡从兄僧绰宣见留之旨。闇疾寡任，野心素积，仍附启苦乞且旋任。"

尾联上承前六句作结，述说自己对于前途的瞻望，大约就是归隐山林，闲著文墨。这本是所有身居要津者刻意作放旷之思的口头禅，慨然有归志，以示不恋栈功名权位，老生常谈罢了。可是坏就坏在两个关键的字眼：一个是"野心"，一个是"桃源"。

当台谏诸官拿李令问与回纥部的承宗联姻作文章的时候，偏以为"射虎声名托野心"足证是李令问不甘寂寞，要与前文中喧填塞鼓所从来处的铁勒四部夷狄之人共谋，以图恢复当年李靖、李客师一家"射虎"的霸图。至于"桃源"，在字面上其来有自，原本是陶渊明的《桃花源记》。《桃花源记》里索居于桃花源中之人，是为了"逃秦"而自逐于武陵的。但是大唐太宗文皇帝在藩邸时即封秦王，逃秦，难道是要逃离李唐的江山吗？

桃花园、桃花源，固不同义而巧为罗织成一义，实在欲辩无言。李令问当时还不知道自己阳寿无几，犹思不再招惹物议，以图日后出入清安，遂于外放抚州就道途中，修书一封，饬令家人从速将安州桃花园物业重为安顿，把先前起造的几栋楼宇都拆了，只留下临水处三数亭台，并刻意间杂地栽种了千百株李树，连园子的名目都改换了——桃花园从此改称桃李园。李字既是树木之名，也兼表姓氏。

李令问本家之人多集居于雍州三原，以及长安、洛阳两京繁盛之地，距离这一份别业，不止千里之遥，且多视此园为得罪之由，以为大不祥。然而祖训言犹在耳，家产又不能荒弃不问，如何保守，的确是桩恼人的事。倒是在李令问病故之后，喧腾了一段时日，安州在地的李氏宗亲却给出了一个主意：桃李园毕竟不是野处，台榭得有人修葺守护，花树也得有人栽植疏伐，可巧城南便有一家子弟，名字也叫李令问，看来天意巧合，如能让那年轻的李令问自以家资缮理园务，而使千万株桃花李花春日繁荣，同兆两郡家业昌兴，岁岁年年，不也是一桩美事？在安州诸李族亲看来，当朝大员身后遗命，平白奉赠一片园林，这更是求之不得的事。于是桃李园之所归隶，也就一拍即合。

李衍也看上了桃李园。

这是一个相当别致的所在。信步游观，揣摩原先的主人翁，应该是个清怀肆志之人。当初指点起造时，有意节制房舍，并没有寻常高门大户人家那些复道重楼、雕甍画栋的排场。从尚未拆除完竣的楼宇废墟可以看出：每屋间架都不十分深广，栋梁敷设较密，可见没有扩充厅堂、大延宾客的需求。但是李衍却想在此地大延宾客：他要借由这个园子，让安州李氏宗亲融入在地的名门士族；也要借由这个园子，让他那有才无分、有学无求的侄儿李白融入安州李氏的宗亲。

能让桃李园在众目睽睽之下，转入新人之手，大聚地方名士，诚属必要。李衍商借桃李园的事十分顺利，邀集李氏诸家子弟也不难。唯独于他姓士族也能与此高会，则实属不易。可是出乎他意料之外，机缘送上门来——就在新正之日，驿长来报：有名薛乂者，号曰员外，携酒来拜。

员外郎或简称外郎，或节称员外。在南北朝时，专指那些近侍皇帝的员外散骑侍郎，密迩天颜，地位尊贵。到了隋代，便开始在六部郎中之复下设员外郎，以为庶务之推行实任，地位便忽然低落了。在唐代，此官位列从六品上，属尚书省六部二十四司，仍为郎中的副贰。但是还有一种员外，是以看似谦逊的说法，掩饰身为地方胥吏的佐杂身份——称员外者，不是真指员外郎，而是员额以外的省称，这样就模糊了胥吏低微猥贱的身份，却也不能算是明目张胆冒充高官。李衍一看名刺上是员外，而无郎字，便推侧对方与自己的出身并无二致了。

春正时节携酒访旧，本来是寻常；但是在这样一个日子上，奉春酒于素昧平生之人，则必有请托。尤其是对方还先遣仆役送来了不多见的礼酒,分别有五提,各为容量三升之觯,堆放在门边楹下,裹以红漆皮封。这表示送礼的人早在年前就准备妥当了,否则仅此一番装饰的手脚,也得搬弄大半天。从壶中之酒,更看出来者极有诚意,那是上好新酿的屠苏酒,觯壶周身缀满了珠圆玉润的水滴,近旁地上也渗开了黑殷殷的水痕,显示酒是密封之后,浸泡于井中相当一段时日,特为于此日打捞出来的。

当下李衍迎进礼酒,收执名刺,与来访仆役约订节后再见之期。届时薛乂果然依约而至。初看第一眼,李衍就觉得与此人颇为投缘——但看他头顶净巾,足踏云履,一身浅蓝单布袍,外罩玄素长帔,肘后悬剑似的挂着一柄红伞,恰似一个眉目清朗的在家道士。

见面还说不上几句寒暄的话,薛乂坦然道明来意:他是广陵人,的确如李衍所料,乃从胥吏出身;日后也和李衍履历略同,经过流外入流的曲折,在荆、襄一带州、县,做过几任县尉、参军,由于深慕道术,遂早早地弃职归里,之后复远游天台山,投玉霄峰白云宫司马承祯为徒。

自客年夏、秋之间,薛乂即受命于宗师,四出云游,遍过昔年历任官守诸州,俱是江南江北洞天福地,往来殊方道者,相期相交,以辩以论,广通妙谈,结为盟好;这是上清派多年来的一桩始终未曾间断的使命。除此之外,便中还要"访一国士,作合一桩因缘"。说到这里,薛乂缓了口气,四顾再三,才低声道:"令侄李十二白,便是某师所欲访得的'国士'。"

"作合因缘?"李衍不觉有些讶然,叹道,"此子日夜歌酒成欢,以为平生快意,不过如此。莫道以国士之业相许,即以常人婚娶稽之,恐亦不耐。"

二〇　则桃源之避世者，可谓超升先觉

在桃李园的春夜之宴上，李白是一张陌生的面孔。他的衣着与安州当地的年轻人明显不同，从顶戴头巾便一目了然。

此物古已有之，两汉时人即以黑色帛覆发，为使固着、不至于倾堕，便用丝带捆缚于脑后。自北周武帝时有了专名，叫"帕头"，又呼"幞头"，缠裹发束，前后交络以四带挽系。由于纱罗其质，柔软易皱，流行既久，便有以木片、铜丝为衬里，巧为设施，形成挺拔美观的装饰。

幞头显示身份，故工商以下贱民初不许有，挽发仅得以覆裹巾帕，谓之"帻"。唐初以来，在皇室隐隐然的策动之下，原本天下门第高下次第不断起伏更迭，除了考试任官还有极为严格的屏障之外，士庶服色的分际逐渐宽弛，带帻者也常常在脑后绑上系带，看来与幞头没有太大的分别——李白所着的帻巾就是这款式。

不过，满园李氏子弟多为士族，他们头上的幞头，已经有了很独特的变貌。多年以来，或许是从长安、洛阳行客身上模仿而得，他们也把幞头上后垂的两脚改系成圆环，或者将系带加宽变阔，周边饰以金银丝线；也有的缝衬细铁丝作支骨，称之为翘脚幞头、看上去真称得满头热闹。相较之下，李白一顶单纯覆裹的皂丝络头，质朴得近乎寡淡，真是格格不入。却也因之而使他引人注目了。

李衍侧眼旁观，发现李白似乎浑然不觉，只见他在人丛中往来踅走，神情专注而欣悦。他一一打量人们的服饰，有如赏看着新鲜的春景，有时驻足旁听人说话，眉眼舒张，时时流露出惊喜和愉快，而这样一个随缘和善的后生，却又有一种掩藏不住的冷冽和清净，仿佛置身于一切喧嚣与绚烂之外，在一个不知有多么遥远的地方。

园会虽由薛乂使钱备办，李衍奔走招邀，但是出面的，却是桃李园的新主人——年轻的李令问——借此以昭告桃李园的归属，这是一个难能可贵的机会，然而说来毕竟突兀，尤其是李衍还想把邑中高门名族如郝、许诸家也请来，就不免略显犹豫了。正踌躇着，发生了一桩闲事，在当地李氏宗亲间哄传。

说的是安州城西北五六十里之地，有两座小山，一名寿山，乃是相传古昔之时，山民有寿百岁者而得名。此山再向西，即是当年太白星君在南天门与天将醉酒走棋，不慎拂落一子，因之凭空立地而冒出来的一座山，既有本事在焉，便称白兆山。这两山攒吸云霞，峰峦秀出，号称云梦精魄，自两晋时起，每隔数十年，便有好隐求仙之人，来此觅一枝栖。说也奇怪，有缘能借此山川者，似有定数，无论僧俗老小，一俟竹杖芒鞋转进山间蹊径，便无入而不自得，沿路通幽，自会居停之地。或草庐、或瓦舍，似由天授神予，而一代又一代澹泊其志的隐者，凡是恬心安处，一向无虞风雨。更蹊跷的是，来这两山盘桓居留之人，往往十年为期，届时自有他故迁徙，有的奉诏出仕，有的念旧还乡，传说中更多的，则是受这寿山和白兆山上仙人的指引将携，更登别处洞天福地的妙境。

近多年来，就有那么两个老翁，一居寿山、一居白兆山。二翁都姓李，人但知其行辈，不详名字，便以十七翁、二十四翁呼之。两翁不约而同来到寿山和白兆山的时候，彼此并不相识。可是生平经验，却十分相近——他们都有心从正途出身，苦读久试，屡预进士科考而不达；直到四十多岁上才释褐得官——十七翁曾经在亲王府担任过谘议参军、记室参军之职，二十四翁则是历任州、府的录事参军——但是，转眼年过知命，能兼济天下的时日也着实不多了。壮心消磨殆尽，精力蹉跎不起，一转念：还有个遥远而黯淡的神仙之想，居然前脚后脚来到安州。

两翁皆无家室之累，各据幽境，同申雅怀，一见倾心。二翁熟识之后，情同手足，终日约为偶伴，游山玩水，论道谈玄，怡然自得。安州父老经常看他们周游域中风光佳妙之处，一旦会心，必有题咏；每每置酒食、张筵席，务求肴馔精洁丰盛，却无他客，二翁举箸不多，盘飧当面，沾唇而已，略饮三两杯，即招呼街坊中成群丐童，陪席共飧，并授之以进退起坐之礼，以为游戏，乡人遂呼二翁"神仙东道"，这样的东道转瞬间做了十年，虽只一顿饱餐、片时之海，却不知有多少丐童受惠。

就在李令问接掌桃花园之后不久，特意走访寿山、白兆山，敦请二翁到园游观，尔后更名桃李园，也是这一双"神仙东道"的主意。开元十五年冬，天候酷寒，一异于往昔，二翁不能决疑，各占一卦，言明以十七翁所占为本，以二十四翁所占为变；而十七翁占得的是屯卦，二十四翁占得的是豫卦，偏偏是"由屯之豫"——与春秋时公子重耳流亡西秦，在秦穆公的协助之下、返国夺取政权之前亲自占得者相同。

屯卦震下坎上，豫挂坤下震上，卜筮之官以为这两个卦象征"闭而不通，"大不吉。可是司空季子却割裂了《易经》原文，认为：屯卦和豫卦的卦辞里都有"利建侯"，既然占卜前询问于天的是"以得到晋国为上"，那么"利建侯"就是得到了天意的承诺。

非但如此，司空季子还进一步拆解屯卦和豫挂的字句，说："震，车也。坎，水也。坤，土也。屯，厚也。豫，乐也。"质言之，就是应该劳师动众，顺江河就下之势，取其土地、得其人民，所谓："车有震，武也；众而顺，文也。文武具，厚之至也。"震是车，坎是水，坤是土；屯是厚积，豫是快乐。车马往来于内外，以黎庶顺服而追随，领土厚积，乐得其国，何不吉之有？

而在豫卦之中，坤是母亲，震是长男，亲老子长，有继志成业的抱负，因之而豫——豫这个字的本义就是"愉悦"——故豫卦爻辞也说："利建侯行师。"这也是发动军旅而得掌国政的卦象。

两个与世无争的老者，如何"行师"？又如何"利建侯"呢？十七翁灵光一闪，屈指算去，道："汝与某在此为散仙，不亦十年耳？人道此间清修，有福不过满数，今岁之寒，几不能度，或即是天意逐客了。不过，严冬霜雪尚不能御，汝与某，且去何方'建侯'？"

"建侯不外当国，"二十四翁大笑起来，道，"某等行将就木之人，聊具菽水之资，勉可自足，余外不过周济几个丐童，还妄想做什么齐桓、晋文么？"

十七翁低头想了想，却摇着手笑道："海县清一，国中不复有国，能建侯而豫者，其唯桃花源乎？"

二十四翁一听这话，也笑了，接道："陶公之文尚在，谓彼处'芳草鲜美，落英缤纷''有良田、美池、桑、竹之属，阡陌交通，鸡犬相闻'——果然不闻有霜侵雪蚀之苦。"

"盍兴乎往？"

"便不即回？"

这就订了行止——他们要沿江而下，先赴江陵，次过庐山，以舟以车，深入武陵。

相传早在春秋、战国之时，武陵之地属楚。秦时黔中、汉时武陵，直到魏、晋两朝，皆因袭故制而已。武陵本来还有另一个名字，叫义陵。属辰阳县边界，与南方夷人接壤，时有争战，在东汉光武时移民东出，寄以"止戈为武"的祝福之意，又因为地势高而平旷，遂名曰陵。

二翁在地方上夙负令名，高门士族也多所钦敬，而今要联袂去寻陶渊明笔下的桃花源，或恐别后一时难期再会，理当奉饯送行。在李令问看来，这觅访桃花源一事，与先前的园名深相契合，若能群集俊彦，足见风雅。于是这一席春宴，除了有馔有酒，还要轮番吟诗留别。

较之于先前的桃花园，拆除了几栋高大楼宇的桃李园显得疏朗许多，宅邸基址尚在，有几处楼阁，虽然拆去墙垣，却依然保留了薨瓦梁柱，显得通透而明亮。园中红白相间，桃李争妍，尤其是当薄暮时分，有微雾自东徂西，撩起一阵若有似无的烟霭，好教那枝间群芳，一忽儿明、一忽儿暗，显隐迷离，竟恍如与满园的游人一般熙来攘往着了。

至若酒食之具，多设于渠水近旁的台榭，任人自取。郡中高门如郝、许之家出游，总会自携几榻帐具；他们的家仆早在清晨间就来巡看隙隙，拣选地位，先择高旷所在，敷设游帐，以与寻常人家稍事隔别。这般门户的帐围，必然要鲜艳其颜色、宽阔其尺幅，不妨流露着几分夸饰容止的意思。其余李氏诸家，虽然规橅略逊，却多不失整洁精雅。有些少年自恃文才、书法优长俊秀，特意在几砚笔墨等器物上勾斗奇巧，一旦摆布，也颇能引来阵阵的热闹。

满园百数十人各以群分，既要尽兴游观、不废谈笑，其间还得分神设思，讽诵吟咏，更不能拧眉皱面、徒然暴露腹笥困窘，尤其讲究的是时时维持着从容不迫的神情，洵非易事。

夜幕深垂之际，园中处处有篝火巨烛，光焰点染，更见热烈的情趣。二翁已经往贵客帐中巡拜一过，也率先吟诵了他们的留别之作。

十七翁是这样写的：

> 罢酒桃源看雁飞，书空字句太希微。刘郎莫记来时路，祇许刘郎一度归。

"刘郎"醒目，次联两呼刘郎之名，说的当然是《桃花源记》文末循传言走访桃花源的南阳刘子骥。尽此以立题旨：此行，应无归期。

第二句"书空字句"用的是东晋殷浩的典故。

彼时北地后赵石虎病逝，宫中诸王子争立而内乱，殷浩受桓温之命北伐，官拜中军将军，屯兵秣马近四年，却在出征时由于前锋姚襄之潜叛，一战而溃。桓温遂因此而上表，建请将殷浩废为庶人，流放到东阳郡。殷浩表面上风雨无忧，清谈不辍，但是每天都对空书字，久之而为人所识得，写的是"咄咄怪事"四个字，足见内心之不平了。

殷浩的遭遇与十七翁有何相似相关之处，已无从考辨。毋宁另作臆想：殷浩出兵丧师，是在永和九年的冬天，而那一年三月初，正是王羲之与其诸子凝之、徽之、操之、献之等大会谢安、支遁、孙绰、许询、郗昙，共四十一人于会稽山阴之兰亭。其间二十六才人赋得三十七首诗作，流传后世。是否借兰亭以影桃李园？则寓以相同的风流、感慨，诗心便未必要拘泥于殷浩一人的愤懑，十七翁留给了后人的，竟是无限的歧义与遐思。

想起兰亭的，不只是十七翁，还有李衍。虽然在入夜之后，视野昏沉，但是李白一身练袍爽白如月，十分亮眼，即使在人丛之中，举目可辨。李衍看他与初识之友纵兴攀谈，逸趣漰飞，当即大乐，就在十七翁朗吟其作才罢，李衍趋身近前，眉飞色舞地问了李白一句："此会，如兰亭修禊事何？"

李白略一俯首，应声答道："使我思庐山。"

乍听这话，似觉答非所问，李衍还在琢磨着：是不是因为二翁志之所向，乃是桃花源，才以陶渊明在庐山的故乡栗里立说——但是，这与兰亭修禊之事毕竟无关，不是吗？正狐疑着，一旁的李令问也大感讶异，道："贤郎便是绵州李十二白乎？且容某持主人礼，为群公绍介。"

李令问体会李衍心思，也再三听薛乂说起这位远客深受上清道者之推重，对李白满心好奇，但是格于士庶之别，为不使高门来客进退尴尬，便隐瞒了李白行商身份，只说是"李衍明府之侄"，暂栖安州。而在众李氏子弟之中，亦不乏日常留连于歌馆旗亭之间者，与李白时相过从，听李令问温词好语地称颂李白人品家世，也尽管窃笑。

李令问一套致礼之辞道罢，转将声气一昂扬，道："二翁将赴桃源，乃是陶公故里；陶公之诗又云：'榆柳荫后檐，桃李罗堂前。'更为我园立一高隐地位。十二郎适才言及：今日之会，好似庐山。听来颇有深意，十二郎何妨聊一阐之？"

此时，无分李姓外姓、也无分老者少者，都将耳目照会过来，听李白往下说去："陶令节误触尘网，终还旧林。后人但知他园田墟里，虚室荒村，却不识其满眼俊秀，随身贤达——"

李白才说到此，不远处的二十四翁满面酡光，大步上前，带着些许酒意，执起李白之手，朗然笑道："'满眼俊秀，随身贤达'二语，料应有说！无说会须浮一大白！遥想当年，陶公在日，檀道济以粱肉馈之，王弘设酒于途，想来此辈称不得俊秀；督邮横眉而至，县令责陶公以束带折腰，如此侮慢高士，怕也算不上贤达之人。"

陶渊明隐而仕、仕而隐，几度游宦，为时都不算长，殆心性不堪为官常所拘。二十四翁侃侃而言，提到的檀道济、王弘等也具载于史籍，这些庸官俗吏虽然不乏景慕陶公志节之意，却的确不能算是他的知音道友。

然而，二十四翁虽自以为得理，不意却误蹈了李白与人交谈时惯设的机栝之中。当众人将目光齐集于这青年身上的那一刻，他抖擞袍袖，洒然向李令问一揖，道：

"且答贤主人：陶公故居柴桑，旧名寻阳、彭蠡，今之江州是也。庐山绵延自武功来，在其南，故古称南嶂，高三千三百丈，山势凡七重，周回五百里。此山与天下名山之大不同，乃在无主峰；青碧之色，横溃四出，嶕嶕嵘嵘，各为崇高，几无尊卑上下，互不拱揖，此其大异于他者；正《易·干卦》：'用九，见群龙无首，吉'——"

一口气如珠锦玉绣的言辞吐嘱而出，闻者已然为之屏息凝神，悄然无声。李白更不假须臾，转身向二十四翁也一揖，道："陶公抚琴，琴上无弦，所抚者，琴趣而已；然则柴桑之友，何必友其人哉？自有群山出风降雨、抱异怀灵，峰峦相伴，亦可以成交游，某所谓'满眼俊秀，随身贤达'，庐山足当之！以某今日所见，桃李园中，阳春烟景，大块文章，群季之乐，何止天伦？但觉如入庐山，仰群龙也！"

这是对身边宾主众人致上最高的赏誉,一番话说来婉转又深刻,不卑不谄,语意恳洽,不少人入耳倾心,爆出了一阵喝彩,纷纷哗赞,却个个瞠目结舌,不能接语。李白遂微微垂首,更向二十四翁低声道:"翁酒中得意,何妨有诗?"这一转圜,不但显示了他逊谢称赏的风度,也为机锋稍挫的二十四翁缓颊。二十四翁还了礼,借持一觞在手,分三次满饮,间成四句一绝口占之作,吟得如此:

江陵雨落武陵车,一入桃源纵意奢,去路将携今夜酒,暗香微染晋时花。

吟罢,十七翁也走近前,望着李白,道:"前辈诗家宋考功有应制之句云:'不愁明月尽,自有夜珠来。'吾宗后进,才识如夜珠,岂能藏于椟而晦其明哉?某二老一去千里,但与山川订交,此后欲聆雏凤清音,想来也是极难的了——诸少年,何不请令各赋佳句,以为某留念别怀?"

一说到请酒令,群伦喧噪,争相试赋。其中,也有许多原本就想借着席间行令作诗、以便露才延誉之人,早就宿构先成,从袖中掏出了笺纸,上头密密麻麻写着以桃李为题目的诗句。

李令问年纪与李白相仿佛,较之于园中少年同侪,算是世故较深的兄长了。他的诗才不佳,每逢题咏,总是拘守试律,今夕身为主人,只能当仁不让。遂于攒眉苦思片刻之后,率先成句,也因为他书法工秀,众所周知,随即应众人哄闹,当场书之于绢,张布于帐围之上,任凭观览。所作不外称颂二翁之洒脱飘逸,其句如此:

何曾当久别，岁节望重逢。远道无尘念，幽居祇旧踪。风侵桃影乱，酒渐客愁浓。应手师青李，仙怀效赤松。

这首诗中规中矩，连尾联也收煞不住、作成对仗之句，其试帖习气与功夫堪称了得。唯"青李"既是眼前伴酒看核之一，却也另有典实，出王羲之《来禽帖》："青李、来禽、樱桃、日给藤子皆囊盛为佳，函封多不生。"不消说，李令问暗中以王羲之为榜样，一方面是对自己书艺的标榜，一方面也将兰亭修禊与桃李园夜宴作了巧妙的联系。篇末拈出赤松子，画龙点睛地恭维了二翁将要成为仙人。

出乎李衍意料之外，李白虽然在人群之间往来交亲，举酒高谈，却始终没有作诗。宴前听说蜀中远道而来的才子之名，一番即席纵谈，人们的确见识了他的锦心绣口，然而当那些少年争试笔墨的时候，李白却和一个在帐围间奔跑游玩的孩子嬉闹起来——那是李衍的长孙李峃，年方七岁，总角丫髻，齿白唇红，一片天真。也是李白随和可亲，这孩子总脚前脚后伴着他，时而抬头仰视，眼中一片欣慕。直到二十五年之后，李峃与李白在宣城重逢，已经成人的李峃还记得这一夜的遭遇，甚至还记得李白教会他作了平生第一个对子——

此时李峃模仿着周围那些一面畅饮烧春酒，一面呻其咕哔、吟哦字句的公子哥，指了指树枝枒间掩映而下的月影，对李白笑说："举头望明月。"

李白立刻接道："低头思故乡。"

"耶耶教训过，"李峃朝不远处的李衍一努嘴，道，"出句、落句不许重字。"

按诸试律准绳，这一联非但重了个"头"字，连声律也不甚稳谐，可是李白却大笑道："汝便一枚头颅，俯仰由之，岂便理会这许多规矩？"

偏在此刻，李衍把孩子驱开，捉着李白的肘袖，低声道："汝且随我一见郡中人物。"

李白这时已经颇有酒意，随手漫指，如点兵将，笑逐颜开道："此中曾与某至旗亭把酒者，十之二三；曾与某赴歌楼斗句者，复十之四五。此固不必虚礼相见者。余子衮衮，日后当须是长安道上奔绯逐绿之人。道既不同，且容某不相与谋！王光禄不有言乎：'酒，正使人人自远。'"

王光禄指的是晋孝武帝的岳父王蕴，曾任吴兴太守、光禄大夫、徐州刺史，堪称一代循吏，唯此公生平好饮，老而不节，在魏晋名士中，虽素以内敛清和著称，留下的铭言"酒，正使人人自远"却与他的政绩和操守不相符合；"人人自远"四字，看来是将醉饮之余、荡远飘遥的境地视为离群独化的手段，毫无进取兼济之心了。

这简直是要辜负至亲的苦心安排，李衍毕竟有些不悦，仍勉强按捺，承其言而逆其理，教训道："王叔仁出身太守，封侯建昌，官居刺史，德化四方——汝偏耽斯人一句酒话，毋宁屈煞前贤？"说罢，一甩手，迳往前迈步而行。

李白吃李衍一番申斥，酒醒三五分，不敢再发议论，垂手低脸，随行在后。来到一临水小丘，帐围高严宽深，重屏三叠，方圆数武。李衍忽而止步，侧耳倾听，约略听见围中是薛乂与一老者扬声攀谈，意兴正高，话题居然是钱。

由于不知前情后果，只听那薛乂不时地称说"家兄"如何如何，老者则不时地叨念"敝甥"如何如何，仿佛今日夜宴，他二人也是初遇；倒是交谈中提及的那两个亲戚人物似又颇有来往，而言谈所及，都是江南私铸通宝成色如何，语声忽高忽低。李衍心思缜密，知道这不是拜进谒见的时机，只能守候片刻，直听见两人劝饮闲谈，才向李白使了个眼色，高声唱名："待职县令绵州李衍率侄李白候进。"

这一天，是李白和许自正头一遭碰面。许自正始则面容肃穆，但上上下下打量着李白，无论说起什么，只是颔首而已。在许自正的身旁，另有一人，一时不言不笑，由于置身在灯烛的另一侧，始终看不清面目。薛义的应对则大是不同，他朗朗而谈，声若洪钟，于互道姓名、依式寒暄过后，张口居然提起那一领紫绮裘："客岁，某承师命江南云游，将携白云宫名物至金陵，所持赠者，即是李郎；所持赠物，即是此袍。"

李白闻言，醉意又化去一半，瞪着一双圆眼，期期艾艾地迸出几个字："嚱！那是司马道君之厚贶——"

"道君谓汝有神仙之质，然未可以轻离世间之志，"薛义微笑着转对许自正道，"更何况，家兄与李郎虽也只一面之缘，却胜称此等人物，江湖无两呢！"

李衍和李白当然不会明白薛义话里的意思，相互对望一眼，正要追问，薛义自眉飞色舞、有如揭露一惊世之谜样地说了：

"家兄平生行商于荆、扬之间，坐贾于广陵之郡。一度在琼花楼得闻仙乐清辞，大为叹服，久久不能释怀。"

是哪个广陵薛商？面目都有些模糊了。

李白转念一想，不对，当初在琼花楼盘桓多日，征歌选曲，寻访段七娘下落时，总是借名"五蠹人"，怎么会让那薛商知道自己的里贯姓名呢？才狐疑着，许自正却将忍不住，终于开了口，摇头复点头，直像是不知该如何赞许的模样，道："李郎后生，诗才绝顶，某虽不能吟，眼力还有几分。仅是这几句，还教老夫沉吟至今：'古琴藏虚匣，长剑挂空壁。楚冠怀钟仪，越吟比庄舄。''旅情初结缉，秋气方寂历。风入松下清，露出草间白。'诸如此类，其豪快萧瑟，直追老来庾子山；当今士林，恐未有能与汝比肩者！"

李白听许自正这么一说，身上所残余的三两分酒气尽皆蒸腾而出，不由得打了个寒颤——那一首他几乎忘怀了的诗，乃是在琼花楼大醉之夕，抄录箧中藁草，托广陵薛商代递蜀中而去——由于是以诗代札，的确在纸末迷迷糊糊地写下了"弟子李白"的字样。

"紫绮裘，仙山神器，更非庸人所可得见——"薛乂凑近许自正，扭脸向后，对长几里侧那个卧蚕饱满、乌须浓密、始终不发一语的长脸士人说道，"九郎京、洛名山洞府行脚遍矣，应亦不闻有此？"

今夕之会，称九郎而不道姓氏，应知这位客人也是李族宗亲。此时李九郎附和着点点头，道："紫绮裘为上清道者至珍之物，非但常人不能亲即，纵使身在教门，授受亦必有奥义在焉——"话说到此，忽然打住：众人顺着李九郎的视野望去，那是在李白身后，不知何时出现了一个矮小的身影。李白猛回头，那身影更矮了半截，直向锦茵一般的草地上跪去。

来者是小童丹砂，他的背上扛着两捆径可二尺有余、宽约尺许的油皮囊裹。旁人不知那是何物，李白则一眼便明白了：囊裹之中，正是过去这一年多来丹砂随侍在侧，日夜留心，得闲便眷录下来的诗篇。只此时，这孩子匆遽闯来，鲁莽已甚，必有缘故。再看他满眼噙着泪水，李白不觉间心往下一沉，低声问道："金陵有音讯来么？"

"龚爷病榻书札，托付商牒到驿馆，但望能在有生之年，读些李郎的诗篇。"

二一　喜见春风还

丹砂是来辞行的。

擅闯贵人帐围，原本是十分失礼的事，而主人不能不责。可是李白转过念头，觉得生死事大，情慨唯真，只这刹那间，无论如何轻微的诃斥之言都说不出口，只淡淡嘱咐了句："汝自为珍重，水陆平安。"原本还想问一句："汝去便不回耶？"然若说了，在这许家的筵席上，就显得更加失仪了；只好将忍住，一挥袍袖。不料丹砂早已从袖中摸出一函，递了过来，随即三稽首作礼相辞，又起身向几榻边围坐群公环揖数拜，像是默默告罪着，直到退出数步，才转身飞奔，迅即消失在夜暗之中。

突如其来这一阵骚扰令李白有些恍惚，他随手将那函塞进袍袖，不意片刻之间，恰恰失落在榻旁。李九郎却没忘了将先前给打断的话题拾回来——说的还是那一领紫绮裘。他凝视着李白，道："令节佳会，十二郎乃不着紫绮裘来？"

话是问话，然而意思却不见有什么疑惑，语间神色，毋宁还洋溢着赞许之意。

"紫绮裘授受之义究竟若何，愿闻九郎高见。"许自正似乎早就想摆脱先前薛乂关于铜钱的一番高谈阔论了，索性侧身一让，把一阵灯火明亮也让上了李九郎的脸。

唐代道者服饰，从初入道门的平冠、黄帔，历经正一、道德、洞神、洞玄诸阶，先戴芙蓉玄冠，着黄裙、绛褐，而后服黄褐、玄巾，而后戴玄冠、着青褐，而后洎升至黄褐、玄冠；一般皆无紫色之制。唯于上清一派，另有紫袍之制，法自南朝刘宋时代的知名道者陆修静传来。陆修静非但是道教三洞之说的创始人，更是上清一派的推动者。

东汉末年张道陵创天师道，天下普设"二十四治"，各有祭酒，领户化民。久而久之，祭酒之制不足以羁縻徒众，新的道官制度应运而生，加注了更为缜密的教义传授、家户登录、租米征缴等律法，具有官吏一般身份的法师可以宣布科禁，考校功过，甚至直接向天曹启告，请神下界守宅安家，禳灾却祸。

魏初以降，天师道北迁，科律废弛，道民多不赴集会，不报户籍，不交租米。相对地，许多道官便借威乘势，自谋其利，"妄相置署，不择其人，佩篆惟多，受治惟多，受治惟大，争先竞胜，更相高下"，以至于"纵横颠倒，乱杂互起，以积衅之身，佩虚伪之治箓。身无戒律，不顺教令，越科破禁，轻道贱法"。

这一切，都在陆修静的规橅之下，才逐渐有了转机。他确立了由一般士庶升为道民的"功德"——无功德不能受箓，既受箓复须累积功德，方可升迁。初有"将军箓"分十等以迄五十等，再依次升为散气道士、别治道官、下治道官、配治道官，尔后还有下、中、上"八治道官"。道官之极，是所谓"明炼道气，救济一切，消灭鬼气，使万姓归伏"的道师，仅这些叠床架屋的构筑，就看似充实了、严肃了从早年"祭酒"以来道教内部权力归属的阶层。

陆修静同时提倡礼拜，置诵经、礼拜、思神三法，名曰"斋直"，也就是把斋醮体系之诸般细务当作"求道之本"。此中议论，不无借言取法于儒家以及释氏之群经者，但是确然令道教思想显得更有体系，而这一份事功，恰与道教经典之采集互为表里。

陆修静曾经"南诣衡湘、九嶷，访南真之遗迹；西至峨眉、西城，寻清虚之高躅"。这一段话里的"清虚"是指王褒，固为早期汉代道教果证成仙之典范，然而"南真"更为重要——此语所谓，乃是魏华存，上清派的开山之祖。宋文帝元嘉中，陆修静只三十一岁，便刊正《灵宝经》，编撰《灵宝经目》。整整三十年后，从庐山溯江入金陵，居崇虚馆，又从宫廷旧藏中发得上清派杨羲、许谧所手书的上清经真诀。他只手打造了"三洞"（洞真、洞玄、洞神）和"四辅"（太玄、太平、太清、正一）等七大部类的体系，区分出道经品级的高低，道士身份之次第。后世所称："修太清法成仙，修灵宝者可成真，修上清者成圣。"即从陆修静而来。唐人所奉行的"初受《五千文箓》，次受《三洞箓》，次受《洞玄箓》，次受《上清箓》"，本来就是陆修静的主张。

这一切都说明：上清道法在大唐立国以后一步一步被推为上品的道法。而就在开元天子当国的此时，受命编纂《一切经音义》的京师太清观大德张万福，就曾明白地承袭陆修静之说："凡人初入法门，先受诸戒，以防患止罪；次配符箓，制断妖精，保中神气；次受《五千文》，诠明道德，生化源起；次受《三皇》，渐登下乘，缘粗入妙；次受《灵宝》，进升中乘，转神入慧；次受《洞真》，炼景归无，还源反上，证于常道。"（《传授三洞经戒法箓略说》）

李九郎之言，还涉及陆修静编撰《灵宝经目》之时、一桩令世世代代的上清道者传为美谈之事。据说，在元嘉十四年春三月上巳日，陆修敬奉诏编辑道经，此后三十年，无论其间体验多少霜雪，亦无论经历多少奔波，他始终容颜不改，望之便是当初而立之年的体态与相貌。直到初抵崇虚馆发典藏故纸之时，正当泰始三年冬日，宋明帝体恤他在藏书的秘书寺必须日夜忍受苦寒，加赐柴薪灯烛，以及一领形制奇特的皮袭。

宫中呼名，所赐原本是一张"鹿皮帔"，鹿皮经过反复鞣制，务使柔软如棉，也有以裘名之者。衬袭贴身的里子，则是一块相对也极为柔软的绮罗，色青近黑，与鹿皮帔之紫相近而略微深湛。此外，由于皇帝再三嘱咐宫人，要照料陆修静的起居寒暖，这鹿皮帔也就特别添制了宽大而保暖的夹袖。

一个冬天过去，岁时更迭，已经年过花甲的陆修静也顽健如昔。一日晨起，忽然觉得气候有些禁不住的暖意，便换下了厚重的袍子，孰料登时打了个喷嚏，一张脸犹如一池风来吹拂的水波，蓦地帔老了。非但如此，经春日照射的乌黑发丝，也在转瞬之间斑白了。秘书寺诸吏员见状，无不大惊失色，陆修静却平静而愉悦地说："老而不使人知，是欺天也；天不我欺，故应喜见春风。""喜见春风"于是成为日后上清派道者新岁相逢迎贺的惯用之语。

陆修静随即便以这副崭新的佝偻容貌觐见皇帝，上奏了编纂"三洞群经"的计划。三年多后，《三洞经书目录》编成，一共著录道家经书、药诀、符图一千二百二十八卷。皇帝欲加封赏，陆修静却拒绝了，只表示：天恩浩荡，福庇攸长，但望能够以当年那一领"鹿皮帔"赐为道者服制，以彰荣宠。皇帝不但答应了，还给了这款式的皮袍一个名字：紫绮裘。又由于陆修静有"喜见春风"之语，春回大地，得证生机，故自齐、梁以下，上清派天师常以此裘为传宗证物，犹如达摩袈裟故事。

紫绮裘在李白囊箧之中，是随身不置的行李，然而一旦听说旧闻，不禁渗出了一身冷汗，忙要往几上寻酒压惊。李九郎举起一大觥递来，道："衍道传宗，此业大矣！司马道君知机入微，必有深意寓焉。"

"某惭惶！"李白接过酒，还不及仰饮，抢忙应道，"昔年于江陵天梁观曾接闻道君讲'服气精义论'，其广闻覃思，博采独见，蔚为大观。数载以来，某犹不能悟其十之二三，岂敢说么衍道传宗？"

"啊！老夫想起来了——"许自正喃喃自语着，他并未留意席上这两人的对话，令他专心致志者，却是司马承祯昔年过安州时曾经说过的一段话："飞雁在天，不受缴，普天下禽兽，唯此物能观天知时。时不至，不行；时既至，不凝。"老道君甚至还下了两句玄之又玄的结论："既以天下为贵，乃能不滞于一处。"若说这是对一个年轻人有所寄望、有所托付，又是多么迷人的一方远景？

而眼前这后生，不就是当时老道君与崔涤等口口声声要为女儿"执柯作伐"所许之人么？

"汝便是那大雁了？"许自正冲口而出。

二二　潇湘江北早鸿飞

春夜桃李园之宴，李氏子弟皆有吟咏，唯李白未作。当日在一旁嬉游玩耍的孩童李崇多年以后与李白重逢于宣城，那时的李崇已经是个卓尔有成、郁负秀气的士子，他还记得李白振笔疾书、文不加点、令一旁围观的众人叹服不迭的神采。可是当李嵩问起"所作何诗"时，李白却连连摇头，直道："未曾作得。"

他写的是两篇精悍而绮丽的文章，其一，乃是当日总集诸李吟咏的卷首文，题名《春夜宴桃李园序》，其二，则是篇幅稍长的《奉饯十七翁二十四翁寻桃花源序》。

"何以不吟？"自从李嵩能够记事以来，不时从李衍口中闻知：李白斯人积学深湛，才气勃发，天生而为国士，几无不可吟咏之事，亦无不可吟咏之时；而在桃李园的盛会之中，他非但未与人联句，亦且不曾独出机杼、自谋篇什，其中会须有故。

对于这一段在人们口中盛称数十年的雅聚，其"群贤毕至，少长咸集"，似乎不亚于兰亭，可是，已经年过半百的李白却面带些许鄙薄之情，淡然一句作了了结："醉中别无长言，但知世事固有不必付之吟咏者矣。"

实则，并没有因为岁月流转而消磨的记忆，依旧烙痕宛然，当日夜宴所见，满眼是早在桃李园之前，就已经相知相识的侪流，多少个日夜，他们一同在旗亭酒家联袂呼醉、共觞欢歌，早已称兄道弟。可是一旦到了春宴上，却改换了个衣冠分明、士庶井然的局面。先前还在一张几榻之前与歌姬挠搔调笑的侪侣，此时赫然板起一张生分的面孔，挺起一身华丽的袍服，端严其状貌、高恃其身家，虽然彼此联宗的时候，各推宗祖、自序行第，略定辈分，人人都显得彬彬有礼。这些子弟相互揖让吐嘱，鱼雅从容，握管濡毫，尽管其中泰半尚未猎得功名，却都流露出天闲骐骥的高贵意态。不过，仅仅与李白眸眼交接的那一瞬间，只余千万种莫名其所以的疏离。

他从旁观望着那些来自绛郡房的从兄、来自姑臧房的从弟、来自敦煌房的十三季叔、来自武阳房的三伯……几乎没有人不提及当今开元天子承袭前中宗皇帝、诏命左散骑常侍柳冲所修撰的《姓族系录》，此书卷帙浩繁，都二百卷，看来谈论它的人也都未必读过，可是不能不谈的原因却与每个人的地位息息相关——透过这部书，从太宗以来的《氏族志》、高宗以来的《姓氏录》都要打入烟荒，沉沦永劫，因为大唐盛事的门第必须重新布置。

早在百多年前，太宗文皇帝在时下令申国公高士廉、黄门侍郎韦挺、礼部侍郎令狐德棻、中书侍郎岑文本等修《氏族志》，排定各姓氏名人的等级高下。高士廉出自渤海高氏，属于山东郡姓；韦挺出自京兆韦氏逍遥公之房，是关中郡姓首族；令狐德棻出自敦煌令狐氏，为河西大族；岑文本出自南阳岑氏，也是侨姓大第。

这几位大臣对于郡望的次第，自有其出于南北朝士族贵贱的传统之见，而所论列之天下第一姓，乃是博陵崔氏。这让李世民相当不满，指责高士廉、令狐德棻等人不谙时势。朝中以关陇功臣为主的官僚集团议论纷纷，也附和上意，以为"山东人士好自矜夸，虽复累叶陵迟，犹恃其旧地"，此后，无论是《氏族志》或是《姓氏录》，乃至于这一部当今时兴的《姓族系录》，都有一种改以皇族宗室为首、外戚次之、并尊重现实中累世高门地位的倾向。

百多年来，江湖遍处的李姓子弟最喜于公谶私筵上与人谈联宗之事，就是因为无论怎么勾稽耙梳，总可以将大约三百五十年前出生的凉国武昭王李暠推为共祖，李暠的地位之确立，于皇室有有利处，也有不利处。

自其有利者观之，承认了身为李暠的后代，就可以往上将郡望的来历，从以鲜卑人为骨干的"陇西狄道"转向以汉人为骨干的"陇西成纪"；也就确立了李渊一系对于绝大多数汉族庶民之统治权柄，并非来自异族。李氏皇族与天下人共其亲旧，其乐也融融，自然是好事。

自其不利者观之，李暠有十子一女，承桃者众，所谓"开枝散叶，纷披无算"。如果从李暠的次子李歆起算，则第七世孙就可以推及李渊，第九世孙为高宗李治，第十一世孙即是本朝天子李隆基。不过，在同一个族谱上，另从李歆的六弟——也就是姑臧大房之祖李翻——往下推衍，李白的父亲李客则是和唐太宗李世民同一辈的远房兄弟，而李白则是李隆基的祖父一辈。由于谱牒记录详尽者不乏多有，叙起亲疏长幼来，满天下到处可以找到得皇帝的祖伯爷娘，也是莫可奈何之事，则皇权尊贵的地位，似乎反而因此而拉低了。

天下诸郡的李氏却乐之而不疲，人人争立谱证，乐闻新说，不只是希望能借着联宗而得到同姓亲族的接济、援助，同时也以之树立一己在士林与仕途中的地位。即使是在桃李园欢饮的这一天，这身份也始终矜持自诩，也就和李白别有隔阂。当李衍要李白也即席赋诗、一显身手的时候，李白随手召唤了许家两仆，为他搴起卷纸，自己随意捉起一支长锋大笔，写下了这一篇文字：

夫天地者，万物之逆旅；光阴者，百代之过客；而浮生若梦，为欢几何？古人秉烛夜游，良有以也。况阳春召我以烟景，大块假我以文章；会桃李之芳园，序天伦之乐事。群季俊秀，皆为惠连；吾人咏歌，独惭康乐。幽赏未已，高谈转清。开琼筵以坐花，飞羽觞而醉月。不有佳作，何伸雅怀？如诗不成，罚依金谷酒数。

石崇《金谷诗序》作于晋惠帝元康六年，石崇大会时流潘岳、左思、刘琨、陆机、陆云等二十四友于别业金谷园中，主宾共三十人，联吟成诗卷。金谷园"有清泉茂林，众果、竹、柏、药草之属"、"又有水碓、鱼池、土窟，其为娱目欢心之物备矣"。众人在此间昼夜游宴，"或登高临下，或列坐水滨。时琴、瑟、笙、筑，合载车中，道路并作；及住，令与鼓吹递奏。遂各赋诗以叙中怀，或不能者，罚酒三斗"，其感慨，堪称开《兰亭序》之先河，有所谓"感性命之不永，惧凋落之无期"而已。至于"金谷斗数"，具载于文中，是三斗。

走笔至此，李白的思绪在"感性命之不永，惧凋落之无期"两句上盘桓，而稍稍停顿了。他微笑着朝围聚群观之人，一一看去，试着在朦胧的醉意之中清晰辨认每一个人的脸孔和姓名，然而，这些人的面容却越来越模糊，越来越遥远。片刻之后，唯一还能清楚辨识的，却在清风眉月之间，只有他识得：那是他久未罣怀的老朋友吴指南的脸，一个曾经和他相亲相狎、甚于手足之人。而在李白的耳边，也不住地反复着吴指南临终之前的两句话：

"笔是汝家旧物耶？"

"非是。"

"某意亦然。"

夜宴上的众人皆不以纸面上"罚依金谷酒数"几字为终章，可是李白显然也没有再写下去的意思，他只怔怔忡忡地望着手心里的那枝笔，朝明亮而虚静的夜空凝眸良久，随即将笔搁下，忽然若有所答地笑道："便罚某！"说时，捉起大爵便一阵痛饮。

至于第二篇《奉饯十七翁二十四翁寻桃花源序》，则是十七翁与二十四翁相携而来，以大醉之态向李白讨的。十七翁敧身侧肩，几乎不成字句，吞吞吐吐地道："某二老，向死之行，去不复还，可乞一诗以为别乎？"

适时李白三斗饮迄，道："却为送此不归之行，深哀在抱，二翁其恕某不敢支吾作韵语。"

二十四翁仍不肯放过，道："李郎必有卓识，洒然数语，聊慰老怀，差可矣！"

"昔年秦皇祖定鼎天下，律法错然，公族以降，洎至奴庶，皆无所逃。此寒灰之劫，莫可伦比，日后陶公遂有桃源野处之记。"李白黯然道，"想那桃花源，偶一遇而终不能再寻，其情正与生死同——二翁试看：群生之来，无非偶然；而一死之去，无非必然也。然则，可一偶遇而不可再得者，则非生死而何也？"

三斗酒还在肠中激荡，李白却不愿意就此落笔，因为将桃源视为死地，这只是一个发前人所未发的意旨，却还不全然表达了"向死之行"所带来的感动，他还要往更远处推寻，还要继续说下去：

"生不欲死，人情之常，而二翁慷慨就焉、逍遥赴焉，此古来神仙缥缈之说所掩隐者。始皇无知，遂以求神仙为得长生，宁不知——"说到这里，李白抬起袖子擦了擦朦胧的双眼，复举头看看当头的夜空，吴指南并不在那里。

"李郎赐教——"十七翁和二十四翁却等不及了，同声问道，"宁不知何者？"

"宁不知神仙之道，乃是纵此一生之偶遇，与相知者契阔同流，不惜永绝于人世。"李白声色豪壮地说出了他的结论，再擦了一把眼睛，接着笑道，"吾祖吾宗，俱以身证此神仙之道矣！老子西出函谷关，以五千言可道之道，付之于关令尹喜；李少卿胡服不归，一腔怨望，尽在报苏武诗中。此二公，非神仙也何？"

果尔，李白的《奉饯十七翁二十四翁寻桃花源序》是这么写的：

> 昔祖龙灭古道，严威刑，煎熬生人，若坠大火，三坟五典，散为寒灰。筑长城，起阿房，并诸侯，杀豪俊，自谓功高羲皇，国可万世。
>
> 思欲凌云气，求仙人，登封泰山，风雨暴作。虽五松受职，草木有知，而万象乖度，礼刑将弛，则绮皓不得不遁于南山，鲁连不得不蹈于东海。则桃源之避世者，可谓超升先觉。夫指鹿之俦，连颈而同死，非吾党之谓乎！
>
> 二翁耽老氏之言，继少卿之作，文以述大雅，道以通至精。卷舒天地之心，脱落神仙之境，武陵遗迹，可得而窥焉。问津利往，水引渔者；花藏仙谿，春风不知。从来落英，何许流出？石洞来入，晨光尽开。有良田名池，竹果森列，三十六洞，别为一天耶？今扁舟而行，笑谢人世，阡陌未改，古人依然。白云何时而归来？青山一去而谁往？诸公赋桃源以美之。

这篇文字下笔着意，千回百折，曲径通幽，实非寻常作手所能料想。看似从人尽皆知的"逃秦"立主旨，将暴政之主骄矜自喜，一转而求仙成神、贪图永生，二转而扣住贤达韬隐之义，借四皓、鲁仲连之遁山蹈海，既呼应了陶渊明"归去来兮，请息交以绝游。世与我而相遗，复驾言兮焉求"的心境，又注解了二老寻访武陵遗迹的动机。

更微妙的是，文中仍寓藏着李白自己的遭遇感慨：拈出哲人李耳、将军李陵，非徒因同宗而比附，也对比了人世间得一知音的艰难——毕竟青牛背上远引无踪的老子还有五千言可道之说，付诸关令；而李陵也骋其悔愧憾恨，将心事情怀投报于给苏武的诗篇。相形之下，李白没有道出、却耿耿于怀的，则是自己的平生挚友，非但不能解识他的文字，还在漫游途中，带着一身怅惘、满腔寂寥而死去，藁葬于荒波蔓草之间。

与会诸人——举十七翁与二十四翁在内，并不知道意气风发的李白居然会对桃花源有这样深邃的感慨。李白写罢"赴桃源以美之"这一句，随即将笔一扔，大笑再饮，昂声道：

"二翁同行，彼此会心，至矣！李十二白请以此文与二公绝交！"

他说破了，而且破得透彻，这场春宴，乃是与会之人同十七翁、二十四翁的绝交之宴。这一夜春宴通宵达旦，外姓贵客约莫于子时离席，只留下了善后清理帐围、几榻和饮馔之具的奴仆；本宗子弟则依依不舍，人人持盏守候，与二翁殷殷话别。黎明前巨烛烧残，余烟缭绕良久。未曾燃尽的灯火，仍兀自与天色争光。众宾主犹不肯散去，举目仰见，江外一雁，低鸣而过，北向孤飞，一去不回。

二三　缠绵亦如之

吴指南病中呓语，说过"紫荆树下那女子，也诵得汝诗"。李白一向不以为意，因为紫荆树本在绵州故里、自家门前，若说树下有女能吟诵自己的诗作，也会须是有朝一日回到家乡，方可应谶。

他却没有想到：就在许自正家宅门里，看见了这样一株几可盈抱的苍苍巨木，比之于家乡者，看来粗大了不知几许，而且时值初春，已经殷殷然有发花之势，数以千计的花苞芳艳欲吐，像是争着要向来客报闻春暖的消息。

这一趟走访，也是李衍和薛乂安排的，两人却各有打算。李衍是准备在开春之后、赴京之前，完遂了侄子的姻缘——如果能顺利就婚于许家，对于李白日后进取功名，当然是有极大的便利。

而薛乂兄弟的计议，则是要说服许自正，发取家中数代以来的"万年青"，作为"母料"，供应广陵工匠从事私铸。无论是易一而得三、易一而得五，虽说非当局所乐见，可是就实论事，非但有利可图，更于促成天下贸易之利便有大功焉。这件事，许家必须有一个既能信任托付、又堪当远行交际的亲人。

一年多前经司马承祯与崔涤的揄扬称道，许自正的确心有所系，而今这李家后生既然出现，一见之下，仪表真个不凡、文才也确乎出众。不过，他也不是没有顾虑。

首先，李白之家并非士族。让独生女儿下嫁一行商，就是自贬门第。其次，又听说这李十二纵迹于旗亭歌馆，颇有浮薄浪荡之名，但使不加约检，日后还败坏了许氏的门声。可是话说回来，十余年间，许宛两度许嫁不成，洗尽铅华，耽意于道经药理，肆志于吟咏诗书，甚至不以女身自持，到了这般年纪再谈婚事，又何尝容易？从桃李园夜宴归来，他辗转多日，终于忍不住同许宛闲话探问："若与再议婚阀，汝意如何？"

许宛嫣然一笑，道："是时。"

许自正闻言大感意外，也只能尴尬赔笑道："儿岂得其人哉？"

"客岁崔太史遗赠一诗来，语甚详，阿耶岂不记哉？"

"啊！'琴心偶感'——"许自正想起来了，是那一纸下署着"付安陆许"的七律：

> 琴心偶感识长卿，缓节清商近有情。脱略鹔鹴呼浊酒，消淹蚕篆作幽鸣。萧墙看冷双红豆，病雨听深一紫荆。滴落风流谁拾得，晓开新碧漫皋薠。

就如同当年的司马相如，这也是一个来自蜀地的傻佻少年，或将以琴音挑逗卓文君的情意，于落拓无聊之际，也不免将鹔鹴裘贳酒而饮；而这鹔鹴裘，或许就是在夜宴上众人议论不已的紫绮裘。此外，蚕篆本来就是道者符箓之书所用，便再一次说明：这是个受司马道君属意的人。诗中尾联设问：这样一个人物究竟如何止归？"滴落风流谁拾得？"答案在末句：皋薠。近水泽之野，偶生香草，语系"薠斋"主人，不就是许宛吗？"晓开新碧"，说的则是这一个刚刚到来的春天啊！许宛所谓"是时"，看来并不意外。

这反而让许自正不知如何应对了。这个多年来全无待字许嫁之心的女儿，竟全然没有抗拒这桩人生大事的意思。可是揆诸情理，她不会明白对方是什么人、什么出身、什么行业……一切茫然无所知，却接受得如此坦易，殊不可解。但见许宛拨弄着手中的药草枝叶，却先开了口：

"婚媒常例，如仪而已，阿耶毋须琐琐。"

许自正还是试探地问了一句："可知郎君家世否？"

"二姓婚耦，谋合有媒，斟酌有妫，非儿所可与办者。"

许宛并未吐实，她是知道李白的。桃李园夜宴之后，安州各鼎食门第间不免哄传，有蜀地绵州李氏十二郎名白者，肆扬才气，发越文章，这还不足为奇，实在令人揣摩不透的，是他的身份。

有人说他是个行商，车马笼箧之中充盈着无数契券，举凡大江南北商驿、坊市之荦荦大者，皆过从甚繁。也有人说他是个道者，随身行囊所携，正是天台山白云宫信物，奉司马老道君旨谕，周游天下名山，交盟各地道流。还有人说他是个剑客，少年时在蜀中便使气横行，仗义杀人，只今袖藏一剑，浪迹江湖，犹时时赴歌舞之地，与游侠人物通往来。

最令许宛好奇的，是其中一个说法，来自拘谨木讷的表兄杜谋——据他比合广陵薛商与员外薛乂兄弟二人的说词，这个踪迹不定、形影飘忽的青年恐怕还是在广陵出手施药，消解一时疫情的医家。除了最后这一个身份之外，李白似乎从未否认过他复杂的面目与经历。

犹有甚者，市面上有人称道旗亭倡优新制酒令曲词，时不时也会在蓄养了乐妓歌伶的人家流传，高门大户之间蜚语辗转，说起某歌某曲之作手，居然也会提到李白的名字。管弦飞声，筝笛驰响，渡其词而流其情，最让许宛心动的是两首《代美人愁镜》。

这两首歌，都是在郝处俊家族的私宴上传唱开来的。郝氏家妓之中，有与旗亭歌伶通往来者，得其声谱文辞，细心揣摹仿拟，熟练之后，便在自家宴席上献艺。这是近世以来由于水路畅捷、交通利便、游宦之家往来频繁，而形成的时风。

出身有别的歌乐伶工彼此之间，互通有无，是相当常见的事。百年后的司空图以诗句描绘这情景，便十分贴切："处处亭台只坏墙，军营人学内人妆。太平故事因君唱，马上曾听隔教坊。"此诗之题只一字，曰《歌》。所状述的，是具有乐籍身份、长期居住于乐营、衣粮由官方供给的"营妓"。无论所辖归于郡、州、府之地方长官，皆为在地之"两头娘子"——这是因为当时军中编制二十五人为一"两"的缘故；一两之长，便呼为"两头"。而被借称为"两头娘子"的营妓虽然冠以营之名，却不专属于军旅，她们往来于地方行政官长的私宅和官衙之间，阅人无数，见多识广，常与同行接触，而传递了当时从宫廷中推广出来的服饰、发式、妆容甚至声歌乐曲。

声色活动样貌之流动，也可以是相对的。有时，营妓或家妓中姿色、技能、才华之佼佼者，往往经由一场官宴或私宴的邂逅，而得着意想之外的赏识，飞上枝头，成为贵人的私宠；有时，这私宠的名声上达天听，间或也有入宫成为司空图诗中所谓"内人"的。也就由于各地伶妓人物的流动，民间、士族和宫廷之间，总借由歌诗乐曲而遥通想象、互仿模样。往来之人，亦将殊方异地的乐风歌调流传至不同的城邑，杂以新变，交相影响。其中较隐微者，就是文词。为了迁就曲子、迁就演唱，合乐而作的文字也变得活泼多姿，不拘于格律，甚至使得借由考试之规范而愈趋稳健的声律也动摇了。

《代美人愁镜》其第一首如此：

> 明明金鹊镜，了了玉台前。拂拭交冰月，光辉何清圆。红颜老昨日，白发多去年。铅粉坐相误，照来空凄然。

在郝家初闻这两首《代美人愁镜》时，是并作一歌，作三叠。前一首的八句，拆成二叠短歌，可以视为两首五言小绝。许宛巧思琢磨，发现：作词者并不在意他的诗作是否合律，似乎更加留心这诗一旦与曲子咬合，是否能借由曲子而唤起更为动人的感兴。

合两叠成为一气，便是一首大致上遵循格式的五言八句之律体。纯从诗律看，李白除了首联用对而次联刻意摒弃对仗之外，于第四句和第八句的第四字，都借平换仄，使得末三字"何清圆"与"空凄然"产生出轻扬高举的情趣——这种作法，若施之于应试之作，是不合乎声调的，一定会因为格律上的舛误，被考官们打落。

但是听那伶娘依曲唱来，三平落脚却唱得递渐高昂，许宛别生感动。尤其是"光辉何清圆"一句，接连五字皆是平声，一字还拔一字高，才真能推宕出遥远空旷的意境。可以想见：作词者依声换字，不纯以书面之作为依归，两者相契之深，非比寻常，如果不是经常切磋磨合，岂能臻此？

其第二首——也就是演唱时的第三叠；声律恣肆变化，体制曲折跌宕，固然同署《代美人愁镜》之题，耳边情味更加流荡：

> 美人赠此盘龙之宝镜，烛我金缕之罗衣。时将红袖拂明月，为惜普照之余晖。影中金鹊飞不灭，台下青鸾思独绝。槁砧一别若箭弦，去有日，来无年。狂风吹却妾心断，玉箸并堕菱花前。

这一首曲式全变，间杂着着丰盈浩渺的情思，以及曲折层叠的典故，出以杂言古体的形貌，更因乐句而有了灵活佻达、长短不拘的变化，让曲子发展成更悠扬的变貌。啭音时而上下，吐字间以缓急，原本听来陌生的新曲却又像是糅合了不知多少曾经在耳际千回百转的细碎语句，喃喃不绝；一枚镜子，竟能产生如此雄浑厚重的意象。许宛从来没有听过一首歌曲，藏有那么细腻的风雅指喻，却又那么不合乎士人吟咏的规矩，遂向郝家伶娘讨来歌词细读，一面读，一面问道："歌曰《代美人愁镜》，词中所托之意，竟不似出于美人之手。"

"曲子是从制衣娘子套来，词是李十二郎所作。"那伶娘遂将门巷人家张扬了好一段时间的蜚语，说来一过，大致是原本身为宫中内人的段七娘如何变成"制衣娘子"的身世，复加之以李白游历广陵，借征歌以寻人的传闻。两般头绪搬来弄去，却怎么说不清：这一双男女究竟是个什么来历和了局。

许宛反复读着曲词，又让那伶娘低声细气地单为她唱了两回，才忽有所悟，笑道："这歌，明说愁镜，暗写思人。倘或如汝所言，确有词曲两家的渊源本事，则声词依偎，符节吻合，他二人形影相随，近在咫尺，又何苦作迢递相思之语？庶几可知：这制衣娘子却明明不是李某所思之人。"

如果从词意内在探掘，更可以发现："愁镜"并非即景生情之作，应该是因事起意的铺陈。起手的"明明金鹊镜"也见诸于第三叠的"影中金鹊飞不灭"，这里头藏着典实。

托名东方朔、实则应出自东汉道者之手的《神异经》上记载："昔有夫妻将别，破镜，人各执半以为信。其妻与人通，镜化为鹊，飞至夫前，夫乃知之。后人因铸镜为鹊，安背上，自此始也。"这是金鹊的来历。男女相欢，不忍隔离，一旦一方"与人通"，对于落寞的情人来说，确实无奈而残忍。纵使这个夸大而荒诞的情境未必要落实追究，可是金鹊毕竟象征了暌违两地，隔别万里之际，两人心意相通的一个悬望、渴想。

与金鹊相呼应的，还有青鸾。古来相传，凤凰之赤者为凤，青色为鸾，升仙者多以为坐骑。当不为仙家所御的时候，青鸾也可以飞越关山，游走于现实与梦境之间，为情人传递书信，许宛自己日后的诗句便有："不劳鸿雁书人字，偏有青鸾入妾堂。"

然而，青鸾之为物，在李白这首诗中别有用意，仍与镜子有关。

西域有罽宾国，国王在峻祁山捕得一鸾，大为珍爱，特为之打造纯金樊笼，饲以珍馐醴泉，可是豢养三年，这鸾不发一鸣。国王夫人遂献计："尝闻鸟见其类而后鸣，何不悬镜以映之？"国王便命工匠打造了一面巨大而雪亮的镜子，抬到金樊笼外，这鸾一睹其形，忽然悲鸣大作，哀响终宵，一奋而起，便在这冲撞之下，当即殒命。"台下青鸾思独绝"之台，乃是镜台；镜中睹影，恰见孤栖。

金鹊在镜子的背面，镜面则是一枚令许宛深深动容的月亮——她还没有见人这样写过月亮。从年纪幼小的时候，她就在许自正的教导之下，读过许多著名的南朝咏物之作，特别是刘宋时代谢庄所写的《月赋》，堪称古来描写月色之尤者。其设想如此：三国魏末，陈思王曹植思念早逝的文友应玚、刘桢，忧伤闲居，中夜命驾寒山，睹秋景而伤怀，临时差人送了笔墨简牍给王粲，让他写一篇文章遣怀。

《月赋》就是两百余年之后，谢庄假借当夕情景，托拟于王粲手笔而作的应景抒情之文。题为《月赋》，通篇所写的乃是月下之世界如何华美，月下的人情如何深挚，尤令许宛念念不忘的句子是在终章："美人迈兮音尘阙，隔千里兮共明月；临风叹兮将焉歇？川路长兮不可越。"以一轮圆月之千里相共，像是渡越了千里川路的绵长阻绝，的确动人心魄。

但是，读了李白的两首三叠之歌，许宛才惊悟：谢庄赋月，美则尽美矣，未尽善也！因为谢庄的月亮，始终只是孤悬天末，增华地表，不过是"升清质之悠悠，降澄辉之蔼蔼"的那么一个装饰；

天光自天光，人事自人事，两造映衬而已。直是到了李白的笔下，经由一镜，而将人和月融溶为一，相隔两地之人，以镜得月，由月入镜，终成其缱绻。

可也就是这"相隔两地"，教许宛平添许多臆想，着那伶娘再去搜求，这李十二还有何许曲子词。不一日，回音来了——夥矣盛大其事，郝氏主妇伴同自家姊妹，喜笑颜开地领着一班家妓并那伶娘，上门走访，也呼来许氏门中的娘姨们，索性在蘅斋设下了歌榻，合两门第中二三十个妇道，齐聚一厅，为的就是欣赏这一曲《闺情》：

> 流水去绝国，浮云辞故关。水或恋前浦，云犹归旧山。恨君流沙去，弃妾渔阳间。玉箸夜垂流，双双落朱颜。黄鸟坐相悲，绿杨谁更攀。织锦心草草，挑灯泪斑斑。窥镜不自识，况乃狂夫还。

显然，这还是一首两地相思之诗。再比对起先前的《代美人愁镜》来，榻上年轻的姑娘们便热闹喧哗着了，你一言我一语争着打趣，有的说：这一首里也有"玉箸"，堪见美人确是爱哭。有的说："青鸾"变作"黄鸟"了。也有的嬉谑更甚，直嚷道：还是那尊旧镜台！

许宛所见，却与他人大不同；她所想的，是那个"代"字。

一段相思两处人。一般说相思、道相思，总不外要让那被相思的人得知，这害相思人的心情处境；可是这几首合乐的歌诗却是害相思的人易地而处，扮作被相思者，借拟其志、转假己意，包举了两造的感怀。更借由被相思人，反衬害相思人，此乃化主入客，使主客两身、两界、两情为一体，遂不辨孰为主、孰为客，而造就一大朦胧。如此才看得透：固言美人赠我以宝镜，而照镜之人既是我，也是美人。

然则，除了这害相思的作者之外，世间是否真有那样一个被他苦苦想念的人呢？一个看来备受爱慕之意煎熬的人，化身成他所思念的人，而这个化身，若非实有其人，或恐还就是这男子自己罢？

关于男身女身之辨，她已熟思多年，领悟尽在"天女重来本无计，犹遗嗔笑枉沾身"的诗句之中，但是她从来没有想到：天外飞来一人，竟以代拟之作，道破了庄子在《齐物论》里所说的"彼出于是，是亦因彼"之辨。质言之：一个真正的有情人，满怀相思，未必求其所耦，他既是怜人惜人之人，也是被怜被惜之人。

不过，许宛也会须从另一面设想——设若世间真有那么一个让李十二朝夕思慕的人呢？《闺情》的确透露出蛛丝马迹。"流水去绝国，浮云辞故关"这两句与作者来自蜀中的身世吻合，流水当系指滔滔之大江，江船出峡，一去不返，则游子天涯不归，所思者当是在"故关"就认识的。"水或恋前浦，云犹归旧山"二句转借自西晋张协《杂诗十首之八》："流波恋旧浦，行云思故山。"看似攘夺前人名作，但一经改写，云之有归而人无可归的反衬，使离情更形出色。

令许宛微觉不解的是接下来的一联："恨君流沙去，弃妾渔阳间。""流沙"实有其地，一说在沙州郡西八十里，一说在甘州张掖东北一百六十里，号居延海，彼处风吹沙走如河川，故名。另有记载：玉门关外与吐谷浑领地之西北，亦有流沙数百里，而贺兰山以西至沙州之间，更有东西横跨数百里、南北纵深近千里的沙碛之地——无论确切所在如何,都位于西北绝塞之域。但是渔阳,却为古燕国所辖,至隋属玄州,入唐属幽州,这又是在中原东北边荒之区,看来既不该是这李十二游历所经,更不会是一个蜀中女子所能跋涉而至之地。

不过,借由东西两地,极边万里,夸饰其暌隔不通音问的环境,往往是胡族歌谣共有的题旨。既然作曲的制衣娘子精擅异族音律,自己也有一段不堪回首的边愁离恨,则因其声而攘其情,充分表现了男女两造天各一方的处境,便未必胶柱鼓瑟于作歌者的身世了。

以下“玉箸夜垂流”至“挑灯泪斑斑”六句,直是铺陈思念之殷、恋慕之甚,情景交织,语苦而情切,却无本事可追。要之在末联“窥镜不自识,况乃狂夫还”,说的是这镜中人悲感当下容颜已然憔悴、甚至衰老,几至于不能自认,若还要等待荡子识途而返,又不知要守候多少岁月。

许宛三复斯言,忽然若有所觉。在她的眉睫之外、灵台方寸之间,忽然浮现了一个模糊的人影,那是个上了些年纪的美貌女子,踽踽而行,不知所终,唯见远处是流沙,她的脚下有霜雪,头上有圆月,斯人斯景,似在镜中——而对镜之人,时时以袍袖拂拭着皎月一般的镜面,这人不是什么红粉佳丽、愁蹙蛾眉,却是李十二——传说中那才气纵横的浪荡子。

这浪荡子一身白袍,昂首阔步,却没跟上在前引路的司阍苍头。他一心只想看一眼许家宅院里那宛如自家门前的森然巨木,才迈步来到二进庭院,便往伸展着槎枒的紫荆树盖趱去,身后的李衍和薛义还来不及拦阻,他已然穿过西墙角门,踏入院中,跨院里不只有树,还有许宛。

许宛手捧笺纸，那是她亲手誊录的《闺情》。她口中正念着一句："绿杨更谁攀？"念着时，漫不经心地看了他一眼。

二四　谁明此胡是仙真

绿杨谁攀？诗心所寄是月娘。

这时的月娘已经身在谣诼里。有的传闻，把她形容成一个为父报仇的孝女；有的闲话，把她雕琢成一个为夫报仇的烈妇。人们不知其名字、不明其下落，但言此女头裹绣花巾，鬓扣宽檐帽，身着绛红衫，赫然一劲装胡女，却因为侠行而感动了官府，松动了刑律。种种脱略事理、近乎荒诞的情节，多多少少也都跟歌楼酒馆、旗亭妓家之地，借诗歌、衍故事、推波助澜的力量有关。一首《东海有勇妇》，一首《秦女休行》，本来只是李白凭着对月娘的记忆、杂以里巷的传闻，呼应了流传数百年的旧说，妆点着茶余酒后的娱乐，渲染着绮思异想的传奇。李白不可能料到：月娘居然活脱脱地走进他的诗篇之中。

开元十六年，别过了仪光和尚，流落于道途之间的月娘，已经离大匡山太远，也离过去三十多年的生涯太远，身上的糗粮已罄，若欲回头，只能丐讨，计所需程里，三数月也就回到绵州了。然而，她身上背着刺杀当朝命官的不赦之罪，骤尔返乡，徒然株连赵蕤而已。

更何况，此行初衷本是潜踪报仇，只在僻野之间，沿途避过关津、不入城邑、也从未交验"过所"，一旦为逻卒发获，必然捉拏进官司求刑。如此一来，她已经不具备任何身份，是个彻头彻尾的"野人"，尽于长江大河、三山五岳之间流徙，蕨食泉饮，不外是一意孤行，随遇而安罢了。

四顾苍茫之际，她也有些许不敢深求的想望，在诸般飘絮也似的念头之间，毕竟有那么一个模糊的身影，是她渴望重逢的一个人。她身行所向，是迢递不可即的长安，仿佛在跋涉之际，耳边总有一个声音提醒着她：那人会须是去长安了罢？那人会须已在长安了罢？可是，月娘又不敢把念中身影想得太逼真、太切实，她不能让那人显现眉目——那样会比四下里纷蔚丛杂的烟霭蓬蒿更令她迷惑、更令她恐慌。偏在此刻，月娘盈心绕怀不能去者，竟是昔日老道长王衡阳的一句话："烟火后先，俱归灰灭而已。"

当年流落环天观之日，王衡阳曾指点二路：若不做"官使"，就做"仙使"。官使就是"风声之妇"，妓也；仙使，则是方外修真的女冠："为官使，则绝代风情，芳菲锦簇，怎么看都是繁华；为仙使，则满园枯槁，钟螺清凉，怎么看都是寂寥。"她当时毫不迟疑地投拜在王衡阳门下，十八九年转瞬而逝，无论孰为烟、孰为火，于今思之，倘或事有定数，命无可违，难道这竟是她投身门巷人家的时候了么？

这遒想令月娘不寒而栗。她已经三十三岁，纵令要委志于娼门，也已经错过了年华。浮生漂荡，念此一身，既已无籍可寄，亦复无家可归，从此能陪伴她的，不过是一条又一条通往不可知之处的荒径；而行道两旁，相去不数武，便见数百年来与日俱增、或堆积或散落的曝骨，总然是一代又一代流离失所、辗转沟壑的生灵，就这么无声无息地逝去。此物触目所及，月娘也只有淡然一念：但取能行则行，无依无止；或恐今日之我、明日之我，也就同彼等髑髅骸骨一般了。

京师长安出南山三大谷道，分别是沿斜水、褒水而出洋州的褒斜道，历鄠（读若户）县、盩厔（读若周至）县，过终南山入骆谷北口、再由傥谷出口的骆傥道，以及先秦时即已开通、王莽时重加推拓而命名的子午道。这三条谷道，或因水陆接济畅旺，或因兵家恃以为险要，或因路势取直便捷，出蜀入京、出京入蜀的行旅堪说是络绎不绝。月娘其实无多识路，尽自不疾不徐，看前后路尘飞扬，就转入山道中，权且隐匿高处，俯瞰着一阵又一阵的车驾驴马，见行旅稀少了，复返于山道之中。

适逢霜天之月，龙潜不出，蒹葭满眼。昏暮前，远方城堞在望，月娘不能再信步向前了，她得绕路，不期然转入了骆傥道的一条岔路。

骆傥道于三国时代为兵家筋络，晋室南迁之后寖废，沿途犹有些残垣断壁，是数百年前军旅哨守的烽堠。到了隋炀帝时，大治天下水路渠道，才又颇见人迹车辙；然直到开元年间，唯略加疏通、不使堵塞，沿途数百里，全无驿所，鸟道长空，猿声相衔而已。

时方入夜，曲折东向的小径边荒草丛中，有一古烽火台，台高五丈许，底径三丈余，到了高处，便只一丈宽窄，那是昔年哨守者燃放狼烟的井口。彼时，每一烽堠设帅一人、卒四五人，统称"烽子"，所事与驿所士卒略同，一方面是边塞或域中僻野之地的邮传，转递往来文书符牒；另一方面，早晚以狼粪烽烟，向邻堠报平安。邻堠烽子在数十里外得见平安火，则更迭相继。若否，就显示有敌虏盗贼相侵了。

此外，为避蛇兽扰害，台高两丈之侧有穴室，中藏糗粮、火引、狼粪、柴禾等物，勉可数人并卧，这是烽子们夜眠容身之处。南北朝以降，除了边塞之地以外，域中烽堠多废毁，流离失所的野行之人泰半也只能借此间暂避霜风雨雪。

月娘面前这烽火台圆顶完好，看来又是可以暂避一夜风寒的栖所。她四下巡了一过，见上下绳梯还十分坚韧，登时毫不迟疑，沿梯而上，抬手掀开穴室门上的草帘。孰料原本应该是阒暗不明的穴室里居然一灯如豆，灯下一席，席边围踞着四五人，一个个毡帽皮裈，麻衫草屦，人人手上拄着、肩头靠着的，竟是刀矛槊斧。环堵之间虽然颇有暖意，可是到处弥漫着一股血肉腥羶的气息——果然，墙角还散置着脔割成堆的獐鹿残躯；不消说，这是一帮猎户了。

一个只一只眼的猎户露齿而笑，道："小娘来得晚耶？"

月娘脚下是绳梯，身后无退路，只能一步跨进穴室，不意身形虽然闪过，腰间短刀勾住了草帘，露了相。

另一个五短身量的猎户当下纵跳起身，手中铁矛向前一挺，逼近月娘胸前，道："眼前大道不走，身携兵刃夜行，这小娘来路不尴尬？"

众人随即昂声齐呼："不尴尬！"便哄笑起来。

铁矛尖向后缩了缩，又猛可朝前一递，如是者三数过，这矮子也笑了："小娘投某等来，想是天缘定数，莫辜负了。"

月娘疾扫一眼，只恨这穴室狭仄，几不容腾挪。纵使倏忽出手，勾销了面前这矮子，不旋踵间，也必然会受制于他人。正踌躇着，但听天穹之上、烽火台顶传来一声骂："瞎猪狗！伙者不要命耶？"

"伙者"，成群结党之谓，则此语显见是说给猎户们听的。月娘随众人一抬眼，但见烽堠顶上原本覆盖完好的苫顶被人齾地一手给掀开了，接着便露出一张暗森森的老脸，朝下打量——且说那苫顶尽管陈旧，而径足一丈、厚可数寸、以麻茎皮索密织而成，烽子们每日晨昏点平安火的时候，都要通两三人之力合为之，始能开阖，怕不也有数百斤死沉之力。而今被这老者又指揭开还不算，此人忽地纵身跃起，立在烽堠的墙沿上，随手将苫顶一扯，绷断了与烽台间的索绦，顺手飞掷，似乎把那苫顶扔去了天涯海角。

如此一来，穴室便透了空，日后若降雨雪，此处便不能再容人歇宿了——之于在地猎户而言，此举无异于毁家，可是竟然没有一个人吭声。老者扔了苫顶，瞬间纵身而下，两条腿堪堪落在矮子身边。但见他深目龙准、满头赤发，一颔黄须，一只手上牵着条又细又长的皮绳，皮绳的另一端隐没在黑暗之中，不知何所系缚。他环顾众人一遭，末了，视线落在那瞎了一只眼的猎户身上，像是独有用意地说："娘子不杀汝等，即是天大慈悲，还不速去？"

独眼猎户冷冷笑道："康胡生计作到偻谷口来耶？"

"天下坦荡，岂有我九姓人不能到处？"说着，一只手轻轻搭在矮子肩头。

那矮子忽地肩一沉，双膝微微颤了颤，勉强站稳，老不情愿地收了铁矛，同伴当们使个眼色，昂头对这老者恨恨说道："今夕为汝所乘，他日骆偻道中还好相遇，汝莫要轻心大意。"接着，他再转向月娘，似笑非笑地道："小娘，万千保重了！"

猎户们动静俐落，一发哄起来收拾兵刃、兽肉，接着便掀开穴室洞口的草帘，一个接一个跳了出去。那老者猛可抖了抖手中皮绳，登时打从烽顶上落下一筐来，这便是他的行李了。他一语不发，往筐里一阵东挑西拣，不多时已重新生上了一盏油灯，此灯不但明亮过前，还传出来如波似浪的阵阵香气。

"某，康居都督府州之胡，从府字为姓。"老者指了指月娘腰间短刀，道，"此刀为采药者随身之物，某却识得，乃随娘子行脚过百里，便是为了解此大惑——剑南道破天峡有霸药师微生亮者，与娘子是何干系？"

微子、亮生原是当年赵蕤隐居巴蜀北边之地时所用的名号，人呼"微生亮"习以为常。至于这柄短刀，也的确是赵蕤所有。听这个姓康的老胡口呼"剑南道霸药师"可知，彼与赵蕤不但相识，或恐还有往来，其事，又应该在他们夫妻落脚大匡山之前了。那么，此人飘然而来，当非巧合。月娘不免好奇，道："不敢相瞒，赵郎与奴为夫妇。"

"微子原来姓赵？"康老胡闻言辗然一笑，道，"则娘子便是那高唐之女，化鱼为妻者耶？"

这是破天峡当地传闻，多年来每不乏慕赵蕤神仙之名而登门求教者，往往说长道短，其间荒唐谣诼，不计其数，月娘一向不大在意。可这康老胡问起赵蕤，既不像是闲说蜚语，也不像要问病求医，如果是潜踪相随，他究竟意欲何为呢？正狐疑着，康老胡接着道："当年微子以一付犀角地黄汤救一皇亲，由是海内知名，彼所用仙鹤草、白茅根，其量夥矣，而当时巴山所生，不能足用，却是从某筐篓中买去。"

以一付霸药救了一名长安来的贵妇人，换来了五架宅屋，万卷藏书，此事月娘当然是知道的；然而向一个康州胡人买药材，则闻所未闻。

"赵郎向不积聚，岂有钱帛作交易？"

康老胡笑了,笑得爽朗而深沉,且笑且说:"娘子宁不知九姓人物万里行商,毋须尺寸?"

尺指的是帛,寸指的是钱;这是大唐通行的两种货币。毋须尺寸,是昭武九姓族人四海为生的独到手段。

康老胡,有无以数计的名字,有时叫康破延——破延,乃是大荣耀之意;有时他也叫康槃陀——槃陀,乃是奴仆。康老胡来自康国,而康国正是昭武九姓之一。

九姓之族为康居之后,共祖康王,居祁连山北昭武城。日后为匈奴侵灭,西越葱岭,至妫水、药杀河流域,始得生聚繁衍,分王九国,总称昭武九姓。九姓人中,其一名伐地(有误书为"戊地"者),其一名火寻——即玄奘法师《大唐西域记》所谓"货利习弥伽"者,后世之史书称"花剌子模"。除此二者,尚复有七国以姓氏为国名,分别是康、安、曹、石、米、何、史。所居两河之地,汉魏时名曰"粟特",唐时称为"窣利"。

粟特地处中亚,何姓之国居中,又名贵霜匿。其西以安国为首,号"西粟特";其东以康国为大,号"东粟特"。此间诸胡在唐代时名目不一,或称之为九姓胡、或呼之为杂种胡。由于位在东西大陆之要冲,故时而臣服于大夏、月氏,时而听命于奄荅;突厥临之,则臣于突厥;大食临之,则臣于大食。

唐代立国的第一年,高祖武德元年,西突厥可汗统叶护在碎叶城左近的千泉之地建置王庭,九姓胡归顺无违。四十年后的高宗显庆四年,唐廷出兵灭西突厥,羁縻统领,册封其首领,分别在各国重镇设都督府或州治,九姓胡也驯服改宗。再过了五十年,大食人自西来,强兵忽发,如卷落叶,不过三度春秋,于中宗神龙三年和李隆基初即位的先天元年，先后击垮了安国与康国。

九姓胡从来没有建立强大政权或军旅的企图与力量，却自有一种马背上驰骋不出的坚韧与强悍。他们彻底体悟：无论刀弓如何锐劲，人马如何矫捷，平居水草如何丰美，战阵行伍如何整齐，到头来生活所赖，不外贸易交通。在中亚大陆的咽喉之地，昭武九姓之人建立了数以千计的都邑，每一姓据大城数十，小堡百千，上有国王、中有城主、下有统领，无论是受突厥监摄、或受唐廷羁縻，乃至于被远来的大食辖控，依旧故我无他，恒以行旅商贾为能事。

由于宁亲于财而不亲于土，国可灭而业不可移的风尚，诸姓邦国对外来各方统治之主狎居亲奉，货贿市恩。九姓胡除了聚敛财产，别无所爱也别无所计，既不涉强权之攘夺，亦不与大政之操弄；彼强敌霸邻之属，对他们反而无多戒心。而长年依违于大国之间，终究首尾两难。也正因为他们不擅兵备，柔弱可欺，一旦军临城下，其杀伐荼毒，益见惨烈。

开元初叶，当大食国兵马东侵之际，不能抵敌而出奔曹国的康国人民乃有俚谣，自西域流传入中原，为唐人转译讽诵，成《风草歌》，具见昭武九姓诸国危殆的处境，以及逆来顺受的悲情。其辞云：

野处生兮不着根？逐甘露兮马蹄痕。逢此霰雪兮无面目，待彼鹯鹰兮摄孤魂。朝徂贲霜之东兮，夕发交河之屯。踏破碎叶之川兮，掉阖姑臧之门。噫吁嚱！我有十千金巨罗，更进沙州一曲歌。芦管风行四千三百里，草色青青鬓色皤。不教摧折死，弯身风更多。金桃石蜜波斯绣，白玉紫獐葡萄酒。换迎汉将三万甲，寒冰八月凝习斗。奴如草兮草如奴，敢望天恩分下虎符？宁不知黄沙埋尽郁金香，可怜昭武九姓胡。

这是九姓胡人的哀歌，歌中所谓"鹘鹰"，自是指突厥、大食等国强虏。贵霜即贵霜匿，唐廷为置羁縻州署，是九姓之一的何国所在。交河有县治，一度曾是安西都护府所在。姑臧则是凉州治所，为北朝前凉、后凉的都城。九姓人穿梭其间，日以为常。

往来于碎叶、姑臧之间的行商，事实上也往往具有贡使的身份，他们每年带着金桃、银桃、玛瑙、白玉、石蜜、波斯绣、宝床子、紫獐皮、葡萄酒，以及无数的驼马，迎逆风埃，横越沙碛入贡。自大唐开国以降，入贡多只行礼如仪而已，除了少部分的殊方宝货，特别珍奇，而为皇家留藏之外，绝大多数的贡物都由天子转赐给来使，俾其自行贩卖；而假贡行贾，遂成惯例。

但是，在这首《风草歌》转韵之后的咏叹声中可知：胡商也是向天朝大国乞求军援、以对抗大食侵略者的谍报之人。金叵罗，又书金颇罗、金破罗，"叵罗"为希腊、伊朗语称杯、碗之意。另外，这一批进贡者带来的礼物十分丰厚，令人意外的是，他们这一趟行脚万里，居然不计较买卖，而是一心借着入贡向大唐皇帝求援，可见家乡城邦受迫，情势非常紧急，"不教摧折死，弯身风更多"，其凄楚哀绝，跃然目前。

另据九姓胡在开元七年二月草成的贡表乞奏之文可知，无论是安国或康国国王，咸自称为"百万里马蹄下草土类奴"可知，原上之草，临风折腰，大约就是九姓胡根深柢固的自视之喻。之于大食人的抗战终于彻底溃败，可是长达一百五十年的入朝进贡则让他们有了别无选择的寄托，粟特之地在天宝末年石国殄灭之后终于沦入大食人之手，而早在开元年间，这些"草土之奴"已经深入游商于中原各地。

九姓胡善贾，却口称"毋须尺寸"，也就是不需要仰赖货币，这一点，和他们"黄沙埋尽郁金香"的长期命运有关。

胡商，又称贾胡，又称"兴生胡"。他们由西域入中原，多以骆驼、马驮运，负载宝石、香料、毛皮、织物；回程出中原西去，则多挟丝绸，经唐廷关市令核可，始予放行。

兴生胡来去万里之遥，沿途盗寇劫掠的风险极大。昔年玄奘法师西行时就曾经目睹："时同侣商胡数十，贪先贸易，夜中私发，前去十余里，遇贼劫杀，无一脱者。"《风草歌》所谓"黄沙埋尽郁金香"就显然在凭吊这跋涉之苦，其间危疑患难，不言而喻。而纵使形成商队，也必须呼群保货，拥有数量庞大、武力雄厚的成员，方可维护其安全。这种规模一旦建立，商贩品项以百千倍激增；于出入大唐边徼之地，又必须核对贡表，事实上难以遍查，虚应故事而已。

这就更加有利于诸商假贡行贾了。胡商借名朝贡，彻头彻尾就只从事贸易的，反而成了大宗。到了高宗皇帝以后，进贡终于成了幌子，连关市令也可以轻易贿通放行，数以千万计的商品成了东西交通的主体。就连大唐朝廷也都视为常情常态。与杜审言、李峤、苏味道合称"文章四友"的崔融奏疏之中就公开说过："边徼之地，寇贼为邻，兴胡之旅，岁月相继。""兴胡之旅"，就是指这些买卖人。这已经意味着胡人商队横越绝塞、往来东西的买卖，已经是公认不争的事实。

九姓胡又有那么个"以得利多为善"的风情，每年定期有"斗宝"

之会，届期各列所有奇珍，于众人面前检阅，量多而贵盛者戴帽居上座，其余以多少为次第，列立于堂下。即使在平时，间关行路途中，歇息于逆旅，也往往忍不住取出珍宝，相互较量矜夸。征程迢递，寇贼觊觎的不少，也常以此贾祸。所以，兴生胡最负盛名的俗谚即云："毋须尺寸，多习仙真。"意思就是借法术自保，乃是行商上策。

抱布贸丝，以物易物，的确是胡商交易的形态之一。他们不多运用铜钱，也是由于数量较大的通宝过于沉甸，也过于醒目，易启盗心。此外，九姓胡另出蹊径，从唐商"便换"制度中转出灵活使用契券的手段，更增益了调度资财的便利。

唐制便换，有如后世之汇兑。当时中原内地商人至京，将钱交付各道驻京的进奏院，或各军各使之衙署，换取载明金额之票券，空身离京，前往诸州县经商，到了地方上，再凭票券至郡府机关取钱，此之谓"便换"。唐文宗到僖宗时的赵璘在《因话录·羽部》中有这样的记叙："有士鬻产于外，得钱数百缗，惧川途之难贲也，祈所知纳于公藏，而持牒以归，世所谓便换者，置之衣囊。"

九姓胡所施设，较诸"便换"更流利便捷。但凡与九姓胡商通贸易，即使不同兴旅、不同城堡甚至不同国姓，只消契券上明载交割之物、贸贩所值与两造及公证之人姓名里贯，纵使人行千里之遥、事过数载之外，九姓胡没有不认账的。信用之卓著，便大大地洗刷了他们贪贿净利的恶名。

然而，"多习仙真"却反而算不得褒奖。此处仙真二字，颇有讽意，所指，乃是幻术。

粟特之地，九姓之国，普奉一神，名阿胡拉·马兹达，由于尊事敬礼，避呼其名，故只称大神，意指"胡天"，遂名"祆神"，拜火而祈光明，拜祀之地，唐呼"火祆庙中"，庙有祭司，也称祆主。其中最知名的一个，叫翟槃陀。

此人曾经于太宗皇帝时入朝至京，在长安祆庙中演法。众人热烈围观，这翟槃陀忽然以利刀刺腹，左右通出，连肠子都流出体外了。但见他挥刀截弃其余，再削断了一束发丝，以之缚系肠本，反手执刀，高下绞转，口中变声呼诵："国家所举百事，皆顺天心，神灵来助，无不应验。"众人一时会了意：原来是神灵附在翟槃陀的身上了。直到神灵离去之后，翟槃陀僵仆倒地，气息奄奄，过了七日，居然平复如旧。有司奏闻此事于帝前，诏敕随即发下，授予游击将军之职。百姓们既惊惧其异能，又羡慕其遭遇，纷纷对祆教产生了兴趣；对于翟槃陀而言，则封官洵非所措意，其用心还是在传教。

另据张鷟《朝野佥载》所载，在河南府立德坊及南市西坊，都设有祆神庙，每年到了一定的节气，商胡都要来这里祈福，烹猪宰羊，击鼓吹笛，醋歌醉舞。酬神之后，众商醵资募一僧为祆主，演示其所能之术，另向围观者收钱，也一并化与那祆主。祆主当即取一刀，其刃坚白，芒同霜雪，吹毛不过。所演之法，与翟槃陀略无所异，不外以刀刺腹，刃出于背，接着，还要乱扰肠肚一番，令鲜血涌流。过了大约一顿饭的辰光，再噀水、持咒，说也奇怪，祆主僧的肚腹就平复如故了。

据云：凉州姑臧地方的祆神祠，每到祈祷之日，祆主就拿尺许长的铁钉往额头钉入，一直洞穿于腋下，之后随即出门，身轻若飞，须臾而至数百里外的祆庙堂上，于神前舞一曲，才又飞身回返前所，拔了铁钉，而人一无所损。接着大睡十余日，都身如昔，人亦莫知其所以然。

祆教带来的西域幻术大凡如此，有以道家连类譬喻，故称之为"仙真"。而这幻术，也在九姓胡商之间广为流传。彼等栉风沐雨，奔波在途，遇上了匪类，有时施展此术，一时鲜血喷溅，脏腑翻流，也颇能收惊吓之效。犹有甚者，据说还有一种借薰香迷人昏厥的本事，一入其彀，神智立消，任其宰割而不能抗。待醒觉时，已然过了不知多少岁月。术最深者，还能将人马驱移于千里之外，或者是将物什从绝塞蛮荒之处取来——这些，常人多闻，却无能道其缘故。

开元六年春，米国、石国、康国分别于春天二、三、四月来贡，所贡之物除水精杯、玛瑙瓶、鸵鸟卵以及号曰"越诺"的上等织锦之外，还有一批向所未见、来自大食之国入侵士卒的锁子甲。贡表由进奏院报上，皇帝大喜，亲自接见了来使，随口问及昭武九姓胡的风土人情，兼及道路传言中神通广大的幻术；并传口谕，令贡使演之。康国来使当即在殿下略施手段，先让两个执戟卫士僵口结舌，不能言语，复于猝不及防时拂袖驱之，两卫士立刻化做一阵清风，踪迹全无。这一来，看得皇帝又惊又喜，殊不料未及交睫间，卫士们又回来了，只是浑身上下，一片银白，两人不断打着寒颤，抖擞盔甲，铿锵有声。皇帝不明所以，康国来使从容答曰："此极边之雪，经春不融。"这还是不到十年以前发生的事，此后由于大食人逼迫愈烈，九姓胡来贡日益频繁，皇帝却敬而远之，不常接见了。

此时康老胡又点起了两盏油灯，添注了赭、绿两色的燃油，随即往自己的鼻孔之中塞了两枚麝香子，猛一扭头，龇起牙花，对月娘道："啊！那赵家微子可同汝说过粟特神祇之事乎？"

接着，月娘但觉面前吹来一阵轻烟，其香冷冽，直要侵肌透骨。

二五　炎洲逐翠遭网罗

　　此后之事，犹如一梦，且无分早前晚后，东往西来。

　　月娘远远看见一匹宽额大马，色赤而黄，宽蹄细胫，圆耳乌睛，马背上耸生二乳——她不知道这畜物叫骆驼，只听康老胡不时间杂唐胡之语呼唤"伏帝"——"伏帝来！""伏帝跪！""伏帝起！"骆驼应呼而动，毫不惊乱。

　　不一瞬，月娘已置身于"伏帝"的背上，夹在两峰之间，头戴尖顶虚帽，帽檐连肩而下，裹覆全身如帐围，不但遮蔽左右的视野，也屏挡了道途上强劲的风沙。她偶尔察觉自己任坐骑驮负前进，蹄声跎跎，杂以铃声琅琅，冥冥中像是有个去处。勉强瞠目而望，但见三数尺外，是另一匹形容高大的马，其色纯黑，闪烁着银亮的漆光。康老胡便蹲踞在马背上，偶或扭头对月娘说一句："娘子安舒否？""娘子尚能行否？""娘子可略进水米否？"或是诡谲一笑，狞面作怒色道："娘子，果尔杀人耶？"月娘心绪烦恶至极，神智却无力支应，每问必答，每答皆不由自主，且仿佛只能据实以告。

　　旦暮之间，箪食壶浆则从不缺误，供应飧餐时，康老胡还自有一套仪节，先取胡饼，次奉咸豉、鲊瓜，朝四方祭拜——向东口呼"人主"、向南口呼"象主"、向西口呼"宝主"、向北口呼"马主"。礼拜之时，眉目肃穆，情意虔诚，拜罢犹喃喃称"四天子"如何如何，祈福求财不迭；之后才将饮食高举过顶，先让月娘。

　　一行路上，他们遇见过几阵盔甲周至、刀弓齐全的士卒，催趱呼啸而前。还曾经与为数不下一二百骡马的几个商旅错身而过，但闻人畜喧呼，车驾杂沓，片刻又落得个茫茫天地，满眼落叶飞沙。

其间仿佛也在几处似逆旅、又似驿所的广大门前停下稍事歇息，眼前来去形影摩肩接踵，可是在众人眼中，她却窅然如无物。

月娘略识辰光晦明，却数计不清从烽火台迤来所经时日究竟若干。其间偶能识物，却往往想不起如何称名；听人言语，字字分晓，却只能辨认其中某些残断破碎的音义。直到有那么一天傍午，来到某处城邑之外，墙垣高耸，摊商满地，腥秽之气洋溢盈塞，人人口中所道之语却向所未闻。所商贩者或陈于榻、或列于席，有些就随意堆置在牲口的背上，尽教买者翻拣推撞，牲口依然伫立如木石，丝毫不为所扰。

顺着无数买卖人行脚而前，城垣外翼墙杪处赫然矗立着一座宅第，一楼一底，瓦檐飞举，重叠如焰，乍看之下，颇有几分庙宇势派。就在这宅第赫然映入眸中之时，康老胡忽地拉马回身，倾肩斜脸靠近月娘，扯开斗篷，手搭颅后颈上舌黄之穴，强指一捺，沉声道："汝便不作声矣！"

月娘的神思仍在若断若续之间，教他这一指捺过，但觉不知何处突如其来的一股热泉，激流强注，透肤沁髓，缘督而下，回旋一周天，从顶门百会之处入骨，登时舌本像是肿成了一枚瓜，充塞在口中，这便真不能作声了。康老胡也不怠慢，他自翻身下马，且一把拽落月娘，随手往月娘颈上搭上了原先用来捆缚筐箧的绳索，手持另一端，一面大步朝那庙宇跨走，一面手指驼马，高声呼喝着市集上的少年们前来看顾。

孰料这些看来睫密眸圆、眉目深秀的孩童闻呼而来，却个个流露出既狰狞、又戏谑的神情，纷纷持手中皮囊向他二人甩洒，囊中只是清水——可在这寒冬天气，着气即化作霜冰，扑头落面便是一阵剧痛。康老胡也未曾躲过，却面带喜笑，拱手向孩童作揖，高声喊了几句，孩童们也一样以胡语应答，相互礼敬，有若祝福。

大约是听见外间的动静，庙宇中这时也窜出来一伙男女。女子无不窄袖重衫，宝钿丝带，或则头盘高髻，或则梳理出五绺及腰辫发，缀饰着无数珍玉宝珠，极盛装之能事；男子虽也足登过膝高靴，腰缠密钉皮带，却多裸着半身，有的捧着金银巨罗，有的也像那些孩子一般拎着皮囊朝康老胡泼水，倒是举止舒缓有节，看来不像游戏，却有如行礼了。

康老胡也不怠慢，看着有水从四面八方泼来，便将就着往头上、脸上和身上抹沃，像是要将那水沁入肌肤深处的一般。口中以胡语声声叨念："阿巴嘎伏帝，阿巴嘎伏帝！"

说时不及，万头攒动的市集深处，忽然传来一声大喝——那人生得也和周遭群胡近似，龙准深目，须眉虬盘，穿一身素白衫袍。他身形魁伟不说，约莫还站在一张胡床或几凳上，比身旁之人更高大了一截，发着喊，扔过一皮囊来，康老胡抬手接住，随即朝那人稽首为礼，大笑着叫了一声："轧牢山！"便也倾倒出囊中之水，一掬一洒，像是对身边那些朝他洒水的人们还礼。此刻箫鼓雷动，管吹齐鸣，听得出来还间杂着琵琶、五弦、箜篌之属；数百人众，无分男女老幼，人人顺手执捉身边可以敲击出声之物，顺应着节奏，面朝那庙宇，踏行如舞蹈；一时尘埃飞扬，却又很快地被众人所泼洒的水雾掩覆而息落。

康老胡牵着月娘当先大步疾行，甩脱包围的人群，抢进庙中，吆喝了几声，登时从四面八方趋出来十余名男子，虽然也都与市集上的胡儿一样，身着窄袖白衣，却更加白亮，肩头覆帔，足登锦织软靴，人人立掌于胸前为礼，别具威仪，看来皆是僧侣了。

康老胡迳顾着同僧侣们攀谈，月娘却情不自禁地凝视着庙墙上的壁画。这庙三面墙垣，墙面满是等人高的神龛，龛中是五彩斑斓的图画，绘饰着天神一般的人物。就在月娘面前触手可及之处，画的是两个女子，左边的一手执叵罗，一手执玉盘，盘中踞坐着一头小犬；右边的女子则有四只手臂，后两臂朝天高举，一手执日，一手执月。前两臂左右分张，一手执蛇，一手执蝎。月娘从来没有见识过这样的图画，也从未能想象过这样的景观，看得入神，不觉牙关抖索，打了个寒颤。恰在此刻，肩上落下来一只巨大的手掌，身后一人忽道："康破延来何迟？却是为此小娘缘故！"

月娘猛回头，见是先前市集上那抛掷水囊的高大男子。他浑不在意地捏了月娘的肩膊一把，便撒手向康老胡走去，两人把臂交肘，轮番踏足大笑。康老胡接着低声说了一串胡语，又转成汉话，道："轧牢山！别来无恙否？"

唤作轧牢山的青年挥了挥手，像是不耐寒暄的模样，开口则滚雷疾鼓，说了一长串胡语，兼之以挥臂屈指，指东划西，看来说的是某宗生意如何、某宗生意又如何。生意许是有难作之处，遂皱眉拧眼，极扭曲劳苦之态；又许是有得利之处，却瞪目咧嘴，极欢喜骄矜之姿。说到情不能忍，又间杂以唐语："……某便不要他开元通宝，只取布匹，交割书契，免索抬举，一头健奴二万文，值绢四十匹，某鬻去十头，换来四百匹上好绢帛，仅止于此，已可为阿滥谧一城人作衣裳，都敷足有余。"

"汝说笑了，岂能？"康老胡笑道，"却是一奴易得二万文，非同寻常。"

"犹不止此！"轧牢山双眉齐扬，白牙崭露，附耳低声又说了一番，直说得康老胡目瞪口呆，尽把只手往额下虬须捋了又捋。

忽忽说去了一寸光阴，庙外鼓乐未息，铺张益甚，看似先前市集上的人众已然整饬妥当，要涌入庙门了。这轧牢山前后打量一阵，诃斥了一名僧侣几句，那僧抢忙奔窜而出，挥手呼叫，俨然是制止门前人众喧哗。轧牢山才又忍不住一脸轻蔑，顺势扯了扯康老胡那条牵着月娘的皮索，一面微笑、一面以唐语重新数落："汝且估看：某取一群花骢马交易两尊宝床子，两宝床子收取十头健奴，健奴换白绢，白绢换五十金叵罗，金叵罗复押得十六席舞筵，某若再走一趟营州，一筵随手交易三十万钱，这便是五千缗了——汝，一行三月二千里，所获何如？取次一妇人耳？"

说罢，竟然抬手往月娘脸颊上捏了一把。月娘躲避不及，又舌强声哑，僵身退了半步，却被康老胡一绳索扯住，康老胡也不甘示弱地鄙薄道："尔等小城，乞寒泼水，有么可观？某原不欲即来，讵奈撞着此物——"说着，猛然间反手从袍后腰束带里拔出那柄短刀来，递将过去。

轧牢山接过刀来，仔细端详，反复摩挲，忽然间收了笑容，颜色一变，道："霸药师？"

表情讶然的还不只是轧牢山，一旦看清楚那刀，就连僧侣们也交头接耳起来。

"这妇人，便是药师娘子。"

二六　胡雏饮马天津水

隋朝大业初年，废营州总管府，改设辽西郡，郡中仅七百五十一户，下领柳城县，此后直到大唐开元、天宝年间，家户不过九百余，人口亦只三千多，算是极荒僻的地理。

天兆时象，地应人俗，不知从何岁起，每冬至日申酉交关之时，大地震吼，似鼓如鼙，延绵百里，人称龙吟。故早在北魏太武帝太平真君领有天下之际，所置营州之治所，即号曰龙城。杨坚一统天下之后，龙吟之声消歇数十载，遂改名柳城县。至大唐开国之后，也平静了将近百年。直到武周万岁通天元年，契丹入主大小凌河、六股河、女儿河之地，冬至日龙吟复起，常自昏暮以迄子夜不止，有时还傍随着沉沉的雷鸣，若有大劫将至。虽然久而不觉其怪，但是北地牧族逐渐兴起了一番风俗，就是在龙吟雷动的时候，召集巫者作"响卜"，以为来年诸事吉凶之兆。

武氏长安二年冬至前数日，适有一突厥女巫阿史德氏，偕其夫康国商胡、名演芬者，从阴山来。夫妻结伴相随，原本只是为了倒卖货物，不料阿史德氏腰系铜铃、肩背皮鼓的装束不寻常，为人一眼识出了巫者的身份，便召邀为龙吟卜。

冬至日午时，众卜齐集于渔阳街心，各张席榻、具门面，有戴兽冠、持香盘诵咒绕走者，有披虎皮、纹魁面，嚎呼哀歌者。唯阿史德氏在僻静处燃起一架篝火，待申时龙吟雷鸣大作，即起身指天，喃喃自语，接之以四方九拜，之后便箕踞瞑目，不复言动。不多时，天降雨雪，众巫皆散，独阿史德氏在原地不起不走，而篝火却益发炽烈旺盛。渔阳当地黎庶看得出奇，纷纷上前询问，阿史德氏口操突厥语，朗朗然对众人道："来年三月、九月朔日，会日有食；六月宁州有大水，溺死二千一百人，中有一百十八狼男；七月安西兵火，绝命一千另五十——"说罢，转过身又对她的丈夫康演芬低声道："天神示意，安西有大劫难，教汝居守此间，奴为汝诞养王侯。"

三月初和九月初的日食如期发生。其间夏日的六七月时，远方传闻也印证了客岁阿史德氏的预言：一场暴雨之后，京师长安以西四百里处的泾河与马莲河忽然涨溢，大水淹浸了整个宁州，不过半日之内，淹死两千一百人。事后清理死者的里贯，发现其中真有三个来自西塞与北边的商团，皆属突厥族人——也就是号称"狼男"者——为数不多不少，正是阿史德氏响卜所得的一百一十八人。就在水灾过后不到一月，康演芬果然由于西行道路阻绝，不得不催赶着百余头驼马的货物，带着几分无可如何的懊恼，回到渔阳，也带来了突骑施酋长乌质勒与西突厥诸部大战的消息，连番战阵中的死者，亦如阿史德氏所卜之数。不过，康演芬仍然意兴昂扬——因为阿史德氏怀了孕，看上去凸腹尖圆，硕大前拱，应该是一个壮丁。

这是武氏长安三年，又近冬至之日，道途争传大臣们频频上表奏请册立右武卫将军阿史那怀道为"突厥十姓可汗"。这意味着唐廷更加着意并介入突厥部族的内部冲突。突厥之分别东西、各树一军，本来就是百多年前杨隋、李唐二朝的离间，岁月久长，凶隙愈深，几至不可弥缝。

然而无论如何，册封事果若成就，则显示唐廷有意确保北路东西商务不至于阻绝，未尝不是可喜之事。康演芬同妻子商量着，认为可以在来年开春之后，带着新生的儿子，回到久别经年的故里，自然一片兴高采烈。阿史德氏却只淡然道："且待冬至日，响卜过后计议。"

孰料这一年渔阳的老小男女皆大失所望。哄传其神灵之名整整一年，众望所归，人人都等待着她的预言。可是这突厥女巫根本没能参与卜祀的仪式——她从午前便发阵痛，豆粒大小的汗珠涔涔而出，涓滴涌聚，汇结成流，如细渠之水，潺湲出户。阿史德氏则只惊声呓语，时而一句"轧牢山"，听在旁人耳中，合是谵妄不可辨解。

以九姓胡之语解"轧牢山"乃是光明之意；但是以突厥语解，则是"斗战"。人皆以为这话语为疼痛中的呼求，或是身处艰苦，强忍自勉，殊不知正是巫者祈祷的咒语；其声嘶力竭，闻者大多掩耳不忍听。康演芬正慌急无措，午时已届，天神似乎也听见了阿史德氏的呐喊，居然有赤光从极北来，穿云而下，贯通穹庐帐顶的积草，当下焦烧出三尺径宽的一圈圆洞。这赤光时明时暗，笼罩着阿史德氏的身躯，须臾莫肯离。远方龙吟与雷鸣虽然间杂未息，却不如往年一般清晰。而阿史德氏迳自叨念，杂糅着各族话语，仿佛化身无数，这些化身还会相互争执，有时又像是议论，往来商略妥协。虽只一巫，热闹得却好比诸神飨宴。

直到亥时，夜色浓湛如墨，四野兽啼不绝，顶空倏然有妖星坠落，晶芒万端，婴孩呱呱落地。当日便以"轧牢山"三字命名。此事，营州当地老少皆知，传闻日久不绝，都说轧牢山是突厥巫女向光明、战斗之神求来的子嗣；其出生当日景观也就越说越显神奇。

然而阿史德氏醒转了来，竟不理会那婴儿，只是摇头放声大哭，双手紧紧扯住康演芬的衣袖，直扯得十指出血，犹不肯放。其中有何征应，外人实不能察知。直到五年之后，正当唐中宗景龙二年，康演芬行商路过拂云堆，为唐廷张仁亶手下逻卒擒获，非但掳去了所有的贩物，人也关进了囚牢，连日毒打，刑拷而死。逻卒们贪利，私下瓜分了康演芬的财货不说，还为他的尸身换上朔方军的甲衣，诬指为逃兵。之所以这样做，实有其前情旧故可言。

大唐北边与突厥对峙，到景龙元年冬十月，左屯卫大将军张仁亶升任朔方道大总管。彼时，朔方军与突厥以黄河为界，河北有地名拂云堆，中有祆祠，依其地名，为拂云祠。突厥每欲出兵南下，必先入祠祈祷，在此牧马料兵，养精蓄锐，数日之后便渡河挑战。张仁亶盱衡山川形势，以为若不能夺取漠南地区，则累年防御，未必可保守尺寸之土；但是，如果能趁默啜分神与契丹、突骑施等部族作战之际跃马河之北岸，构筑事工，而以拂云堆为腹地，则盘踞要津，抱负天险，更推拓了数百里宽的疆界。

皇帝应允了这一战略作为，张仁亶于是趁默啜西征突骑施，大军渡河，以拂云祠所在地为中心，筑中受降城。又在丰州之北、黄河之外八十里筑西受降城；此外，并在胜州东北二百里筑东受降城。三城东西相望八百里，六十日竣工，其间更密匝匝构建烽堠一千八百所，朔方之地得以完固而不受寇掠；唐廷因此也得以减少镇兵数万人之众。

可是，急于事功必耗以人力，既然鞭扑不止，逃兵则朝夕有加。忽一日，张仁亶下令庭宫，大军甲胄贴身，刀弓上马，四出巡拿逋逃在道的士兵，一举捉住了两百多人，一日之内，尽数斩于城下。此后，专责缉捕逃兵的逻卒玩味出此中好处，经常借故刁难往来行商，有时要胁勒索，有时更杀劫嫁罪。康演芬就是这样成为受降城下的一缕冤魂。

康演芬身后萧然，阿史德氏孤身一人，带着年幼的轧牢山，勉以行游占卜为业，又费了将近一年时光，才追随着一个五百人的商队，自东徂西，回到西域突厥部的本家故土。北国夷狄风俗，阿史德氏无依无靠，应按收继婚法再嫁同族兄弟，甚至晚辈的成年男子；唯康演芬原本没有兄弟，阿史德氏只能另择外姓之婿。

为了养儿活口，阿史德氏遂问卜于天神，神意的确明白指示：宜从速再醮；可是所嫁者，却必须有槊、弓、马、旗、袍五物，方为吉事。阿史德氏本来就出身突厥贵家，深知兼有此五物者，非军将之流而不能；这就相当困难了。因为当时默啜可汗连年征讨四方，所部之众，既拥有纛旗又身着锦袍的军将，非老即死；宜于婚娶的人实在寥寥无几。四方访索，终于找到了一个专事在军中养马、鉴马、医马的安国胡人，叫安延偃。

安延偃生得瘦小孱弱，向来不敢着意于婚姻，他却有个健壮魁伟的弟弟，叫安波住，少年时骁勇善战，渡河牧马，必占先机，颇积首功，算是九姓胡在突厥部中少见的控弦之士。他管领将军衔，非但有纛旗，作战时独麾一军，平日着锦袍列伍于牙庭，能在可汗面前站立说话，算得上是威风凛凛了。

阿史德氏所嫁的毕竟是安延偃，虽说在穹庐婚宴上风光了几日，却不免受了些风言风语的气。缘故无他，正因为这场婚事为再醮，就有那好事之人不时嚼说：安延偃是个赢病不堪的人物，尔来新娶娇娘，不堪劳顿，迟早油尽灯枯，到时阿史德氏还是要被安波住收继进门的，届时，想必还是要应了那槊、弓、马、旗、袍五物。轧牢山日渐长成，越发听不得这种奚落，便时时与人冲突。安延偃虽然孱弱，却也不死，那般苟延残喘地活着，像是执意要忍受讥嘲与讪谤。轧牢山自是康国后裔，依托于安氏之门，本自为生计而已，因母亲的处境而忍辱，便更不愿意在突厥部勉强容身了。

开元四年，轧牢山长到十三岁上了。突厥可汗默啜发兵袭击铁勒九姓，却在回师的路上被对头拔曳固败兵颉质略袭杀于深林小径之间。突厥部众将对于该战该和、宜攻宜守，堪说是百口纷纭，莫衷一是，因而牙庭大乱，偌大一个穹庐帐围之中，日夕争论，乃至于诟骂厮打，随时都会有人抽刀见血。

个中处境最为艰难的，就是昭武九姓胡出身的僚臣。他们毕竟不是突厥种裔，为数又不多，苟有不同于突厥元老的意见，也不敢过于坚持，否则必然见疑，被詈受辱事小，遭到鞭笞也是寻常。

冲突间，有一个祖上也来自安国的老臣安道买，就被打落了一整排的牙齿，喧呼以："牧猪奴！"只因为安道买有个次子安贞节，于十年前受降城筑起之后，无故失踪，突厥部牙庭请领神谕，说这儿郎有生无死，有去无回，行方也很明白，"鹯鹰南飞，自旦及暮"，那是深入大河以南几千里的程途，无非投奔唐廷了。安道买从此屡屡见疑。这一日受谤捱打，回到自家穹庐之后，数日不能平复，几乎引刀自裁。安波住的景况也相当近似，他在牙庭上受了委屈，回到自家穹庐里，便斥责儿女，鞭扑驼马，无非是解郁而已。

不一日，安道买的另一个儿子、排行老三的安孝节，约上了安波住之子安思顺、安文贞，三人聚在火神庙里对头牢骚，或抱怨、或啼哭、或唉声叹气。忽听得神龛后传出来一阵猖猖怪笑，三人环顾四方，但见二十座神龛里的壁画神魔妖兽斑斑如故，只不知是哪一位显灵。那笑声绵延一阵，才换了东胡语，粗轧沉重地说："天人之间，有三层土，尔辈知否？"

三个人一听这话，不觉膝头一软，都跪下了——神明口示，他们并不陌生：这是突厥族生小即知的神话。苍穹高远，人世广大；天人之际，犹有三界，只是这个"界"，于突厥语中，就是以"土"字表达。至于三界所有的事物，日月星辰居上，风雪云雾居中，水草山川居下。也只有人能够践履的水草山川为可触可及；风雪云雾则即之即消，日月星辰更可望而不可亲，足证天神愈上而愈无形无痕，因之愈尊愈贵。可是，如今这神居然不经由巫者的传声，亲自下达了旨谕：

"敬神者孰为先？"

"巫为先。"三人齐道。

"巫者先导其谁？"

这一问，三个人不由得抬头向前凝望——火神庙二十龛中最大的一龛，绘饰着巫者引领族人前往神的光明世界。此巫负鼓肩铃，纹面戴冠，不借鞍鞯，置身于高头骏马之上，其后焰火充盈，光芒纷出，隐约可见火光中尚有峰岭树木、蛇兽虫鱼，物类繁琐，形容万端。只在马前犹有二巨物，左为狼，右为鸟，望之逼真，像是亟欲扑向观者的态势。

不待三人作答，那神又发了话："不得为狼，何妨为鸟？"

安孝节等闻言不及回思，连忙恭恭敬敬地叩首及地，当他们缓缓再抬起头来的时候，眼前一花，却见轧牢山盘膝坐在壁龛里，狂笑着对他们说："却是做神也不难！"

这一天，安氏三子不再抱怨、啼哭、叹息，他们听年少的轧牢山眉飞色舞地说起飞鸟展翼而翔、触目而至的所在。那是大河北曲之南，受降城内，有千万里足供无尽驰驱之地；其水草如金，山川似锦；龙吟于野，雷动随身，那才是天神与人把臂相交的净土。

"然而——"安孝节想起了失踪已久的弟弟贞节，以及全家人为他所背负的耻辱，不由得嗫嚅道，"我等世系为突厥可汗之子民……"

"非也！"轧牢山道，"我等直是天地间人耳！"

一面说着，轧牢山一面转身沿着神龛粗糙突兀的边缘，向上攀爬，只一瞬间功夫，便沿着崎岖不平的墙面爬到了墙顶，其上便是泥塑屋顶，再无出路。众人举目观望，不由得也要替他惊心——毕竟身在五六丈高之地，万一闪失摔落，非瘫即废，甚而连性命都要不保了，却见他意气扬扬地说："都道他狼子狼孙能踊跃，可及此否？"

说着，竟撒开一只手、接着又撒开一只脚，朝下胡乱挥舞，口中猺猺而笑。

轧牢山说的是突厥贵种一向毫不掩饰的高尚自诩——他的舅家尽是这样的儿郎——无论寄身岁月如何久长，也无论父祖之辈是否与突厥本裔互通姻好，但凡是在突厥部讨生活的九姓胡人，哪怕是在对抗大唐或其他部族的战争之中建立了卓著的功勋，一般商牧之民也都很难在突厥可汗的治下，成为举足轻重的领袖人物。突厥人说得爽快：胡人"身无狼血"。

北地边塞古来相传，突厥人原出于匈奴之一支，不知何时，以争水草之故而一举为强邻敌族所灭，只留下了一个十岁的男童。在战场上，敌卒发了恻隐之心，留下他一条活口，只砍断这孩子的双腿，弃其残躯于荒原。不料，这男童竟然被一匹母狼救了，饮之以乳，饲之以肉，非但得以存活，还同这救命的母狼交合，状若夫妻。

草原上的消息随风散播，敌族首领很快得知，说是被剿灭的部落还有遗族，且日后将不免发动战争，以报灭国之仇，于是又派遣重兵，故地重来，席卷搜捕——他们的确杀了一个双腿残缺的青年，却不料还是走脱了那头怀着身孕的母狼。这母狼撒开四腿没日没夜地朝西奔窜，来到古高昌之地——此处，后世称吐鲁番，唐时曾置西州。母狼极尽疲惫，勉力一产，而诞十子，各自长成，结立家室，繁衍子孙。其中一支日后多在阿尔泰山之地游牧，此山意为"金山"，状似兜鍪，当地语读之，有如"突厥"，遂以名其族。

此外，还有一个说法，是谓突厥居匈奴之北，远古鸿初，部落首领兄弟十七人，其中之一为狼所生，故人称"狼子"，本名伊质泥师都。伊质泥师都长大成人，娶了两房妻子，一妻四胞男孩子。长者名纳都六，体骨魁梧，性情剽悍，日后很自然地就被推举为首领，定国号为突厥。

伊质纳都六娶了十个妻子，子嗣繁多，不可胜数。忽然有一天，这纳都六死了，十个妻子相约带着自己的孩儿，来到一株大树底下，让这些孩子依次向树身踊跃，足踏为记，看谁跳得最高，谁就能继承纳都六的领主之位，当时跳得最高的，就是一个叫阿史那的孩子——他是庶出，母亲又羸弱不堪，常受哥哥们的欺负，谁知这小阿史那敏捷矫健，更胜于诸兄，比谁都跳得高，于是被推为领主。

北地牧民都不会怀疑这个说法，因为狼若欲袭人，往往趁旦暮天光昏暗的时刻，趴伏在树身之上，扭转脖颈，凝视路人。人若不知其诡诈，还以为这狼是因为惊惧失措而背身倚树，自然会以长兵如矛枪者刺之。孰料这狼早有机谋，迅即翻身跳跃如电，反而趴上了这人的后肩颈，猎者的枪，却早已牢牢刺进了树身，拔不出来了。也会须有这种纵跳之能的突厥人，才配称得上"狼主"。

突厥用兵，与其围猎生活的组织与技术相合。从军事部署与战阵之道，可以见端倪。一可汗之下，可分兵十余部，是为"设"——突厥语也以"杀"或"察"称之，意思大约就是部队长，也兼领政权。例如：西突厥可汗将举国分为十部，每部就叫一"设"，交付一人统领，由可汗授箭一枝，也就总名之为"十箭部落"，绝大多数都掌握在一个姓氏（阿史那氏）之人的手里。九姓杂胡即使与突厥人行嫁娶，长成之后，尽管骁勇善战，也只能领有一军，自居别部，而绝不至于得到"一箭之设"的地位。

此等卑微处境，源远流长，一直是九姓胡人毕生难以省视、难以启齿的。轧牢山却在这人人都藏之匿之、掩之盖之犹恐不及的伤口上狠狠戳了一刀："我族鄙琐，生困草芥，等同泥尘，不飞扬天下而何为？"

说罢，轧牢山大喝一声，撒开原本攀附着墙垣的手脚，他颀长的身形倏忽之间便朝殿堂对角飘然跃去，那是一条有如长鞭般闪过的影子，穿越一间之遥，在欺近梁柱交栱时卷起一臂搭住，又一声大吼，借力弹身，又跃过一间，搭上另一处交栱。如是者来去不住，穿梭自如，整座火神庙里便尽是他的幢幢魅影、声声怪叫，声影缭绕纠缠，直到他再也没了分毫气力，才像一片枯叶、一缕残絮，跌堕在地，扑面满是尘埃、口涎，和不知从何处汩汩流出的鲜血。

轧牢山却一迳笑着："走天下？"

往来行商的粟特族人曾经以"海"字形容过这么一条自东徂西、绵延万里而纵深千里的路径，其间草原广袤，沙碛无极，穿越一片大地，往往数月不遇人迹，当地景变异的时候，季节也赫然更迭。然而，这还不足以尽行脚之极，饱经世故而熟历沧桑的商队领袖——人称萨保者——却口耳相传，以为南去温湿之地，尚不止几千几万里，彼处人自称所在为中原，男女守家固居，不离尺寸之地。他们翻拨壤土，即可收拾谷粮；风来孳牛马，雨至结稻麦，人人过着安顿饱足的生活。那里为唐廷统治，俯亲山川万物，仰看日月星辰，顶立上下，略无隔别，其首领号曰天子。而那世界，便称为天下。

二七　鱼龙奔走安得宁

"我族鄙琐，生困草芥，等同泥尘，不飞扬天下而何为？"

郁闷而绝望的不只是少年，还有他们处境艰难的父母——他们当然不能效昔年安贞节之故智，草率去国，而贻人以叛逃之虑。两安氏三代族人经过几番聚会，咸以为轧牢山的确言之成理，于是集众人之议，反复商订出走的方略。这一次，他们要依托于平常东走西顾的商队，暂以交易为掩护，待得去突厥之地日远，才能借着买办货物或是招募奴人的名义，缓图南下。

安孝节从家中赶了二十头骡，安波住则为安思顺和安文贞备治了十匹健马，这便是南下远谋生计的盘缠了。轧牢山看来一无所有，只脖子上围着几条绸巾，身上背的一张皮裹看似也没有任何货殖之务，他偏也在约定的时日欣然就道。

安文贞与轧牢山年纪最近，惯相狎昵，也就毫不掩饰其鄙夷之情，当面半是玩笑、半是埋怨地说："轧牢山赤手而来耶？"

轧牢山把玩着颈上的绸巾，拿巾角抽打了几下背上的皮裹，神情严肃道："无事则为诸兄奴、有事则为诸兄死。"

他这话可不是信口敷衍。

临行前一日夜间，他和阿史德氏见了一面，原以为要大费唇舌，说服母亲，才许可其天涯行脚。未料阿史德氏似乎早有预见，不等他说完，便发付了他几条绸巾。第一条绸巾上是以粟特语绣写着有如诗歌一般韵律优美的词句，阿史德氏以指甲逐字逐句指认并念诵，起语赞颂天神，其次求呼降临，再其次则是一连串只能辨其音、不能解其义之咒语，反复再至三，之后又是谢神词、送神词以及赞神词。

第二条绸巾上则绣着繁复致密的星图，阿史德氏来到旷野之中，将绸巾双手绷持，迎空高举，念诵了一通先前那一串咒语，随即低声道："岚州水草佳好，风来引路；岚州水草佳好，风来引路……"如是数过，居然八方风动，乍回乍旋。不多时，其中一面风势压倒其余，而绸巾上忽然亮起一列明星，约略指向东南方位。

"如何是岚州？"轧牢山大惑不解。

阿史德氏却不答，恭恭敬敬从腰间取出了第三条绸巾，捧奉过顶礼天——这是突厥贵种之家出身的巫者所独有的信物，连轧牢山都不知用处；其色绛赭如干涸之血，上绘金狼头，缘饰以烈焰。阿史德氏指了指那烈焰，低声在轧牢山耳畔交代了一番言语，叮咛至再，反复询答之后，才又放声道："此物之灵，唯在敬事；汝敬畜若人，敬人若神，敬神若无极则，以奴自处，则万福毕至。"

轧牢山一听这话，不由得笑了，道："偏是这么以奴自处，儿何以去国为？"

阿史德氏却应声答道："汝为一室之奴，只是猪狗；为一族之奴，无非婢仆；为一国之奴，不外臣妾；若合为天地之奴，则王侯矣。"

当是时，有一支来自碎叶的商旅，其萨保为出身安息的安姓同宗，路过境内。四个少年便在安孝节的率领之下，缴纳了高出寻常一倍的代价，以一骡一马为质物，另许交易所得的十分之一作贡纳，获准加入了商队，追随东行。

不到几天，轧牢山已经熟悉了商队内部的组成，能够运用和对方一样流利熟练的异邦语言谈风土、说人情，甚至在商队成员之间作了好几笔交易。他借用安波住家的马匹，和一个来自龟兹的白姓商人交易了大批的番红花、石蜜和铜器；又以这些货物为资

250

本，向一个出身高昌的翟姓商人盘下了他所有的胡椒、没药和龙脑。在经过瓜州常乐县的时候，轧牢山再把这一批货物全数卖给当地一个康姓胡人，他转以康国语悄悄告诉对方：自己本家也姓康，追随安氏商贾为奴，手上的药材、香料远自安息而来，俱为入贡长安的珍品，须以西域萨珊银币计价。康胡手边没有足够的银币，轧牢山皱眉苦脸、挣扎了好半天，许另以两匹玄色牡马补偿差价，看似相当勉强地收下了康胡的数万枚十成十的开元通宝。

这康胡，有好些个名字，他在父母之邦时叫康破延，在中原地界时则叫康槃陀。这是他生平第一次与轧牢山交手，数算起来，也是十一年以外的事了，从此他二人成忘年订交，成为东西贸易之途上的伙伴。

轧牢山在这一宗辗转完遂的交易上出手阔绰，他把一匹玄色马和所有的通宝都还给了安思顺兄弟，自留坐骑一匹。他翻身跨上马背，奋力拍着马颈，对其余三人道："诸兄为轧牢山自立之本，此地乃轧牢山自立之地，此物是轧牢山自立之业，火神在天，三者在前，轧牢山誓不相忘！"他的确没有食言，日后，为了成为大唐子民，他改姓安，并以瓜州常乐为郡望——这匹马，一直追随着他，直至老死于幽州。

这宗以一匹马换得的财富，令安氏诸子震惊，心情也在不知不觉中微妙地转换。虽然轧牢山仍然是四人之中最年幼的，也总像个仆役似的侍奉着三位兄长，可是无论行止动静，买入卖出，他们都忍不住要征问轧牢山意下如何。至于轧牢山，尽管在应对其他胡商之时谈笑风生，可是一旦与安孝节、安思顺与安文贞私下相处，他却谨守着有如奴仆的分际。

直到有一日，商队萨保闻听逆行而来的散商说起，东路上不平静，唐属肃州治所酒泉之西有盗匪出没，一伙百多人，个个长枪大戟，兵刃簇新锃亮，谣传是中原府兵不耐久戍边区，索性挟持甲械马匹逃亡。也有说是再往东去不远的甘州、凉州百姓犯上作乱，从府库里劫出兵仗，一路西行，专事抢掠商队。无论何者，既属不赦之人，都是豁出性命不顾的人物，万一遭遇了，非徒货畜难保，恐怕不会有活口。萨保应机立断，商队折向北行。就在这人人惶恐忧惧、喧填崇乱之时，轧牢山却私下与安孝节耳语："此时不行，大事难成矣！"

轧牢山试逆其理而思之：这正是脱离商队、一路南行最好的机会。不如此，虽说保全了性命，毕竟还是随众胡商回返突厥故地，则前此种种，岂不尽付枉然了？可是，若与众人分路扬镳，萨保等必以他四人死于群盗之手为理所当然；那么，万一不死，也就去到了新天地，徒留死名如遗蜕，而不至让仍留在突厥的家族受到牵累。

商队有如惊弓之鸟，卷着弥天漫地的沙尘，朝北方窜去。少年们整顿了骡马囊箧，兀立于连天衰草之间，一时真不知何去何从。安氏三子看日脚西降，霞色赤张，想象着远处即将迎面扑来的刀兵之灾，不免愈发慌急。可是转眼看轧牢山，有时东张西望，有时踞地沉思，有时拿起围在脖颈上的绸巾仔细端详，口中喃喃念诵，神情显得无比平静笃定。

直到天光全然隐没，地景成了或浓或淡的魅影，晚霞消失之处却传来一阵阵的狼嚎。呼应着狼嚎之声，轧牢山持诵咒语的声音也渐渐洪亮、高亢，一面诵着，一面四方嗅闻，像是在搜寻什么猎物。近处嗅过，大踏步朝远处行，依样且嗅且走。咒语诵过五七遍，旷野百数十里间，居然处处有回音，自草叶尖芒处滚过、自砾石缝隙间迸出，更自不知所在的狼群中呼应而来。轧牢山微微笑了，仰脸向天，有如酬谢答意地说："苍天庇福！"说时顺势扑倒，如阿史德氏所教导的那样，手足掌心对天，颜面身躯俯地，虔敬祝祷，似欲无穷无尽。

说也奇怪，此刻天风疾卷，将低空中原先壅滞一片、并无轮廓的浮云与暗尘一举吹散，于是穹顶上的万点星辰，便在一刹那间现了形，充塞四极，争发光明；真个是晶芒欲垂，星光如坠。安氏三子都看见了——原本由繁星罗织而成的天河里，竟显现出一条出奇光亮的、由星子缀成的路径。

"岚州！"轧牢山回头同他的旅伴们号呼道，"随此星路去，即至岚州。"

可是星路所显示的方向，不正是商队众人匆匆走避的盗匪所从来处吗？三子面面相觑，直是摇头，连声道："不可去、不可去。"

"不去亦可，"轧牢山道，"待彼自来！"

等什么呢？先来的是一阵鸟。其大如鸠，其色如乌，其数盈千，飞行时翻羽奋张，御风作响，恍若要将天地如布帛一般撕裂。北边各族称这种鸟为"鸡雀"，汉人则称之为"突厥雀"——因为这种鸟一旦大批出现，毋须一二时辰，突厥人马必定随之而来。这就让人更加费解了；传闻不是说来者为唐廷之逃卒吗？怎么会先飞来一阵突厥雀呢？

传说中的凶神恶煞果然在天亮之前到了。惊人的是，虽说他们是唐廷叛逃兵将或民贼，可是连轧牢山都一眼看得出来，其驰逐行进，全是突厥与安国人从事射猎时驱逐围赶的手段。当先驰来三骑快马，一前二后，成小队雁字。马上之人手中无兵刃、胯下无鞍辔，只一味夹马飞奔，视道旁诸人如无物，转瞬即不见形影。不过几数息之后，第二阵来的是九骑，分为三小队雁字，各自仍是一前二后，只那当央的一队，仍旧赤手沿路疾驰，另六人则翼护左右，而且可以清楚地看见，他们手上还都挺着明光锃亮的槊枪兵器。

当这三小队行经安氏少年和轧牢山面前之际，两侧领骑人不约而同拔取腰间号角，前后取向传吹。虽然马不停蹄，可霎时间前路后路上都鸣起了号角回音，安孝节年长几岁，熟稔族俗远过于其他三人，倾耳听了一阵，面露疑色，低声道："怪哉！"

才说着，东南方驰路尽头便现出了三点五点、点点成列成丛的焰光，乃是百数十支燎烧明亮的火炬，来势较前两波的人马却显得缓慢许多。又过了片刻，火光忽然向四围八面散开，越散越远，有的竟然向远处退去，直退到天穹尽头，混入低空中的万千星子。可是如歌如语的角声却片刻不稍停歇，有的高昂、有的低荡，或尖锐、或沉滞，也有的突出而独显凄厉，既然不一而足，入耳则像是无以数计的鬼神远近纷披，嚣嚣言语。

安孝节紧皱双眉，抖着声，趁隙低声结结巴巴地道："彼、彼、彼将作驱羊阵来！"

一听这话，安思顺和安文贞慌得都发痴了，做梦亦不能料得：已经去国数百里，居然迎面撞上突厥的部曲。突厥一族的征战与行猎、游牧并无二致，故其语"战士"称"嘎达斯"，也有族人、亲人、伙伴、盟友多重义。在原本的部族之中，安氏三子幼年时常听闻长者说起与契丹、奚族诸部作战事，初以为说的就是生计，日久才见明了：原来许多家长里短的笑谈，说的居然都是战场上的杀戮。角声传信道情，安孝节也听得出十之六七；至于角吹所暗示的"驱羊"，就是说对手柔弱、无力抗拒、不堪一击之意。那么，对付这样的敌人，不外是手到擒来、恣意屠杀而已。

三个人不约而同、满怀幽怨地看着轧牢山，毕竟是一时轻信了他的主张，才脱离了萨保的商队，而今鱼龙冲撞，强弱悬殊，还真是悔不当初。可是轧牢山却气定神闲地将牲口催赶到稍远之处，从颈上取下了绘饰着金狼头的绛色长巾，口中念念有词，大踏步绕着不方不圆、径可一丈有余的圈子。但看他愈行愈疾，圈子则愈绕愈小，绕到仅有尺许见方之时，猛然间在那圈子中央竟冒出一团赤红色的火苗。火苗初则不及半尺，轧牢山以身自转，并仍绕火而转，火苗渐升，不多时，便蹿起了二三尺高，其色转黄、转淡，轧牢山随即身陷于一片白光之中，仍自诵念如故，焰光冲腾卷裹，却也烧灼他不得。

就在轧牢山回旋如舞之际，原本已经匿迹于草原尽头的火炬、兵仗、人马也以狂风漫卷之姿，倏乎从天涯地角之处掩袭而来，刀矛杆棒，两两相互搏击出声，发出了相当骇人的崇响，不及半晌工夫，数以百计的幢幢黑影早将少年们团团围住。

然而，谁也不曾料到，这些身着盔甲、手擎军械、原本要大肆屠掠一场的不速之客，居然在伫马围观了片刻之后，猛可安静了下来。轧牢山又转了不知多久，才缓缓停下脚步，仔细朝众人环视一过。说也奇怪，原本来势汹汹、杀气腾腾的汉子，不但不再鼓噪，反而失魂落魄、凝眸结舌，呆若木鸡。

还不只是这群人，就连安氏三子也一样，他们也无语无神，如痴如醉，勉强留着一口游丝般进出的气息而已。旷野之中的轧牢山从容不迫地匍匐在地，就像阿史德氏所传授的，四掌朝天，极尽卑屈恭顺之能，行了一趟跪拜之礼，谢神、送神已毕，才走到三个伴当面前，一一去向肩上、颈上狠狠捏了一把，他们才悠悠回过神来。

"火天大神助某等免此一劫，"轧牢山道，"诸兄安矣。"

可是眼前这一圈神情迷离惝恍的卒伍，着实令他们既感到惊讶、又觉得恐慌。一方面是对轧牢山的巫者手段不敢置信，一方面还在担心兵器森森的阵仗；因此安氏三子都噤口屏息，寸步不敢挪移。

轧牢山看了个分明，近身处一马背上雄踞一丈夫，兜鍪闪烁，绦带鲜明，弓弨中的箭羽前有响哨，堪见是个将领了。他攫过那将领随身的长刀，跳起身挥刀抬手、打落他的头盔，笑着说："祅神降灵，不过片刻，届时亦难脱身。诸兄且助某一臂之力，把这些囚囊的兜盔皆除去了，容某斩除头颅，以绝后患！"

才说罢，竟一刀挥向马上那将领的脖颈。可毕竟他还是个少年，从来不解如何用刀，刀锋距皮肉还容有寸许之隙，劈刃而下，居然将马颈砍开，鲜血登时喷了几尺高，那马儿生受不了，前蹄暴起，后蹄蹦跃，陡然将背上那将领摔下地来。马儿脱缰狂走，不知去向。翻落尘埃之中的将领打了两个滚，勉强趴伏在地，稳住身形，两眼虎瞪着这几个少年，仿佛清醒了过来。然而这一瞪，也只刹那间事而已。他嘴角一扬，像是要笑；又一噘，像是要哭。近旁的安孝节则以安国语大喊了一声："北腊得！"——北腊得，是哥哥的意思。

那将领，恰是十年前逃关南下、行方不明的安贞节。

二八　浮云游子意

投唐十年，安贞节眼前已经官居岚州别驾了。

在大唐三百六十州中，岚州之堪为一州，与蔚、忻、石、朔、云等州共为北京（即太原）屏障。其地西有群山环拱，林草丰美；东有沃土肥原，稻粱垂实。岚州以地势高而平旷著称，终年有百里云霭，飘忽去来，号称天上云间之地，是李氏皇家亟欲推拓的一方领域。在李世民眼中，岚州非但是戍卫太原的堡垒，还是北抚塞外的前哨，所谓雄边。然而天下粗定，北地诸族叛服无常，自立朝以来，除了派遣府军镇守之外，当局者始终没有一个能长久实边，或与契丹、奚以及突厥各部族互信而永以为好的策略。

十年前安贞节以孤身南来，不过是一名饲马走卒，由于熟悉喂养繁殖之术，颇得军将赏识。这军将姓论，名弓仁，出身吐蕃噶尔家族禄东赞一支，在武氏圣历二年之时，由于吐蕃内乱，噶氏宗族陵替，这论弓仁便跟着叔父、携领所部土谷浑七千帐户，投效中原，另图功业。不到几年，便以对突厥用兵的战果，身居左玉钤卫将军，官拜前锋游弈使。此职所司，每率重兵数千，都是武力骁勇、熟谙山川之辈，特遣之行。区域深广：从中受降城向西，二百里至大同川；北二百四十里至步越多山，以及东北三百里至帝割达城。

论弓仁天性褊躁，复近利急功，而且因为早年"积战多疮"，如今年近五旬，累劳生疹，边防庶务，渐渐不能精察敏识，指顾间常粗疏鲁莽。他看这少年平素乖巧和善，能通诸蕃语，有时牧马而回，身后竟然跟随着陌生面孔的蕃子，少则三五介，多则十余人。有些蕃子看上去身强体壮，较之安贞节年岁还要大上许多，居然也对他言听计从。

安贞节就以交通情怀为手段，诱敌来归。至于来归者，但能飨之以饮食，授之以劳役，安之以寝居，积少而为多。由于是安贞节以族亲友谊相博而致，长久以来，竟然没有一个叛逃而去的。如此招来，瞻望长远，未尝不能结成一支有用有为的部曲。也就由于这一番信任，给予安贞节不少便宜行事的机会。

另一方面，远戍边关，逃亡者众，必须随时补足员额，以应战守实务。论弓仁看安贞节果然能号召行伍，于是对他信任日加，多付要务，还给特别立了一个职衔，谓为"捉生郎"。义如字面，就是表彰他有生擒活捉敌寇的本事。

"捉生郎"只是一个虚衔，安贞节并不以此为足。到中宗景龙二年，也就是安贞节出亡为唐民的整整两年之后，朔方道大总管张仁亶筑受降城于河曲之北，三城首尾相应，墙垣沿险要的高原地势而峭立。从此关内关外永为敌垒的态势已经不可挽逆，而所谓"绝其南寇之路"，其实也是"绝其南归之路"。

以六十天筑成受降城，阻绝南北，固然有凭险隔绝的用意，更有借地利以省人事的用心。果然，下一步裁减镇军，一举少了数万兵力，张仁亶也不像过往那样，为了严行防御，本该在城外更筑悬门，号曰"八卦墙"、"万人敌"，都是为了迎敌作战而必备的攻守之具，他却说："兵贵进取，不利退守。寇至，当并力出战，回首望城者，犹应斩之，安用守备？生其退恧之心也！"仔细推敲这番话，大唐对待北边的用心，已经有了重大的改变。

安贞节默观形势，审度自己的处境，一眼看出既往"捉生郎"引人入贡的勾当是干不下去了，若要进一步在唐廷立稳根脚，非想出全然不同的另一套手段不可。当是时，正逢咸阳兵二百人逃亡，张仁亶发大军擒捕而回，一一审讯，悉数斩于城下。这一处分，立刻让全军股栗震慑，人人惶恐沮丧。

非只如此，张仁亶对付异族还有一套惨酷的手段。方此时，像安贞节这样南奔投化的突厥人不少，张仁亶每每过目，一见那面相凶恶、看似不易驯服者，便饬令脱去全身衣物，帐下绑了，亲手执笔，在那人的胸腹背脊上写满谩骂突厥可汗的文字，复令兵卒持利刃、依字形、雕刻刓凿，最后再以黑墨涂染，烈火熏炙，当下令人不胜痛楚，"日夜作虫鸟之鸣"。这也就罢了，过后张仁亶竟然还把那人遣送回突厥领地，突厥可汗身边总有识得汉文之人，转译宣读一过，那可汗暴怒无伦，就下令把这人给脔割了。

边塞各部对峙之情势如此，反而给了有心操弄离合之人绝佳的机会。安贞节灵机一动，遂自往营中请见论弓仁，献上一奇策。

且说这前锋游弈使原本是统领一支劲军，为数千人上下，自西徂东、复由东而西，巡行三受降城。行进间计时计程，观望各烽堠是否依例按时施放平安火。一旦遇上了应该生烟之处未得升起，或即是烽堠遇袭，就得飞骑前去救援。安贞节所献之策却不是一般的巡行。他请求论弓仁分拨一小队人马，三五十甲士，兵仗兜鍪虽然有之，却不俱全，更不立旌旗、不鸣金鼓，内着常民素服，外罩肩臂半甲，看上去虽然声势浩大，却又决然不像是装备严整的唐廷部曲，而其行动，则与游弈使背道而驰。

分兵逻巡，原本有之，可是穿盔戴甲、擎枪跨刀，却刻意不检点衣袍仪容，竟作零落褴褛的状貌，这又是何用意？论弓仁忍不住问道："果欲何为？"

"为王师张罗大好什物。"安贞节近前低声道，"左将军得不知情即不知情，看收战果而已。"

一段时日过去，论弓仁几乎已经忘记了前情。忽一夕，帐外来报：安贞节催赶大批辎重而返，有牛马羊驼百口，香料、织毡、石蜜、葡萄酒，以及几箱远从波斯运来的萨珊银币。论弓仁忙问缘故，安贞节道："大宛石姓国东行商旅道遇虏寇，贩者尽为群盗所屠，王师营救不及，但驱寇而去，收赃而回。"

又不数日，道途风信传回，谓有数十名戴甲贼寇，自称逃卒，乃天地不赦之人，他们在荒野沙碛之地剿掠了一批石国兴胡商，恣意屠戮殆尽。容有一二活口，望风而逃，关于遇劫的零碎信息，应该就是这么传扬开来的。毕竟东西商道上蝥贼蜂出，一向神出鬼没；有人以为多是突厥孽种，有人坚词说是契丹流民，莫衷一是。自凡镇边逻兵，总有鞭长莫及之处，一旦遭遇上了这样的恶寇，也只能归怨于时命不济而已。

论弓仁把安贞节的话前后一兜拢，就明白了：逃卒自不是逃卒，盗匪也不是盗匪。安贞节声称的赃物竟是他自己指挥王师劫掠所得——服常民之衣、外罩半甲，就是刻意装扮成逃亡者的模样。论弓仁乍然窥见了真相，是非万般分明，只能当机立断：要不，拏下这厮问罪处斩；要不，就算不能与之同气共谋，也只能曲心包庇了。

或许是出于一片惜才之心，论弓仁思忖了片刻，眉一低，道："此事，莫得常有？"

"而今逃卒遍天下，商旅亦遍天下——"安贞节当即答道，"锋锐所向，但视将军所需耳。"

论弓仁毕竟不是一个贪渎的人，可是当初准予分兵逻弈，也是他亲自颁布的命令，如今不能公然论罪，也只好吞声担待。当下厉声斥责一阵而罢。然而，于公又不能不奏报，从表面上看来，安贞节却也有"驱盗"的劳绩。索性借功奏报，调遣安贞节离开他的麾下，远赴岚州补差，任别驾之职。

此为安贞节身为突厥部的亡命之徒，周旋于唐廷与胡部之间的一段秘辛。安贞节私以为得计，日后一旦打听到东西兴胡商旅之有大宗货贩出入者，估量形势强弱悬殊，胜券在握，便假借唐廷逃卒"不赦之人"的名义，纵马挥戈，残杀强夺，所向披靡。只不过他万万没有料到，会遇上轧牢山这一行人。时在开元四年之冬。

也就是从这个冬天开始，轧牢山冒姓安氏，追随安贞节定居岚州。安贞节还给轧牢山起了个汉名，叫"禄山"，取"积禄成山"之义。每当安贞节那一支假冒逃卒的盗寇之师有所斩获，便化整为零，交付轧牢山，逞其精熟各族语言风土的本事，以物易物，四方交易——唐廷甚至授与一职，号"诸蕃互市牙郎"——不消数载，非徒令岚州府库充盈，就连两家安氏兄弟也都私囊饱满。唯独轧牢山一囊、一马，依然故我。

看在安贞节眼中，轧牢山多智计、善于揣度人情，到手的财货总能不断分匀散播，转生利益，每每以贱易贵、以少易多，但是无论何等奇珍异宝，他却从不积聚于身。忽一日，安贞节终于忍不住当面怪道："以汝之能，而不稍事积聚，真不可解。"

轧牢山应声答道："母训分明，不敢或忘。"

"何说？"

"吾母有言：'以奴自处，则万福毕至。'"轧牢山道，"信知奴之为人，一无所有。"

安贞节摇头摆手道："人，必有所欲。"

"某即好交易而已。"

这的确是轧牢山的肺腑之言。他尚未深入中原廛城市井，也还没有见识过两京繁华，更无从想象大帝国里如蝼蚁蜂蝇一般群居扰攘、争锋夺利的惨悄生涯。在这个边城儿的心目中，那个道听途说而来的"天下"，还只是黄沙白帐间无数堆积复流散、流散复堆积的物件。每当催趱着大宗什货来到互市之地,立身于万商之间,眺瞰着绵延数十里、形色百端的金银、牲畜、织品、香料、药材、器用、服饰乃至于不知前途终将何往的童妇,他知道这些都是从几千里以外迎风披雪而来,随即又将如流水浮云一般流通到几千里以外而去,他都会因之亢奋,甚至晕眩。

那些口中嚼说着不同言语的人所交换的,也不只是货物。更令轧牢山好奇而时刻念想的,则是每一个买卖家各自的需索。有的人会为了几斤姜黄和胡椒而出让一头健骡,也有的人会为了一张舞筵而脱手数十枚金杯;在某家眼中,年轻貌美的女子值不上两腔羊;在另一家眼中,几头牛也换不了一尊法器。可是,缤纷的谈吐、热络的寒暄,以及看似无穷无尽的交流生意,总使轧牢山着迷。尤其是当他周旋于各部族之间,巧为说合,疏通有无,就觉得浑身舒畅,欢快无比;仿佛人世间之至乐,已然无逾乎此。

有一次无意间促成曹国牧马商和天竺珠宝商之间的买卖,他高兴得忘情,在人群中跳起了回旋舞,置身一张方圆不过尺许的胡凳上,轧牢山以两足尖为轴,一口气打了千余转,方才收鼓停身,登时万众噪叫喝彩。恰在这一刻,环睹众人之中冒出来一声:"是轧牢山么?汝竟是阿史德氏之子?"

来人是先前在常乐有过一面之缘的康破延。

这一度重逢,老胡康破延不像是个气定神闲的娴熟商贾,反倒透露着前所未见的急切之情。他不由分说扯住轧牢山的衣袖,推肩拒肘地冲出拥挤不堪的男女老小,来到市集僻静之处,钻进驼马群中,才喘息着放手问道:"汝母是巫者?"

轧牢山尚不及答话,康破延接着又问了一句:"阿史德氏可授汝咒诅语耶？”一面说着，一面不时地探头斜眼打量四周是否有过往之人，接着，仍不待轧牢山回话，暴睁双瞳，迳自抢道："汝可知否？彼回旋之舞，有大法力，若附之以咒语，可以摄万众心魂！"

"某身居牙郎，所事买卖而已。"轧牢山微微一颔首，刻意作无谓状，只若有心、似无意地说下去，"心神何价，焉能买卖？"

康破延狐疑已惯，当然不会相信他的敷衍言语，可是随即掩敛焦急，露齿而笑，道："某有倾城敌国之资，不计多寡其数，凭汝一生索讨，但望与汝作一交易耳。"

轧牢山不由得一愣，暗忖：有这样不测之资，所求一定也是无价之宝。可是一时之间，他实在想不透，不过是临行之前母亲交代背诵的一串求神誓词，怎么会令康破延愿意倾毕生之财而必欲得之？

他更没有料到：康破延从此有如一随身的幽魂，动辄来会。有时便作寻常交易，有时也插手斡运纠纷；逢着与中原内陆如河洛、蜀中之地的贾贩互市，他总是为轧牢山解说风土、谋断商机，如何顺应异地买主需求，如何调度殊方货物供输，各依平生所见所闻，知无不言、言无不尽。且康破延一反昭武九姓兴生胡的族习，从不借端取利。久而久之，轧牢山尊之为兄、敬之如师，几乎忘了这老胡原本有所图谋——而康破延也确实对轧牢山施过一大恩情。

那是在轧牢山入岚州之后五年，安贞节忽然发了一种奇怪的病状。他日夜觉渴，暴饮浆水无度，于是镇日欲溲尿，常常在不知不觉间已尿得满裈满床。非只此也，人也时刻昏倦疲劳，经常喃喃自道："动亦疲、睡亦疲、言亦疲、默亦疲，生死直一疲耳。"不多时日之后，便浑身瘙痒，搔落皮屑如天飞雪花；眼力大衰，还经常看见旁人看不见的蝇蜂之属，绕室翻飞；更不寻常的是一起一坐，皆患眩晕，无论吃多少鲜羊肥牛，终究不觉饱足，周身日夜冷汗，居然还直嚷着看见突厥默啜可汗的一颗头颅，时时在他面前身后跳踯滚走。

康破延恰自南方来，听轧牢山语及安贞节此症，当下从名唤伏帝的骆驼背上取下笼箧，神情诡秘地低声说道："不妨！我有神药。"

据说神药来自西南数千里外，唐属剑南道蜀中之地，当地有南诏小邦，万木蓊郁，奇草俯拾即是，此物，产地土语称之为"肥兜巴"，或称"灰兜巴"，更是灵妙非凡。然而，一旦逾越大江之北，便绝踪灭迹，藐然不可得了。肥兜巴之为物，本出于群山之中极其罕见的一种红皮八足怪虫，这怪虫在生机将尽之时，必然要寻得一株茶树，只在那树下吐丝，一吐终夜不止，直至腹净囊空，怪虫也就死了。至于所吐之丝，便堆积于树下幽荫之处，避过风日霜雪，历经不知多少岁月，坚韧似皮索，盘卷如羊肠，采药人必须有十分眼力，始能寻获。洗净收藏之后，泡水煎服，端端可以治安贞节这病。果不其然，一服药剂饮下，安贞节居然止了汗、止了痒，眼也不花、头也不晕，连成天到晚追随左右的默啜幻影再也不见了。

轧牢山讶道："不道汝竟也通晓医术！"

"此剑南神人霸药师微子所传，却也是某以百斤没药、百斤龙脑换得，宁不珍贵？"

这是轧牢山第一次听说霸药师的称号。或许是康破延想要借谈资以惊动耳目，博取轧牢山之亲近忻慕，或许是这老胡真心崇仰霸药师之情不可抑遏，总之，一旦闲谈间说起中原风物、唐土人情，不论是天文道术、生机药理，乃至于生死鬼神，康破延总不会忘了提一提那遥远蜀中之地的微子——霸药师。

　　忽忽岁月又过了五年。如今霸药师的女人就在轧牢山面前。一个有如站立在晴光碧草之间、毛色纯净鲜洁的马儿一般的女子，始终安静驯服；她的双眸无比澄澈，仿佛只能望向鹰飞过后的秋日苍穹，而不及身旁万物。轧牢山探手上前，抚摸着这女人的脖颈，一过又一过，反复三五巡，才侧脸凝视康破延，道："看她神情惝恍，便知乃是汝使迷香掠来？"

　　"道途险阻，即此行旅便利不少。"

　　"汝竟不惮霸药师怒恨？"

　　"远在天涯，当可不教他知晓。"康破延龀起牙花，又朝月娘噘了噘嘴唇，笑了，"彼或同汝一般，并是弃家逃国之人，亦未可知耶？"

　　"唐女只一张人皮嫩白，实实看不出已经几度秋草枯黄。"

　　康破延点点头，俯首作想片刻，像是十分委屈地从腰后解下赵蕤那柄短刀，拔刃出鞘，持近轧牢山面前，一分一寸指点着鐾环、握柄、刀盘、锋尖，絮絮叨叨称许其精巧坚韧，说罢，连刀带鞘往轧牢山掌中搁了，道："人与刀，俱付汝——"他顿了顿，接着道，"买汝一部神咒，若何？"

　　轧牢山插刀入腰，接着便抬起手来，颤巍巍将指尖伸进月娘的发，那是一丛比春草还要厚重、浓密的青丝，即使探指已入根深之处，每一茎丝都还顽强地抗拒着他的抓爬。他就这么将持着女人的头颅，迫她转向自己的脸。然而轧牢山依稀觉得，女人的眼瞳依旧向着不知多么辽远的地方张望。

二九　此淫昏之鬼

月娘总会记得那一夜的梦境。

昏暮时分，那些口操胡语的喧哗男女逐渐散去——他们并未消失，只是快活地迁移到屋外、甚至城垣以外的旷野中去。在彼处，他们欢歌、劝酒、打马放蹄、朝百面千方的穹天密草乱射响箭。箭羽上的哨鸣划过大半个天顶，往复交织严密，瞬息间无以数计，而终宵未曾稍停。人们狂乱地喊着轧牢山这名字，每喊几声，匍匐在她背上的男人就会告诉她一次："彼众呼我！"

男人要她记住这个名字。

不知从何时开始——或许就是在喝下那几盏夹杂着酥油、胡椒与酸果气味的葡萄酒之后——她微觉喉间一润，居然像是可以发出声音了，然而却无可与言者，亦无话可说。那酒再从腹中滚烧入喉，她已置身于比夜色还要深浓的墨黑里。只能依稀记得：原本看似土石砌筑的屋室当央，另有一座弧顶圆围的帐庐，帐庐内外披挂着毡毯、帷幔和无数幅扯张散落之后，又凌乱地缠裹铺垫着的布疋——据说，这正是先前呼号喊叫的那些陌生人所馈赠的礼物；而她则陷落在布帛之中。

男人将她翻转了，她感觉自己仰面朝天，却不见天。伸手要捉拿些什么，一抓又一抓、一层复一层，像是翻掘着春初融雪之下含冰的壤土，却只着落得丝滑茵软，绵延无尽。在好似沉埋入土的无边阒暗之中，新剥的记忆来自那一年的春日，她还记得。恰似一点发自肺腑内的光亮，她记得的是李白。自从离开大匡山之后，这是她第一次由衷呼喊的名字。李白。

266

当时，李白信口吟诵了一首恼人的诗："新晴山欲醉，潋影下窗纱。举袖露条脱，招我饭胡麻。"而她，捧着豆苗、荠菜、芝麻饭，臂间另挽了一篮含桃……她都记得，她还淌着一身汗。然而听见那诗，她恼了，实是害羞的；她也恨那羞意，因她向不曾感受过，羞怯让她不觉得此身仍为己有——而赵蕤从不惹她害羞，这魁伟如山的神仙人物，即使与她亲近相对，也总是对她说："某与汝，衣食作息，耕读朝夕，算作寻常夫妻，毋宁乃是道侣。"

　　李白不同。李白从初识她时便不肯如此。他老是望着她，又望着她，仿佛期许她吐露些之无字句。然而、然而，然而世事固有不必付之吟咏者！……她都记得，就在赵蕤忽然采药归来的前一刻，山前的反舌鸟啼了，那黄喙黑衣的鹡鸰也跟着啼了，噪禽较诸往昔任何一年都啼唤得早，那么究竟立春了否？她记得李白问了一句；还是她自己问了一句？是他问的罢？偏就该有此一问罢？

　　地气蒸腾，万物复苏。月娘勉力闭上眼，将旧忆与遭遇翻搅糅杂，都为梦景，但听得反舌鸟归林入巢，挣扎窜动，直向无底之处。更有气息喷勃，临眉迫睫，或即想它是万籁间翩翩震动的叶隙之风罢了；此际群山前后、树木浅深，飞声高下，且莫听远方交织如盖的响箭，并非，并非，权当是呼应着节候的鹡鸰！

　　但是，耳边传来的分明不是鸟声，是那男人说话。他像是忽有所悟、忍不住亢奋地脱口而出，道：

　　"果尔，果尔！"

　　男人的嗓音浑厚，声调与她年幼时从担任地方官职的父亲处听来的署衙语言十分相近，据说那就是京兆语，自天子圣人以至群臣百僚都习说的话。这男人说得十分流利——比她多年前从父执辈口中听来的南腔北调都还流利得多。男人在她耳边说：他是斗战之神赐福所生，既生而雷电交加，天地放大光明，那是因为他的母亲精诚祷祀，神灵感格，因而受孕于天的征候；而他的母亲早就告诉过他：有一个发黑如夜、肤白如雪的女人会在岚州与他相遇，并且同他交合，日迈月征，长相厮守，日后生下十个儿子，皆受封为上国将军。

在透彻的黑暗中，她一言不发，反而觉得安适。恰由于看不见彼此，仿佛男人言谈的对象不是自己，而她所听到的只是与己无关的陌生故事。加之于身的冲撞与抚触，她只能想象成是来自远方、来自过往的另一个陌生的身影。那人作诗，随身匕首系臂，每出不群之思、惊人之语，当下匕刃豁朗，声节铿锵。

她总能毫不费力地记得那些诗句，也同时想念那些因诗句而缀缉起来的生涯——

北溟有巨鱼，身长数千里。仰喷三山雪，横吞百川水。凭陵随海运，炬赫因风起。吾观摩天飞，九万方未已。

那是他初到大匡山自申抱负的句子，当时围绕着他和她的，本来不是什么三山百川，更没有什么巨鱼大鹏，却只是郁郁葱葱的群山，接目偶及，不外乎榆枋间的三两燕雀。朗吟之余，作诗的少年摹仿着山鸟嘎嘎嘶鸣，接着便纵目晴空，吃吃傻笑。

她也记得，在赵蕤拒绝刺史李颙的举荐之后，少年作了一首：

孤兰生幽园，众草共芜没。虽照阳春晖，复悲高秋月。飞霜早淅沥，绿艳恐休歇。若无清风吹，香气为谁发。

彼时，少年尚未将先前年幼时追随时调、凑合格律的积习涤洗净尽，每每造句，不免于拘牵对偶，略现束缚。而在另一方面，她旦暮冷眼旁观，少年已经有了顽强的主见，作得这样的一首诗，不免也是对赵蕤的轻嘲，隐隐然表现了出走的渴望。少年原不计功名，他的渴望，仅仅是走出一方世界，要散发那孤兰的芳香，不甘于随众草幽居而芜灭于小园之中。

到如今陷落在无休无止、无际无涯的黑暗深处的，却是月娘。她无声无息地沉吟着千回百转的诗句，似乎要借之逃避体内蓦然冲激而起的惊涛骇浪，那是她从未体会过的。她想要回避，然而不能；想要抗拒，然而不能。她的羞怯与愤恨、痛楚与恐慌，都揉搅成巨大的欢快，起伏万端，潮卷而来，这陌生的躯体迫使她不得不遁向远方、遁向远方的人，而远方之人的音容笑貌，却在逼视之下愈发朦胧缥缈。她越是勉力摹想，越是零落破碎，也就只能躲进熟悉得不能再熟悉的诗篇之中：那是远人的诗句，还有她自己的——

　　独漉水中泥，水浊不见月。不见月尚可，水深行人没。

她仅有的四个句子。

一首辗转从晋代古歌谣辞中脱胎而来的小诗。古谣名为《独禄篇》，"独禄"和"独漉"一音之转，就是诗歌起调引韵的发语词，并无特殊用意可说。古作四言为体，通篇二十四句，凡六转七韵，反复陈言，所叙仅一事：有孝子某，一心一意、念兹在兹，只想着为死去的父亲报仇。根据用语所示可推知：孝子之父受到了"锦衣豪贤"者的迫害，甚至因而丧命。而这歌谣的本事，竟与月娘的身世雷同，其辞如此：

独禄独禄，水深泥浊。泥浊尚可，水深杀我。嗷嗷双雁，游戏田畔。我欲射雁，念子孤散。翩翩浮萍，得风遥轻。我心何合，与之同并。空床低帏，谁知无人？夜衣锦绣，谁别伪真？刀鸣削中，倚床无施。父冤不报，欲活何为？猛虎斑斑，游戏山间。虎欲杀人，不避豪贤。

"独漉水中泥，水浊不见月。不见月尚可，水深行人没"就是从"独禄独禄，水深泥浊。泥浊尚可，水深杀我"的发篇语中转出，只是由四言变为五言，将两句一换韵的形式改成四句一韵。吟罢四句，她停了下来，对李白道："心力疲钝，即此为止，不能复作。"实则，她之所以半途而废，是怕诗句勾引出她不愿意吐露的过往，以及不能掩藏的仇雠之情。当时的少年李白既不知就里，又要逞才，当下续吟了四句，取意也还是从"嗷嗷双雁，游戏田畔。我欲射雁，念子孤散"的原辞之中转出，说的还是他自己莫名而未遂的抱负：

越鸟从南来，胡雁亦北渡。我欲弯弓向天射，惜其中道失归路。

吟罢呵呵大笑，半是自言自语地道："某心力所及，也不过如此；尽教将此二章去，假以时日，镕而裁之，终有完篇之时。"

李白并未食言，不久之后，他的确又补作了四句，内容是："神鹰梦泽，不顾鸱鸢。为君一击，鹏抟九天。"是后，李白与慈元出游锦城、峨眉行前，月娘为他整治行装，不意间从稿草中看见这"神鹰"以下的四句，全然脱离了她的起兴之语，更显现出一种急于高飞远走的兴致。那时刻，她心一凉，却又不知凉些什么。

直到月娘独自离开大匡山，于她而言，这首残缺的《独漉篇》始终只有最初那八个句子，既是她的，也是他的。然而此刻，黑暗中紧紧裹住她的这个男人，仍旧一如旷野里终朝不息的狂风，掀起另一波漫天浊浪，淹覆万物，靡有孑遗。

水深行人没。
惜其中道失归路。

三〇　始闻炼气飡金液

远方的李白此刻在星月之下。他方才辞别了许自正，陪伴李衍回到僦居驿所的庭庑之中，叔侄二人都默然无语，各有各的盘算。李白想着紫荆树下匆匆一面的那个女子，那是吴指南弥留之际谵言呓语提及之人；一旦想到吴指南，他就满怀踧踖，神魂不宁。

李衍赴京待诏，已经不能再耽延，可是此夕之晤，总让他放心不下，尤其是许自正与李白一席晤对，虽然自午及夕，可是谈得天南地北，不着边际，不论是家国时政、风月文章，都十分款洽，然而，却简直不像是议婚。

尤其是说到了歌诗，许自正流露出用意深密的兴致。桃李园之会，他见识了面前这年轻人的才分，会后却也听说了太多有关此子浮浪狭邪之行的传闻。一个竟夕终朝流连于酒楼歌馆的子弟，却能够受到司马承祯和崔九那样的赏识和推重，确乎引起了许自正难以言喻的好奇。他私忖半日，终于想到，要让这年轻人逞其所能，复足以稍窥其胸怀器识，那就是让他作诗。

"古来士大夫行吟，载忧载歌。"许自正刻意舒缓其语气，像是一边说、一边想，极其慎重地说道，"汝远游云梦，历涉吴越，屐痕所过，必有心画。某叨忝作主人，不知能否一聆雅诵？"

话说得很客气，但用心坦率，就是要从李白的诗中一探其心志性情，以"古来士大夫"相期相勉，也的确有揄扬李白身份的善意。李白当然不能拒绝。不过，仓促间并无宿构现成的佳句，许多随口号歌、应景书写的篇什早就在歌筵酒阵中交付了玉管红唇，曲终饮罢，也就归之于烟云尘土，即使记得些字句，甚至还能流利地背诵，却都是些轻艳绮靡之作，岂能戴得起"古士大夫"的冠冕呢？

情急间，只能顺着主人的语势，从"云梦"、"吴越"之词想起了多年前在大匡山与月娘戏作的残句。紧接在月娘的"独漉水中泥，水浊不见月。不见月尚可，水深行人没"，他的句子是："越鸟从南来，胡雁亦北渡。我欲弯弓向天射，惜其中道失归路。"他也记得：相偕联句之后未几，他因为目睹赵蕤召唤奇禽异鸟，而有一种身在梦幻之中的虚无缥缈之感，于是补作了四个四言句："神鹰梦泽，不顾鸱鸢。为君一击，鹏抟九天。"

而今即席试才，也不无咏怀献诗的风情，索性将这篇散碎的旧作转来运用——毕竟他的前四句命意开阔，于许自正所期待的"古士大夫行吟"也略无差池。李白转念至此，把心一横，索性凿去月娘的引句，迳从"越鸟"起兴，用这四句开篇：

越鸟从南来，胡雁亦北渡。我欲弯弓向天射，惜其中道失归路。

许自正听到这里，不由得叹息出声："强矫！强矫！"

一只射向远方的箭，所射的是茫茫无际的天空，挽弓之力越强、飞矢之程越远，则中道无归的怅惘就越浓重了。如此开门见山，挑露题旨，颇为险峭。一来是出之以五七言兼用的杂言体，虽谓近于古乐府风调，容易唤起质朴刚健的感会，可是在时人耳中，此体句中声调散慢，平仄凌乱，抑扬无节，欠缺严谨的约束。二来，这箭一开篇便迷失、陨落，看似无以为继；那么，该如何扭转那由"越鸟"、"胡雁"所铺张扬厉的宏大局面呢？

李白总是能逆折思路，撄锋而出。从体制言之，他更加大胆地吟出一对九言之联；从意旨言之，他抛开了坠落无踪之箭，念念于赵蕤从迢遥天地间召唤而来的群鸟。是的！他掉转神思，却说那没有被箭射中的鸟——这让许自正无比惊喜而震撼着了：

敢当飞翮者、雕鹗之属，蓬莱以外来、指挥西去。

无视属越属胡，也不分南来北渡，强矢临身而毫不在意的独行之鸟，就像从云梦、广陵漫游而西入安州的诗人，飘然而至。许自正连连颔首，忽而觉得不该忘形，赶紧作势整理衣衫，让一旁的李衍看在眼中，不觉失笑。李白略无瞻顾，振衣拂袖，接着吟道：

渤海其东几万里，载山之鳌惟无底。方壶一呼鸲雀空，瞻彼昆仑云间耳。

诗到中段，坚苍陡削，换用上声韵字，略调声调，以近律为行腔结构，而不全宗规格。所状述的，则是从极高远处睥睨世间景物，乍读之似鸟瞰，深味之则来自世外天眼。许自正不禁脱口而笑，跟着吟赞道："'载山之壑惟无底'，不言山之高，而言壑之深，此语识见，更出魏武短歌之上啊！"

李白神情舒缓，昂视无极，对许自正的称赏若罔闻焉，继续诵出早已作成的终章：

神鹰梦泽，不顾鸱鸢。为君一击，鹏抟九天。

"莫怪！"许自正不住地抚掌捋须，着实难掩亢激之情，道，"莫怪司马道君谓汝'奇哉人也'，崔监则许汝为国士。此等文华意旨，域中无人堪与伦对！"

便是从此而说起了和他们各自与上清派道者的交际。许自正与李白就像是暌违多年、平辈论交的故友，从术数到养生，从经书到丹药，每有所见，皆深相投契。尤其是说到辟谷之道，许自正甚至起身向李白一拱手，道："某平生所见，略不及此，承教、承教！"这就甚至有些不顾体面了。

李白之于道者辟谷，的确有不同寻常的看法，连李衍都瞠然自失，不能应对。许自正数十年宦海沉浮，自料默观世事，颇有通人之明，论及辟谷一事，引经据典，侃侃而谈。话题是从前度司马承祯一行人过访安州而说起的，彼时丹丘子对许自正提起李白，卖弄玄虚，说了句："道君所奇之人，只合在楚山里。"许自正还以为说的是采药者；这便以合药、服气为话柄，滔滔不绝地议论起上清派独树一帜的妙法，又是松子、白术，又是伏苓、灵芝。显而易见地，许氏对于司马承祯的叹服，多少还是与延年益寿的具体实践有关。

李白听完了他的一席说论之后，居然笑道："龟息少食，饵药炼气，此一夫之功，犹未及于万姓。至若以辟谷安天下者，天师另有卓见，当道未必苟同。"

许自正愣了愣，忍不住攀问道："愿闻、愿闻。"

"《礼》不云乎：'生财有大道，生之者众，食之者寡，为之者疾，用之者舒，则财恒足矣。'"李白应声道，"若谷食者寡，而耕稼者众，财用不亦足矣？"

这是个浅显的道理，许自正微一点头，道了声："然。"

李白没有接着说下去，他星眸闪烁，剑眉昂扬，等待着许自正说下去。他知道：一旦深思，必有疑虑。

果不其然，许自正忽而又摇手道："非也！非也！设若食之者寡，则何所为而事耕稼？"

"然！"李白这才接着笑说，"若无耕稼，则国人一空！"

道者辟谷，到大唐立国之时，已经有上千年的历史。从浅近的方面来说，稻麦菽稷、鱼肉菜蔬之物，各具天机生理，不入口腹，岂得养人？而天机生理，也会须借着饮食而周流，才能使阴阳勾和、魂形统摄，以臻长生。

早年天师道建斋醮、授符箓、守斋戒，尚无戒食的手段。魏晋以来十传而渐兴的上清派道者却对于辟谷有一种更加强烈的信仰，以存思、诵经和服气从事修行、追求长生，以至于成仙，就提出了一套逆转的论理，他们认为食物——尤其是谷食——于充

275

实肉身之余,也阻滞了人生境界的飞升。此处的飞升不但是个比拟之词,还是具体描述之语:若能经由养气饵药之修行,以代谷食,则非但可以延生长寿,还能像传说中的无数神仙一般,蝉蜕躯壳,直上青冥。

因此,上清派以为人平常所进的饮食,正是拖沓、滞塞升仙之途的余物。这些道者毋宁相信:减食、甚至不食五谷杂粮,而"漱芝麻,含灵芝,润松脂,咀松子",这是一种更直接的"化道于天地,得机于自然"的手段。上清派的宗师弟子们一代又一代在深山幽谷之间采集"天生所有",不只是生命看似"有期有限"的草木植栽,进而转向了地黄、水晶、云母、石髓、丹砂、黄金、白银等等矿石。因为从外观与质料上看,此类矿石更坚硬顽强,仿如不朽,服食此类,得其物性,人亦随之而顽健。根据越铺衍越神奇的传说所示,更高境界的道者非徒五谷不入口腹,就连草、药、丹砂都不沾唇,但需吸风饮露、吐纳日精月华,亦可以为神仙。

自从许宛洗净铅华、绝意婚姻,沉迷于炼药之后,身为父亲的许自正有些感伤,也有些欣慰,不免时加垂问,因而也萌生了兴味。毕竟,家世空垂其高堂,功名半堕于冷遇,要想重振祖辈许绍、父辈许圉师的声势,堪称绝望了。再有什么经略之心,也只能营缮田产,保守家资,余生所图,不过就是安恬闲适,益寿延年。他时而与各方道者交际往来,只要风闻某术士知机识微,感格天地,或是能通医理方技,哪怕只是晓测风雨,打听得其人在相邻郡县,无论荆、襄、鄂、汉,甚至远在汝海,都要延请到府中,殷勤问讯。若是关于养生通神之术,纵使只字片语,也务必要求索钻研。

他知道:道者辟谷,一来有其修持自好,独与天地精神往来的意念,二来也有借升仙永寿之目,以广招徕的目的。里巷间多少传奇，说的不都是凡人学道，偶得仙缘，因而蜕化躯壳，抛掷名利，斩绝情亲，白日飞升呢？

但是李白的"若无耕稼，则国人一空"之语，竟是他从来没有想到过的。不外一念之转，说来也没有太过深邃的思理，就是说人人学道，像神仙故事中的人物一样，以石髓、松针、苔衣、溪泉为饮食，日后功成大化，杳然仙去，靡有孑遗。那么，还需要耕稼稻粱、育植蚕桑吗？舍此而无所事事，则税赋成空，傜役无着，又岂是天子所能容忍坐视？

那么，当今圣人屡屡召见司马承祯，既披衣受符箓而称弟子，复指地筑宫观以安师尊，其敬仰礼拜，前代所未曾有。倘若上清道者所欲弘扬之事，终不免撼摇国本，这一切又是为了什么？许自正虽不以为事态果尔致此，却依旧不明白圣朝之优容，所为何来？而自己多年来问道访术，何异祸国？被李白这么一说，他有些惝恍迷离了。

孰料，李白还有反一面的立论。

"然而——天下固不能无耕稼，亦不能无神仙。"李白道，"葛洪《神仙传》中，得道而成仙者，不过百有余人。爰古洎今，普天下之王侯将相黎庶商奴之不能成仙者，其数何啻亿兆京垓？试问，《神仙传》果欲人信神仙可期乎？或乃劝人不信神仙之可期乎？"

"服食炼气，其行苦，其道微，所事者寡，故少成。"

"许由、巢父服箕山石流黄丹而得道；商山四皓服九如散、饵漆料并丹砂而得道；离娄公服竹汁而得道；商丘公服桃枝胶脂而成仙；洛下公服赤鸟夜光脂而成仙——此片言所记，未足为后世法，姑不论——"李白一口气说到此处，话锋一转，声转昂扬，道，"然则世称彭祖若何？彭祖，帝颛顼之玄孙，至殷末七百六十岁，而容颜犹少壮而鲜丽，善补养导引之术，服水桂、云母粉、麋鹿角，日夕闭气内息、磨搦身体、拭唇咽唾，其气常行于体中，起乎口鼻，达十指之末——"

"彭祖自是得道者。"许自正道。

"是得道之尤者！"李白道，"然彭祖丧四十九妻，失五十四子，自谓：数遭忧患，元和折伤，肌肤不泽，气血焦枯，仍不可以登仙。"

一旁向未开口的李衍这时也来了精神，道："故神仙之说，竟乃是讽人不必求神仙了？"

"然，亦不尽然。"李白转向许自正道，"使君请思魏伯阳事则明矣！"

魏伯阳的生平事迹也在《神仙传》中，是家喻户晓的典实。

道教丹鼎派开山之作《周易参同契》的作者魏伯阳，东汉会稽上虞人，号云牙子。"参同"，即"三同"，将《周易》、《老子》与丹药之道三者汇于一炉而冶之，主旨即是选药炼丹、养生延命。以魏伯阳为主角的神仙故事，其最著者，就是说他带着三个弟子和一头白犬赴山中采药，炼制神丹。由于魏伯阳已知弟子居心不虔，遂为试探，刻意用一种"转数未足，合和未至，服之暂死"的丹药喂了白犬，白犬食之即死。

魏伯阳便问弟子："作丹唯恐不成，丹既成，而犬食之即死，恐未合神明之意，服之，恐复如犬，为之奈何？"弟子转而问师傅："先生当服之否？"魏伯阳说得潇洒："吾背违世俗，委家入山，不得仙道，亦不复归，死之与生，吾当服之耳。"说着便服食了，而一俟服食，也就死了。

三弟子中的一个当下就说："吾师，非凡人也。服丹而死，将无有意焉？"说着也服了丹，又死了。剩下的两个弟子相顾怏怏，商量着：服丹本为求长生，今服而死，焉用此为？不服而生，自可数十年在世间活也。这两个但求活命的弟子出了山，还想着为师傅及死去的道侣备办棺木。就在他们离去之后，魏伯阳一跃而起，给那已死的白犬和弟子服食了别样的丹药，不但都活了过来，还都成了仙。故事的结局就像其他无数的神仙故事：苟活不肯服丹的弟子毕竟欠缺仙缘，懊恨不已。

许自正反复将魏伯阳一生所事翻想一遍，仍不明所以，道："贤郎以魏伯阳事大有径庭，不近人情耶？"

李白欠身道："服药暂死，亦死也；既死而复生，魏伯阳偕弟子及犬一去不归，其情不亦死耶？古来说神仙者，何啻魏伯阳一人尔耳？其所谓：'背违世俗，委家入山，不得仙道，亦不复归'十六字，恰是齐死生而仙者也。"

说着，他起身向许自正一揖，接着说道："使君恕某直言：辟谷还丹能添寿命，殆非神仙之道，故李少君之徒董仲，延命八十春秋；仲之子道生，寿三百七十；其余卓元成、张子仁、吴士耳之徒，或三百岁、或五百岁，至死不病、不伛、不皱面、不落齿而已，却更不是仙！"

李衍仍是满面狐疑，道："然则如何是神仙？"

"一去不归者是。"

"一去不归，非死耶？"

"其情若是。"李白收敛起先前高亢激昂的神情，反而略显沉郁，道，"神仙之迹，反复申说，不外视死如归耳！故河上公授汉文帝素书二卷，即失其所在；卫叔卿不甘为汉武之臣，乘浮云、驾白鹿而来，复以武帝无礼而去，未尝还家；王方平暂归家，而恒往来于昆仑、罗浮、括苍三山；吴之葛玄服芝饵朮，从仙人左慈受《九丹金液仙经》，能分身绝谷、连年不饥——然，若永不归诸人世，则何如？"

许自正脱口而出，连自己都有些意外："直是死耳！"

那的确是葛玄身上的另一则传奇。有人欲强邀葛玄而行，他并不想去，勉为其难，随行数百步，忽然叫喊腹痛，乍然卧地，须臾便死。拨弄他的头颅，头颅即断；摇晃他的四肢，四肢亦断，接着更臭烂虫生，不堪接近。那主人稍稍走向前探看一眼，葛玄连尸身都不见了。

至于日后葛玄的了局，其情几乎与所有的神仙一样："卧而气绝，颜色不变；弟子烧香，守之三日三夜。夜半，忽大风起，发屋折木，声响如雷，烛灭良久。风止燃烛，失玄所在——但见委衣床上，带无解者。"更奇怪的是，到了第二天，问起邻人，邻人并不知道前夜有毁屋拔木的大风；风，只在一宅之内。而葛玄之两度弃离人间而去，亦吻合于李白所谓的一去不归、甚至视死如归了。

李衍没有料到，李白言神仙，举证纷纭，又自出机杼，不与俗同。这倒让他隐隐然不安了起来。毕竟许家是安陆高门，许自正是故相之子，而今说起这些得道成仙者，似乎都与当道帝王扞格不入。更何况，原本言及上清派老道君，两造皆有亲切的因缘，可是一旦深论起神仙，却显得有些话不投机了。他想让谈锋缓和下来，只好重拾前议，微笑地排遣着："古来神仙不归，既云不过百数，其余如彭祖、董仲、卓元成等永寿而非仙者，亦不过数人、十数人，安可谓辟谷之道，能使耕稼不行，而国人一空？太白此论过激、此论过激了！"

"古昔有丹豀皇初平其人，年十五，随一无名道士至金华山牧羊，能使羊变为石，复使石变为羊，统有数万头之众。无何，初平传术于兄皇初起，初起便弃其家、抛其妻子、就其兄弟，常服松脂、茯苓，至五千日，能坐存而立亡，立见而行消；盘桓于日中，身下无影。日后初起、初平相偕还乡里，诸亲族死亡略尽，乃复去而不知所终。初平改名赤松子，初起改名鲁班，故实有云：兄弟再传服此药而得仙者，亦有数十人。"李白说着，屈指作计数状，道，"今上清派道者，云游天下以千计，每人传授十弟子，弟子复传数十弟子，三传、五传而下，人人服饵辟谷，不事农桑；苟若不欲见人，则化为石，则何如？"

许自正朝西北长安方向一拱手，道："圣人遍视周听，精思远虑，岂能不见？司马道君道心唯微，深识详瞻，又何至于以术祸国？"

"使君固明此理，便知老道君之德，不在辟谷；而帝王之图，亦非神仙。"李白平静地反诘道，"天下之至道，乃在道不道、德不德、神仙与不神仙之间。请君倾耳，为禀白石生行迹可乎？"

白石生比彭祖还要老上一千余年，至彭祖在世之时，他已经两千多岁了。师事古大仙中黄丈人，所学所行，以男女交接之道与服食金液之药为本。《神仙传》谓："初，患家贫身贱，不能得药，乃养猪牧羊十数年，约衣节用，致货万金，乃买药服之。"

李白说到此，看了一眼李衍。他知道：这位叔叔向不乐意人提其行商坐贾、货贩市利之类的事，无论与己有关无关，只消谈到买卖，就像揭发了他身家微贱的底细，总要半晌不自在。而李白却仍朗声敞怀地说下去：

"既通药理，乃得药性。白石生脱却了贸易之身，常以引石散投白石之中，煮熟成泥，似芋，便以白石为粮；又傍白石山而居，故时人皆号曰：'白石生'。白石生既不忌食肉，也素好饮酒，更不避谷粮。一日能行三四百里，视其颜色，如三十许人。时好沐浴清斋，焚香祝祷如常人，读《仙经》、《太素》。一日彭祖见之，问彼：'何以不服药升天乎？'白石生答道：'天上无复能乐于此间耶？但莫能使老死耳。天上多有至尊，相奉事，更苦人间耳！'"

葛洪在《抱朴子内篇·对俗》中，特别为这种连仙籍、仙名都不愿意据有的"仙中之隐"作注云："仙人或升天，或住地，要于俱长生住留，各从其所好也。"不过，《白石生》毕竟是连列仙世界也作了一番彻底的嘲讽。说起"天上多有至尊，相奉事，更苦人间耳"，大约是深爱其中讽谑。李白禁不住连说了两遍，说罢怡然而笑。

许自正既嘉赏李白才辩，却又微憾其锋芒，尴尬地赔着笑，无奈开门见山道："聆贤郎之言，似无'奉事至尊'之志耶？"

这就不乏带着几分温和的指责了。李衍闻之而惊心，而主人翁问的是李白，他不能代为掩饰，只能在一旁暗自心焦。

李白看来却应付裕如，徐徐答道："至若白石生之故实，所措意者三。自其家业言之，交易往来之人，疏通有无，市易钱谷，即道机流转；此其一。自其术业言之，止房中术与金丹药二者耳，故能阴阳合和，物性寝假，即道体迁化；此其二。谷食、酒食、肉食，皆无必无不必、无可无不可，随遇而安，即道法自然；此其三。熟视此三者，当不昧：自然是道，而至尊在焉——吾其洒然于江湖！"

许自正确实为李白忽正忽反、一操一纵的辩辞所折倒，可是心有未解之惑，仍不肯甘休，于是思忖片刻，看似乱以他语，实则切身一问，说得更坦白了："斯人也，苟有神仙之才，可以为大夫之用乎？"

虽然指称的是"斯人"，问的却只能是李白——你，有发愤于功名之想吗？

"人间出处，何止一仕一隐二途耳？上下求索，又何止一儒一道二家耳？"李白浑不在意，神闲气定地答道，"白敬禀使君：神仙之道夥矣！另有临淄马鸣生，年少时为县小吏，后因道士学医理，并随师周游天下。此三事，俱不在功名路上，自今观之，唯周旋于士庶之间。马鸣生初不乐升天，服半剂还丹金液之药，而为地仙，常居之所在，不过三年，辄易地而处，如此辗转游九州，逼五百年，更无事功，日久大丹自成，亦白日升天而去。斯人矣，与夫宣父仲尼之见弃于鲁，不得志于周，厄于陈、蔡，而为东西南北之人，岂有异哉？"

"东西南北之人"，这是《礼记·檀弓上》里的一句。当时孔子得到机会把父母亲合葬于防地，加高墓土，堆垛了足足四尺高，却不幸遇到大雨而崩塌。在筑墓时，孔子明明知道"古也墓而不坟"，加高墓上封土其实是僭越礼制的，然而却由于一身四处奔波，流离无定所，不能不为墓地作些容易辨识的记号，孔子是这么说的："今丘也，东西南北之人也，不可以弗识也。"

李白用此，显有深意——他知道许自正对于自己的家世、前途，有着无法掩藏的疑虑，索性借着说马鸣生而比合于孔子，又借着说孔子而转喻于己身。

"白也虽不才，敢不效宣父于千载以下乎？"李白道，"白仗剑去国，久历尘雨；每过一处，便自问：此地尚能来不？每遇一人，更自问：此人尚能会不？于今两度春秋，但觉日日送别而已矣。此生略以送行留别为事，斯亦足矣！"

李衍心一凉，暗下惊忤：此子口中的神仙一去、去不复顾之语并非清谈，竟是他浪迹天涯，日日与山川人物乍会又长别的体会。然则，还谈什么婚姻呢？

三一　曲尽情未终

在略述马鸣生传奇的一生之际，李白不时地抚膺振臂，仿佛那是自己的经历一般。李衍看着，怔住了，他虽不如侄儿那样熟读《神仙传》，甚至从未听说过马鸣生其人，但是李白三言两语下来，他却觉得马鸣生之所遭逢，也是他自己的处境。流外小吏出身，所遇多尊官大使，若非极为难得的宠遇，无论再汲汲促促多少岁月，绝无身居清要之望。

个中感慨，他不吐不快，却又不能在东道主面前畅谈，只有在辞别许家之后，邀李白同返驿所，这时皎月临空，清辉匀满，李衍迟疑了许久，自先摇头叹息，继之不觉失笑，道："凭汝'国人一空'之论、并'一去不归'之语，这婚事，看似——议不成了。"

李白倒背着双手，漫为闲步，也不是真有什么去处，只是一心躁动，静不下来，迳在通透的月光下踩着自己的影子，想着紫荆树下的一瞥，良久，才道："彼女温婉平易，格是出身高门。"

"设若——"李衍像是自问、又像是试探一问，"成就了呢？"

"吾当先遣丹砂小童往峨眉山僧处讨绿绮之琴来，挑之以《凤

《求凰》曲。复觅此间通衢广里，设清帘酒肆，当垆放歌，但视许公何以应之？"李白有心玩笑，先自笑了，又摇头道，"可惜丹砂不在！"

李衍眉峰乍聚，肃容道："某与汝实说了罢！议婚事有达人之嘱、众人之望在焉，莫可造次。"

"达人"二字，不消说是指天师司马承祯与秘书监崔涤，"众人"则包括了丹丘子与李衍，可是李白没有想到的尚有一人，说的是新正之日持酒来拜、又在桃李园见过一面的薛乂员外。

啊！久未见此人了——李白心头想的这句话没说出口，嘴上仍毫不在乎地道："议婚须使钱帛，非等闲事；侄自溯江以来，囊橐散讫，随身契券随手打旋，所余亦无几矣！"

所谓打旋，即古语融通、后世称拨兑者。多半用于以书券代偿所值。出具书券的一方换取钱货之际，为了求现或者取得物什，往往以多折少，不免损值而不予计较。

"吾家三代，未见似汝般肯挥霍者！"一个"肯"字，用力甚深，李衍看他浑不在意，只道这侄儿逞才率性，放纵无节，实在有些按捺不住，脱口说了这么一句重话。

李白侧过头，想了想，微微一哂，且不答复，只道了声："侄去去即回。"说时向李衍匆匆一揖，甩开大步往驿所西北侧的栈房走去，果然片刻而返，手中多了个以绛红丝绦捆扎严密的青色绫袋，裹覆着鼓突突、沉甸甸的物事。显然，是他前往早先堆置箱笼囊箧之处取来的。

李白且不忙拆解丝绦，只一手捧住，另一手拈搓着绫布，道："此物原是锦官城大通寺亡僧依筏所有，僧死俵唱遗物，竞价高者得之，此袋本以盛圣相，为大明寺僧慈元俵得。"说到此，李白顿了顿，道，"慈元者，与侄同赴锦城、峨眉之道侣也。"

李衍点点头，仍不知李白是何用意；但见他缓慢而谨慎地拆开了丝绦，拨开袋口，露出里面的物事，是一大一小两锭银饼。李衍一眼觑得分明：一锭是二十三两的，一锭是十两的。常例打造如此。然而除了有大宗交易者之外，市井商民并不常用，亦不多见。

　　"此银，则得之于锦城陈醅醹酒坊主人陈过——盖为主人积欠家大人粮谷之资，其数具载于契券。"

　　"锦官城之行，既然是为汝父征债？"李衍不解地问道，"奈何与僧同行？"

　　"大人恰是彼僧'钵底'。"李白低声道。

　　李白说的不是"大明寺钵底"，李衍一听这话就明白了：那是开元十年诏敕天下寺观清点僧、尼、道士、女冠私财之后，出家人私囊所有，凡是超过三、二十亩田产之值者，"一切管收，给贫下欠田丁"。这时，号称一寺之"钵底"——尤其是那些拥有大笔钱帛，行商五湖四海的施主——便不只是为丛林常住盘桓香火，也有借着替僧、尼、道士、女冠藏匿私财，而拥有更多的本金。

　　说到这一地步，涉及李客的经营，李衍就不便多问了；他知道：李白若有隐衷，自会检取他能说的话、谨慎地说。

　　"银饼取自陈醅醹酒坊，随即散与慈元，此中另有缘故，乃是大人私没大明寺六十斤逐春纸，转作侄就学于东岩子赵君之束脩。"

　　"吹云布雨，凿壁收光，这——"李衍忍不住笑了，"确实是汝父惯常之所为！是以，银饼毕竟归那僧人之所有了。"

　　"然。"李白将银饼再收入袋中，仔细绑上丝绦，叹道，"慈元未几即暴病而死。无何，大人匆匆促侄携黄挟白、杂以各方书契，登程远游——岂料：此袋、此银，居然都在侄之行箧中。"

　　接下来的话，应该要说自己违命不赴三峡、九江，却谋断自由，高飞远走，放迹江湖，逐歌酒、耽声色，随兴之所至，以定行止，将可疑之产，尽付天涯之客。仿佛只有如此，才算了却了对人世间的亏负——这，又是一段难与他人屡述细说的心路。他只淡淡地说："非分之财，不敢从事聚敛，散之天下，亦无可憾；何况用之于纳征请婚？"

李衍显然不同意他的说法，仍板着一张老脸，道："我闻之于薛乂员外，谓汝以'五蠹人'之名纵横广陵，有诸？"

李白默然。

"则汝竟不知《韩非子·五蠹》有云'长袖善舞，多钱善贾'乎？"

对幼叔如对大人，这是过庭之训，李白只能垂首不语。

"吾家在安西累世货贩，疏通万邦，克济有无，此即通练起明之大道。一入大国而身为贱民，此中原道统，亦属无奈。然行商者，岂其聚敛致富而已？"李衍凝眸亢声，泪光粼粼，越说越发慷慨，"彼僧死即死耳！留取其财，货殖四方，古人所谓轴轳远致，充奉陵邑，此业宁不壮哉？何如汝征歌逐酒自奉养耶？"

教训得激动无前，李衍连连跺脚，李白这时不由自主，双膝落地，把个头颅垂得更低了。

李衍却没有住口的意思，他绕着李白踱步，时而一句："大孝终身慕父母。"时而又一句："嫌疑汝父即是不肖！""怨怼汝父即是大逆！"

月光直罩罩当顶而下，如灌如沐，好似直要把这庭院以及外边的无垠大地洗涤得更加透彻。随着更漏渐晚，李白被训斥得有如银针刺剟，侵肌入髓，却觉得无比痛快。他被李衍的话语翻剥了一层，虽然仍不明白李客是不是有心吞占慈元的遗产，更不知那吞占是不是为了满足一己的贪壑；李白也无从理会，昔年李氏一门被窜逐出走之后，是否当真有以商事倾城而敌国的本领；但是，李衍的斥责，让他更清楚地逼视自己的初心：他对父亲的嫌疑、怨怼，恐怕只能渊源于他无以正视自己卑下的身家；他从来看不起行商。

"汝且起；某启行在即，纵使稍迁延时日，或亦不及伴汝亲迎——"李衍的神情显得困乏了，欲言又止，良久才道，"许使君家迭遭险衅，诸礼从简；于汝，乃是便宜处。然而亲迎嘉礼一节，则万万不可荒怠。大事若谐，汝便从'未庙见婚'之律，在此安顿生涯，毋忽意于进取。届时居宅行止等事，薛乂员外自有区处。"

这番话说来精紧切要，却是深思熟虑而后吐露的。身为久未谋面的叔叔，又格于家业分流的形势，他自知不应该勉强侄子走上一条坎坷、却未必通达的仕宦之途。然而，期勉李白上进，并促成两家婚媒的，却不只是一二人而已。

其中的薛乂，其实是另有盘算的。

开春以来，薛乂穿梭于许、李二家之间，时有礼觋相遗，毫不掩饰自己的动机，就是传闻中许府家藏、为数巨万的万年青铜钱。薛乂兄弟都有一套经世济民的雄辩，也很令人心慑而服理："若不能充其量铸钱，则人人靳惜所有，畏惧购求，天下物资，滞于殊方，货殖萧散，谷器朽烂，而国恒危矣！"

有了这么一个切合实情也有利于民生的主张，不只许自正心驰意动，连朝廷都不得不改弦易辙。从当年宋璟、苏颋派监察御史萧隐之赴江淮穷治盗铸，滥捕商民，因而引发广泛的民怨之后，到如今不过几度春秋，情势为之丕变。京师以外绝大多数的都邑之地，非但不举发盗铸，市井见钱则喜，有那实在铜料不足的开元通宝

288

到手，稍稍用力捏拿，居然软烂，而人亦不以为恶，照常使来买卖，还流通得更快。

这就给了王公贵家、中朝显宦们极大的鼓舞，因为他们所领取的月俸、力课等收入，若是转换成钱，可自数万以迄于数百万不等，却还都是官铸良钱，他们也乐意把这些良钱当作铜母，非但利用厚生，自己的财富也可以转手而倍增。

李衍旁观者清，看得出来，这一番话已经深深打动许自正，想赶紧把万年青拿出来，当作铜母，交由薛乂兄弟雇买匠人，杂以铅、锡及铁等物，锻造新钱。一经如此手段，少则以一孳五，多则以一孳八，但视其软坚略有差等而已。

当作铜母的钱，尽管不是整𪠶发付输送，而是分批运往广陵等地，规模也着实不小，单人独力，匹马孤帆，决计力有未逮。于是，必须借助于柜坊；这，是有其长远背景的。

一般行商，迢递往来，大批钱帛携行不便，也容易引起盗贼觊觎。因此便与经常僦居的邸店、商家合计，租用栈房，暂为贮存，将来证以书券，约以日期，凭券取赎。有时在甲地存放，复至乙地取用，也所在多有。至于所存放的，渐渐地就不只是钱帛了，甚至还会扩及于不至于腐坏的货物。依唐律"邸店者，居物之处为邸，沽卖之处为店"可知：邸店是供应行商饮馔、居住以及寄存商品与钱帛之地。当时赫赫有名的"窦家店"便是其中佼佼者，店主东在长安西市"造店二十余间，当其要害，日收利数千，甚获其要"。

邸店的主业毕竟是供行客居停，往来人等杂沓，出入搬运钱货频繁，仍有若干不便。于是再从此中分别出专为储存、支付钱帛的店面房栈，谓之柜坊。这种从民间逐渐发展出来的生意，直到多年以后，竟为官方仿习借取，就形成了制度。《新唐书·食货志》载："宪宗以钱少，复禁用铜器。时商贾至京师，委钱诸道进奏院及诸军诸使富家，以轻装趋四方，合券乃取之，号飞钱。"

不过，纵使是以买卖货贩为名目，终须走运数量庞大的铜钱，还是得具备行商身份方可。而自天子以下，人人出身有公验、游方有过所，每过津关，都要严格覈实这两者具载之文。薛乂的兄弟虽然在广陵身居"维扬十友"之一，也就是个行商，不过他在安州却没有名誉，贸然携行许家大批的万年青，堂皇就道，极易启人疑窦。在许自正而言，他必须信得过一个具备行商身份的人——而这个人，当然最好是像子婿一样的家人。薛乂之所以汲汲营营为李、许二家合亲，其动机如此。

倒是在李衍的叮咛之中，那"未庙见之律"，是一个枢纽。古来婚娶，按诸礼仪，妻随夫居，终是常情。尤其是在士大夫阶层，沿袭儒家士婚之礼，竟有至于动静全依章句，行止必搜典籍的讲究。讲礼仪，为的是顾门面；大唐承袭六朝门第观，婚嫁前考征两家门户高下，也常到了某品某秩、毫厘不失的地步。大体而言，士大夫阶层以内通婚姻之好，本来就是为了彰显过往的荣光、巩固现有的权力，或者是起振未来的契机。

然而士大夫之家，不至于在一地永久任官，其内迁外转，进流退逐，也非时可逆料。此外，议婚诸般条件都合适的夫妻两家，又不必然常住在相邻州县；即使一时密迩，也还可能随着官任所在，日久分离。时移事往，到了下一代再议婚，男方往往不能将携新妇返乡回里、拜见双亲，以及像孔夫子所说的："三月而庙见，称来妇也。"——这句古语的断读和解释纷纭其说，也有以为应该是："三月而庙见称，来妇也。"大意不外就是说：翁姑在时拜翁姑，翁姑不在拜神主。可是，新郎远在异地，就近成婚，至有不得不居住在女家，而无法返还乡里，行"庙见"之礼的，这一形式的婚姻却也不能归入"就婚"（入赘）之类，便称之为"未庙见婚"。

可以想见，薛乂与李衍、许自正，甚至包括郝氏在内的安州亲族方面，在如何完婚、如何成礼，以及日后的日子如何收拾，都已经有过缜密的商议，而李衍说得如此简洁、俐落，似乎也有些许不要李白参详太多的用意。毕竟，李白知道得越多，就越容易揣摩出这一场婚事之中不足以与人言的盘算。

李白的确另有所思。他反复咀嚼着那两句"在此安顿生涯，毋忽意于进取"。仿佛就是说：两三年来，他这种恣意放荡、随遇而安的漂泊，就要止息了。他的行囊、他的马匹，他随手浪掷的钱财和岁月，一任从眼前耳边经过而从不停歇的声歌人物、舟车景色，都将成为过去。他也可以想象：自己即将要置身于一栋居宅庭院之中，可能还真像是早岁在大明寺追随诸僧起居时那般晨修夜课，就连大匡山上与赵蕤、月娘散处山野的逍遥来去，都不可复得。

只不过，令他无从捉摸的，是他的身边将会有一个陌生的女子。

李衍看他神情迷离惝恍，似有不可言说的愁怨，这让李衍越发放心不下，还以为李白性情孤傲，对于这种近似就婚女家的安顿仍有疑虑，于是道："若以齐大非偶、门户悬殊为虑，何不强学而仕，自谋出身，以汝博雅之才，假以三年五载，欲取一清要之官，亦非难事——"

"非以此故。"李白对李衍深深一稽首，道，"侄去来江湖，云散已惯，若以成家而振作，理固宜然。然……"

他没有说下去，他明白李衍无法理会这心绪；当他想起日后将有一女子，朝夕与他相偕为伴，直到天荒地老，其中意味，并不是一段生计的展开，却是一段生涯的结束。可是，他还有太多的事并不明白，尤其是当他又要与过往告别的时候，那个心头的人并未离去。无数次管弦歌奏的场合，他都经历过这样的情境，尽管声已歇、辞已毕、酒已空、人已散，可是他犹有满腔未曾抒发的意兴，在昏灯暗影间分明欲动。

曲已尽，而情未终，如之奈何？

三二　从君万曲梁尘飞

李白的心事未了，还有一层缘故。这一回溯江西上，落脚安州，与段七娘近在咫尺，唯有诗曲交递，声词应和，始终未曾谋面。细论缘故，这本是掬弹家庄严其格调，以有别于青楼声妓的身段。然而在不可期其然的命运牵合之下，李白似乎无能抗拒，就要成亲了。这一门亲事还会将他带引到更遥远的地方去，那将是更决绝的分别；正因如此，他必须去与段七娘见一面、问一语、释一疑。

段七娘以制衣娘子之号，僦居于麻家店。那是一处初建于南朝某代的老宅子，本为仕宦门第所有，二百年浮沉不继，沦入凡庶人家，成了一爿容有十几间客房的邸店。前后三进，东西四院。制衣娘子就住在邸店东南角上，平素以丝竹弦管授徒，堪说是深居简出。李白数度借着交递曲子词而投简请见，总不得覆书。偏偏就在奉饯李衍登程赴东京的这一天午后，大张筵席的驿所外来了个卟角童子，说是制衣娘子即将远行，未有归期，特此相邀，请李十二郎往麻家店一晤。

诸李姓子弟一闻此语，不由得鼓噪起来，争相噱笑道："此挶弹家名动荆襄，等闲不与世俗交接；十二郎真个'味貌复何奇，能令君倾倒'！"

李白颦眉蹙额，趔趄不安，胀红着一张脸，只不敢应答，唯恐李衍又以他征歌逐酒而怪罪。

不料李衍却捧起酒盏，从重榻首座上缓步行来，附耳道："君子以果行育德，彼一妇人，乃不敢趋见，岂不徒贻诸兄诸弟讪笑？"

李衍说着，只手高举酒盏，另只手把住李白臂膊，对诸客朗声道："某今日满饮，明朝远行，此会之后，便将此子付尔群贤，但有三事叮咛，都作一首'三五七言'曲子词行令，倩诸君踏歌！"

这是公筵上惯见的名目，李衍请行酒令，在场老少众人中有甘心助兴者，都要离席下榻，在庭中扶肩结队，踏步以为节奏，人人随着李衍所吟唱的格式，信口作欢歌。榻旁还有一班弄笙操鼓的乐工，皆是此道中的熟手，一面听着李衍放声吟歌，一面随手捕捉音节，套以现成的声腔，这样，就能引导众人随调而歌。

由于三五七言声调起伏有常，人们耳熟能详，颇得一呼而群应之乐。不过，若要追随李衍之令，即时自制新词，就不太容易了。依例：能够应声请令，自制其词者，就留在队中，与众人继续踏舞；跟不上的，就遭汰逐，登榻归席饮酒。令词的开章是这样唱的：

天枝李，谁家子？一朝为快婿，江右称门第。放帆沧海不须惊，壮浪云生结兄弟。

"结兄弟!"众人踏跺成雷,随口高呼。

此体为不拘于格律的三五七言散歌,多只在旗亭歌馆的场合得见,李白一听就体会了:李衍借下里巴人的通俗曲调行令,是有些刻意为之的心思;仿佛他要让李白感觉到,对于那些在歌筵酒肆间的欢歌,他不只有义正辞严的苛责而已。

"天枝",指国姓之树,也就是在场的李氏宗亲。一句词,便使所有的人都亢奋着了,众口同声,庆贺着即将缔结的婚缘,也以身为李氏兄弟而意兴昂扬。结句则是以汹涌连绵、风起云兴的壮浪,来形容四海之内相互交结、提携的族亲,既有祝福,也有期勉。李衍接着唱下去:

> 喜簪缨,庆连城。绣绂麒麟角,旌迎骐骥行。持爵丈夫知底事?轮裳万里入朝廷。

"入朝廷!"踏歌声随着众人的欢呼、席间的酒幸而亦发高昂起来。

这是李衍的第二声叮嘱。毫无疑问,"簪缨"就是期勉人在朝中立下不凡的事功。"绣绂麒麟",语出晋王嘉《拾遗记》,说的是周灵王立二十一年,孔子诞生,时在鲁襄公之世。方其未生之时,有麒麟来到阙里人家,口吐玉书,书中所写,大意是说将有水精之子,为了维系衰周的命运不坠而降生,号为"素王"。接着,有两条龙绕室飞逐,五星降落庭中。孔子之母颜徵在知道,此中一定寓含了神异之力,乃以绣绂系麒麟角,麒麟遂在家中盘桓了两三天才离去。后来,"绂麟"之语不但用之于庆生,也常用于人能够感天应神的祝福。

"持爵"一词双关，说的既是举着酒杯喝酒，也是领取天子封赠官职的意思，以呼应上文的"旌迎骐骥行"所暗示的边功，也开启下文追随皇帝的使命。"轮裳"，车边的帷幔，也就是帝辇的代称。

李衍这时忽然走近李白，将手中杯酒一饮而尽，道："某自浮一大白。"

浮白，即是罚酒。行令留别，既有离情别绪，也有不尽的祝福，为什么需要罚酒呢？李衍接着说道："日前某斥汝'征歌、逐酒、自奉养'，彼一时情急失心，大言过当，汝千万不要介怀。"

李白连忙侧身退了半步，还作一揖，既表示不敢承担叔叔的歉意，也表达了的确没有介怀的意思。未料一抬头，瞥见一人，满面透着油光，身着碧绿朝服，远远地在踏歌阵头朝他点头微笑，他不识得那人，那人的兴高采烈却异乎寻常，还不断拔声高呼："还有一令！还有一令！"

这，正是在催促李衍。李衍已经略有醉意，脚步却踏得更紧凑、更疾密。乐工们果然也加快了节奏：

> 长相思，会有时。顾曲喧嚣久，停杯落拓迟。唯有囊中千万意，相期天下散歌诗。

"散歌诗！"

第三令终，起令者要指名接令者，众人在热烈的期待中显得更起劲了。一时间但听得"散歌诗、散歌诗"的喧呼声震入云，李衍随手朝踏歌队伍之首、那绿袍油面的官人一指，笑道："魏主簿接令！"

"魏洽主簿，澹荡人也，颇有远谋，唯时运偃蹇，此公与汝气性相近；日后不妨往来请益。"李衍一面喘着气，一面捉着李白襟袖，缓步朝那在门楣旁伫候多时的丱角童子走去，并殷殷低声嘱道，"结兄弟、入朝廷、散歌诗，三事切要切要，某今付之曲子词中，聊作叮咛，但望毋轻毋忽。"

李白未及应声，李衍却迳往门边童子一指，接着道："某自长沙来时，曾过麻家店小憩，去此仅片刻程途，汝但随此童赴约，某且在此抵敌几阵，待汝复来、好作长夜之饮。"

乍回头，李白听见庭中那名叫魏洽的主簿已然接令起唱，其声清越激朗，所唱之词，虽然是为李衍送行，却字字触动着自己怅触不甘的心情：

辞别否，休回首。谁知身后名，且乐歌前酒。送君直谒大明宫，笑把文章题北斗。

带着这首曲子词的余韵，李白来到麻家店。但是，他并没有如一路之上所想象的那样面见段七娘——她仍旧隐身在邸店的屋隅深处，身前乃是三架深的角屋，每架皆有一重锦幛，从梁上悬垂而下，直接于地；看来平日传艺授徒，情状也是如此。

或许明知此会匆匆，段七娘显得有些冷淡，无多寒暄，第一句话就问得李白不知如何应答："犹记有一小奚奴，尚为李郎奔走从事，竟许久不见踪迹了。"

那是指丹砂。李白应了个诺，正思虑着该如何答复，段七娘复问道："彼亦原有家主翁者？"

"然。月前归金陵故主去了。"

"啊！是原有家主翁的。"说到这，段七娘轻轻叹了口气，语气中透露着微微的哂笑，道，"新主故主，并皆是主，于奴一般无二，但不知李郎记否。李郎曾说：欲做孙楚楼的风月之主——毕竟是徒托空言了。"

那是两人初见未几，同游台城之日向晚，李白用段七娘身上的紫纱披，盘裹成士人们顶戴的官帽，往头上一戴，说了句玩笑，孙楚楼中尽管丝竹依旧、笙鼓如常，那笑语琴声与灯火歌吟，应仍日夕不绝，却早该换了一代新人，如今回想起来，偏只隔世二字可解。尤其是段七娘那句"于奴一般无二"的"奴"字，说时却像是称谓她自己，显得更加黯然。

"生平戏言，本应烟逝，有时尘迹不泯，思之未免神伤。"

"客岁以来，李郎常有声词界付，每度其曲，都不免念及当年。"段七娘道。

"无奈七娘子谢客，某亦无从致候。"

"秋去春来，略道寒温而已，何可候者？"段七娘说着，不觉放声笑了，道，"李郎有话问奴，但说无妨。"

"某——"李白忽然之间为之语塞。自从金陵一别，下江复上江，每闻制衣娘子行迹，都凝念在怀，自以为千思百虑、应口而发的话，这时却怎么也道不出。

却是段七娘，低回片刻，方道："想来亦是'此时此夜难为情'乎？"

一语如钟鼓，倏忽击上心间——那是初到安州之后未几，在一旗亭夜饮，听见歌姬们唱三五七言之歌，便依照曲子词的谱式，作了一首三章之诗，交递主人转付制衣娘子过目，不料次日回话，竟然是这么说的："俗曲朴骏固陋，殊少迭宕之趣；三五七言之体，贵在长短相济；一旦为声腔所缚，如驱征禽入牢笼，反失精神——此曲，容徐图之。"

李白当时不以为意，毕竟这么应手而书之、又应手而弃之的作品，日日常有，或即吐露心事，随即一笑置之，不几日，便彻底忘了"此时此夜难为情"的句子。

那三章诗原本是这么写的：

秋风清，秋月明，落叶聚还散，寒鸦栖复惊。相思相见知何日，此时此夜难为情。

飞峡雨，从何数？入我相思门，知我相思苦，盈天山水碧而青，明月无常今复古。

长相思，长相忆。何如不相思，不思无穷极。早知如此绊人心，何如当初莫相识。

而今段七娘忽然提起这诗，不禁令李白胸臆一紧，可不？诗句里恰恰埋藏着他说不出口的心事。

"奴已将此词改讫——李郎既枉驾而来，便为李郎歌之。"

说时，三重锦幛的深处传来一声苍哑的咳嗽，听得出也还就是那年迈的瞽叟，他手上的琵琶在下一瞬间放拨四弦，劲急扬厉，这是起板。整首歌收束成一章，曲子则化三叠为一叠。

段七娘初出声时，啭喉极柔。两句之后，追随着诗中落叶寒鸦的动态，而略微加急，如轻骑空鞭，渐就大道。唱到第二匝的五字句处，复故作颠踬之态，一字一顿，刻意使不断重复的"相思"

298

别为吞吐，声进而韵退，收腔有如快云遮月。此时，整首曲子已然唱奏过半，借着两"分"字略事曲折，归于慢板，末二句则又遽转为快拍，真个是破浪飞空，成破碎之声，段七娘手中檀板急歒，歌声乍收。

改作之后的曲子词如此：

> 秋风清，秋月明。落叶聚还散，寒鸦栖复惊。相思相见知何日，此时此夜难为情。入我相思门，知我相思苦，长相思兮长相忆，短相思兮无穷极，早知如此绊人心，何如当初莫相识。

这么一收束，虽然裁去了三峡飞雨、无常明月的凄凉隐喻，却无碍于词意缠绵，声情悱恻，更脱去繁冗反复，具见相思幽怨。

"当日在金陵初会，李郎逸兴若飞，似有青云之志，"段七娘道，"今夕重逢，不道竟也为情所苦？"

"某放迹天涯，浪萍随风，于歌帐舞筵之前，因缘遇合，不少欢会。然……"李白悄然转念，痴痴望着面前寂然深垂的锦帐，只当是同自己吐露，"然寤寐所思，耿耿于怀，偏是非偶之人——所谓难为情者，莫此为甚。"

段七娘却凄然一笑，道："李郎固知奴亦是难为情者？"

"彼夜孙楚楼布环之宴，七娘子意态决然，证诸后事，乃飘然远引，去不复顾。"李白鼓勇道，"此计，如何能够？唯愿七娘子有以教我。"

这时，但闻得段七娘长叹一声，默然良久，才道："奴曾以侧商调《伊州曲》为李郎唱庐山一曲，李郎还记否？"

是那一首《望庐山瀑布》，李白记得诗题，却忘了大半字句，只能诺诺应之。

"那歌，末一节是奴所请，李郎即席添写的。唱来如此——"

说时，瞽叟一挑琵琶幺弦，段七娘复开喉而歌，十字入破，从高腔处迤逦而下，声字渐渐淡渺，如人远行："且谐宿所好，永愿辞人间。"

"记得了。"李白回想当时，他其实是懵懂的，于崔五和七娘子之间的情事纠葛一无所知，但觉眼前佳丽，别有恋眷，却惨悄不安；于是，在为《伊州曲》按节行腔所需、添写一联之际，他便刻意写了和原诗意思并不相侔的十字，句意则是代段七娘邀约那心上之人，相依相偕，辞别喧嚣的人世，与她长久厮守在这庐山仙境之中。

"辞人间！"段七娘道，"三字绝艳——李郎能写此，而竟不悟耶？"

原文所说的，不就是与所欢所好者弃绝俗尘，相偕而去，乐彼名山之仙游的一段遐思吗？段七娘这一问，将李白推入更深的凝云迷雾之中。

"着实不悟。"

"君之所好，永在君心，诚能不忘，岂非'且谐宿所好'之意？此即是与人间毫不相干了！"

段七娘寥寥数语，将李白信手拈来的诗意由实而翻空，反倒让李白在转瞬间想起了月娘忽然告别之时的话语："天涯行脚，举目所在，明月随人，岂有什么远行？"

"某作得此语，却不能会得此意。"

"惯经离别，便知舍得。"段七娘笑了，"奴行前有一札子，想来崔郎、李郎皆未曾过目耶？"

李白只能轻声一应。他想起那一封纸笺了，是在金陵江津驿所为范十三横手拦夺而去，确实只字未睹。

"亦无碍，奴更为李郎歌之。"段七娘从容而平静地说下去，"不过是一曲古谣《夜坐吟》，奴自作一章，然文词浅陋，不能终篇，彼时念念，但求二位郎君为奴续改，兼致辞别之意而已。李郎今日所疑所惑，亦皆在奴当日歌中。"

《夜坐吟》渊源久远，南朝齐、梁间已有之，泊隋唐之后，多在江南民间传唱。其曲式简短，大凡是以两个七字句领首，接着就是八个三字句。正因为是俗曲风谣，巷歌俚唱，不合乎近体正格，墨客骚人多不屑为；即使歌调沿袭了数百年，前代遗文之中，也只有鲍照的一首试拟之作得以流传，诗篇题为《代夜坐吟》，通篇一韵，反复陈词："冬夜沉沉夜坐吟，含声未发已知音。霜入幕，风度林。朱灯灭，朱颜寻。体君歌，逐君言。不贵声，贵意深。"

段七娘招呼一声謦欬，琵琶声轻拢流泻，歌词逐曲而出，那是她自己的歌了：

> 夜夜夜寒破锦罗，别君之意可如何？芳信香，柳叶捼。从今去，怯消磨。掩妾泪，忆君歌——

这首歌里的君，当是崔五；然一笺而寄二人，可知情之所钟，亦无不可言人者。但看那柳叶，在手中反复捻磨揉搓，本有所待，到了"怯消磨"，即已不敢承受缱绻了。只能拭去泪痕，永忆旧时留赠的诗歌。这正是段七娘所说的："诚能不忘，岂非'且谐宿所好'之意？此即是与人间毫不相干了！"可是，这才唱完八句，将临末节，曲谱尚未完结。这一刻，琵琶声续人声歇，满室回荡着的乐声，似在守候着那些足以摹状情思的文字。李白聆其曲、辨其声，脱口而出：

歌欲断，风正多。

段七娘一拍檀板，跟上下一轮的琵琶声，接着唱下去："歌欲断，风正多。"

虽然语浅意直，毕竟是一首哀伤的歌曲，但是段七娘唱来，不过是将声字咬定，吞吐端宜，抑扬起落之间，工稳而已；仿佛悲亦不多悲、怨亦不多怨，那些倾慕过的、攀缠过的、渴欲过的，都在不知不觉间化作远方的幻影、他人的闲事，这与不多年前在孙楚楼上听到、看到的段七娘迥然不同。

曲终一刹，四弦崩鸣，漫掩喉音，李白但觉眼前烟尘迷离，一片朦胧；抬头一望，原来是屋梁上无数积灰，正被那歌声、乐声震得张扬弥漫。余音幸自缭绕不去，也直到这一刻，李白才算是明白了"惯经离别，便知舍得"的话。

什么是自己写过的"永愿辞人间"呢？或恐就是一心不忘，而终身舍得罢了。

李白豁然开朗，大步向前，揭开一重又一重的锦幛，来到隅屋的最深处，幛后环堵萧然，什么都没有。

此时李白无从预见，多年之后，他的头上生出白发，他的指臂逐渐僵硬，他再也想不起某些曾经熟极而流的歌腔乐律，可是他还记得"永愿辞人间"的意思，那就是只将所好之人收藏于念中，有如明月随人，远行。那时，他的《夜坐吟》已经无法入乐，也无人伴歌，在他身边的，是另一个满怀幽怨的女子。而曲子词，则是这样写的：

> 冬夜夜寒觉夜长，沉吟久坐坐北堂。冰合井泉月入闺，金釭青凝照悲啼。金釭灭，啼转多。掩妾泪，听君歌。歌有声，妾有情。情声合，两无违。一语不入意，从君万曲梁尘飞。

三三　应是天仙狂醉

确如李衍所言，就在他启程赴京待职之后未几，薛乂已经为李白布画了婚事所需的一切。

在士大夫门第而言，由于迁转频繁，未庙见婚之例即使情非得已，却数见不鲜。但是在李、许二家，则有诸多不便明言，也不该招人闲话的顾忌。李白的身家远较许氏为低，而许氏又不得不寄望于李白骋其才、扬其学，或经举荐、或由献赋，终有驰身金马门、通籍大明宫，显声于天下的一日。未来之事尚属遥遥，眼前该如何让亲迎之礼看起来门当户对，则不免大费周章。

首先，李白新婚居家所在，究竟该在何处，就得一番计较。故例：未庙见婚之男子入住妇家，理固宜然。然而李白不同，为了不使人误会他是赘婿，必须先营置自己的房舍。

薛乂在安州府城西北寿山脚下，购下一所带有东西两方庭园的宅子。房舍坐北依山，门前小塘丛树，景致是清幽的，离府城却有数十里的路程，无论蹇驴软舆，或者信步徐行，单程总要走大半日——这却让亲迎之礼大不便宜了。

于是薛乂又在安州城中寻觅了一处故家董氏的宅第，此宅厅堂东西五间，南北七架，前门三间两架，堪知早年曾经出过五品命官。其形制前后四进，朱柱绿窗，白墙黑瓦，廊庑回环，院落深邃，也颇有几分堂皇；算是照应了许自正一心企慕的庄严气象，婚仪便从此始。且此董氏宅第距许府又仅里许，亲迎的路程很近；薛乂遂一掷无算，僦赁三月，将此地暂作新居，满期之后新婚夫妇返还寿山，也略得"三月庙见"之义。

李白先一日整顿笼箧马匹，先入僦宅。不料第二天尚未拂晓，耳边即已喧哗鼎沸。一行数十人前呼后拥，有童奴、有仗役、有仆妇，甚至还有骡马车驾，车身遍髹了黑漆，锃亮如新，发出辛辣的气味。御者也身着黑衣黑袍，神色凝肃，尚不时地朝空挥鞭，自作呼喝。不多时，来人俱在薛乂的驱赶之下，蜂附云集而入，抬着鼎鬲的、扛着缸瓮的、堆叠着箱筐橱柜的，不一而足，看得李白眼花缭乱。

辰时初过，四个童仆侍候李白沐浴，换上了红纱单衣、白罗内裙，和一双崭新的黑靴。薛乂这时也已然换着了赞者的礼服，迎上前来，从袖筒中摸出一双轴卷子，稍稍展开了右轴，低眉看一眼，满面喜笑道："佳期仙会，例应高咏，傍晚亲迎到许府，须得放吟催妆，近世无分士庶，家家亲迎，皆有此俗，行之如仪而已。十二郎且稍留意。"说着，就把那双轴卷子捧递过来。

绫缎上工楷细书，字体整秀，所写的是诗句，格律倒也严谨，词意却伧俗无比：

樱红漫点小朱唇，薄暮凝妆晒烛频。髻子新梳花镜看，朝霞笑杀卷帘人。

　　这是在嘲笑新娘梳妆迟迟，从前一天傍晚，直到次日清晨，简直错过了佳期。

　　不忍迟迟看洛神，纤妍眉首似蛾蠎，倩卿早到游仙枕，驰骋重山下五津。

　　这一首虽然称赞新娘容颜美好，毋须妆扮，可是结语却傀佻露骨，了无雅致。

　　"田舍奴做笔墨戏，且由他。"李白边读边笑，将卷轴递还薛乂，道，"某岂能吟此？红妆宜面，如作画图，尽长夜之乐事，何烦催促？"

　　"许府累代士族，士族之家，凡事最重仪礼名分，多于此处铺设节目。车马服玩，进退容止，常仿习天家，极难应对；"薛乂说着，反手展开双轴卷子的左端，指着另外两首诗句，道，"纵令十二郎不肯以诗催妆，足见东床风度；可是，这却扇之作，犹恐不免，依某之见，还是勉为诵习则个。"

　　"天家"，即是帝王之家。皇室所为，臣僚仿效，风行草偃，这是惯见之事。可是说到"却扇"，李白也只在孙楚楼中听过歌姬唱说此词，当时并未深究其义，当下便反问道："'却扇之作'又是何物？"

　　"那是孝和皇帝在时之事，去今犹未为远——"

　　说的是中宗景龙二年除夜，皇帝忽然兴致来了，下一道敕书，将中书省、门下省、诸王、驸马与诸学士召入阁中，一同守岁。当夕场面十分盛大，宫中广设庭燎、遍置美酒、奏演十方歌乐。酒酣之际，皇帝忽然把御史大夫窦从一唤到近前，去臣子礼，扶肩笑谈，道："闻卿久无伉俪，朕甚忧之。今夕岁除，便为卿成此嘉礼了。"

窦从一不曾逆料，这是皇帝早就设下的一出谑戏。为人臣子，欣霑雨露，岂敢有违？唯唯拜谢而已。不多时，中贵人导引在前，其后烛笼、步障、金缕以及大团罗扇，自西廊成行布列，缓步上殿。行列之末、大扇之后，有一人身着礼服，绣罗绮锦，满头满面障以花钗，颤颤摇摇地走近前来。

皇帝这才口传御旨，让这娘子与窦从一相对而坐。接着，以"却扇"为题，让窦从一即席口号成诗，成一诗，即促从人将一团扇移去。一首移去左扇，一首移去右扇，复一首移去遮脸小扇。数首之下，还有无数花钗障脸，待所蔽之物一一除去，谛视之，却见那娘子居然是韦皇后的乳母王氏，垂垂一西域老媪耳。皇帝与群臣当场踏舞欢笑，不能自已。当下敕令又出：封老媪为莒国夫人。这桩事体一时不胫而走，流传宫外，复散播于九州。当时，李白只有七岁。

常俗经时历久而成体统，皇家笑谈却可以立竿见影、令士庶倾倒摹拟。却扇诗，立刻就成了礼俗，至此已过二十年。

李白低头一看，诗轴的左半幅所记，确实是新郎劝说新妇除却障面之扇的诗句，修辞旨在调笑，却也无甚格调：

蝶意寻花作梦乡，无端半面掩轻狂。应知雨过红残处，不见风流不见郎。

金犀注酒直牵情，玉扇迎春掩笑轻。一见蛾眉知绰约，多君颜色最倾城。

"不意高门之所眷望，也颇合乎俗情。"他还是将卷轴推还薛乂，整了整衣襟，道，"婚姻在某，诗句亦应由某自出。"

然而，士族之家的婚仪，还有不胜繁缛的文章。薛乂一面指点着童妇设置器皿，安顿酒食，一面叮咛着仆从列队往来，鼓吹进退；还要引李白注目游观，趁着天光佳好，熟记行止起坐的时机和地位，万万不能失了分寸——薛乂说得严谨："婚者，昏也。"婚事，总是在天色黯淡，举目无着的时候才开始的。

届时，伕役们已经将三口体态浑圆的大鼎陈设在寝居北屋门外的东侧，每一口鼎中都盛装着一头削去四蹄、炖煮烂熟的乳猪。由于古人以为肺乃是"气之主也"，故一向重视牢牲之肺，用为祭祀，有"离肺"、"祭肺"两种名目。另外，还备有十四尾鱼、腊制去尾全兔一对，这些，都必须烹调至于全熟，放置在寝居东阶。

至于用为祭祀的肉羹，必须一迳在火上温煮，不使退热。酒尊则放置在室内，且置于北墙之下，酒尊的西面放的是清水，号曰"玄酒"，也必须覆盖粗葛布苦巾，玄酒缸附有酒杓——这酒杓的柄，只能朝向南方。酒尊的南面，则是益发要紧的物事，此处端端放着一具名之为"篚"的圆形竹筐，里头有四个酒爵，以及夫妻喝交杯酒时所使用的一对"卺"；此"卺"，必是用一剖为二的瓠瓜做成。

这些都是士大夫之家从千年以前传衍而下的规矩，曾详载于经籍史册，供后世人参照奉行。即使与时俱进，逐事而移，总有更多尚未及入身为士大夫的庶民，就算僭越了自己的地位，也渴望能借着婚媒之崇礼，争相效尤。薛乂在此一关节上，掌握端绪，计虑万千，所顾虑的，正是不要让娶嫁两造感受到分毫身份上的委屈。

他详尽地为李白解说了去至许府的容止动静，演练再三。尤其是主人带引新婿进门之后，如何抱雁而进，如何至庙门相互三揖，登阶之前又如何相对推让，升堂之后复如何献雁再拜，以及如何叩首及地，直到降阶下堂。

"其切要者，"薛乂说到窾窍，深恐李白厌其冗碎，或者率性轻忽，竟满面通红道，"下堂之时，汝由东阶降，莫理会新妇；新妇识礼，便自西阶降，汝莫回头张望。此外，主人依礼不下堂，汝亦不可返身寻觅主人。"

"诺。"

"唉唉！某竟忘却了——"薛乂突然想起了什么，连连拍打着额头，急道，"出了主家，还有一节；汝须作势为新妇御车驾，尚有一'受绥'之目。"

李白在《礼》书上读过"受绥"之语，但知繁琐无味，岂料今朝之事，都来眼前，只能耐着性子听下去。

"绥者，登车之索。汝先登，再以索授新妇——"

"是。"

"是亦不然！切记此礼仅是作态而已、作态而已。"薛乂更急了，期期艾艾地说下去，"授绥之时，千万留意，不可实授，便虚晃之，转交新妇身旁姆仆，姆仆亦不能受，任由新妇踏几而登车，不可援索而上。方此之时，姆仆为新妇披盖罩衣，以防路尘，始可启行。"

证诸于后事，这一番交代根本是空谈。许宛在当天晚上临出门时，一手便接过登车索，举膝迈步登车——原来她的身旁早已没有姆仆随侍了。

当一切礼器食器看来各归其处，身为赞者的薛乂引导着新郎将一干人等、设施前后巡阅一过。尤其是即将面对的障车之人，必须赔笑敬奉的面、酒和小钱，这些物事必须方便取用，却不至于张扬露白，都藏在新郎所乘大车之后的两辆副车之中。

李白亲迎的行伍中人，身份无高于庶民者。但是此日大喜，祝福的喜气充塞薰染，人人尽可穿上练丝质料的衣装，甚至戴上士人形制的幞头。身穿亮黑圆领、右衽及膝的窄袖衫袍，腰间束以革带，足登长靴，在新郎与新妇本家之间一往一来的路上，这些以微薄之资雇来呼喝壮声的奚奴，都算是新郎的家人，他们追随在新郎的身后，笑闹、叫嚷、踏歌，将满城天色呼号至暗，才沿途点燃火炬，照亮脚下的街衢，以及路旁的屋宇。

无论是骡马、车驾或徒步行人，都刻意走得极慢，这是为了让围观百姓能恣意地指东划西、品头论足。甚至，也出落了几分意思，是要等待着突如其来的障车者。这批人或是本地帮闲无赖，或是外地流落游民，尽管平日在邻里间自具面目，各有亲疏，可是一旦出面障车，阻碍婚礼，那就是为了乞讨酒食和小钱。

障车之人，大多假扮成他方而来的贵胄子弟，满口半诗半文的套语，说什么：“我是大唐儒士，极好芬芳。明娴经史，出口成章。”“我是诸州小子，寄旅他乡。形容窈窕，妩媚诸郎。含珠吐玉，束带矜庄。”称道新郎，则云：“虹腾照虎，鹏运摩天。”赞美新妇，则云：“令仪淑德，玉秀兰芳。”对于两姓联姻，障车者似也满口恭贺，说的可是：“两家好合，千载辉光。”“轩冕则不饶沂水，官婚则别是晋阳。”

其间，夸张地奉承起婚事主人的财富来，竟然可拟王侯：“帘下度开绣闼，帷中踊上牙床。珍纤焕烂，龙麝馨香。金银器撒来雨点，绮罗堆高并坊墙。"然而其目的，还是强行勒索:"见却你儿女婚嫁，特地显庆高堂。儿郎伟重重遂愿,一一夸张。且看抛赏,必不寻常。"这一套引人啼笑的大话,有时还须邀请知名的文人代笔,以增隆重;然而事到临头,无非是由迎亲的一方花钱使物打发了。

此一婚俗愈演愈烈,甚至经常闹到了聚众滋事的地步。日后就有左司郎中唐绍上表奏请皇帝,下诏断绝:"往者下俚庸鄙,时有障车,邀共酒食,以为戏乐。近日此风转盛,上及王公。乃广奏音乐,多集徒侣,遮壅道路,留滞淹时,邀致财物,动逾万计。遂使障车礼貺,过于聘财。歌舞喧哗,殊非助感,既亏名教,又蠹风猷——诸请一切禁断。"

由于车马不能争咫尺隙地,李白站在行列的前驾之上,凭倚车衡,凝眸望着障车人。那些人立刻让他想起,当年在昌明市集上飞呼奔走、仗剑逼人的少年伙伴。而此刻的眼前之人,又何尝与他不一般呢? 他们不也都穿着全然不合于自己身家的礼服,看似笑靥迎人,却杂之以振臂之呼、瞠目之诵,左推右搡,争前恐后,在灼灼闪炽的炬火掩映之下,其狰狞却犹如暴怒的群鬼。

群鬼之中果有一人,只脚踏上车轴,另只脚又蹬上车辕,踩稳身步,便与李白齐身对峙,相去不过数寸,咧嘴如唱经呗一般:"新侩人! 仔细思量,内外端详;事事相亲,头头相当。"紧接着又回头对同来的伴当们吼道,"儿郎伟! 彼起我落,截短补长;不念旧恶,只看新郎。"

"儿郎伟",古来原本是关中地区方言,纠众之声。由于结群成伙之人,或驱傩、或赛神、或于房舍兴工上梁之日,必须施以祭典祈禳,为了彼此号召,惯用此词,一旦泛衍而普及,"儿郎伟"便成为呼群的套语。"伟"字虚词，常用于多数，犹如后世之"们"。

围聚而来的障车之人这时益发肆无忌惮地鼓噪起来，他们擦拭着满头满脸的汗水，勉强撑持着脸颊上僵固的欢笑，彼此呼唤："儿郎伟！儿郎伟！"而所有障车儿郎的眼睛，却都逐渐凝聚于李白之身。

"儿郎伟！"攀跃而登车的这人显然有些得意忘形了。他似乎不知道自己究竟想做什么，却又为人气所激，舍不得回到路面上去，偏就这么与李白贴身相望片刻，眼中竟然流露出义愤仇雠之色，其中有哀伤、有妒怒，也有些许的惶惑与惊恐。也就在这刹时间，打从天穹之中、夜暗深处，猛然间落下一宗物事，直夺夺砸上了这人的头颅——却是说时迟、那时快，就在他僵直着身子、仰天栽倒的瞬间，衣袖却教李白一把拽住，稍稍站定身形，两人才同时看见，从天而堕、随即滚落车中之物，竟然是一鼓突突、圆滚滚的皮裹。李白再一寻思，认得分明了——那正是当年在洞庭湖畔被吴指南扔上天去的那一只酒壶。

那人经此惊乱，胆气稍逊，由伴当搀扶着，且摇且晃地下了车。李白顺手将酒壶递给他，道："今夕天地同喜，奈遽去？来！进酒。"

他知道：那壶里的酒，是无论怎么喝也喝它不尽的。

（第三卷完）

附　录

李白的天下意、无情游

廖伟棠

　　"大鹏飞兮振八裔，中天摧兮力不济。"

　　《大唐李白》三部下来，时刻笼罩着李白《临路歌》的阴影，一次次的举扬，一次次的跌宕。然"临路"也许并非后人考据的"临终"之误传，而真正是诗人再一次上路，上彼"不知所终"之路、觅大自由之前的一首告别歌。

　　身处二十一世纪初的"盛世"，张大春也在一种大时代的阴霾中俯视过往众生，李白等人于他编排的命运中始终大道不得出，直到《将进酒》始见解脱的端倪。这解脱，是源自李白开始立心做一大诗人所得的酬劳，此前他种种抱负，皆以自命"五蠹人"拟消解之——真正消解得尽，还待日后种种劫恨销磨。而将进酒，杯莫停，命运齿轮的启动也从兹始。

　　"但怀天下之心，无语不能动鬼神"，记得在《凤凰台》，张大春借山巅老仙对李白所言，这便是诗人命运的最早呼唤。"动鬼神"乃是古诗人对诗艺期许的最高境界，直至杜甫以极端的矛盾称述方完满："但觉高歌有鬼神，焉知饿死填沟壑？"——怀天下心致惊天语也致厄运身，杜甫固然是这样，世人误会是出世逍遥最甚的李白，竟也如此。《大唐李白》处处不忘为此正名：同处大唐盛衰辗转之际，李白之困其实不亚于杜甫。

于凤凰台，踟蹰之鹏，乃一可以亲近的李白。既将进酒，伤心之树，无复闻琴以回身。《将进酒》的展开，其迅猛得自于《凤凰台》的种种暗涌，尤其是吴指南之死，开启了李白身外周遭众角色之"生"——于是我们得以展读大唐各族各华胄草民的命运波澜，彼时"天下"之意气涌于今天心胸，"天下"之图景也以无穷细节在我们视野中构现。

天下意，人尽不同。吴指南的天下，已了结于江河湖海之间，因此与李白更胜形影。段七娘的天下，隐于三重锦幛之后，萧然散轶，一往情深遂视天下如无物，所谓"惯经离别，便知舍得"。月娘的天下，为一念而星月兼程，"能行则行，无依无止"，倥偬间入迷，自噬其心，苦不堪言，所谓"烟火后先，俱归灰灭"的无情世界，唯待李白释此"无情"。轧劳山／安禄山的天下，源自边缘对中心的渴慕窥伺，便如洪水漩涡，独得大时代的恶力，溶汇生死怨怼的风云，将作大霹雳，把盛唐上下其手。李白的天下，静候其中，舍身易诗，最后得以文字替代此天下。

见众生，方能见天下——套用《一代宗师》的立命，能摸索张大春编排李白际遇的苦心。从《少年游》的踌躇，到《凤凰台》的踯躅，到《将进酒》的行止自如，李白的自信如"阳春召我以烟景，大块假我以文章"，是由外而内的吸纳觉醒。这样就能理解吴指南临终为何问"笔是汝家旧物耶"，李白为何答道"非是"——梦中传彩笔，欲书花叶，既然还笔醒来，且看朝云。

朝云朗朗，天下本应廓廓，仍不得出者，曰"难为情"。这是

《大唐李白》里最让人耿耿的纠缠，至《将进酒》，张大春再不吝啬写爱情的笔墨，重彩敷色，哀感顽艳。李白的两段情，七娘月娘，几成永诀，动若参商，似负平生。这是相忘于江湖的豁达，还是无奈渐入绝境的虚无？

犹记《凤凰台》中，段七娘与李白谈凤凰台时，张大春曾点出李白的爱情观：一般人从凤凰台故事所得，"最令人艳羡的夫妻，似乎并不该沾惹生死离别、勾动爱恨波澜，只须一味谐调律吕，求其同声，无惊哀、无悲怆，亦无嗔痴。"而李白是一个大痴之人，他"满心渴慕着的，还是那故事'不知所终'的情景"。——好一个"不知所终"，大痴者如曹雪芹之贾宝玉，木石前盟、金玉良缘，最后还不是远遁青埂，不知所终。这张大春的李白，乃是一个更决绝的贾宝玉，于道、于诗、于家国内外际遇之后，得出最超尘脱俗的一念："永结无情游"。

"永结无情游，相期邈云汉。"诗人对生死离合最高的觉悟莫过于此。所谓好因缘，便是这一"永结"与"相期"。结尾处吴指南的酒囊，乃千里赴约重来，以重结此无情游。而段七娘呢？月娘呢？吴指南死前曾问："汝与汝家师娘有情否？"此"有情"便又多一层意思了，曾有情者，方能相期。

但读者不能释怀，张大春也不能释怀。强托月娘陷贼中长相思，想起自己曾吟此诗与李白："独漉水中泥，水浊不见月。不见月尚可，水深行人没。"该段极其哀伤。后世考据者普遍认为此《独漉篇》是李白在安禄山之乱后作，张大春却故意把它系之于少年李白于有情师娘处所得，小说家笔与史笔的异同，交织出冥冥之契：安禄山的存在。此处最见张大春说故事人之功力，须知多年后，李白与大唐的命运，均从安禄山而转；今日月娘的命运，早已与之相连。

若这痴出离情爱，归属于诗之大者若何？遥想从丁零奴到洞府龙君，均以"痴"责之李白，岂料痴乃大超脱，而无情游是大珍重。

那些有如浮云与飘萍一般相会随即相别的人，却总在他吟咏诗句的时候，亭亭然而来——他们或行或坐，或语或默。有时，李白还真不能辨识眼前所见者，究竟是心相或物相，是实景或幻境。久之成习，不得不坦然以对，他也就不再悉心分别：孰为昔？孰为今？何者为妄？总而言之，诗句其来，犹如难以割舍的人；想念之人，尽付横空不去的诗句。非待一吟罢了，诸象不灭；诸象既灭，他的人生也只剩下了字句。

张大春这段文风如波德莱尔《巴黎的忧郁》，真是知诗者言，痴之于诗是一大能量，大春道其妙，恰如《文赋》所云："其始也，皆收视反听，耽思傍讯。精骛八极，心游万仞。其致也，情瞳昽而弥鲜，物昭晰而互进。"若能至此，只剩下字句又何妨？若高歌有鬼神在，则填沟壑又何妨？

当今之世，世俗对一浪漫化的诗人形象之期许更甚，世人希望李白成为的那个李白，比李白更李白；世人希望诗人成为的那个诗人，颠倒梦想，必须有电视剧一般的悲情。有几人愿意面对一个真正诗人的苦苦求索与欣然忘机？张大春的历史小说，致力于还原历史的复杂而不是刻意简化，因此有那么多旁征博引和貌似离题万丈，这也是呼应回大唐与李白的庞然。后世黄遵宪《出门》诗云："无穷离合悲欢事，从此东西南北人。"——既然李白早已选定东西南北人之路，便已做好承担无穷离合悲欢的决心。将进酒，觉有情，天下纷纭毕至，我且随张大春取一瓢饮。

廖伟棠　诗人、作家、摄影家，1975年出生于广东，后移居香港，并曾在北京生活五年。1989年开始写作，曾获香港青年文学奖，香港中文文学奖，台湾"中国时报"文学奖，联合报文学奖及香港文学双年奖等。作为香港艺术发展奖2012年年度作家，获邀参加鹿特丹国际诗歌节、台北国际诗歌节等。曾于两岸三地出版诗集《野蛮夜歌》、《八尺雪意》等十余种，评论集《出离岛记》、《游目记》、《深夜读罢一本虚构的宇宙史》、《反调》，散文集《衣锦夜行》、《波希米亚香港》、《有情枝》，摄影集《孤独的中国》、《巴黎无题剧照》、《寻找仓央嘉措》，小说集《十八条小巷的战争游戏》等。

图书在版编目(CIP)数据

大唐李白. 将进酒 / 张大春著. —桂林：广西师范大学出版社，2015.6（2023.8重印）
ISBN 978-7-5495-6657-0

Ⅰ. ①大… Ⅱ. ①张… Ⅲ. ①长篇小说 – 中国 – 当代
Ⅳ. ①I247.5

中国版本图书馆CIP数据核字(2015)第097056号

本书简体中文版由张大春授权，中文繁体版2015年4月由台湾新经典文化出版

广西师范大学出版社出版发行

　　广西桂林市五里店路9号　邮政编码：541004
　　网址：www.bbtpress.com

出 版 人：黄轩庄
全国新华书店经销
发行热线：010-64284815
肥城新华印刷有限公司

开本：880mm×1230mm　1/32
印张：10.625　字数：220千字
2015年6月第1版　2023年8月第8次印刷
定价：48.00元

如发现印装质量问题，影响阅读，请与出版社发行部门联系调换。